Joss Stirling
Raven Stone
Wenn Geheimnisse tödlich sind

Joss Stirling

Raven Stone

Wenn Geheimnisse tödlich sind

Roman

Aus dem Englischen von
Michaela Kolodziejcok

Deutscher Taschenbuch Verlag

Von Joss Stirling sind außerdem bei dtv junior lieferbar:
Finding Sky. Die Macht der Seelen 1
Saving Phoenix. Die Macht der Seelen 2
Calling Crystal. Die Macht der Seelen 3

Das gesamte lieferbare Programm
von dtv junior und viele andere
Informationen finden sich unter
www.dtvjunior.de

© der deutschsprachigen Ausgabe:
2014 Deutscher Taschenbuch Verlag GmbH und Co. KG, München
© 2014 Joss Stirling
Titel der englischen Originalausgabe: ›Storm and Stone‹,
2014 erschienen bei Oxford University Press
This translation is published by arrangement with Oxford University Press
Umschlagkonzept: Balk & Brumshagen
Umschlaggrafik: Frauke Schneider
Satz: Fotosatz Amann, Memmingen
Gesetzt aus der Berling 11/14°
Druck und Bindung: Druckerei C. H. Beck, Nördlingen
Gedruckt auf säurefreiem, chlorfrei gebleichtem Papier
Printed in Germany · ISBN 978-3-423-76097-3

Für Jane Stevenson

Kapitel 1

Ein blaues Auge.
Raven betrachtete es im Spiegel und betastete vorsichtig den Bluterguss. Autsch. Die Leuchtröhre über dem Waschbecken flimmerte, sodass ihr Spiegelbild aussah wie der zuckende Abspann eines alten Schwarz-Weiß-Films. Der Wasserhahn quietschte unter Protest, als sie einen Lappen zum Kühlen nass machte.
»Du siehst aus wie 'ne Siebenjährige«, sagte sie zu ihrem Gegenüber im Spiegel. Aufgeschürfte Knie und kleine Beulen hatte sie sich zum letzten Mal vor zehn Jahren auf dem Schulhof eingehandelt, sodass für Raven die Verletzung mehr demütigend als schmerzhaft war. Sie zog eine Strähne ihrer schwarzen Korkenzieherlocken ins Gesicht, aber sie wippte zurück und weigerte sich, die dunkle Stelle rund um ihr linkes Auge zu verdecken. Sie überlegte, ob sie sich vielleicht in ihrem Zimmer verschanzen könnte, bis sie verblasst war ...?
Keine Chance. Alle Schüler wurden zum Welcome-Back-Abendessen erwartet, und wenn sie nicht hinginge, würde das auffallen. Und überhaupt – sie pfefferte den Lappen ins Waschbecken –, warum ihren Feinden die Genugtuung geben und ein-

fach den Schwanz einkneifen? Feigheit zählte nicht zu ihren Charaktereigenschaften. Dafür war sie viel zu stolz.

Raven streifte ihr Tenniszeug ab und schlüpfte in einen Bademantel. Sie warf die schmutzigen Sachen in den Wäschekorb neben der Tür. Es war verdammt schwer, das ihr selbst auferlegte Versprechen zu halten und stark zu sein; es wäre um so vieles leichter, wenn ihr jemand anders noch den Rücken stärkte. Aber das zweite Bett im Zimmer war leer – kein Berg von durcheinandergeworfenen Habseligkeiten, kein Koffer, so wie sie es erwartet hatte. Wo steckte Gina bloß? Sie war die Einzige, mit der Raven darüber sprechen wollte, was eben passiert war. Raven ließ sich auf ihr Bett fallen. Wie hatte es in nur wenigen Stunden so weit kommen können? Bis zu dem blauen Auge war ihr Leben an der Schule ohne große Probleme verlaufen; Westron war ein Ort der Geborgenheit und Sicherheit nach einer Reihe von schwierigen Jahren. Zwar ging es unter der Leitung von Mrs Bain hier manchmal ein bisschen seltsam zu; man legte zu großen Wert auf Reichtum und Eltern, Promi-Schüler und Privatheit, aber nachdem sie und Gina sich zusammengetan hatten, war Raven in der Lage gewesen, die meisten Aberwitzigkeiten mit einem Lachen abzutun. Sie hätte nie geglaubt, dass jemand an der Schule ihr übel gesinnt war. Obwohl Raven ihren Schulplatz nur der Tatsache zu verdanken hatte, dass ihr Großvater zum Personal von Westron gehörte, hatten die anderen Schüler anscheinend nie Anstoß daran genommen, dass sie sich in ihren privilegierten Kreisen bewegte. Jetzt war sie eines Besseren belehrt worden.

Diese Erkenntnis war wie aus dem Nichts gekommen, wie der Tornado, der Dorothys Haus ins Land Oz gefegt hatte. Mit dem Öffnen der Tür zum Umkleideraum war alles ins Unwirkliche abgeglitten.

Dabei hatte Heddas Frage so ... na ja, *normal* gewirkt. »Hey, wo ist meine Chloé Tote Bag?«

Die anderen Mädchen, die sich gerade für das anstehende Tennisturnier umzogen, hatten daraufhin in ihren Sachen nachgeschaut. Raven hingegen hatte sich gar nicht erst die Mühe gemacht: ihre kleine Sporttasche, ein viel verlachtes Giveaway einer Fluggesellschaft, war viel zu klein, als dass die bauchige taupefarbene Lederhandtasche darin Platz finden konnte. Hedda hatte sie den ganzen Vormittag zur Schau gestellt wie ein Angler, der seinen Siegerfang präsentierte. Die geschmeidige, glatte Oberfläche hatte in ihren manikürten Händen geglänzt wie eine Forelle: *So viele Innentaschen und ihr werdet nicht glauben, was ich dafür bezahlt habe!* Für Hedda war die Tasche ein Schnäppchen gewesen, aber sie hatte mehr gekostet, als Ravens Großvater im Monat als Hausmeister der Schule verdiente. Etwas, was dermaßen absurd teuer war, konnte doch nur Beschiss sein.

»Hey, ich rede mit dir, Stone.«

Raven spürte, wie jemand sie grob am Ellbogen packte. Sie band sich gerade auf einem Bein stehend einen Tennisschuh zu, verlor die Balance und kippte zur Seite. Warum sprach Hedda sie auf einmal mit dem Nachnamen an?

»Whoa, Hedda! Pass doch auf!« Halt suchend lehnte sich Raven gegen die Spindtür und zog die Schuhbänder fest. »Fast hättest du mich umgerissen.«

Spindeldünn und mit einer Fülle von burgunderrotem Haar erinnerte Hedda Raven an einen Irish Red Setter, die Witterung des nächsten Schnäppchens in der Nase, mit einer kleinen Kerbe im Kinn, die ihrem Gesicht einen entschlossenen Ausdruck verlieh. Hedda stemmte die Hände in die Hüften. »Wo hast du sie versteckt?«

»Was?« Raven war zu überrascht, um zu begreifen, was Hedda ihr da zum Vorwurf machte. »Ich?«

»Ja, du. Ich bin doch nicht blöd. Ich hab genau gesehen, wie du sie angeschaut hast. Mein Handy, mein Schminkzeug, mein Geld – alles war in dieser Tasche.«

Raven versuchte, ihr schnell aufbrausendes Temperament zu beherrschen, und schob beiseite, wie sehr sie diese aus der Luft gegriffene Anschuldigung verletzte. Genau so etwas hatte sie schon einmal an ihrer alten Schule erlebt, vor ihrem Umzug nach England. Sie probierte es mit Vernunft. »Ich habe mit der Tasche überhaupt nichts gemacht. Wo hast du sie denn zuletzt gesehen?«

»Beim Mittagessen – und spiel jetzt nicht die Ahnungslose.«

Im Umkleideraum wurde es still; alle Mädchen verfolgten gespannt den Wortwechsel. Schamröte überzog Ravens Wangen, obwohl sie wusste, dass sie unschuldig war. Erinnerungen holten sie ein, wie sie vor dem Rektor ihrer alten Schule gestanden hatte. Ihr wurde übel von dem Déjà-vu-Gefühl.

»Moment mal, willst du etwa behaupten, ich habe deine Tasche gestohlen?«

Hedda warf den Kopf in den Nacken und blickte an ihrer langen Nase auf Raven herunter. »Das behaupte ich nicht nur. Ich *weiß*, du hast sie gestohlen!«

Raven schüttelte die Gedanken an die Vergangenheit ab und konzentrierte sich auf ihre Mitschülerin. Was um alles in der Welt war eigentlich mit Hedda geschehen? Sie hatte fast das ganze letzte Semester versäumt und war dann allem Anschein nach mit einer neu transplantierten Persönlichkeit zurückgekehrt – von nölig-nerviger Klette zu resoluter Oberzicke.

Raven würde keinen Rückzieher machen; man hatte sie schon

einmal fälschlich beschuldigt, aber sie war nicht mehr das kleine traumatisierte Mädchen von damals.

Was konnte Hedda ihr schon Schlimmes antun? Sie mit ihrem Mascara-Zauberstab verhexen?

»Du glaubst also, dass ich deine Tasche genommen habe? Und worauf gründet sich dein Verdacht? Bloß darauf, dass ich sie angeschaut habe? Anschauen ist nicht gleich stehlen.« Raven wandte sich an die anderen Mädchen, in der Hoffnung, dass ihr jemand beispringen und den Vorwurf als absurd abtun würde, aber die Gesichter, in die sie blickte, zeigten sich wachsam oder neutral. *Toll. Danke, Leute!*

Dann klinkte sich Heddas Freundin Toni ein. »Du brauchst es gar nicht erst abzustreiten. Im letzten halben Jahr sind ständig Sachen weggekommen.«

»Damit hatte ich nichts zu tun. Mir sind auch Sachen gestohlen worden.«

Toni ging über ihren Einwand hinweg. »Wir alle haben bemerkt, dass immer wieder Kleinigkeiten verschwunden sind, aber wir wollten nicht ... also, wir hatten uns schon gedacht, dass du das warst, aber du hast uns leidgetan und ...« Toni wedelte mit der Hand, als wollte sie sagen: *Das war letztes Jahr, aber das hier ist jetzt.*

»Euch leidgetan?« Raven lachte erstickt. Wenn es etwas gab, was sie von anderen nicht haben wollte, dann Mitleid. Das hatte sie nie gewollt. Selbst nicht in ihren verzweifeltesten Stunden, nachdem sie beide Eltern verloren hatte.

Hedda kam ganz dicht an ihr Gesicht heran. »Aber meine nagelneue Chloé-Tasche klauen? Jetzt bist du echt zu weit gegangen. Rück sie sofort wieder raus, Stone.«

Lächerlich. Raven kehrte Hedda den Rücken zu. »Und was

mache ich deiner Meinung nach mit dem ganzen Zeug, das ich stehle?«

»Dein Großvater hat ein neues Auto – sofern man einen Skoda als Auto bezeichnen kann.«

Toni schnaubte abfällig. In Raven wallte Zorn auf: Sie niederzumachen war eine Sache, aber ihren Großvater ließ Hedda gefälligst aus dem Spiel oder es würde hier gleich richtig die Luft brennen.

»Ach so, verstehe. Ich stehle also von den Reichen, ums den Armen zu geben, oder was? Mensch, warum bin ich da nicht von selbst drauf gekommen?« Ravens feiner Spott war an Hedda vollkommen verschwendet.

»Hör auf, es abzustreiten. Ich will meine Tasche und ich will sie sofort.«

In der Hoffnung, Hedda würde aufgeben, wenn sie ihr infantiles Gezeter einfach ignorierte, kramte Raven in ihren Sachen nach einem Haargummi.

»Hör gefälligst auf, mich wie Luft zu behandeln!« Mit einem wütenden Knurren schubste Hedda Raven gegen die offene Spindtür, direkt auf einen Metallhaken, der sie am äußeren Augenwinkel erwischte. Obwohl der Haken mit angehängten Klamotten abgepolstert war, sah Raven kurz Sternchen. Wütend fuhr sie mit einer Hand über ihr Gesicht und drehte sich zu Hedda um; ihr Temperament drohte jeden Moment mit ihr durchzugehen.

»Hör mal, Hedda, ich habe deine blöde Tote Bag nicht!« Sie nahm die Verteidigungsposition ein, so wie sie es gelernt hatte. Raven musste aufpassen, sie wusste, dass sie mit den Kampfkunsttechniken, die ihr Vater ihr beigebracht hatte, eine Menge Schaden anrichten konnte. Das Training hatte sich zwar als äußerst nützlich erwiesen, um die Aggrotypen abzuwehren, die an ihrer öffentlichen Schule in Amerika in den Korridoren auf der Lauer gelegen hatten, aber hier an der vornehmen Westron würde das vermutlich für Stirnrunzeln sorgen und ihr den Ruf einer Schlägerbraut einbringen.

»Hast. Du. Doch!« Hedda stieß Raven bei jedem Wort gegen die Brust, sodass sie mit ihrem Rücken gegen den Spind donnerte. Irgendjemand kicherte nervös und zwei Schülerinnen huschten aus dem Umkleideraum, um die Sportlehrerin zu holen.

Das Maß war voll. Es war für Hedda an der Zeit zu lernen, dass es ein Mädchen an der Schule gab, das sie nicht drangsalieren konnte.

»Ich habe genug von deinen idiotischen – (schubs) – Anschuldigungen!« Raven stieß sie noch ein zweites Mal zurück, mit der gleichen Wucht wie Hedda.

Dann griff Hedda ihr in die Haare. Böser Fehler.

»Lass mich los!« Raven fasste das Mädchen am Handgelenk und führte eine schnelle Dreh-und-Knickbewegung aus. Aber das hier war kein fairer Kampf: Toni packte Raven hinten am Schopf und zog mit einem Ruck, dass ihre Nägel seitlich an Ravens Hals entlangkratzten. Raven schubste Hedda weg und befreite sich von Toni mit einem harten Handkantenschlag gegen den Ellbogen, der den Arm ihrer Angreiferin gefühllos machte. Blitzschnell griff Raven nach ihrem Tennisschläger und schwenkte ihn zur Abwehr wie ein Kendo-Schwert vor ihrem Körper hin und her.

»Rührt mich noch ein Mal an und es wird euch leidtun.«

Toni ging ein paar Schritte rückwärts und schüttelte dabei ihre Hand aus. »Lass sie, Hedda. Die meint das ernst.«

Doch Hedda wollte nicht ablassen von ihrer blinden Rache; aber sie scheute einen direkten Angriff und machte sich stattdessen über Ravens Sachen her. »Du glaubst also, du könntest mich beklauen, was?« Sie kippte Ravens Tasche aus, sodass alles darin zu Boden fiel. Ravens Handy ging zu Bruch, die Einzelteile spritzten in Splittern nach allen Seiten über die Fliesen. »Hier! Das hast du jetzt davon, du Schlampe!«

»Was? Nein!« Raven warf den Schläger zur Seite und ging auf die Knie nieder, um alle Teile aufzusammeln, bevor noch jemand drauftrat. Bestimmt war das Handy noch irgendwie zu retten. Es musste einfach noch zu retten sein!

Dann holte Hedda aus und warf Raven die leere Tasche an den Kopf, dass ihr der Riemen an die Wange klatschte. »Das wird dir hoffentlich eine Lehre sein. Und meine Tote Bag will ich immer noch zurückhaben.«

Die Tür flog auf. »Was ist hier los?« Miss Peel, Fachleiterin für den Sportunterricht, stand mit vor der Brust verschränkten Armen in der Tür.

Die Mädchen in der Umkleidekabine gaben sich mit einem Mal alle sehr beschäftigt, wie wenn am Ende eines Flashmobs die Teilnehmer schnell in der Menge verschwinden.

»Miss, Raven hat ihr Handy fallen lassen«, sagte Toni gehässig.

»Das ist nicht fair! Ihr habt alle gesehen, dass Hedda das war!«, protestierte Raven.

Niemand setzte sich für sie ein – das war eine schallende Ohrfeige, die sie erst mal verkraften musste, wenn sie allein war und niemand sehen konnte, wie sehr ihr das zu schaffen machte. »Sie hat meine Sachen auf den Boden geschmissen, weil sie glaubt, ich hätte ihre Tasche gestohlen.«

»Ich bin nicht interessiert an Taschen oder Handys«, sagte Miss

Peel. »Mir wurde gesagt, hier drinnen gibt's eine handgreifliche Auseinandersetzung.«

Hedda reichte Toni einen Tennisschläger. »Nicht wirklich. Bloß Raven, die Theater macht.« Sie verdrehte die Augen, um anzudeuten, dass so etwas häufig vorkam.

Miss Peel starrte auf Raven herab, die die Überreste ihres kaputten Handys an der Brust barg. »Euch ist schon hundertmal gesagt worden, dass die Schule keine Verantwortung für eure persönlichen Sachen übernehmen kann. Ich sag's ja, diese Handys sind die reinste Seuche und es wäre besser für uns alle, wenn sie hier verboten wären. Und jetzt Beeilung, ab nach draußen, und zwar alle.«

Die Mädchen drängten nacheinander aus der Kabine und ließen Raven schäumend und sprachlos vor Wut zurück.

Ravens Hoffnung auf eine Verbündete hatte sich zerschlagen, als Gina zum Abendessen noch immer nicht eingetrudelt war. Bestimmt hatte ihre Freundin ihr eine SMS geschickt, um die Verspätung zu erklären, aber wie sollte sie das ohne funktionierendes Handy mitbekommen? Raven legte die Bruchstücke in ihr Kosmetiktäschchen und machte den Reißverschluss zu, wie ein Forensiker, der das Opfer in einem Leichensack verschloss. Wie nur sollte sie an ein neues Handy kommen? Ihr Großvater hatte gerade erst die Anzahlung für sein Auto geleistet und war mit der monatlichen Ratentilgung jetzt finanziell am Limit; er hatte sie bereits gewarnt, dass sie in nächster Zeit keine großen Sprünge machen könnten. Er hatte versprochen, ihr das Fahren beizubringen, und sie wusste, dass er das neue Auto in erster Linie ihretwegen angeschafft hatte, weil er der Meinung war, das alte wäre zu unzuverlässig für eine junge Fahranfängerin. An ihn konnte sie sich mit ihrem Problem also definitiv nicht wenden. Sie stopfte das Schrotthandy in eine ihrer Schubladen. Es war nicht gegen Bruchschaden versichert gewesen. Ein Leben ohne Handy schien beinah undenkbar; damit wäre sie noch weiter außen vor als ohnehin schon. Mädchen, die an den Rand des sozialen Kosmos von Westron gedrängt wurden, verließen meist schnell die Schule; Außenseiter hatten hier nichts zu lachen.

Okay. Sie müsste also einen Weg finden, um sich ein neues Handy zusammenzuverdienen, wenn Hedda nicht doch noch einen Sinneswandel hatte und die Sachbeschädigung zugab. Ja, klar doch – als ob das je passieren würde. Raven fluchte und trat mit dem Fuß gegen den Mülleimer. Das war so ungerecht. Und es war zwecklos, die Sache der Rektorin zu melden, weil sie sich niemals auf die Seite einer Stipendiumsschülerin schlagen würde, wenn auf der anderen Seite eine zahlende Schülerin stand.

Tief durchatmen, Stone. Sie stand ans Fenstersims gelehnt und ließ den Kopf hängen.

Ein Rabe hüpfte und flatterte unbeholfen und unter lautem Krächzen die Zinnen am Dach des alten Schlosses entlang, das jetzt das Schulgebäude war. Die Laute kratzten an ihrem Trommelfell, lenkten sie ab von dem Mahlstrom aus gekränkten Gefühlen und Wut in ihrem Inneren. *Kein Ding.* Sie würde schon klarkommen, so wie immer. Das war doch nichts, verglichen damit, seine Mutter an Krebs und seinen Vater in Afghanistan zu verlieren.

Mein Beileid zu deinem Verlust, das sagten die Leute immer, so als wären ihre Eltern ihr einfach abhandengekommen. Das sagten sie natürlich, weil es keine wirklich passenden Worte gab und sich die Gesellschaft auf diese Phrase geeinigt hatte, aber es gab Zeiten, da wünschte sie, jemand würde sagen: »Es tut mir leid, dass deine Eltern gestorben sind.« Die Dinge beim Namen nennen. Entsetzlich. Herzzerreißend. Kein Verlust, sondern ein riesiges Loch in ihrem Inneren, das eine unendliche Leere hinterließ. Mom war als Erste gestorben. Und nach dem Tod von Dad war ihr altes Leben weggespült worden und es folgte eine unbeschreiblich düstere Übergangszeit, während die Behörden ihre Zukunft zusammenpuzzelten. Ihr Großvater war zunächst außen vor gewesen – er lag nach einem Herzinfarkt im Krankenhaus – und so hatte der für sie zuständige Sozialarbeiter Raven bei Freunden ihrer Eltern, einem Soldatenehepaar, untergebracht, ohne zu wissen, dass die beiden gerade eine hässliche Trennung durchmachten. Emotional gesehen hatten sie einfach keinen Platz gehabt für ein tieftrauriges dreizehnjähriges Mädchen, und so war Raven zur leichten Beute für den fünfzehnjährigen skrupellosen Sohn des Paars geworden. Jimmy Bolton sah aus wie der nette Junge von nebenan, der kein Wässerchen trüben konnte, aber hinter seinem Unschuldsgesicht verbarg sich ein bösartiger Charakter. Bei den Boltons hatte Raven gelernt, die Beine in die Hand zu nehmen, und für den Fall, dass Wegrennen nicht infrage kam, wie sie sich zur Wehr setzen konnte, um zu entwischen. Das Selbstverteidigungstraining wurde Bestandteil ihrer täglichen Überlebensstrategie. Sie hatte noch nicht mal tagsüber Ruhe vor Jimmy Bolton, da der Junge dieselbe Highschool besuchte wie sie. Im krassen Gegensatz zu Westron hatte diese Schule allerdings viel zu wenig Geld, die Lehrer waren hoffnungslos überlastet und die Schüler nur mit begrenztem Ehrgeiz ausgestattet. Es war ein Ort, wo man mehr die Zähne zusammenbiss, als zu lernen. Als sich ihr Großvater dann einigermaßen erholt und die Vormundschaft für sie bekommen hatte, war Raven der Umzug nach Westron wie der

Eintritt ins Paradies vorgekommen – Rasen, Gärten, eindrucksvolle alte Bauten: ein Bild der Perfektion. Andererseits, auch im Garten Eden hatte eine Schlange gelauert, richtig?

Schluss mit der Grübelei. Raven streifte den Bademantel ab und zog ein knieumspielendes Sommerkleid an, das sie in den Osterferien für einen Fünfer bei Oxfam in der hiesigen Ortschaft erstanden hatte. Sie strich den Stoff glatt und genoss das Gefühl der weichen Baumwolle auf ihrer Haut. Sie bezweifelte, dass irgendeine ihrer Mitschülerinnen jemals einen Secondhandladen betreten hatte. Knallorange – die Farbe brachte ihren bronzefarbenen Teint gut zur Geltung. Als Accessoire wählte sie dazu eine Kette mit grünen und orangefarbenen Perlen aus, die sie im gleichen Laden gekauft hatte, allerdings in der Abteilung ›Handgemacht & fair gehandelt‹. Sie entfernte das kleine Schild mit Informationen zu der Frauenkooperative in Bangladesh, die das Schmuckstück hergestellt hatte, und dabei huschten ihre Gedanken auf die andere Seite des Erdballs zu einer sonnenheißen Hütte am Ufer eines Flusses, der wochenlang Hochwasser führte. Angesichts solchen Elends kam es ihr mit einem Mal ziemlich blöd vor, wegen eines kaputten Handys dermaßen geknickt zu sein. *Krieg dich wieder ein, Raven.*

Draußen läutete die Glocke zum Abendessen. Raven wollte soeben ihr Zimmer verlassen, als sie beinah auf einen Umschlag trat, der unter ihrer Tür hindurchgeschoben worden war. In der Erwartung, irgendein Infoblatt zu diesjährigen Schulaktivitäten zu finden, riss sie ihn auf. Ein Foto von ihr flatterte heraus, das Gesicht mit Marker verunstaltet und mit einem Messer im blutspritzenden Hals. Hach, wie witzig! Verärgert knüllte sie das Foto zusammen und warf es in den Abfalleimer im Bad; in ihrem Zimmer wollte sie das Ding nicht haben!

Das Bild hinterließ einen abscheulichen Geschmack auf ihrer Zunge und ein zittriges Gefühl im Magen. Tief in ihr drin war sie noch immer das kleine ängstliche Mädchen, das mit dem Tod seiner Eltern sein Lebensfundament verloren hatte, und sie gab sich große Mühe, dass diese Seite von ihr nicht an die Oberfläche gelangte. In ihrer alten Schule hatte sie gelernt, keine Schwäche zu zeigen – denn das wirkte wie Blut auf im Wasser kreisende Haie. Nur ihr Großvater bekam ihr wahres Ich zu sehen, allerdings wohldosiert, um ihm keine Sorgen zu machen. Warum bloß hatte jemand sie zur Zielscheibe solcher Gemeinheiten auserkoren? Obwohl sie ahnte, dass sie unten im Speisesaal nicht gerade willkommen war, wollte sie dringend unter Menschen, um das Bild aus ihren Gedanken zu vertreiben.

Sie schob die schwere Brandschutztür im Korridor auf und ging auf die schmale Treppe zu. Das Zimmer, das sie sich mit Gina teilte, lag unterm Dach im ehemaligen Dienstbotentrakt. Das Hauptgebäude der Schule hatte vier Stockwerke, unterteilt in einen Mädchen- und einen Jungenflügel: Im weitläufigen Dachgeschoss waren die Internatsschüler untergebracht, im ersten und zweiten Stock die Klassenräume und dann gab es noch das eindrucksvolle Erdgeschoss mit seinen hohen Decken, das sein Dasein seinerzeit als mittelalterlicher Herrensitz begonnen hatte und dann unter den Tudors zu einem Schloss ausgebaut worden war. Alles in allem bot die Schule dreihundert Schülern ein Zuhause. Westron Castle war die englische Zweigstelle des exklusiven *VIS – Verband der Internationalen Schulen*. Wenn man die anderen fünfundzwanzig Schulen rund um den Globus und den Verein der Absolventen mit dazurechnete, kam der Verband auf insgesamt zehntausend Mitglieder, eine mächtige und gut vernetzte Elite. Ihr Großvater hatte sich wie ein Schneekönig gefreut , als sie hier aufgenommen worden war; er war der Meinung, mit einem Abschluss an dieser Schule würden ihr für die Zukunft alle Türen offen stehen. Sah man ja, wie gut das klappte.

Der Gong tönte unten in der Eingangshalle. Sie war spät dran. Im Laufschritt stürmte Raven durch mehrere Türen, die hinter ihr in der Angel schwangen. Die letzten Stufen nahm sie mit einem Satz und erreichte das Foyer eine Sekunde, bevor der Eingang zum Speisesaal geschlossen wurde. Wenn man nach dem Schließen der Türen eintraf und keine gute Entschuldigung hatte, musste man laut Schulregel auf das Abendessen verzichten. Zum Glück hatte ihr Großvater heute Türdienst. Er hob eine buschige Augenbraue, hielt die Tür aber noch einen Moment offen, damit sie hineinschlüpfen konnte.

»Danke!«, flüsterte sie.

Er tätschelte ihr die Schulter und machte sich dann auf in sein Büro neben den Küchenräumen; Raven blickte ihm hinterher, bis seine kleine gebeugte Gestalt hinter einer weiteren schweren Feuertür verschwunden war. Zugunsten von Sicherheitsmaßnahmen, Schwingtüren und Notausgängen hatte man der alten Architektur des Gebäudes schonungslos den Garaus gemacht. Raven wünschte, ihr Großvater wäre geblieben, um ihr Gesellschaft zu leisten, aber wie immer mied er den Rummel beim Essen mit den Schülern; die Lehrer konnten sich nicht so glücklich schätzen. Ihre Anwesenheit war Pflicht.

Raven zog die Tür hinter sich zu; ohne Gina an ihrer Seite fühlte sie sich schutzlos. Wie befürchtet, war sie als Letzte gekommen und die meisten Plätze waren bereits besetzt. Das hier war kein fürstlicher Speisesaal mit schweren Eichentischen, wie die Kulisse vermuten ließ, sondern eine Kantine mit runden Tischen, die man, um Platz zu schaffen, nach Bedarf zusammenklappen konnte. In Zehnergruppen sollten die Schüler die Kunst des Dinner-Small-Talks erlernen, während Lehrer von Tisch zu Tisch gingen und die Schüler zu gutem Benimm und intelligenter Konversation anleiteten. Zumindest versprach das der Lehrplan den Eltern; in Wahrheit waren die Tische streng überwachte Territorien, die markierten, wer dazugehörte und wer nicht. Die Lehrer blieben derweil an einem separaten Tisch lieber unter sich, tauschten Klatsch aus und überließen es den Schülern, ihre sozialen Rangkämpfe ohne Schiedsrichter auszufechten.

Ravens Blick wanderte durch den Saal. Obwohl sie abseits im Schatten stand, hatte ihr Zuspätkommen die Aufmerksamkeit der Mädchen erregt. Ein paar von ihnen schauten in ihre Richtung und fingen dann an zu tuscheln. Sie konnte sich schon denken, was sie sagten: *Da ist die Diebin. Wir haben schon immer gewusst, dass sie es ist.*

Welche von ihnen hatte das Foto unter ihrer Tür hindurchgeschoben? Der Gedanke, dass jemand seinen Nachmittag damit verbracht hatte, sich zu überlegen, wie man sie fertigmachen könnte, war einfach nur schrecklich. Sie wettete, dass Hedda und ihre Clique dahintersteckten, andererseits, jetzt, da sie wusste, was auch alle anderen Mädchen in ihr sahen – den Abschaum der Schule –, witterte sie Feinde von allen Seiten. Keine hatte sich für sie eingesetzt: Das würde sie nie vergessen.

Zum Glück waren die Jungs anscheinend völlig unempfänglich für die feindseligen Schwingungen im Raum. Als sie den Blick von Adewale auffing, einem freundlichen nigerianischen Jungen aus ihrem Jahrgang, grinste er nur und wandte sich dann wieder seinem Gesprächspartner zu. Ein Jammer, dass an seinem Tisch kein Platz mehr frei war. Sie wollte keinen weiteren

Zusammenstoß riskieren, weshalb sie den Mädchentischen fernblieb. Ihr Stammplatz war besetzt und so entschied sie sich für einen Tisch am äußersten rechten Rand des Raums. Es war ein guter Platz, um alles im Speisesaal zu überblicken, der zudem den Vorteil hatte, dass die beiden Jungs, die da saßen, neue Gesichter waren; somit wären sie ihr gegenüber wenigstens unvoreingenommen.

»Hi. Seid ihr neu hier?«, fragte sie freundlich und tat so, als würde sie die Atmosphäre im Speisesaal nicht weiter beunruhigen. Sie hatte feine Antennen für Gefahrensituationen, dank ihrer zurückliegenden Erlebnisse an einer Schule mit extrem rauem Klima, und irgendwas hatte sich in Westron verändert. Sie fühlte sich hier nicht mehr wirklich sicher. Es waren zwar keine Drogen vertickenden Oberstufenschüler, vor denen sie sich fürchten musste, aber irgendwas war an Westron seit Beginn des neuen Schuljahrs ... na ja ... komisch. Darüber musste sie später in Ruhe nachdenken, aber jetzt galt ihre Aufmerksamkeit erst mal den beiden Neuankömmlingen.

Der wuschelhaarige Typ zu ihrer Rechten beachtete sie gar nicht; er war tief versunken in ein Sudoku-Rätsel. *Schwierigkeitsgrad: extrem.* Na klasse. Sie hatte sich neben einen Oberstreber gesetzt – zugegebenermaßen einen sehr gut aussehenden. In der Hoffnung auf Rettung linste sie an ihm vorbei zu dem anderen Jungen neben ihm.

»Hi, ich bin Raven.«

Diesmal stießen ihre Worte nicht auf taube Ohren.

»Hallo, Raven, ich bin Joe Masters.«

Nicht nur dass Joe eine hinreißend tiefe Stimme mit einem leichten Oststaatenakzent wie sie selbst besaß, er hatte auch noch ein Lächeln, das sich anfühlte wie die Sonne, die hervorkam, bloß um ihren bewölkten Tag zu erhellen. Sein Haar war kurz geschoren und sein Teint nur eine Nuance dunkler als ihrer. Gesamteindruck? Zucker!

»Und du ... ähm ... bist neu hier, Joe?«

»Ja. Heute ist unser erster Tag.«

Unser? Sollte das etwa heißen, ihn gab's nur im Doppelpack mit Sudoku?

»Oh, cool. Hoffentlich gewöhnt ihr euch schnell ein. Na ja, ist eine etwas komische Zeit, um anzufangen, so spät im Schuljahr, meine ich.«

Joe tippte mit den Fingern leicht auf die Tischplatte, ein Klavierspieler, der die Bassnoten übte. »Ging nicht anders, Raven. Wir sind von unserer alten Schule geflogen.«

Raven glaubte erst, er würde Witze machen; er wirkte beinah vergnügt, als er das sagte.

»Wie bitte?«

»Unser Professor hier hat die Labors in die Luft gejagt. Ich war nur ein unbeteiligter Zuschauer, Euer Ehren.« Joe schien sich über ihren Gesichtsausdruck zu amüsieren.

»Ah ja. Natürlich warst du das. Aber so was von.«

Seine Miene verriet, dass er ihren leisen Spott zu schätzen wusste. »Ich schiebe ihm immer die Schuld in die Schuhe. Er macht sich nie die Mühe, sich zu verteidigen. Stimmt's, Kieran?« Er stieß seinen Freund mit dem Ellbogen an.

»Hmm.« Der Junge füllte das Gitterfeld in Lichtgeschwindigkeit aus. Raven hatte den Verdacht, dass er sich die Lösungen einfach nur so ausdachte, aber als sie verstohlen aufs erste Kästchen schielte, konnte sie keinen Fehler entdecken.

Die Servierkräfte trugen den ersten Gang auf und füllten in einem waghalsigen Manöver über die Schultern der Schüler hinweg die Teller mit heißer Suppe. Bei den meisten Servicemitarbeitern handelte es sich um schlecht ausgebildete Aushilfen aus dem Ort und die älteren Schüler wussten, dass sie gut daran taten, sich während des Servierens weit zurückzulehnen. Sudoku-Junge machte keine Anstalten auszuweichen, sondern fing die Suppenspritzer lässig mit einer Serviette ab, ohne auch nur ein Mal den Blick von seinem Rätsel abzuwenden. Raven war schwer beeindruckt.

»Ist der immer so?«, fragte sie.

Joe lächelte nachsichtig. »Kaum zu glauben, aber wahr.« Er brach sein Brötchen in kleine Stücke. »Du meinst wahrscheinlich, dass er dich nicht bemerkt hat, aber das stimmt nicht.«

»Na klar doch.«

»Nein, echt jetzt. Hey, Key, mach mal eine Pause und sag diesem netten Mädchen rechts von dir Hallo.«

»Lachhaft einfach. Ich weiß gar nicht, warum ich mich damit überhaupt abgebe.« Der Junge ließ die Zeitung zwischen den Stühlen zu Boden fallen.

»Du gibst dich damit ab, weil sich dein armes Hirn, wenn's nichts zu tun hat, vor lauter Langeweile über seine eigenen grauen Zellen hermacht.«

»Hmm. Das ist jetzt keine wissenschaftlich fundierte These, aber möglicherweise hast du nicht ganz unrecht.« Sudoku setzte sich aufrecht hin. Er war ungewöhnlich groß. Er hatte einen beneidenswert üppigen kastanienbraunen Lockenschopf und ein markantes Gesicht, das aussah wie das Anschauungsmodell eines Bildhauers zum Thema: ›der Knochenbau des britischen Adels‹. Neben den beiden sahen die anderen Jungen aus ihrem Jahrgang ganz schön blass aus. Entweder würden sich ihre Geschlechtsgenossen alle darum reißen, mit ihnen abzuhängen, in der Hoffnung, von dem Überschuss an potenziellen Freundinnen zu profitieren, oder, und das schien Raven noch wahrscheinlicher, sie wären gelb vor Neid, weil die beiden so heiß waren.

»Also, könntest du deinen einmalig gigantösen Geist jetzt bitte mal auf deine Tischnachbarin richten, Key.«

Raven befand, dass sich für Kieran die kleine Extramühe lohnte, und stellte sich ihm noch einmal vor. »Hallo, ich bin Raven.« Sie hielt ihm eine Hand hin.

Er warf einen kurzen Blick auf sie, dann nahm er seinen Suppenlöffel. »Ich weiß, wer du bist.«

Raven ließ ihre Hand in den Schoß sinken. Na schön, dann eben nicht, Mister Arrogant. Offenbar hatte er sie bereits zum Überschuss aussortiert. Das tat weh. Sehr sogar. »Aha, verstehe. Ich sage meinen Namen und du weißt prompt alles, was es über mich zu wissen gibt! Schön für dich; da besteht dann natürlich keine Notwendigkeit, einfach mal Hallo zu mir zu sagen oder zu fragen, wie's mir geht. Meine Güte, du bist ja so verdammt clever.«

Joe musste über ihren sarkastischen Kommentar grinsen. »Gestatten, das ist Kieran Storm. Und glaube mir, er weiß eine Menge über dich – Größe, Gewicht, Lebensgeschichte. Vermutlich hat er sogar eine scharfe Vermutung, welche Schuhgröße du trägst.« Er zwinkerte.

Das hielt sie für mehr als unwahrscheinlich. Der Junge hatte sie kaum eines Blickes gewürdigt, geschweige denn, dass er ihre Füße oder irgendwelche anderen Körperteile genauer angesehen hatte.

»Ich glaube, so langsam kann ich mir auch ein ziemlich gutes Bild von deinem Freund machen, Joe. Ein Meter einundneunzig groß, vielleicht auch eins zweiundneunzig. Weiß, Brite. Zu intelligent für uns Normalsterbliche. Hat eine dieser exquisiten Eliteschulen besucht – Eton, Harrow oder so ähnlich –, bis er dann rausgeschmissen wurde.« Das Letzte sagte sie mit unverhohlenem Vergnügen; wie gern wäre sie dabei gewesen.

Joe machte das Ganze sichtlich Spaß. Er rührte in seiner Tomaten-Paprika-Suppe und mischte den Sahneklecks unter. »Mach weiter.«

Raven wagte einen Schuss ins Blaue. »Er braucht dich, um sich anzuziehen.«

»Voll ins Schwarze«, erwiderte Joe vergnügt. »Genau das bin ich: sein Kammerdiener. Woher hast du das gewusst?«

»Du trägst einen Anzug von Ralph Lauren ...«

»Secondhand«, warf Joe ein.

»Und dein Freund hat auch einen an ...«

»Ja, ich hab da so meine Quellen ...«

»Aber sein Hemd hat er vermutlich von seinem Vater oder dem jüngeren Bruder abgestaubt, denn es passt nicht – die Ärmel sind zu kurz. Ich vermute, er hat es heute Morgen vor der Fahrt nach Westron übergeschmissen und seitdem nur an seinem Sudoku gerätselt, bis du ihn dazu verdonnert hast, seinen einzigen guten Anzug anzuziehen. Er hatte aber keine Lust, das passende Hemd rauszusuchen, und dann hast du beschlossen, dass sich ein Streit deswegen nicht lohnt. Kommt das annähernd hin?«

»Hey, Key, du kriegst Konkurrenz. Wie viele Punkte gibst du ihr?«

Kieran sah Raven zum allerersten Mal ins Gesicht. Seine Augen waren irritierend, von einem blassen Jadegrün und beinah nicht von dieser Welt in ihrer Intensität. Ihr Herz schlug vor

Schreck einen kleinen Salto, als ihr aufging, dass die Anziehung, die sie von Anfang an empfunden hatte, noch zehnmal stärker geworden war. Sie: Motte, er: Flamme, Ergebnis: verbrannte Flügel.

»Nicht übel.« Seine Stimme war nicht kühl, eher distanziert, als müsste er sich angestrengt in Erinnerung rufen, wie man mit kleinen Erdlingen wie ihr in Beziehung trat.

»Und das, Raven, ist so was wie ein dickes Lob aus dem Mund von diesem Kerl hier. Herzlichen Glückwunsch.« Joe schüttelte ihr über Kierans Teller hinweg die Hand.

»Danke.« Raven aß einen Löffel Suppe und versuchte, sich wieder zu sammeln. »Und bei welchem Punkt hab ich falschgelegen?«

Kieran zerbröckelte mit seinen langen Fingern ein Stück Brot und verteilte die Krumen auf seinem Teller. Er warf ihr einen Blick zu, dann konzentrierte er sich wieder auf seine Suppe. »Bei meinem Hemd. Ich bin gewachsen.«

Joe nickte. »Jepp, er geht nie Klamotten shoppen. Er trägt sein Zeug, bis es auseinanderfällt oder wir's vor ihm verstecken.«

»Wer ist ›wir‹?«, fragte Raven.

Joe wirkte für einen kurzen Moment leicht angespannt. »Die Jungs an unserer alten Schule. Ja, genau die.«

»Aber du hast ihm den Anzug besorgt?«

»Er wurde mir geschenkt. Wir haben beide einen sehr großzügigen ...« Kieran suchte nach dem passenden Wort. »... Patenonkel.«

»So einen hätte ich auch gern«, sagte Raven und dachte an ihr Handy. »Meine Trefferquote war also nur so lala. Dann lass mal hören, was du so alles über mich weißt.« Sie war neugierig, ob ihm an ihr überhaupt irgendetwas aufgefallen war, denn sie war sicher, dass sein Mädchendetektor bei ihr nicht ausgeschlagen hatte.

Kieran aß erst seine Suppe auf, bevor er antwortete.

»Wie du willst.« Er schob den Teller von sich weg und lehnte sich in seinem Stuhl zurück, um sie zu betrachten – sie richtig zu betrachten. Raven hatte das Gefühl, dass noch nie jemand sie dermaßen genau angesehen hatte. Es war, als wäre er ein menschlicher MRT-Scanner, der Schicht für Schicht offenlegte.

»Schieß los.« Sie verschränkte die Arme vor dem Körper, leicht nervös, worauf sie sich da eingelassen hatte.

»Raven Stone. Siebzehn Jahre alt. Enkelin des Schulhausmeisters Robert Bates. Du bist seit drei Jahren hier an der Schule, was auch erklärt, warum du sowohl umgangssprachliche Begriffe aus dem britischen als auch aus dem amerikanischen Englisch benutzt. Eltern sind verstorben. Ein Elternteil war amerikanischer Offizier – höchstwahrscheinlich der Vater. Ja, ja, natürlich der Vater, denn die Mutter ist Britin. Ich Idiot.« Er schlug sich mit der Hand vor die Stirn. »Der Vater war Afroamerikaner und stolzer Träger des Erbes der Bürgerrechtsbewegung, aber das ist so offensichtlich, dass ich mich entschuldige, es überhaupt erwähnt zu haben.«

»Wie hast du ...«

Mit einem Kopfschütteln ermahnte Joe sie, Kieran fortfahren zu lassen.

»Du bist einen Meter sechzig groß und wärst gern größer. Konfektionsgröße 34. Du hast nicht viel Geld, shoppst bei Oxfam, kaufst Fairtrade-Sachen, liest richtige Bücher statt E-Books ... Soll ich weitermachen?«

Er war gut, das musste sie ihm lassen, trotzdem war Raven irritiert, mit welcher Gelassenheit er sie und ihre Gewohnheiten sezierte. »Woher weißt du das alles? Hast du in meinem Zimmer rumgeschnüffelt, oder was?«

»Nein. Alles, was ich wissen muss, ist direkt vor meiner Nase.«

»Dann weißt du vermutlich auch, welche Schuhgröße ich habe, Detective Storm?«

Seine Augenbraue wölbte sich angesichts ihres sarkastischen Untertons. »Ich könnte auch noch begründete Vermutungen in Bezug auf andere Körpermaße anstellen, wenn du möchtest.«

Joe musste sich das Lachen verkneifen.

»Nein danke«, sagte Raven schnell.

»Und du hattest einen Streit mit der Rothaarigen da drüben wegen ...« Kieran strich sich mit einem langen Zeigefinger über den Nasenrücken, »... ihrer absurd großen Handtasche.«

Raven fand das alles andere als lustig. »Ich glaube, du solltest jetzt besser aufhören, bevor du noch meine ganzen schmutzigen kleinen Geheimnisse ausplauderst.«

»Ach, du bist nicht der Typ, der schmutzige kleine Geheimnisse hat. Du bist ein offenes Buch – eine ehrliche Haut, die lieber direkt und konkret ist als subtil und hintenrum, allerdings verbirgt sich hinter dieser vordergründig zur Schau gestellten Stärke auch eine gewisse Verletzlichkeit und Schüchternheit, etwa so wie jetzt, wo du Augenkontakt vermeidest.«

Raven zwang sich dazu, seinem Blick standzuhalten. Sofort bereute sie es, da seine Augen sie anzogen wie ein Star-Trek-Traktorstrahl und seine Enterprise ihr kleines Raumschiff einfach in Schlepp nahm.

Joe legte Kieran eine Hand auf den Mund. »Du hörst jetzt besser auf, Mann, bevor sie dir noch eine Faust ins Gesicht pflanzt.«

Raven blickte auf die verkrümelte Tischplatte hinunter. »Woher weißt du von dem Streit – und dem Rest?«

Kieran schien nicht zu begreifen, dass er sie in Verlegenheit gebracht hatte. Er sonnte sich im Glanz seiner Cleverness. »Das war ganz einfach: Deine Klamotten sprechen für sich selbst – das Etikett hinten am Kleid ist rausgeschnitten, man sieht noch den Rest vom Schildchen, du hast es erst vor Kurzem im Secondhandladen gekauft. Die Holzperlen sind aus Bangladesh; die Vermutung liegt nahe, dass du beide Teile zusammen gekauft hast, weil du sie als Outfit kombinierst; unterm Strich spricht das alles für den Laden einer international wirkenden Wohltätigkeitsorganisation wie Oxfam. Und die haben ein Geschäft hier im Ort. Und was den Streit angeht – die Mädels da drüben schauen, seit du reingekommen bist, ständig zu dir rüber, die meisten Bemerkungen wurden dabei an die Rothaarige gerichtet, die sich schon den ganzen Abend lang an diese Tasche klammert, als würde sie befürchten, dass man sie ihr jeden Moment aus den Händen reißt.«

Er hatte recht: die Tote Bag war wieder da. So ein Affentanz und das Ding war nicht mal geklaut! »Diese dämliche Kuh – sie ist ihr gar nicht abhandengekommen!«

»Sie hat sie verlegt«, fuhr Kieran fort. »Dein Großvater hatte sie nach dem Mittagessen beim Aufräumen unter dem Tisch gefunden und an sich genommen. Später hat er die Tasche dann bei der Schulsekretärin abgegeben und sie gebeten, dem Mädchen, das sie verloren hat, Bescheid zu geben. Ich habe im Vorbeigehen mitgekriegt, wie die Sekretärin die Rothaarige zu sich gerufen hat.«

Darum also hielten sie noch immer an ihren Beschuldigungen fest. Vermutlich glaubten sie jetzt, ihr Großvater würde mit drinhängen in ihren Diebereien und sie decken, sobald sie drohte aufzufliegen.

Verdruss und Neugierde fochten in ihr einen Kampf aus. Die Neugier gewann. »Woher wusstest du von dem Streit?«

Kieran wartete, bis sein Teller abgeräumt und der zweite Gang – Lamm mit neuen Kartoffeln – serviert war.

»Du hast einen kleinen Kratzer links am Hals, der ein Gerangel unter Mädchen nahelegt.« Er deutete mit dem Finger darauf. »Und außerdem einen ziemlich heftigen Bluterguss über dem linken Auge. Hm, wenn ich es mir recht überlege, könnten es auch zwei Angreiferinnen gewesen sein? Ja, genau. Du und zwei Mädchen – dem Farbton des Hämatoms nach zu urteilen, ist es vermutlich nach dem Mittagessen passiert.«

Sie beobachtete fasziniert, wie er sein Stück Lammfleisch mit chirurgischer Präzision sezierte. »Noch was?«

»Dein Handy. Es wurde gestohlen oder ist kaputtgegangen.« Er schob sich das Fleischstück in den Mund und kaute sorgfältig.

Raven legte ihre Gabel hin. »Woher um alles in der Welt weißt du das alles?«

»Weil das Mädchen da drüben die ganze Zeit mit ihrem iPhone in deine Richtung wedelt. Die Geste hat etwas Gehässiges, so als wollte sie zeigen, dass sie etwas hat, das du nicht hast.«

»Wow, hundert Punkte«, sagte Raven verblüfft. »Und du bist wer noch mal? Sherlock Holmes' uneheliches Kind?«

»Das ist unmöglich. Holmes ist eine fiktionale Figur, die Joseph Bell zum Vorbild hatte, einen Arzt und Medizinprofessor, der auf dem Gebiet der ...«

»Das reicht an Information, Kieran. Sie hat einen Witz gemacht«, ging Joe sanft dazwischen.

»Danke vielmals, du kannst die Vorführung jetzt beenden.« Raven war der Appetit vergangen. »War nett, dich kennenzulernen, Joe.«

Joe hielt sie am Ärmel fest. »Bevor du gehst, Raven, hatte er recht mit der Bürgerrechtsbewegung?«

Kieran schnaubte abfällig und träufelte noch einen Teelöffel Minzsoße auf sein Fleisch.

»Ja, hatte er.«

»Armreif«, murmelte Kieran.

Raven drehte ihren Silberarmreif herum, sodass Joe die Gravur lesen konnte: *I have a dream.*

»Eindeutig ein Schmuckstück aus den Sechzigern mit Reverenz an Martin Luther King und seine berühmte Rede; ein Familienerbstück, würde ich sagen.«

Es war das letzte Geschenk ihres Vaters an sie gewesen, bevor er nach Afghanistan und auf diese verminte Straße geschickt worden war. Raven legte schützend ihre Hand darüber.

»Ist ein schönes Stück«, sagte Joe.

Kieran schluckte den Bissen herunter, den er im Mund hatte; seinen Intellekt unter Beweis stellen zu können regte immer seinen Appetit an. »Eigentlich ist der Reif nur aus Silber, er ist also nicht sehr viel wert.«

»*Eigentlich* ist er von unermesslichem Wert – für mich.« Raven kehrte ihm den Rücken zu und marschierte hinaus.

Kapitel 2

»Klasse, gut gemacht.« Joe klatschte Kieran spöttisch Beifall. »Weiter so.«

Kieran war noch immer dabei, den Schlag zu verdauen, der ihn getroffen hatte, als er Raven zum ersten Mal bemerkt hatte; er war wie ein Boxer, der vom Treffer benommen schwankte, aber noch nicht auf der Matte lag. Um sein inneres Gleichgewicht wiederherzustellen, richtete er sein Augenmerk auf alle möglichen Details um sich herum und analysierte sie. Der Kellner begann mit dem Abräumen der Teller. Die Fingernägel an seiner rechten Hand waren lang, die an der linken kurz – in seiner Freizeit spielte er also Gitarre.

»Hörst du mir eigentlich zu, Key?«

»Hä?« Kieran folgte Raven mit den Augen und registrierte, dass sie sehr gute Proportionen hatte. Er fragte sich, wie es sich wohl anfühlte, ihr Haar zu berühren – aus rein wissenschaftlichem Interesse, versteht sich. Er trank einen Schluck Wasser und lehnte sich zurück, als das Dessert vor ihn hingestellt wurde. Er nahm das Stück Apfelstrudel auseinander; für den Teig hatte man Pflanzenfett oder Margarine genommen, keine Butter.

Joe gab ihm einen kleinen Schubs. »Du treibst mich noch in den Wahnsinn.«

»Warum? Was habe ich getan?«

Der Tisch war in Schweden hergestellt. Das Besteck in Sheffield.

»Key, sag mal, ist dir gar nicht aufgefallen, dass du das erste weibliche Wesen, mit dem wir seit unserer Ankunft hier gesprochen haben, gleich erfolgreich verschreckt hast?«

Kieran sah seinen Freund blinzelnd an, in dem Versuch, zu verstehen, was er meinte. Knifflige Algebra-Gleichungen löste er mit links, aber die Gesetzmäßigkeiten menschlicher Interaktion gaben ihm immer wieder Rätsel auf. »Sie hat mich gebeten, ihr zu sagen, was ich über sie weiß, und das habe ich getan.«

Joe knuffte ihn in die Seite. »Wägst du eigentlich jemals ab, was du sagst? Um sicherzustellen, dass du niemanden vor den Kopf stößt?«

Kieran rieb sich über die schmerzende Stelle an den Rippen. »Erklär's mir.«

»Du hast diesem Mädchen quasi vor den Latz geknallt, dass sie ein aggressionsgeladener Sozialfall in Ramschklamotten ist, dessen wertvollste Habe der letzte Schrott ist.«

»Aber das ist doch die Wahrheit. Ich verstehe einfach nicht, warum Leute der Realität nicht ins Auge sehen können. Und außerdem habe ich es so gar nicht gesagt.«

Joe schob seinen leeren Teller von sich und nahm der Kellnerin das Dessert mit einem witzigen Spruch ab, der sie zum Lächeln brachte. Er wandte sich wieder seinem Freund zu. »Weißt du, Key, es gibt die Wahrheit und es gibt die Wahrheit. Bei manchen Dingen ist es okay, sie geradeheraus zu sagen – ›Wow, ich mag dein Kleid‹ oder ›Hey, du bist echt ein hübsches Ding‹. Andere Sachen behält man besser für sich – ›Mensch, Mädchen, du bist ja bettelarm‹, ›Alter Schwede, bist du hässlich‹. Kapiert?«

Die Tür zum Speisesaal schloss sich hinter Raven.

»Sie war nicht hässlich.«

Joe stützte sein Kinn auf die Hand und seufzte. »Das war doch nur ein Beispiel. Und nein, sie war nicht hässlich. Ich würde sogar sagen, sie war total niedlich.«

»Nicht bloß niedlich. Wirklich ... nett anzusehen.« Das wurde ihr nicht gerecht. Er hatte sich noch nie zu jemandem dermaßen stark hingezogen gefühlt.

»Jammerschade, dass sie dich bereits hasst wie die Pest«, grinste Joe. »Mich mag sie dafür umso mehr.«

Kieran wurde wütend. Sein Freund hatte ein Meisterdiplom im Flirten. »Joe, du lässt die Finger von Raven Stone.«

»Whoa! Jetzt werden wir aber ein bisschen besitzergreifend.« Amüsiert musterte Joe seinen Freund. »Trommelst du dir als Nächstes grunzend auf die Brust?«

»Sei nicht so ein Blödmann.« Kieran ließ seine Serviette in Joes Richtung schnalzen und sein Freund zuckte zusammen, als der Zipfel seine Nase nur um wenige Millimeter verfehlte. Joe wusste, dass Kieran den gleichen Trick nur mit größerer Wirkung auch mit einer Peitsche beherrschte. Eigentlich hätte man meinen können, dass er sich seit letztem Sommer, als er beim Zirkus- und Artistenworkshop Kierans Übungspartner gewesen war, von so was nicht mehr aus der Ruhe bringen ließ.

»Was ist denn jetzt los? Hat sich Kieran Storm, Eigenbrötler und wandelndes Rätsel unter uns Yoda-Jungs, etwa endlich dazu herabgelassen, von einem Mädchen Notiz zu nehmen?« Joe häufte sich Eiscreme auf den Löffel und schmatzte genießerisch.

»Habe ich nicht.« Hatte er wohl. »Ich will nur verhindern, dass du unsere Mission gefährdest, indem du wie immer deine altbekannte Masche abziehst.«

»Und die wäre?«

»Dass du deinen Charme spielen lässt und den Mädchen falsche Hoffnungen machst. Und eine Spur gebrochener Herzen hinterlässt. Du weißt, dass genau das am Ende passiert, Joe, weil wir immer nach kürzester Zeit schon wieder verschwinden.«

»Ich kann doch nichts dafür, dass ich ein Mädchenmagnet bin.«

»Moment, meine Damen und Herren, warten Sie kurz, bis ich mich aus dem Schatten des Egos von diesem Mann herausbewegt habe.«

»Mein Ego ist ein Zwerg im Vergleich zu deinem.«

Kieran lächelte selbstgefällig. »Aber meins ist gerechtfertigt.«

»Rede dir das nur mal schön weiter ein. Du, mein Freund, wirst noch mal ordentlich auf die Nase fallen; du wirst jemanden kennenlernen, der dir einen gehörigen Dämpfer verpasst – oder auch zwanzig.«

»Wird nicht passieren. Während einer laufenden Mission gehen wir keine Liebesbeziehungen ein.«

»Das werden wir ja sehen. Du wirst schon noch merken, dass du nicht jede Herausforderung im Leben mit links wuppen kannst.« Joe grinste seinen Freund leicht boshaft an. Kieran wusste, dass Joe irgendwas im Schilde führte. Die Rekruten der YDA, Young Detective Agency – oder die Yodas, wie sie sich selbst nannten –, trainierten alle zusammen und kannten die Stärken und Schwächen der anderen. Das war unverzichtbar, damit sie, wenn sie im Team auf Mission gingen, wussten, woran sie waren. Und dementsprechend war Kieran auch klar, dass höchstes Misstrauen geboten war, wenn Joe dermaßen selbstzufrieden aussah.

»Was geht dir im Kopf vor, Joe?«

»Nichts. Nur unsere Mission.« Joe gab sich unschuldig – zu unschuldig. »Als Angehöriger der A-Einheit widmest du dich mit deinem genialen Gehirn der Frage, welche Art von Verbindung zwischen gewissen moralisch fragwürdigen Entscheidungen von globaler Tragweite und dieser überaus harmlos wirkenden Schule bestehen. Als Spieler für Team C«, Joe schlug mit einem unsichtbaren Baseballschläger einen imaginären Ball, »lautet meine Aufgabe, mich unserer Informationsquelle persönlich anzunähern.«

Kieran wollte sich lieber nicht vorstellen, wie Joe sich Raven Stone persönlich annäherte. Ihm war egal, was Joe mit den anderen Schülern anstellte, aber Raven hatte etwas an sich, was ihn irgendwie berührte. Vielleicht lag das daran, dass sie weit weniger tough war, als sie vorgab zu sein; er fand diese Kombination aus harter Schale und weichem Kern sehr faszinierend. »Und das ist alles, was du tust?«

»Zweifelst du etwa an mir? Ich bin derjenige, der damit beauftragt worden ist herauszufinden, warum die Eltern einiger Schüler hier so krass vom rechten Pfad abgekommen sind.«

Die C-Einheit oder die Katzen, wie die Agenten mit Joes Fähigkeiten genannt wurden, waren aufgrund ihrer besonderen Begabung, sich mühelos und unmerklich in soziale Gruppen einzufügen, für die YDA ausgewählt worden; eine Folge ihrer charmanten Art war, dass es ihnen nie an potenziellen Freundinnen oder Freunden mangelte. Die Vertreter von Kierans A-Einheit, genannt die Eulen, wurden von den anderen immer auf die Schippe genommen, weil sie enorm viel Intelligenz und nur sehr wenig Talent zum Süßholzraspeln besaßen. Die Charmebolzen und die Superhirne: So wurden sie bei der YDA gesehen.

Kieran stach mit der Gabel in das Stück Apfelstrudel. Ihm persönlich waren fünf Minuten, in denen er mit dem Mädchen, das ihm gefiel, offen und ehrlich redete, lieber als die sechzig Minuten, die Joe mit Komplimentemachen und Schmeicheleien zubrachte – und jeder vernünftige Mensch sah das genauso.

Aber war Raven vernünftig?

Genug jetzt: Hier ging es um die Mission, nicht um irgendeinen irrationalen Instinkt, der in ihm hochgekommen war. Er misstraute Emotionen. Das Letzte, was er hier gebrauchen konnte, war eine feste Freundin, denn ernsthafte Beziehungen waren ihnen während eines Einsatzes streng untersagt. Er musste sich jetzt ausschließlich auf die Mission konzentrieren.

»Okay, wie wollen wir vorgehen? Müssen wir unsere Strategie neu anpassen, jetzt, da wir vor Ort sind?«

»Ich glaube nicht. Wir gehen weiter so vor, wie Isaac es uns gesagt hat. Ich nehme mir die Schüler vor, deren Eltern in diesen Machenschaften mit drinstecken, und versuche herauszukriegen, was sie sonst noch miteinander verbindet außer der Tatsache, dass ihre Kinder alle dieselbe Schule besuchen; und du knöpfst dir den Datenspeicher von Westron vor und suchst nach Hinweisen, ob auch die Schule involviert ist.«

»Diese Rothaarige, die Raven auf dem Kieker hat – Hedda Lindberg?«

»Du hast das Anmelderegister schon auswendig gelernt?«

»Natürlich. Das habe ich sofort nach unserer Ankunft getan.«

Joe warf ihm einen entnervten Blick zu. »Was auch sonst. Und was ist jetzt mit ihr?«

»Sie wäre ein guter Anfang. Ihr Vater ist über Nacht vom

renommierten Edelsteinhändler zum Schmuggler von Blutdiamanten geworden.«

»Interessant. Okay, ich strecke mal meine Fühler bei ihr aus, ob sie irgendwas weiß.«

»Viel Glück damit. Sie scheint eine ziemliche Giftspritze zu sein.«

»Ich bin vorsichtig.« Joe erhob sich. »Kommst du alleine klar?«

Kieran faltete seine Serviette zu einem ordentlichen Rechteck zusammen. »Ist die Frage ernst gemeint?«

»Ach ja, ich vergaß, Mister-Ich-bin-eine-Insel genügt sich ja immer selbst. Wir sehen uns dann nachher auf unserem Zimmer.«

»Bis dahin habe ich auch die vorläufigen Analyseergebnisse des E-Mail-Verkehrs.«

»Super. Vergiss nicht, dass morgen für uns der Unterricht anfängt, und erstatte nach dem Mittagessen Bericht bei Isaac.«

Kieran war bereits dabei, an seinem Tablet-Computer Westrons drahtloses Netzwerk zu überprüfen. »Als ob das eine Hürde für mich darstellt.«

»Ich weiß ja, dass du auf dem Gebiet der Naturwissenschaften ein Ass bist, und genau aus diesem Grund habe ich dich auch für die Fächer Theater, Kunst, Englisch und Tanz eingeschrieben.«

»Du hast was? Ich hüpfe doch nicht in einem Turntrikot rum!«

»Hättest das Anmeldeformular wohl doch nicht mir in die Hand drücken sollen, was?« Joe wehrte Kierans Knuff mit dem Unterarm ab. »Ach komm, Kieran, das wird ein Mordsspaß.«

»Für wen?« Kieran malte sich aus, wie er seine Dessertschale auf Joes Gesicht drückte – dermaßen verlockend. Andererseits, so schwierig konnte dieser ganze künstlerische Kram nicht sein. Ein Klacks im Vergleich zur Komplexität von mathematischen Problemen, die er mit links löste. Er stand auf. »Dafür bring ich dich um, Joe, und niemand wird je deine Leiche finden. Ich kenne ein paar Methoden, einen menschlichen Körper restlos und ohne Spuren verschwinden zu lassen.«

Für eine Sekunde sah Joe beunruhigt aus; vermutlich verfügte Kieran tatsächlich über entsprechendes Wissen. »Betrachte es einfach als eine Herausforderung. Du hast dich doch erst vorhin noch beschwert, dass dir nie etwas abverlangt wird.«

»Ach, und du meinst, dass mir das etwas abverlangen wird?« Kieran hob eine Augenbraue. »Denk noch mal nach, mein Freund, denk noch mal gut nach.«

Raven saß auf dem Besuchersofa neben dem Sekretariat und beobachtete, wie die Schüler aus dem Speisesaal strömten, während sie vorgab, Zeitung zu lesen. Eigentlich hatte sie wieder auf ihr Zimmer gehen wollen, aber aus Neugierde auf die beiden Neuen war sie im Foyer hängen geblieben.

»O mein Gott: Sie sind fa-bel-haft!«, rief Mairi aus, ein Mädchen aus ihrer Tanzklasse, die mit jeder Menge Sommersprossen und einer kastanienbraunen Wallemähne gesegnet war. »Hast du sie gesehen?«

»Du meinst Mister Hottie McTottie und Mister Knackarsch? Die hat man ja kaum übersehen können. Was soll ich anderes sagen als wow!«, lachte ihre Freundin Liza. *Ich bin ganz bei dir, Schwester.* »Sie sind neu in Westron. Hedda hat erzählt, sie sind von ihrer alten Schule geflogen.«

Mairi grinste. »Das klingt vielversprechend! Ich stehe auf böse Jungs.«

»Ich auch. Wäre mir ein Vergnügen, ihnen bei der Eingewöhnung hier zu helfen. Falls du verstehst, was ich meine.« Liza zuckte kichernd mit den Augenbrauen.

»Raven hat schon mal einen Vorstoß gewagt.«

»Sie war schneller in den Startlöchern als der Rest von uns.«

»So wie's aussieht, hat sie's aber vermasselt.«

Sie bewegten sich langsam außer Hörweite, ohne die Lauscherin hinter der großen Philodendronpflanze bemerkt zu haben.

»Dann ist die Bahn wieder frei für uns, richtig? Was sagst du denn zu den Gerüchten über sie? Ob das stimmt?«

Raven konnte die Antwort nicht mehr hören, doch es war furchtbar zu wissen, dass sogar Mädchen, die sie mal als Freundinnen betrachtet hatte, ihren Charakter infrage stellten. Aber viel Zeit zum Grübeln blieb ihr nicht, denn da kamen bereits die beiden Neuen aus dem Speisesaal. Jepp, ihr erster Eindruck war goldrichtig gewesen: alle beide waren zum Dahinschmelzen. Auf den ersten Blick wirkte Joe vielleicht ein bisschen anziehender, aber Kieran hatte irgendwas an sich, dass sie ihn immer wieder anschauen wollte. Und immer wieder. Sie nahm die Zeitung vor ihrem Gesicht ein Stück höher.

»Nur so aus Neugier: Wie würdest du's denn anstellen?«, fragte Joe. »Die Beweismittel beseitigen?«

»Das ist schwieriger, als man meint.«

»Schon klar.«

»Und du wirst es nur dann erfahren, wenn ich beschließe, dass du es erfahren musst.«

»Du meinst, indem du's bei mir anwendest?«

»Korrekt. Also, pass auf, was du tust, mein Freund.«

Merkwürdige Unterhaltung. Raven legte die Zeitung beiseite und sah ihnen nach. Was für ein leckerer Anblick! *Okay, okay, Raven, Schluss mit dem Beglotzen der beiden Neuen.* Kieran hatte ja bereits auf ziemlich kränkende Weise gezeigt, dass er sie nur mit einem zweiten Blick bedachte, um ihren Charakter und ihre

Eigenschaften auseinanderzupflücken. Sie sollte lieber zusehen, wie sie die Gerüchte, dass sie eine Diebin war, aus der Welt schaffen konnte, als diesem Kerl hinterherzuschmachten. Aufgrund dessen, was sie in der Vergangenheit erlebt hatte, war sie Jungen gegenüber schüchtern; fühlte sie sich zu jemandem hingezogen, hatte sie sofort einen schnodderigen Spruch auf den Lippen. Am besten hielt sie sich von Kieran fern, um sich nicht zu blamieren. Das würde nicht allzu schwierig sein; sie konnte sich kaum vorstellen, dass sie irgendwelche gemeinsamen Kurse hatten. Kieran schien nicht gerade der künstlerisch veranlagte Typ zu sein.

»Wie ihr mittlerweile wisst, wiegt die Bewertung eurer Abschlussperformance und der dazugehörigen schriftlichen Interpretation für die Endnote am schwersten.« Miss Hollis, die Tanzlehrerin, machte mit über den Kopf gereckten Armen Dehnübungen und lockerte danach ihre Nackenmuskulatur.

Raven konnte es nicht fassen: Kieran war in ihrem Kurs. Er war auf den letzten Drücker gekommen, hatte sich neben sie auf den Fußboden gesetzt, die langen Beine mit überkreuzten Knöcheln ausgestreckt. Er ignorierte geflissentlich das aufgeregte Gewisper der Mädchen ringsherum und machte ein Gesicht, als wäre er an jedem anderen Ort lieber als hier. »Die Prüfungen kommen immer näher und wir haben einen neuen Kursteilnehmer, den wir integrieren müssen. Mädchen, das ist Kieran Storm. Wir müssen unsere Gruppen umstrukturieren. Also, Kieran, welchen Stil bevorzugst du? Ballett, Jazz oder Modern?«

Hatte er tatsächlich gerade gemurmelt: ›Ich bevorzuge es, mir spitze Gegenstände in die Augäpfel zu rammen‹? Raven musterte ihn fragend. Was um alles in der Welt wollte er bloß hier? Er war mit Abstand der lustloseste Tänzer, den sie je gesehen hatte.

»Kieran?«, wiederholte Miss Hollis.

»Modern.«

»Okay, da haben wir zwei Gruppen. Liza, Mairi und Rachel sowie Gina und Raven.« Die Lehrerin ließ ihren Blick über die vorne im Raum versammelten Mädchen schweifen. »Raven, wo ist Gina?«

»Sie ist noch nicht wieder zurück, Miss.« Puh: haarscharf vorbei. Sie wollte auf keinen Fall Kieran an der Backe haben.

Miss Hollis wandte sich an die andere Gruppe. »Wie sieht's mit eurer Choreografie aus? Würdet ihr ihn noch irgendwie unterbringen können?«

»Oh ja, Miss«, sprudelte Mairi los. »Ich würde mich echt freuen, ihn zu kriegen – also, für unsere Gruppe, meine ich.« Der Rest der Klasse kicherte, während Mairis Gesicht einen bemerkenswerten Rotton annahm. Liza flüsterte: »Hottie McTottie.« Mairi wurde noch verlegener.

Doch dann wandte sich die Lehrerin wieder zu Raven um. *Geh weg, geh weg!* »Aber wenn Gina noch nicht da ist, sollten wir besser euch beide zusammentun, Raven.«

Kierans kristallgrüne Augen fixierten sie und prompt lief ihr wieder dieses Kribbeln über den Rücken wie gestern Abend.

Nein, nein: Sie hatte doch beschlossen, sich von ihm fernzuhalten, und damit wäre ihr Plan zunichte. »Ohne Gina wird es schwierig zu entscheiden, was wir mit ihm machen wollen, Miss.«

»Ich weiß, was ich mit ihm machen würde«, flüsterte Liza.

Miss Hollis schoss ihr einen tadelnden Blick zu, dann richtete sie ihre Augen auf Raven. »Aber du bist eine meiner erfahrensten Tänzerinnen, Raven; ich glaube, dir wird es am besten gelingen, einen Jungen in eure Choreografie mit einzubauen.«

Es war eindeutig, was Miss Hollis erwartete.

»Ich denke, wir kriegen das hin.«

»Danke, Raven. Und falls Gina aus irgendeinem Grund nicht zurückkommt, kann Kieran ja einfach ihre Rolle übernehmen.«

»Das dürfte schwierig werden; wir arbeiten ja an einer Interpretation zum Thema Geburt und hatten uns für das Motiv Mutter und Kind entschieden, mit Gina als Mutter.«

Ein paar Mädchen kicherten. Kieran blickte mit gerunzelter Stirn zur Decke.

Miss Hollis stand mit verschränkten Armen da. »Tja, ein paar der besten Tanzstücke sind daraus entstanden, dass man gezwungen war, vorgefasste Haltungen und Konzepte radikal zu überdenken.«

»Wenn Sie das sagen.« Wie hatte ihre Vermeidungsstrategie dermaßen schnell ausgehebelt werden können?

Nachdem diese Angelegenheit zu ihrer Zufriedenheit geregelt war, klatschte Miss Hollis in die Hände. »Okay, Mädels – und Kieran natürlich, auf geht's ans Aufwärmen. Wir beginnen mit isolierten Nackenübungen, gefolgt von Hüftschwüngen.«

Kieran stellte sich an der rückseitigen Wand des Raums auf, genau hinter Raven. Ihr missfiel, wo er stand; sie hatte das untrügliche Gefühl, dass Kieran beim Ausführen der Übungen mehr auf sie achtete als auf die Lehrerin vorne, was die im Grunde genommen harmlosen Bewegungen zu einer Peinlichkeit machte. Hätte sie statt Trikot und Leggings doch bloß ihre schlabbrige Jogginghose angezogen.

Mit einem Handzeichen beendete Miss Hollis die Aufwärmphase. »Okay, und jetzt an die Gruppenarbeit. Fangt mit ein paar Vertrauensübungen an. Ich mache die Runde und sehe mir jede Gruppe einzeln an.«

Raven drehte sich um. Kieran stand direkt hinter ihr, die Hände in die Hüften gestemmt, mit einem selbstsicheren, schiefen Lächeln im Gesicht – Herr über alle, die er erblickte. Anscheinend machte es ihm rein gar nichts aus, dass er das einzige männliche Wesen im Raum war. Zum ersten Mal standen sie sich Auge in Auge gegenüber und Raven war überrascht, wie groß er war. Elbe und Hobbit – so kam sie sich vor. Um dem Größenunterschied etwas entgegenzusetzen, gab sie sich mal wieder betont schnodderig. »Also, Sudoku, was genau schwebt dir vor?«

Er schob sich eine Locke aus dem Gesicht. »Vertrauensübungen – was ist das?«

Sie blickte ihn fragend an. »Das weißt du nicht?«

»Offenbar nicht, sonst würde ich nicht fragen.«

»Na, du weißt schon – sich rückwärts fallen lassen und darauf vertrauen, dass der Partner einen auffängt. So was in der Art.«

»Und wozu soll das gut sein? Ich weiß doch jetzt schon, dass ich dich auffangen werde, und wir beide, wenn du versuchst, mich aufzufangen, auf dem Hintern landen.«

Sie verdrehte die Augen. »Glaubst du?«

»Ich weiß es.«

»Okay, Sudoku, probier's doch einfach aus.«

»Ich lasse mich nicht auf dich drauffallen.«

»Siehst du, du vertraust mir nicht.«

»Nein, tue ich nicht.«

Sie lehnte sich nach vorne und bohrte ihm einen Zeigefinger in die Brust. »Aber genau darum geht's bei der Übung. Du bist soeben glatt durchgefallen.«

Sie wollte ihn herausfordern? Nur zu. »Na schön, Miss Stone, fang mich auf.« Blitzschnell drehte er sich um und ließ sich rückwärts fallen. Sie unternahm noch einen tapferen Versuch, ihn zu ergreifen, aber die Schwerkraft gewann und sie landeten beide auf dem Boden, sie unter ihm.

»Mannomann, kannst du mich das nächste Mal nicht vorwarnen!« Keuchend schubste Raven ihn von sich weg. Sie versuchte sich nicht anmerken zu lassen, wie stark sie sich der Nähe ihrer beiden Körper bewusst war.

Er räusperte sich und setzte sich auf. »Siehst du, ich bin zu schwer für dich; du kannst mich nicht halten.«

Raven rollte sich von ihm weg und sprang auf die Füße. »Lass es uns noch mal probieren, du Genie, aber diesmal mit Vorwarnung bitte.« Kieran gab ihr keine Antwort, sein Blick war starr auf ihre Haare gerichtet. Ihre Hände flogen an ihren Kopf: Die Mistdinger machten wie immer, was sie wollten, und standen ihr wie Kraut und Rüben vom Kopf. »Hörst du mir überhaupt zu, Kieran?«

»Eher nicht. Es sei denn, du hast etwas Intelligentes zu sagen.«

Es juckte ihr in den Fingern, ihm irgendwas an den Kopf zu schmeißen. Ohne Wurfgeschoss in greifbarer Nähe ließ sie es bei einem tiefen Seufzen bewenden. »Mit Gina hatte ich nie solche Probleme. Ich kann's kaum erwarten, bis sie wieder hier ist.«

»Vielleicht würdet ihr mich zu zweit ja auffangen können.« Er rappelte sich hoch. »Wann, glaubst du, wird sie zurück sein?« Kieran ließ die Schultern kreisen.

»Keine Ahnung. Sie hätte längst hier sein sollen. Das Gleiche gilt für Johnny und Siobhan – die sind bereits monatelang weg, genau wie Hedda letztes Semester und ... keine Ahnung ... noch ein paar andere.«

Kieran war mit einem Mal voll bei der Sache, sein Lächeln erlosch. »Wie meinst du das, das Gleiche gilt für Johnny und Siobhan?«

Raven zuckte die Achseln, verwundert über sein Interesse.

»Na ja, ständig heißt es, sie würden bald zurückkommen, und dann tauchen sie ewig nicht wieder auf – oder auch gar nicht. Vor Ostern, als ich Gina das letzte Mal gesehen habe, hat sie sich noch total aufs neue Semester gefreut. Wahrscheinlich hat sie einfach nur ihren Flieger verpasst oder so.«

»Das weißt du nicht?«

»Vielleicht hat sie mir ja eine SMS geschickt.«

»Aber dein Handy ist im Eimer.«

Sie verschränkte die Arme vor der Brust; sie wurde nicht gern an den Streit mit Hedda erinnert. »Wie du gestern ja ganz richtig bemerkt hast.«

Kieran wühlte in seiner Sporttasche. »Willst du Gina mit meinem kontaktieren?«

Sein Angebot überraschte Raven. Schließlich kannten sie sich kaum. »Bist du sicher?«

Er hielt es ihr hin.

Sie warf rasch einen Blick zu Miss Hollis hinüber – sie war mit einer der Jazztanzgruppen beschäftigt –, dann schlug sie in ihrem Kalender Ginas Nummer nach und tippte eine Nachricht ein. Als sie fertig war, gab sie Kieran das Handy zurück. Sie sah gleich viel fröhlicher aus.

»Danke. Ich hasse es, im Dunkeln zu tappen.«

»Okay, Leute, was habt ihr denn so auf die Beine gestellt?« Miss Hollis war wie aus dem Nichts neben ihnen aufgetaucht; sie war eine Meisterin im Sich-hinterrücks-Anschleichen, eine bewährte Lehrerstrategie, um Drückeberger dranzukriegen.

Kieran steckte schnell das Handy weg. »Wir diskutieren gerade die ersten Ideen.«

»Damit solltet ihr euch aber nicht zu lange aufhalten. Wir haben nur noch wenige Wochen bis zu den Prüfungen.«

»Kein Problem, Miss, das kriegen wir hin«, sagte Raven.

»Und wie wollt ihr die Sache angehen?«

»Wir sind gerade noch dabei, eine kleine Vertrauensschwäche abzubauen«, sagte Kieran seelenruhig. »Ich glaube, Raven ist sich, was mich betrifft, nicht ganz sicher.«

Raven warf ihm einen Mörderblick zu.

»Ach wirklich? Kann ich dabei irgendwie helfen?« Miss Hollis schaute erwartungsvoll von einem zum anderen.

»Ähm, nein, Miss«, sagte Raven mit zuckersüßer Stimme – dann riss sie die Arme auseinander und ließ sich fallen, ein Bein lang in der Luft und bis in die Zehen gestreckt. Kieran hatte ein verdammt gutes Reaktionsvermögen, das musste sie ihm lassen: Er fing sie auf. Sie nutzte den Schwung, um wieder hochzufedern und eine Drehung zu machen, die darin endete, dass sie mit geöffneten Armen ihm zugewandt zum Stehen kam. Jetzt waren sie wohl quitt.

»Ausgezeichnet.« Miss Hollis applaudierte. »Ich sehe schon, Raven, dich mit einem männlichen Tänzer zusammenzutun ermöglicht es dir, seine Kraft wie ein Sprungbrett für deine natürliche turnerische Begabung einzusetzen.«

»Wie?« Kieran machte ein finsteres Gesicht. Die Vorstellung, jemandes Sprungbrett zu sein, ging ihm eindeutig gegen den Strich.

»Beim Tanzen wird vom Mann erwartet, dass er seine Partnerin führt und sie unterstützt.« Miss Hollis tätschelte Kieran den Rücken. »Ich hoffe, dass du diese Muskeln hier sinnvoll einsetzen wirst, Kieran. Macht weiter.«

Kapitel 3

»Und du bezeichnest dich als meinen Freund?« Kieran warf Joe sein verschwitztes Sportzeug an den Kopf.

Joe saß in ihrem Zweibettzimmer am Schreibtisch vorm Computer und fegte mit einer Hand die Trainingshose zu Boden. »Was macht dein Plié?«

Kieran machte in knappen Worten klar, was Joe seiner Meinung mit sich selbst tun konnte.

»Das nehme ich mal als Ratschlag so hin.«

»Aber es war keine reine Zeitverschwendung.« Kieran knallte seinen Kunsthefter aufs Bett und ging hinüber zum Fensterbrett, auf dem sein Pflanzenforschungsprojekt aufgebaut war. Er brauchte mehr Platz. Kieran schob Joes Bücher vom Regalbord und warf sie auf den Boden.

»Muss das sein?«, stöhnte Joe, als Kieran loslegte und überall im Zimmer Becherpflanzen, Hummerreusen, Schnapp- und Fliegenpapierfallen verteilte.

»Das ist wichtig.«

Joe nahm den Blumentopf von seinem Nachttisch herunter.

»Nicht anfassen!«, sagte Kieran mit scharfer Stimme.

»Warum nicht?«

»Die Ausrichtung und Position der Pflanze sind von mir genau berechnet worden. Ich werde jetzt die Schmeißfliegen freilassen.« Er holte ein Gefäß aus dem Schrank, in dem er die in einer Tierhandlung erworbenen Fliegen aufbewahrte. Eigentlich als Eidechsenfutter gedacht, würden sie sich aber auch für seine Zwecke eignen.

»Du lässt sie aber nicht raus, während ich im Zimmer bin – das ist eklig.« Joe nahm sich ein paar Orangen aus der Schale neben seinem Computer und fing an, damit zu jonglieren – er sorgte immer dafür, dass er in Übung blieb.

»Das ist nicht eklig. Das ist Wissenschaft. Ich möchte sehen, welche der Pflanzen der erfolgreichste Räuber ist und wie lange sie brauchen, um die Fliegen zu verdauen.«

»Kannst du das nicht in einem Buch nachlesen?« Joe ließ die Früchte wieder in die Schale zurückfallen, die letzte warf er von hinten über seine Schulter hinweg.

Kieran bedachte Joe mit einem durchdringenden Blick, der besagte: ›Seh-ich-etwa-so-aus-als-würde-ich-Informationen-aus-zweiter-Hand-vertrauen?‹

Joe blickte um Geduld ringend zur Decke. »Und möchtest du mir vielleicht auch noch verraten, warum du unser Zimmer in ein Paradies für fleischfressende Pflanzen verwandeln willst?«

»Das ist für einen alten Fall wichtig, den ich noch mal vorgeholt habe.« Er weckte die Fliegen auf, indem er ans Gefäß klopfte.

Joe riss ihm das Glas aus der Hand. »Das kannst du auch noch später. Mach dir lieber Gedanken über unseren aktuellen Fall. Und erzähl endlich, warum die Tanzklasse keine totale Zeitverschwendung war.«

»Ich wurde der Gruppe von Raven Stone zugeteilt.«

Joe setzte sich wieder auf den Bürostuhl, rollte vom Schreibtisch weg und brachte das Fliegen-Gefäß außer Kierans Reichweite. »Du solltest mir dankbar sein, Mann.«

»Ja, eins muss ich zugeben: Ich bereue jedes abschätzige Wort, das ich jemals über Turntrikots verloren habe. Und noch was: Ihre Zimmergenossin ist immer noch nicht aus den Ferien zurückgekehrt. Raven hat erzählt, dass andere Schüler ebenfalls für eine gewisse Zeit spurlos verschwunden waren und teils noch verschwunden sind. Ihre Namen stimmen mit denen der Eltern überein, gegen die wir gerade ermitteln. Hedda, Johnny – ich vermute, sein Nachname ist Minter, weil es nur zwei Johnnys an der Schule gibt –, Siobhan Green und noch andere, die sie nicht namentlich erwähnt hat.«

»Wie heißt diese Freundin von ihr noch mal?«

»Gina Carr.«

Joe suchte in der Datei nach dem Namen. »Tochter eines amerikanischen Diplomaten, der derzeit einen Posten in London innehat.«

»Noch so ein Karrieretier.«

»Wie fast alle Eltern der Schüler hier, aber das passt auf jeden Fall ins Muster. Über ihn haben wir noch nichts.«

»Dann sollten wir uns die Carrs auch mal genauer ansehen. Wir sollten prüfen, ob es womöglich Hinweise auf Lösegeldforderungen oder Erpressung gibt – vielleicht werden den Eltern ja Gefälligkeiten abgepresst im Gegenzug für die Unversehrtheit ihrer Kinder.«

»Ja, möglich. Aber warum lassen sie dann ihre Kinder weiterhin an der Schule, wenn sie wieder in Freiheit sind? Hedda stolziert hier rum und es gibt keine Anzeichen dafür, dass sie ein Entführungsopfer war. Man sollte doch meinen, dass sich nach solch einer Geschichte Eltern mit ihrem Kind so schnell es geht vom Acker machen.«

Kieran musste Joe recht geben: Es ergab keinen Sinn und ging außerdem über den Rahmen ihrer eigentlichen Mission hinaus. Eine besorgte hochrangige Regierungsbeamtin hatte die YDA eingeschaltet. Sie hatte Isaac, ihrem Chef, erklärt, sie glaube, dass irgendetwas Ernstes vor sich ginge. Es hatte in letzter Zeit einige ungewöhnliche Entscheidungen gegeben. Eine sibirische Gaspipeline war entgegen allen Erwartungen umgeleitet worden. Ein hoher Beamter eines Landes des Mittleren Ostens war zum Präsidenten der Nationalbank ernannt worden, ohne dass er vorher jemals für dieses Amt zur Diskussion gestanden hatte. Telekommunikationsverträge waren weit unter Marktwert verkauft worden. Die einzige augenfällige Verbindung, die sie hatte finden können, war die Tatsache, dass die dafür verantwortlichen Entscheidungsträger alle Kinder hatten, die Schulen besuchten, welche zum Verband der Internationalen Schulen gehörten. Er und Joe hatten sich also in Westron eingeschrieben in der Erwartung, auf Hinterzimmer-Deals zu stoßen, die bei Schulveranstaltungen, Sportwettkämpfen oder Fördergemeinschaftstreffen abgewickelt wurden; mit irgendwelchen finsteren Machenschaften, die die Schüler möglicherweise unmittelbar selbst betrafen, hatte niemand gerechnet.

»Zeig mir noch mal die Namensliste der Schüler und ich gucke, ob ich im Abgleich mit den Schulakten die identifizieren kann, die verschwunden sind. Diejenigen, die zurückgekommen sind, lasse ich drin, aber ich hebe ihre Namen mit Marker hervor.«

Joe war schlau genug, Kieran nicht zu widersprechen, wenn er erst mal Witterung aufgenommen hatte.

»Wird sofort gemacht.«

»Ich werde die Schülernamen dann mit den Eltern abgleichen, die in die Korruptionsfälle verwickelt sind – die Antwort liegt irgendwo dazwischen, da bin mir sicher. Und ich sende Isaac eine SMS, dass er Carr unter die Lupe nehmen soll – mal sehen, ob sich da irgendwas finden lässt.«

»Hier, bitte.« Joe ließ den Ausdruck der Namensliste auf seinen Schreibtisch fallen. »Ich muss dich damit allerdings allein lassen; ich hab jetzt Biologie.«

»Reib's mir noch schön unter die Nase.« Kieran warf ihm mit gerunzelter Stirn einen Blick zu. »Du hast nicht zufällig einen Tipp, wo ich mich über Tanz schlaumachen kann, irgendein Handbuch oder so was?«

»Wie's der Zufall so will, bin ich sogar Experte, allerdings ist Streetdance eher mein Ding.« Warum hatte sich dann nicht Joe fürs Tanzen eingeschrieben? Ach richtig, weil's hier ja darum ging, ihn bloßzustellen. »Von welchem Tanzstil reden wir hier denn, Key?«

»Die Lehrerin hat es als ›Modern‹ bezeichnet.« Kieran tippte auf den Tasten seines Laptops und versuchte, Ginas Handy zu orten. Sein Hirn schnurrte vor Zufriedenheit angesichts der vielen Aufgaben, die es nun zu erledigen galt: Endlich mal eine lohnenswerte Herausforderung!

»Wir haben uns schon gedacht, dass du ein bisschen Hilfe brauchen wirst, deshalb habe ich ein paar DVDs mitgebracht.« Joe warf ihm eine Handvoll aktueller Tanzfilme zu, die Kieran ohne hinzusehen aus der Luft auffing. »Sieh sie dir an und lerne, meine Freund.«

Heute ging einfach alles schief. Es hatte mit einem neuen Briefumschlag unter der Tür begonnen – das gleiche Foto, aber diesmal steckte ihr Kopf in einer Schlinge. Und als Höhepunkt ihres verhagelten Morgens hatte Miss Hollis ihr dann auch noch Kieran aufgehalst; jedes Mal, wenn sie ihn traf, war sie hin- und hergerissen, einerseits fühlte sie sich zu ihm hingezogen, andererseits nervte er sie ohne Ende. Wie gern hätte sie sich mit einer Freundin über das alles ausgetauscht. Raven beschloss, im Sekretariat vorbeizuschauen und nachzufragen, ob sich Gina oder deren Eltern gemeldet hatten. Als sie im Büro ankam, traf sie dort auf ihren Großvater, der sich gerade mit der Sekretärin unterhielt.

»Hey, Opa, wie war dein Tag bisher?« Sie vergötterte ihn förmlich; jedes Mal, wenn sie ihn in seinem ausgebeulten Blaumann durchs Schulgebäude schlurfen sah, überkam sie ein warmes Gefühl. Es war ihr egal, was die anderen über seinen Job dachten. Sie konnte sich lebhaft vorstellen, dass Mister Arrogant Storm über ihren Opa die Nase rümpfte. Na und? Ihr Großvater war der einzige nahe Angehörige, den sie noch hatte, und sie war fest entschlossen, jede Sekunde mit ihm auszukosten. Er jedoch war fest davon überzeugt, sie würde lieber Zeit mit ihren Freunden verbringen, egal, wie oft sie ihm sagte, dass das Unsinn sei.

»Mir geht's prima, mein Schatz. Und dir? Hast du dich schon wieder gut eingelebt?«

Raven zuckte die Achseln. Sie wollte ihn nicht belasten, indem sie ihm von der vergifteten Stimmung zwischen ihr und den anderen Mädchen und diesen blöden Drohbotschaften erzählte; er machte sich so schon genug Sorgen um sie und mit seiner Gesundheit stand es auch nicht zum Allerbesten.

Er schaute sie an und bemerkte den Bluterguss, den sie vergeblich versucht hatte, mit Make-up zu kaschieren. »Was ist da mit deinem Auge passiert, Raven?«

»Ein Unfall. Halb so wild. Aber Gina ist noch nicht zurück. Ich wollte mal fragen, ob Mrs Marshall vielleicht etwas von ihr gehört hat.«

»Du vermisst wohl deine Verbündete, was?« Wenigstens Opa verstand sie.

»Ja, allerdings.«

Die Sekretärin ging die Anrufnotizen durch. »Nichts, meine Liebe. Aber mach dir keine Sorgen, sie taucht sicher bald wieder auf.«

»Hat die Schule denn schon ihre Eltern erreicht?«

»Ich fürchte, diese Information ist vertraulich.« Sie lächelte spröde und bei Raven schrillten die Alarmglocken.

»Meinen Sie damit etwa, man hat sie erreicht und dass irgendwas Schlimmes passiert ist?« Im Gegensatz zu den meisten anderen Schülern hatte Raven gelernt, mit schlechten Nachrichten zu rechnen. Der Anruf um zwei Uhr morgens. Das Auto, das aus dem Krankenhaus zurückkehrte mit nur einer Person darin.

Mrs Marshall drehte sich weg und legte die Liste mit den verspäteten Schülern auf einen anderen Tisch. »Du solltest keine voreiligen Schlüsse ziehen, Raven.«

»Ich bin ihre beste Freundin, Mrs Marshall. Es würde ihr nichts ausmachen, wenn ich Bescheid wüsste.« Vor lauter Verzweiflung überschlug sich ihre Stimme.

»Das ist gegen die Schulvorschrift. Sag mal, hast du jetzt nicht gleich Unterricht?«

Ihr Großvater legte ihr eine Hand auf den Arm. »Raven.« Der Klang seiner Stimme genügte. Sie wusste, dass sie dazu neigte, schnell aus der Haut zu fahren, aber er konnte sie immer beruhigen.

»Tut mir leid.« *Tief durchatmen.* »Ja, ich habe als Nächstes Französisch. Bis später.«

Raven eilte in ihren Kursraum. Sie konnte die nagende Sorge, dass Gina etwas zugestoßen war, einfach nicht abschütteln.

Sie kam als Letzte zum Französischunterricht und setzte sich auf den Platz neben Kierans Freund.

»Hallo, Joe, wie geht's?« Sie verscheuchte eine Schmeißfliege, die auf ihrem Pult gelandet war.

»Jetzt, wo du da bist, schon viel besser.« Er zwinkerte ihr zu, aber Raven vermutete, dass sein Herumgeflirte eher eine Art Reflex war und nicht ihr persönlich galt; sie genoss es, war aber zu klug, um es ernst zu nehmen.

»Oh, danke schön.« Sie holte ihren Hefter heraus.

»Ich habe gehört, dass Kieran und du jetzt ein Tanzpaar seid.«

»Eh-hm.«

»Wie hat er sich so gemacht?«

Feixte sich Joe etwa eins? Raven reagierte schnell verärgert, wenn sich jemand über das Tanzen mokierte; es war mit Abstand ihr anspruchsvollster Kurs. »Er hat sich ganz gut geschlagen.«

»Echt?«

»Aber du weißt doch bestimmt, dass er ein guter Tänzer ist? Er hat doch sicher schon an eurer alten Schule getanzt.« Moment mal: Joe hatte erzählt, sie waren von der Schule geflogen, weil sie das Labor in die Luft gejagt hatten. Wenn Kieran darstellende Künste belegt hatte, wieso hatte er dann mit Chemikalien herumgespielt? »Er hat doch da auch schon getanzt, stimmt's? Ihr zieht hier hoffentlich keine schräge Nummer ab, oder?«

Joe legte die Stirn in Falten. »Was, wir? Nein! Warum sollten wir? Ja, er ist ein guter Tänzer – er ist in allem gut.«

»Weißt du, ich fänd's gar nicht lustig, wenn ich feststellen würde, dass ich in irgendeinen blöden Scherz verwickelt worden bin.«

»Kein Scherz – vertrau mir.« Joe schwang sich zu Adewale herum, der neben ihm auf der anderen Seite saß. »Hey, schön, dich kennenzulernen: Ich bin Joe.« *Du kannst mich ignorieren, so viel du willst, aber ich hab dich auf dem Kieker.* Raven beschloss, dass sie Kieran, was sein tänzerisches Können betraf, ein bisschen mehr auf den Zahn fühlen würde. Wenn schon ihr Sozialleben an der Schule unter aller Sau war, dann sollten wenigstens nicht auch noch ihre Noten leiden.

Mit gespitzten Ohren lauschte sie der Unterhaltung zwischen Joe und seinem Banknachbarn. »Was machen denn deine Eltern so, Adewale?«

»Mein Vater arbeitet in London als Banker. Und bei dir?«

»Mom ist in der Entzugsklinik und Dad im Gefängnis.« Joe zeichnete an den Rand seines leeren Notizblocks das Gesicht einer Katze.

Adewale lachte. »Machst du Witze?«

»Nein.«

Adewale schluckte sein Lachen hinunter. »Hey, Mann, tut mir leid.«

»Schon gut. Wenn's nicht so komisch wäre, müsste ich heulen. Aber zum Glück hat sich mein Patenonkel eingeschaltet und mich gerettet, und so bin ich jetzt hier.«

»Und wer ist dein Patenonkel?«

»Er ist Oberst und arbeitet fürs britische Verteidigungsministerium.« Joe schaltete lächeltechnisch einen Gang höher. »Aber wenigstens ist mein alter Herr kein Banker. Beliebt ist ja was anderes.«

Der nigerianische Junge grinste zurück. »Ist echt ein hartes Los, Mann, das kann ich dir flüstern. Aber meine Mutter ist Krankenschwester – wie ist es damit?«

»Dann bist du wieder voll rehabilitiert.« Joe drehte sich zu Raven um. »Siehst du, in Wirklichkeit ist er einer von den Guten.«

»Das wusste ich bereits. Hey, Adewale – schöne Ferien gehabt?«, fragte Raven.

»Ja, geht so. Sag mal, meine Uhr hat sich in meiner Abwesenheit nicht zufällig wieder eingefunden, oder? Dein Großvater hat gesagt, er würde mal nach ihr suchen.«

»Er hat nichts gesagt, also vermute ich mal, nein. Sorry.«

»Dann muss ich's wohl meinem Vater beichten, damit er's der Versicherung melden kann. Wird ihn nicht gerade freuen. Das war eine echte Cartier. Und so wie's aussieht, ist sie eher gestohlen worden als verloren gegangen.«

»Das ist hart.« Joe machte ein mitleidiges Gesicht. »Dann halte ich meine Rolex mal besser unter Verschluss, wenn hier irgendeiner lange Finger macht.«

Die Lehrerin lenkte die Aufmerksamkeit der Schüler auf das Whiteboard; sie besprach gerade eine Filmfassung der Klassenlektüre ›Le Malade Imaginaire‹. Raven fing an, sich Notizen zu machen, bekam aber das Gespräch, das sie mit angehört hatte, einfach nicht aus dem Kopf. Joes Vater saß im Gefängnis? Wirklich? Und wie war er zu einem britischen Patenonkel gekommen, der ihm seine Ausbildung sponserte? Und was war mit Kierans Eltern? Steckten sie ebenfalls in Schwierigkeiten? Hatte das die beiden Jungen etwa zusammengeführt? Sie konnte Joe schlecht fragen, da er sich ja nicht mit ihr darüber unterhalten hatte. Das wäre ziemlich übergriffig.

»Ist schon okay«, sagte Joe mit leiser Stimme.

»Was meinst du?«

Er fügte dem Katzenkopf einen Körper und einen Schwanz hinzu, dann fing er an, eine Eule zu zeichnen. »Ich weiß, dass du gehört hast, was ich erzählt habe. Ich habe kein Problem damit. Was meine Eltern getan haben, berührt mich nicht mehr. Und mein Patenonkel ist große Klasse.«

»Wann kommt er wieder raus?«

»Mein Vater?«

Sie nickte.

»Niemals, hoffe ich.«

Das bedeutete, dass er etwas wirklich Schlimmes getan hatte. »Tut mir leid.«

»Muss es nicht. Es war gut, dass er geschnappt worden ist. Ich verdanke dem NYPD mein Leben.«

New York Police Department. »Tut mir trotzdem leid – das muss hart sein.«

»Danke.«

»Und dein Patenonkel – hat er es sich zur Aufgabe gemacht, elternlose Jungs zu unterstützen?«

Joe verpasste der Eule einen bekümmerten Gesichtsausdruck. War das ein Gettoblaster, auf dem sie da hockte? »Manchmal schon, ja. Jedenfalls ist er so auf mich gekommen. Aber er ist auch ein guter Freund von Kierans Familie.«

»Kierans Familie?«

»Genau. Ich habe sie mal kennengelernt. Herrschaftliches Haus, noble Vorfahren – das volle englische Oberschicht-Programm eben. Kieran findet es total ätzend. Er ist der Meinung, dass man durch Leistung und nicht aufgrund seines Stammbaums vorwärtskommen sollte.«

»Wow, trägt er etwa einen Titel?«

»Sagen wir's mal so: Seine Eltern sind beim Ascot-Pferderennen jederzeit gern gesehene Gäste der königlichen Familie, aber wenn du das auch nur mit einem Wort erwähnst, hält er dir einen flammenden Vortrag gegen das Klassensystem dieses Landes und verbannt dich für alle Zeit aus seinem Leben.«

Raven konnte Kierans Einstellung nicht ganz nachvollziehen; wenn sie aus einem vornehmen Elternhaus käme, wäre sie versucht, das auch zu ihrem Vorteil zu nutzen.

»Hm, verstehe.«

Joe zog einen Kreis um die Eule und machte dann einen Burggraben daraus. »Schon witzig, dass er sich für seine Privilegien mehr schämt als ich mich für meine miese Herkunft.«

»Seid ihr zwei langsam mal fertig?«, fragte Mrs Gordenstone, die Französischlehrerin, und klopfte mit einer Ausgabe der Unterrichtslektüre auf ihren Tisch. »Oder soll ich mal kurz auf Pause drücken, während ihr beide euch besser kennenlernt?«

»Entschuldigung.« Joe schenkte der Lehrerin ein sonniges Lächeln. Sofort war sie spürbar besänftigt. »Raven hat für mich nur zusammengefasst, was bisher im Unterricht durchgenommen worden ist.«

»Das ist alles schön und gut, Mr Masters, aber jetzt ist es an der Zeit, sich auf den heutigen Unterricht zu konzentrieren.«

»Bien sûr, Madame.«

Zufrieden mit seiner charmanten Antwort, lehnte sich Joe in seinen Stuhl zurück. Er warf einen Blick auf seine Armbanduhr.

»Spät dran für ein heißes Date?«, spöttelte Raven, als er knapp eine Minute später noch mal nach der Uhrzeit sah.

»Ach Süße, ich hab dich doch noch gar nicht gefragt«, sagte er mit aufgesetzter Machostimme, womit er Raven zum Lachen brachte.

»Ich erwarte einen Anruf«, erklärte Joe. »Ich werde mich heute früher aus dem Unterricht abseilen müssen. Würdest du für mich mitschreiben?«

»Und was willst du sagen?«

»Dass ich urplötzlich krank geworden bin?«

»Genau. Weil das ja auch so glaubhaft ist.«

»Migräne. Migräne ist gut. An Migräne gibt's nichts zu rütteln.«

»Da spricht wohl der Experte, was? Okay, ich schreibe für dich mit.«

Joe räumte seine Bücher in die Tasche, stand von seinem Platz auf und lieferte vor der Lehrerin eine höchst überzeugende Show ab. Zwei Minuten vor zwölf hatte er den Kursraum verlassen.

Für Neuankömmlinge, die angeblich in allen Fächern gute Noten hatten, zeigten Kieran und Joe nicht sonderlich viel Interesse am Unterricht. Andererseits, sie waren hier gelandet, weil sie ihrer alten Schule verwiesen worden waren. Und wie es aussah, schlugen sie hier einen ganz ähnlichen Weg ein.

Isaacs Gesicht erschien per Skype auf dem Bildschirm. Er hatte einen blonden Bürstenschnitt und stechend blaue Augen und sah aus wie ein Mann, der schon viel erlebt hatte und dem man nichts mehr vormachen konnte.

»Hey, Jungs, wie läuft's?« Er stand immer rückhaltlos hinter seinen Auszubildenden. Wenn sie etwas vermasselten, stauchte er sie zusammen und hielt dann den Kopf für sie hin. Als Politiker hätte er es nicht weit gebracht: Jedes Mal übernahm er die volle Verantwortung.

»Gut, danke, Isaac.« Joe räumte die Venusfalle, die auf dem Schreibtischstuhl stand, zur Seite und ließ sich vorm Monitor nieder. Kieran stellte die Pflanze umgehend an einen neuen Platz mit ähnlichen Umgebungsbedingungen wie dem alten, damit die Ergebnisse möglichst unverfälscht blieben. »Key ist auf etwas Merkwürdiges gestoßen – es verschwinden mitten im Schuljahr Schüler, ohne Erklärung, und es besteht eine Verbindung zu den Eltern, gegen die wir ermitteln.«

»Es ist mehr als nur eine Verbindung – in fünfundneunzig Prozent der Fälle liegt eine Übereinstimmung vor«, merkte Kieran an. »Und hinter der einzigen Abweichung steckt ein Fall von Meningitis, was somit eine echte Ausnahme darstellt.«

»Beim letzten Vorfall handelt es sich um ein Mädchen namens Gina Carr; ihr Vater arbeitet für die Botschaft in London. Key hat einen Bericht verfasst. Wir möchten Sie bitten, Carr beschatten zu lassen – mal sehen, ob er irgendwie auf Abwegen unterwegs ist.«

»Okay, wird gemacht, und ich bin schon sehr gespannt auf den Bericht. Gute Arbeit. Ich vermute mal, ihr geht auch ganz offensichtlichen Erklärungen nach wie etwa Erpressung?«

»Natürlich, aber bislang haben sich in diese Richtung keine Hinweise ergeben.«

»Sind ja auch erst ein paar Tage. Ihr habt schon mehr herausgefunden, als ich erwartet hatte.« Isaacs Blick wanderte zu Kieran, der links hinter Joe stand. »Wie läuft's?« Isaac wusste, dass es Kieran wie den meisten Eulen ein bisschen schwerfiel, sich an neue Umgebungen anzupassen.

»Mir geht's gut, Sir.« Kieran beschloss, Joe wegen der Tanzerei nicht anzuschwärzen.«Ich habe noch eine weitere Spur – uns wurde die Mobilnummer von Gina Carr gegeben, das Mädchen, das über Ostern verschwunden ist. Ich habe versucht, ihr Handy zu orten, und so wie's aussieht, hält sie sich quasi direkt vor unserer Haustür auf, in diesem schnieken Nebengebäude, das dem Verband der Internationen Schulen gehört.«

Isaac trommelte mit den Fingern auf seinen Schreibtisch. »Du meinst das alte Herrenhaus?«

»Ja genau. Anscheinend steht es den Schülern, die während der Ferien nicht nach Hause fahren wollen, als Sport- und Freizeitstätte zur Verfügung.«

»Interessant. Das sollte man sich unbedingt näher ansehen.«

»Im laufenden Schuljahr ist das Haus für uns tabu, weil sie es für Konferenzen nutzen, aber im Sommer finden dort wieder Workshops und Seminare für Schüler statt. Es liegt ungefähr fünf Meilen von hier entfernt, auf der anderen Seite des Farmgeländes, das ebenfalls dem Verband gehört. Der Website nach zu urteilen, ist es eher ein exklusives Spa-Hotel als ein Schüler-Gästehaus. Ich habe es mir auf den Satellitenbildern mal genauer angesehen und die ganze Anlage sieht sehr freizeitbezogen aus – Swimmingpools, Golfplatz, Tennisplätze –, nichts, was irgendwie verdächtig wirkt. Alles sehr luxuriös.«

»Na, wäre ja wohl auch ein Unding, wenn die lieben kleinen Schätzchen der Reichen und Privilegierten in ihrer Freizeit auf irgendwelche Annehmlichkeiten verzichten müssten«, sagte Joe mit affektierter Stimme.

»Möglicherweise hat Gina ihr Handy bloß dort liegen lassen, aber vielleicht ist sie auch noch vor Ort. Sie könnte natürlich auch einfach krank sein oder einen prüfungsbedingten Zusammenbruch haben – irgendwas, das mit unseren Ermittlungen gar nichts zu tun hat. Aber selbst wenn das der Fall wäre, die Schule weiß Bescheid und verheimlicht, was los ist; selbst ihrer besten Freundin sagen sie nichts.« Kieran nannte Ravens Namen absichtlich nicht, obwohl er selbst nicht so genau wusste, warum. Er hielt sie instinktiv aus der Sache heraus.

Isaac zog die Stirn in tiefe Falten. »Okay, ich werde ein Team da hinschicken; mal sehen, ob sie irgendwas herausfinden. Die Leute, die im Gästehaus arbeiten, wissen bestimmt mehr darüber, was dort vorgeht. Sollte das Mädchen sich noch immer auf dem Gelände aufhalten, dann muss das Personal etwas davon mitbekommen haben.«

»Sir, ich glaube, Joe und ich sollten uns auch anmelden, um am Ende des Semesters gemeinsam mit den andern Schülern, die ihre Ferien dort verbringen, ins Gästehaus zu gehen. Wenn sich das Ganze als Sackgasse herausstellt, können wir ja immer noch abspringen, aber ich würde mir gern selbst einen Eindruck vor Ort verschaffen.«

Isaac ließ sich den Vorschlag kurz durch den Kopf gehen. »Okay. Macht das. Aber wir sprechen hier nur von einer Sachverhaltsaufklärung, Kieran.«

»Natürlich, Sir.«

»Ich werde unsere Namen auf die Anmeldeliste setzen.« Joe machte sich eine Notiz. »Gibt's sonst noch was?«

»Im Moment nicht. Haltet euch von Ärger fern und seht zu, dass euer Interesse an den Eltern, die im Mittelpunkt unserer Ermittlung stehen, keinen Verdacht erregt.« Isaac rieb über den kleinen Höcker auf seiner Nase – ein Überbleibsel eines alten Knochenbruchs. »Und geht keine Risiken ein. Dafür sind andere Jungs da, die entsprechend ausgebildet sind.«

»Klar doch.« Joe grinste breit wie ein Honigkuchenpferd.

»Die Aufgabe von Katzen und Eulen ist das Sammeln von Beweisen.«

»Richtig. Okay, dann zurück an die Arbeit. Ich werde mich bald wieder bei euch melden.«

»Ende.« Joe kappte die Verbindung. »Glaubst du, er war mit unseren Fortschritten zufrieden?«

»Ist bei Isaac immer schwer zu sagen. Er äußert sich eher, wenn irgendwas nicht ganz rundläuft.«

Joe fuhr den Computer herunter. »Eins wollte ich dir noch sagen: Raven hat alles, was ich ihr über unsere Herkunft erzählt habe, regelrecht aufgesogen. Anscheinend will sie nach deinem kleinen Partytrick von neulich Abend mit dir gleichziehen.«

»Das war kein Trick – das nennt man Deduktion.«

»Wie auch immer. Sie war diejenige, die deinen Namen in die Unterhaltung über unsere Familien eingeworfen hat.«

Kieran wurde todernst. »Was hast du ihr denn erzählt?«

»Den üblichen Quark.« Joe schnippte eine Papierkugel in den Mülleimer. »Nichts, was der Wahrheit nahekommt.«

Gut so. »Du hast doch hoffentlich nicht zu dick aufgetragen, oder?« Joe hatte den Hang, sich in die Geschichten, die ihrer Tarnung dienten, einen Tick zu sehr hineinzusteigern.

»Nur ein bisschen. Ich bin aber sehr vage geblieben. Hab gesagt, du kommst aus der Oberschicht. Und deine Eltern sind übrigens ziemlich dicke mit der königlichen Familie.«

Kieran stöhnte. »Musste das sein?«

»Die Geschichte passt wie die Faust aufs Auge. Du bist der aristokratischste arme Schlucker, den ich kenne.«

»Das ist Irreführung, und das weißt du. Und was ist mit dir?«

»Nach unserem letzten Job habe ich meine Geschichte ein klein bisschen aufgemotzt – diesmal habe ich angedeutet, dass mein Vater ein Mörder und meine Mutter eine Junkie-Braut ist.«

»Joe, Isaac dreht dir den Hals um, wenn er Wind davon bekommt.« Kieran liebte Joes Eltern, zwei der nettesten Menschen auf diesem Planeten. Sie hatten Kieran inoffiziell als Sohn angenommen, nachdem sie herausgefunden hatten, dass seine leiblichen Eltern armselige, verkrachte Existenzen waren. »Warum gehst du bei unserer Tarnung bloß solch ein Risiko ein?«

Joe sah ein bisschen verlegen aus. »Ich beobachte immer gern die Reaktionen der anderen, ob sie mir die Geschichte abkaufen.«

Kieran schüttelte den Kopf. Joe machte es Spaß, im Einsatz in andere Rollen zu schlüpfen, und wenn er einen Schwachpunkt hatte, dann den, dass er seine Fantasie zu sehr ins Kraut schießen ließ.

»Weißt du, Key, ich erzähle den Leuten das, was sie meiner Ansicht nach gern hören wollen; auf diese Weise glauben sie es viel eher. Einen Vater im Knast zu haben passt einfach zu der medialen Image-Konstruktion von afroamerikanischen Jugendlichen.«

Es war jetzt zu spät, Joe zurückzupfeifen – die Geschichten waren erzählt und machten bereits die Runde. »Okay, es ist, wie es ist. Lass uns einfach weitermachen.«

»Was kommt als Nächstes, Key?«

Kieran griff eine der DVDs. »Wegen dir darf ich mich gleich hiermit genauer befassen. Und du gehst und schmeißt dich jetzt an die Rothaarige ran – das sollte Strafe genug sein, dass du mir das hier eingebrockt hast.« Er wedelte mit dem Tanzfilm in seine Richtung.

»Okay, dann geh ich mal Buße tun am Mittagstisch. Bis später.«

Kapitel 4

Am Ende der Woche und nach einem erschreckend realistischen Albtraum, in dem Gina und Kieran auf dem Friedhof, auf dem ihre Eltern begraben lagen, Foxtrott tanzten, musste Raven einfach etwas unternehmen.

»Sie sind mit der amerikanischen Botschaft verbunden. Wie kann ich Ihnen helfen?«

»Oh, hallo. Könnte ich bitte mit Mr Carr sprechen?« Raven fühlte sich nicht wohl in ihrer Haut; die wenigen Male, die sie Mr Carr begegnet war, hatte sie den Eindruck gehabt, dass er nicht besonders viel von ihr hielt. Trotzdem wagte sie den Versuch, weil Kieran ihr gesagt hatte, dass ihre SMS an Gina ohne Antwort geblieben war.

»Wie ist Ihr Name, bitte?«

»Ich heiße Raven Stone. Ich bin eine Freundin seiner Tochter Gina.«

»Ich sehe nach, ob er für Ihren Anruf zur Verfügung steht, Miss Stone.«

Raven nestelte am Kabel des Münztelefons, das im Eingangsbereich des Schulgebäudes stand, und lauschte auf die seichte Warteschleifenmusik am anderen Ende der Leitung. Die Spiralkordel wand sich wie eine Schlange durch ihre Finger. Sie hatte sich oben an der Kante des Apparates eine Reihe von Zwanzig-Pence-Stücken zurechtgelegt, aber dieser Anruf verschlang die Münzen so schnell wie ein Tölpel seine Beute an silbrigen Heringen. *Komm schon, komm schon.* Sie fütterte den Apparat mit einem weiteren Geldstück. *Summertime and the living is easy* sang Ella Fitzgerald mit blechern klingender Stimme. Nein, das Leben war nicht leicht und unbeschwert – nicht, wenn deine beste Freundin noch immer vermisst wurde und eine Woche Schule bereits um war.

»Danke, dass Sie gewartet haben, Miss Stone. Ich fürchte, Mr Carr kann Ihren Anruf zurzeit nicht entgegennehmen, aber wenn Sie eine Nachricht hinterlassen möchten, sorge ich dafür, dass er sie bekommt.«

»Okay, danke. Können Sie ihm bitte ausrichten, dass Raven angerufen hat, um sich zu erkundigen, ob mit Gina alles in Ordnung ist. Sie ist noch nicht wieder in der Schule aufgetaucht und ich mache mir allmählich Sorgen.«

»Haben Sie eine Nummer, unter der er Sie erreichen kann?«

»Könnte er unter der Nummer der Schule eine Nachricht für mich hinterlassen?« Raven sagte die Nummer an.

»Hab ich notiert.« Die Empfangsdame wiederholte die Nummer. »Kann ich Ihnen sonst noch irgendwie behilflich sein?«

Ihr Leben auf die Reihe bringen? Ihre Geldprobleme lösen? »Nein, danke.«

»Noch einen schönen Tag für Sie.«

Wohl kaum. »Danke.« Raven hängte den Hörer ein und hörte das Geld in den Apparat fallen. Kein Wechselgeld im Münzausgabefach. Der Anruf hatte sie über drei Pfund gekostet, weil sie so lange in der Warteschleife gehangen hatte.

»Warum bist du nicht beim Unterricht, Raven?« Die Rektorin blieb auf ihrem Weg durch die Eingangshalle stehen, die Eltern einiger Schulbewerber im Schlepptau.

»Ich habe eine Freistunde und wollte mit Ginas Vater sprechen, Mrs Bain.« Sie hatte noch eine Foto-Botschaft erhalten, diesmal war's ein Grabstein mit ihrem Namen darauf gewesen, und Raven brauchte dringend Ginas Rat, was sie tun sollte. Dieser blöde Wisch war an ihrem Albtraum schuld gewesen. Sie hasste es, dass sie Angst hatte an einem Ort, der für sie einst die perfekte Zuflucht gewesen war.

Die Rektorin schien von dieser Neuigkeit alles andere als begeistert, konnte in Gegenwart der Fremden aber keinen Aufriss deshalb machen. Sie wandte sich zu den Besuchern um wie ein Verteidiger, der Raven als Beweisstück A präsentierte. »Wir bestärken unsere Schüler darin, engen Kontakt zu ihrer Familie und ihren Freunden zu halten. Handys sind selbstverständlich erlaubt, aber auch dieser Apparat hier steht ihnen jederzeit zur Verfügung.«

Einer der Väter machte einen Schritt nach vorn, ein vergnügt aussehender Mann mit einem Wust strohiger Haare. »Wie gefällt es dir hier an der Schule, wenn ich fragen darf?«

Ravens Blick huschte zu Mrs Bains versteinertem Gesicht. Zurzeit verabscheute sie Westron, aber das laut im Beisein der Rektorin zu sagen, wäre glatter Selbstmord. »Gut.« Wenn einem tätliche Angriffe in der Mädchenkabine und anonyme Drohbriefe nichts ausmachten.

»Ist die Atmosphäre freundlich? Meine Georgina ist ein bisschen schüchtern und ich suche eine Schule, wo sie sich gut einfindet.«

»Wie Sie unserer Broschüre entnehmen können, bieten wir

viele Seminare zur Persönlichkeitsbildung an, die bei solchen Problemen sehr hilfreich sind«, sagte Mrs Bain und hielt dabei ein Hochglanzheftchen hoch.

»Ich sehe Schüchternheit nicht als ein Problem an«, erwiderte der Vater steif. »Ich wollte nur wissen, ob sie sich hier wohlfühlen wird.« Raven hätte dem Vater am liebsten laut applaudiert. »Wird es ihr hier gefallen?«

»Sie wird sich schon zurechtfinden.« Mehr positive Worte konnte Raven sich nicht abringen – sie hasste Lügen. Mit einem Blick zu ihrer Rektorin bat sie um Erlaubnis, gehen zu dürfen.

Mrs Bain war sichtlich verärgert über Ravens mangelnden Enthusiasmus. »Spute dich, Raven. Jeden Moment klingelt es zur nächsten Stunde.« Mrs Bain kehrte ihr den Rücken zu, sprach aber mit lauter Stimme weiter. »Raven ist eine unserer Schülerinnen, deren Ausbildung gesponsert wird. Wir vergeben jedes Jahr für eine ganze Reihe von Schülern Stipendien. Wir sehen das als unseren Beitrag an, um der Gemeinschaft etwas zurückzugeben. Die Mehrheit unserer Schüler kommt allerdings aus hervorragenden Elternhäusern. Wir glauben, dass das der Hauptbeweggrund der meisten Eltern ist, ihre Kinder zu uns zu schicken. Wir können garantieren, dass sie hier in den allerhöchsten Kreisen der Gesellschaft verkehren.«

Versnobte Kuh. Raven ging schnell den Korridor hinunter und warf einen Blick auf ihren Stundenplan. Tanzen stand als Nächstes an. Sie fragte sich, welche Entschuldigung Kieran wohl heute auf Lager hätte, um sich vorm Tanzen zu drücken. Wenn er so weitermachte, würde er ihr noch die Bewertung versauen, und dabei hatte sie darauf gehofft, mit der Bestnote abzuschließen. Damit musste jetzt Schluss sein. Entweder er brachte ein Wunder zustande oder er würde solo tanzen. Basta.

Wild entschlossen machte sie gleich zu Unterrichtsbeginn Nägel mit Köpfen. »Miss Hollis, Gina ist noch immer nicht zurück. Ich glaube, Kieran und ich müssen eine neue Choreografie einstudieren. Könnten wir dafür einen der Musikräume benutzen, wenn da gerade niemand ist?« Die Musikabteilung verfügte über ein paar große, schallgedämpfte Räume für Orchesterproben. Raven hatte vor, Kieran die Pistole auf die Brust zu setzen, und dazu wollte sie ganz ungestört sein.

»Gute Idee, Raven. Hast du deine Musik?«

Raven hielt die CD hoch.

»Dann ab mit euch. Ich komme in fünfzehn Minuten mal bei euch vorbei, um zu schauen, wie ihr vorankommt.«

»Komm, Sudoku.« Sie hielt ihm die Tür auf.

»Du bist heute ja so energisch.« Kieran nahm seine Tasche. Sie war prall gefüllt mit dicken Wälzern über – Raven las die Titel – Zahlentheorie und Astronomie sowie einem Notizblock, der eng beschrieben war in einer gestochenen, wunderschönen Handschrift. Daneben würde ihr Gekritzel total lächerlich aussehen. »Ich dachte, dass ich beim Tanzen führen soll.«

Nicht wenn er sie in eine Sackgasse führte.

»Wozu Zeit verschwenden, wenn man gleich zur Sache kommen kann.« Raven steckte den Kopf in einen der Musikräume. »Okay – der hier ist frei.« Sie schmiss den CD-Spieler an und legte die Musik ein, nervös, weil sie jetzt, da sie hier waren, nicht so recht wusste, was sie tun sollte. Er hatte längst spitzgekriegt, dass ihr demonstratives Selbstvertrauen ziemlich rissig war, einer der vielen Gründe, warum er sie so aus der Fassung brachte.

»Okay, ich will mit offenen Karten spielen. Ich möchte wissen, ob du wirklich tanzen kannst oder ob du hier nur alle an der Nase herumführen willst.«

Seine Augen wanderten zur Tür.

»Nee, nee, es gibt kein Entkommen – heute nicht.« Insgeheim staunte sie über ihre forsche Unerschrockenheit. Weiter so. »Ich spekuliere darauf, diese Prüfung mit einer guten Note abzuschließen, damit ich den Kurs nächstes Jahr weitermachen kann. Wenn du mir meine Tour vermasselst, werde ich ziemlich sauer.«

»*Deine* Tour?«

Ich werde nicht einknicken. Ich werde nicht einknicken. »*Unsere*, wenn du dich ins Zeug legst.«

»Das sollte kein Problem sein. Ist schließlich nur Tanzen.« Kieran machte ein paar Dehnübungen und Sit-ups. Raven musste sich selbst ermahnen, sich nicht von ihrem eigentlichen Ziel abbringen zu lassen. »Raven, du tust gerade so, als wäre dieser Kurs so was wie Quantenphysik.«

Sie wusste, worauf er hinauswollte, aber sie würde ihm nicht den Gefallen tun und sagen ›Es ist nicht Quantenphysik‹, nur damit er sie mit einem abschätzigen Blick ansehen konnte. »Na schön, wenn du keinen Bock hast, hier zu sein, dann geh.« Mit einem Winken deutete sie auf die Tür.

»Das habe ich nie gesagt.«

»Nein, aber du verhältst dich so, als ob das alles hier unter deiner Würde wäre. Du bringst mich echt auf die Palme.«

»Echt? Wäre ich nie drauf gekommen.« Jetzt grinste er.

Vor Frust griff sie sich ins Haar und fasste es hinten zu einem Knoten zusammen, während sein Blick jede Bewegung ihrer Hände auf diese für ihn typische irritierende Weise verfolgte. »Was hast du denn jetzt wirklich auf dem Kasten, du Genie? Wir müssen sowieso eine ganz neue Choreografie erarbeiten, da können wir sie auch gleich mit deinen Stärken in Einklang bringen.«

»Meinen Stärken?«

»Du hast doch welche, oder? Ich habe gesehen, wie du in Sekundenschnelle ein Sudoku-Rätsel gelöst hast, du bist also eindeutig nicht auf den Kopf gefallen. Tänzer brauchen eine schnelle Auffassungsgabe, um Muster und Strukturen zu verstehen, also ist das doch schon mal ein guter Anfang.«

»Wie schön, dass du der Meinung bist, ich hätte ein paar Stärken.« Er klang so von oben herab, dass sie ihm am liebsten vors Schienbein getreten hätte.

»Dir Genie ist ja bestimmt schon aufgefallen, dass Musik wie Mathematik funktioniert.«

»Ja, richtig, in vielerlei Hinsicht.«

»Spielst du ein Instrument?«

»Klavier.«

Das konnte sie sich gut vorstellen – er hatte diese langgliedrigen Pianistenfinger. Sie schob den Gedanken, dass sie Menschen mit musikalischem Talent schon immer wahnsinnig anziehend gefunden hatte, schnell beiseite. »Das ist gut. Das Stück heißt ›Shake it out‹. Kennst du es?«

Er schlenderte zu dem Konzertflügel auf der anderen Seite des Raums hinüber und schlug eine Melodie an – etwas von Mozart, glaubte sie, obwohl sie nicht wusste, wie sie hieß. »Ich höre nicht viel zeitgenössische Musik.«

Warum war das wohl keine Überraschung? »Der Song hat einen großartigen Text. Wir können ihn uns ja einfach mal gemeinsam anhören und sehen, wie er so auf dich wirkt.«

Kieran lauschte mit geschlossenen Augen der Musik und sah dabei aus, als würde er meditieren. Sie ließ den Song bis zum Ende durchlaufen. »Und? Was denkst du?«

Kieran holte Luft und hielt einen Vortrag zu Tonart, Aufbau

und sogar der tontechnischen Bearbeitung des Stückes. Raven vergrub das Gesicht in den Händen.

»Und was ist mit dem mutigen Gesang, und dass die Ballade sich zu einer wahren Soundexplosion aufbaut, dem emotionalen Gehalt?«

Kieran zuckte die Achseln.

»Was meinst du denn, welche Art von Gefühl der Song versucht rüberzubringen?« Dass Kieran sich davor drückte, Gefühle in Worte zu kleiden, hätte zu einem passenderen Zeitpunkt durchaus Ravens Neugier geweckt. »Na schön. Also, sie singt darüber, dass sie in einer schlimmen Beziehung steckt, die sie kaputt macht, und dass sie sich daraus befreien muss – so eine Art Wiedergeburt.« In Ravens Kopf ratterten die Gedanken. »Ja, das ist gut – das ist stark. Du kannst der gefühlsindifferente Junge sein und ich bin das Mädchen, das Schluss machen will.«

»Ich bin der was?« Er schien mit der Rollenbesetzung nicht zufrieden sein.

»Du bist der Kerl, der ihr das Leben zur Hölle macht, der sie nach unten zieht. Jetzt lass uns mal ein paar Bewegungen überlegen, die das zum Ausdruck bringen ... So was wie das Leitmotiv des Stückes.« Sie schüttelte zum Lockern der Muskulatur ihre Arme und Beine aus. »Okay, wie findest du diese Schrittfolge?« Den Refrain summend machte sie einen langsamen Bogengang rückwärts und drehte danach eine Pirouette.

In Kierans Augen blitzte leise Anerkennung auf. »Du bist sehr gelenkig.«

»Ich hab schon von klein auf gern geturnt.« Ihre Haut kribbelte, als sie ihn ansah; für ein Superhirn hatte er zugegebenermaßen einen überraschend gut geformten Körper – Bizeps, Trizeps und ein Sixpack zeichneten sich sichtbar unter seinem eng anliegenden schwarzen T-Shirt ab. Aber sie würde da nicht hinsehen – ausgeschlossen. »Vielleicht tanze ich deshalb so gern. Ist diese Bewegung ein Problem für dich? Probier's mal.«

»Okay, eigentlich sieht's ziemlich einfach aus.« Mit einem übertriebenen Seufzen attackierte er den Boden, machte einen Überschlag, verlor die Orientierung bei der Drehung und kam schließlich auf wackligen Beinen zum Stehen. Er sah verdattert aus, dass er es nicht gut hingekriegt hatte.

Raven verschränkte die Arme vor der Brust. »Ach nee, du Superass, jetzt sag bloß, du hast keinen guten Gleichgewichtssinn?«

»Ich weiß, wie der Gleichgewichtssinn funktioniert.« Kieran stemmte die Hände in die Hüften und ging, nach wie vor perplex, gedanklich noch mal Schritt für Schritt die soeben probierte Bewegung durch. »Das sollte eigentlich ein Kinderspiel sein.«

»Ein Kinderspiel?« Raven hatte noch nie erlebt, dass jemand, der das Fach Tanz belegt hatte, dermaßen unfähig war – ganz offensichtlich verfügte er nicht mal über tänzerische Grundlagenkenntnisse. Bestimmt hatte er den Kurs nur aus Spaß belegt – und vermasselte ihr damit die Zukunft. Die Schüchternheit, die sie normalerweise in seiner Gegenwart empfand, war wie weggeblasen. »Du hast nicht die leiseste Ahnung vom Tanzen, stimmt's? Du hast mich angelogen!«

»Offensichtlich verstehe ich es noch nicht ganz. Zumindest deine Sorte Tanz nicht.«

»Na schön, welche Sorte Tanz ist denn dann deine Sorte Tanz?«

Ebenfalls genervt verschränkte er die Arme und starrte über ihren Kopf hinweg auf ein Poster, auf dem verschiedene Orchesterinstrumente abgebildet waren.

»Hey! Hörst du mir überhaupt zu?« Sie wusste, dass sie zu hart auf Kollisionskurs ging, aber seine demonstrative Unnahbarkeit machte sie rasend vor Wut. »Du musst hier mit mir an einem Strang ziehen. Du kannst doch keine komplette Niete sein; ein bisschen kannst du dich doch bestimmt bewegen!«

Seine Finger schlossen sich fester um seine Ellenbogen und er schien so weit weg zu sein wie der Mars von der Erde.

»Bitte, gib mir irgendwas, womit wir arbeiten können. Standardtanz vielleicht? Ihr Kinder reicher Leute besucht doch immer Tanzschulen, um den Walzer für den nächsten Ball zu lernen. Oder ... oder lateinamerikanische Tänze?« Zur Hölle, ausgeschlossen – er besaß ja nicht den kleinsten Funken Leidenschaft. »Hip-Hop?« Aber auch diese Vorstellung war dermaßen absurd, dass sie den verhängnisvollen Fehler machte loszulachen.

Sein Gesichtsausdruck wurde sogar noch verschlossener. »Tanz doch allein, Raven. Sag Miss Hollis, dass ich hinschmeiße.« Er hob seine Tasche hoch.

Nein! Sie wollte nicht die Einzige sein, die ein Solo tanzte. »Was? Du gibst auf, einfach so?«

Er marschierte wortlos hinaus – auch eine Art von Antwort.

»Argh!« Raven stand in der Mitte des Raumes und hätte gern etwas zum Werfen in greifbarer Nähe gehabt. Sie gab dem Klavierhocker einen Tritt. Sie hätte nicht so die Beherrschung verlieren dürfen; jetzt fühlte sie sich klein wie ein Zwerg. Und das Ätzende an der Sache war, dass sie sich jetzt wohl oder übel bei ihm entschuldigen müsste, und die Vorstellung, Mister Arrogant zu sagen, dass es ihr leidtat, war ungefähr so verlockend, wie zur Dschungelprüfung anzutreten. Sie hatte ja miterlebt, dass er nicht damit klarkam, wenn er an etwas scheiterte; sie hätte es ihm also nicht noch so unter die Nase reiben müssen.

Sie drückte den Knopf an der Fernbedienung und die Musik ging wieder an. Allein durch den Raum tanzend reagierte sie ihre Wut ab.

Joe platzte ins Zimmer. »Alles okay, Key? Raven hat der Lehrerin gesagt, du bist krank und hast den Unterricht früher beendet. Alle im Oberstufen-Aufenthaltsraum haben mich gefragt, was los ist.« Er warf einen Blick auf den Bildschirm vor Kieran. »Was ist das? Du hast dir Zugang zu den Noten aller Schüler verschafft? Und, was gefunden?«

Kieran tippte auf der Tastatur, brodelnd vor Wut.

»Key, du machst mir echt Sorgen, Alter. Sag was.«

»Es gibt ein bestimmtes Muster.« Kieran war um Gelassenheit und Rationalität bemüht; wenn er einfach weiterredete, müsste er sich vielleicht nicht mit der Tatsache auseinandersetzen, dass er versagt hatte. »Die Schüler, die für eine Weile verschwunden waren ... nach ihrer Rückkehr zeigen sie alle durch die Bank weg bessere Leistungen in der Schule.«

»Worauf genau willst du hinaus? Dass ihnen das, was auch immer in ihrer Abwesenheit mit ihnen passiert, nicht schadet, sondern sogar hilft? Dass sie irgendeine Form von Nachhilfeunterricht bekommen oder so?«

»Diese Schlussfolgerung kann ich momentan noch nicht stützen; ich nenne dir einfach nur die Fakten. Denzil Hardcastle – ist durch die Mittelschulprüfung gerasselt, weil er lieber mit geklauten Autos rumgefahren ist, statt zu lernen. Die Oberstufe hat er dann in allen Fächern mit Eins plus abgeschlossen. Der talentierte, aber unstete Footballspieler Mohammed Khan hat es von einer polizeilichen Verwarnung wegen Gewalttätigkeiten bis zum Schulmannschaftskapitän gebracht. Nachdem er seine

Aggressionen in den Griff bekommen hatte, wurde er von Chelsea für ihr Juniorteam abgeworben. Jenny-May Parker wurde mit harten Drogen erwischt, sie kehrte durch und durch geläutert zurück und studiert mittlerweile Jura in Harvard.« Kieran rief die Schülerprofile in rascher Folge nacheinander auf, hämmerte mit rastlosen Fingern auf die Tastatur ein. »Das sind jetzt die Beispiele, die am deutlichsten hervorstechen, aber laut den Schulakten zeigen alle Schüler auf einem oder mehreren Gebieten deutliche Verbesserungen. Und ihre Eltern stehen alle auf unserer Liste.«

»Das ist ja interessant.« Joe sah ihn mit einem seltsamen Gesichtsausdruck an, so als wäre er eine tickende Bombe und er würde überlegen, wie er sie am besten entschärfen könnte.

»Stellt man diese Ergebnisse unseren Ermittlungsdaten gegenüber, lässt sich feststellen, dass die Veränderungen der Schüler alle in zeitlichem Zusammenhang zu korrupten Handlungen ihrer Eltern stehen – ein erteilter Auftrag, wenn andere Bewerber im Feld eigentlich die besseren Voraussetzungen hatten, eine politische Entscheidung, die entgegen aller Erwartung durchgeboxt wurde, eine nicht nachvollziehbare Beförderung.«

»Also, die Schüler fangen an, sich wieder normal zu benehmen, aber dafür laufen die Eltern aus dem Ruder?«

»Ich muss noch tiefer in die Materie eintauchen, aber ich würde sagen, dass sich hier keiner im üblichen Verhaltensbereich bewegt.«

»Okay, da gebe ich dir recht.« Joe rückte noch näher an ihn heran, versuchte, ihm ins Gesicht zu schauen. »Key, was ist los?«

»Nichts.«

»Ach komm, das ist einfach nicht wahr, Alter.«

»Ich hab die Tanzklasse sausen lassen, okay? Ich bin nicht krank.«

»Sausen lassen? Aber du hast noch nie bei irgendwas das Handtuch geworfen.«

»Euer blöder Scherz ist eben nach hinten losgegangen.« Kieran löschte den Browserverlauf und fuhr den Computer herunter. »Ich bin kein Tanzbär, den man zur allgemeinen Belustigung ein bisschen triezen kann.«

»Key, so war's doch nie gemeint. Es sollte ... na ja, lustig sein. Du bist immer so perfekt und so selbstsicher, dass wir dachten, du würdest ein bisschen ins Stolpern geraten und dann ...« Joe zuckte die Achseln. »Du weißt schon.«

»... wie der letzte Idiot dastehen. Das tue ich. Also: ›Haha‹. Ihr Jungs bringt mich mit eurem Humor echt zum Lachen.« Er hatte wie ein Volltrottel ausgesehen – ausgerechnet vor Raven. Die aggressive Kraft seiner Wut machte seine gewohnte Selbstbeherrschung zunichte. »Ich gehe raus, Luft schnappen. Komm mir bloß nicht hinterher.«

Joe nahm die Hände hoch. »Okay. Okay. Wo willst du denn hin?«

»Geht dich nichts an.«

»Und wann kommst du zurück?«

»Wer sagt, dass ich zurückkomme?«

Kieran genoss es, die Tür hinter sich zuzuwerfen und Joe einfach da sitzen zu lassen. Es war keine sehr vernünftige Reaktion, aber ihm gefiel die dramatische Wucht der Geste. Er bog in den Schulgarten ab und ging mit schnellen, gleichmäßigen Schritten den von Eibenhecken gesäumten Weg hinunter. Okay, okay, Schluss jetzt. Er musste sich zusammenreißen, um wieder klar denken zu können. Er musste sich wieder in den Griff kriegen und leugnen, dass Raven ihm unter die Haut ging. Er zog sich zurück in sein mentales Refugium und ging in Gedanken die

Sammlung neu entdeckter mathematischer Formeln durch, von denen er auf der Website der Universität von Cambridge gelesen hatte. Schlagartig ging es ihm besser. Sobald er sich beruhigt hätte, würde er darüber nachdenken, wie es so weit hatte kommen können, dass er zum ersten Mal in seinem Leben an etwas gescheitert war.

Raven klopfte sacht an Kierans Zimmertür. Laut Schulvorschrift war es ihr verboten, sich so spät noch im Jungstrakt aufzuhalten, aber sie fühlte sich einfach zu mies, weil sie ihn wegen des Tanzens dermaßen zusammengestaucht hatte, als dass sie die Situation bis zum nächsten Morgen so stehen lassen wollte. Sie wusste nur allzu gut, wie es war, wenn so lange auf einem herumgehackt wurde, bis man selbst glaubte, ein Loser zu sein – genau so fühlte sie sich die meiste Zeit außerhalb der Tanzklasse. Sie klopfte noch mal und diesmal öffnete sich die Tür.

»Raven? Stimmt irgendwas nicht?« Joe stand in der Türöffnung und versperrte die Sicht auf den Raum dahinter.

»Ist Kieran da?«

Joe trat einen Schritt zurück, um ihr das leere Zimmer zu zeigen. »Nein. Er ist vor die Tür gegangen und noch nicht wieder zurück.«

Ein Bildschirmschoner startete auf einem Computermonitor – eine DNA-Kette, die in Fragmente zerfiel und sich wieder zusammensetzte. Sie vermutete, dass das Kierans Arbeitsplatz war, aufgrund der Stapel dicker Schwarten drum herum und dem Büroklammerturm. Und war das da etwa eine Tanzfilm-DVD, die ganz oben auf den Büchern lag? Auf dem Schreibtisch daneben stand ein Monitor mit Mickymaus-Ohren dran, was nahelegte, dass er Joe gehörte. Auf jeder verfügbaren Kante standen irgendwelche Pflanzen; an jedem Topf klebte ein rechteckiger Zettel mit eine Diagramm-Linie drauf, die sich über das karierte Papier schlängelte. Machte Joe in seinem Zimmer ein Biologie-Experiment? Vielleicht war Kieran ja nicht der einzige Exzentriker.

Sie schaute wieder Joe an. »Geht's Kieran gut?«

Joe verzog das Gesicht. »Nicht wirklich.«

Raven rang die Hände. »Ähm, das ist meine Schuld. Er ist nicht krank geworden. Ich bin wegen dem Tanzen ganz schön übers Ziel hinausgeschossen. Vermutlich habe ich ihn blamiert.«

Joe warf einen Blick in den Korridor, fasste sie am Arm und zog sie sanft ins Zimmer hinein. »Das war nicht deine Schuld. Und außerdem ist er auf mich stinksauer, nicht auf dich.«

»Und wie kommst du darauf? Ich war doch diejenige, die ihn angekeift hat, weil die erste Tanzschrittfolge für ihn zu schwierig war. Sag ihm, dass es mir leidtut, okay?«

»Mach ich. Sobald er zurück ist.«

»Wie lange ist er denn schon weg?«

»Sechs Stunden.«

»Was!«

»Kieran wird nicht oft sauer, aber wenn, dann dauert es immer eine Weile, bis er sich wieder beruhigt hat; und diesmal nagt es besonders an ihm. Ich habe noch nie erlebt, dass er irgendwas nicht schafft. Ich wollte gerade los und nach ihm suchen.«

»Kann ich mitkommen? Ich fühle mich irgendwie verantwortlich.«

»Klar. Ich glaube, er ist noch irgendwo draußen unterwegs.« Joe holte eine Taschenlampe aus seiner Tasche. Er nahm einen Apfel aus der Schale auf dem Tisch, ließ ihn an seinem Unterarm entlangrollen und schnippte ihn von der Ellbogenspitze in die Luft, um ihn aufzufangen. »Er hat das Abendbrot ausgelassen, also ist er bestimmt hungrig. Ein Gehirn wie seins verbrennt irre viele Kalorien.«

Raven machte den Reißverschluss ihrer Jacke zu. »Er ist ziemlich schlau, oder?«

»Der intelligenteste Typ, den ich kenne.«

»Warum hat er dann Tanzen belegt und andere künstlerische Fächer und nicht Mathe und Naturwissenschaften? Anscheinend ist das doch viel mehr sein Ding.«

Joe zog die Tür hinter ihnen zu. »Weil er darin schon einen Abschluss gemacht hat. Unser Patenonkel wollte, dass er seinen Horizont erweitert, bevor er an die Uni geht; und er ist derjenige, der die Schecks ausstellt.«

Sie joggten die Treppe hinunter und hielten auf den nächsten Ausgang zu. »Ich sag dir das nur ungern, aber er scheint mit dieser Entscheidung nicht glücklich zu sein.«

»Ja, du hast recht. Ich hatte gehofft, das wäre eine gute Erfahrung für ihn, aber jetzt bin ich mir da nicht mehr so sicher.«

Sogar in Begleitung von Joe und mit einer Taschenlampe war der Garten nach Einbruch der Dunkelheit ein unheimlicher Ort. Die gestutzten Hecken warfen Mondschatten über den Weg, ließen das Vertraute fremd erscheinen. Der muffige Geruch der beim Gehen aufwirbelnden Blätter schien nachts noch intensiver zu sein und erinnerte Raven dummerweise an modrige Friedhöfe. Das Schloss selbst hatte sich in etwas Unheimliches verwandelt – die beleuchteten Fenster, die Löcher in die schwarzen Mauern stanzten, die Zinnen, die wie dunkle Zähne am Himmel nagten. Seine ganze grausige Vergangenheit von Krieg, Pest, Mord und Totschlag kam hervorgekrochen aus den Verstecken hinter Regalen und Anschlagbrettern. Raven überlief ein Frösteln; sie wollte das Ganze so schnell wie möglich hinter sich bringen.

»Irgendeine Idee, wo er hin sein könnte? Hat er schon so was wie einen Lieblingsplatz?«

»Ich weiß nicht, ob er sich schon groß umschauen konnte. Ich bin da genauso schlau wie du.«

»Und wenn du ihn mal anrufst?«

»Habe ich schon gemacht. Sein Handy ist aus.«

»Okay, dann machen wir es auf die altmodische Art.« Sie legte sich die Hände trichterförmig an den Mund. »Kieran! Wo bist du?« Sie machte eine Pause. Keine Antwort.

Joe rief den Namen seines Freundes. Nichts.

»Meinst du, er ist ganz rausgegangen? Also runter vom Schulgelände?« Raven rieb sich die Arme, sie fror ein bisschen.

»Bei ihm ist alles möglich. Aber lass uns erst mal hier gucken. Wir gehen nach der üblichen Suchsystematik vor: Wir vierteln das Gebiet und nehmen uns dann nacheinander jeden Quadranten vor. Wir fangen auf zwölf Uhr an.« Joe zeigte mit der Taschenlampe nach vorne und beschrieb mit dem ausgestreckten Arm einen Neunzig-Grad-Bogen.

Raven amüsierte sich insgeheim über seine militärische Ausdrucksweise. »Übliche Suchsystematik? Dann machst du so was öfters?«

»Pfadfinderausbildung.« Seine Erklärung kam ein bisschen zu sehr wie aus der Pistole geschossen.

»Irgendwie kann ich mir dich als Pfadfinder gar nicht vorstellen. Ich dachte, du kommst aus einer zerrütteten Familie.«

»Und die Pfadfinder waren meine Rettung.«

»Machst du Witze?«

»Vielleicht.«

Sehr zu ihrem Ärger war Joe genauso ausweichend wie sein Zimmergenosse. Er zeigte sich zwar gesprächiger, aber im Grunde erfuhr sie kaum etwas und es gab nichts, was sie so übel nahm, wie wenn man ihr die Wahrheit vorenthielt. Der Eibenheckenweg endete und sie kamen an das Krocketfeld vor der Orangerie. Ein dunkler Schemen erregte ihre Aufmerksamkeit. »Was ist da drüben auf dem Rasen?«

»Er macht es schon wieder«, stöhnte Joe, als er Kieran mit einer Taschenlampe in der Hand erkannte.

Sie eilten zu Kieran hinüber, der neben dem Schild, das den Sammelplatz bei Feueralarm markierte, rücklings im Gras lag und hinauf zu den Sternen starrte.

»Was macht er schon wieder? Im Freien schlafen?«

»Nee. Die sichtbaren Konstellationen zählen. Das ist so ein kleines Mentalspielchen von ihm. Das kann Stunden dauern. Er hat ein ausgezeichnetes Nachtsichtvermögen.«

»O Mann, er sollte echt mehr Zeit drinnen verbringen!«

Joe lachte. »Tut mir leid, aber er ist nun mal ein schräger Vogel.« Er beugte sich hinunter und rüttelte seinen Freund an der Schulter. »Zeit zum Aufhören, Key.«

Kieran erhob sich anmutig, in einer einzigen fließenden Bewegung. Warum konnte er sich so nicht beim Tanzen bewegen? »Hi.« Er nahm den Apfel, den Joe ihm hinhielt.

»Wieder besser jetzt?«

Kieran nickte, dann runzelte er die Stirn, als er sie bemerkte. »Warum bist du mit Raven hier draußen, Joe?«

»Wir haben dich gesucht. Wir haben uns Sorgen gemacht.«

Kierans Gesichtsausdruck entspannte sich, aber er sah noch immer verwundert aus. »Weswegen habt ihr euch Sorgen gemacht?«

»Wegen dir.«

»Warum?«

Joe verdrehte die Augen. »Weil wir uns gestritten haben, weißt du nicht mehr?«

Raven hatte das Gefühl, dass sie ihre Entschuldigung besser sofort anbringen sollte, bevor sie zu weit abschweiften. »Kieran, ich wollte mich nur bei dir entschuldigen, dass ich dich beim Tanzen so runtergemacht und dir ein blödes Gefühl gegeben habe. Das habe ich nicht gewollt.«

»Das hast du gemacht?« Er wirkte überrascht von ihrem Zugeständnis. Natürlich, der große Kieran hatte ihren kleinen Temperamentsausbruch vermutlich noch nicht einmal bemerkt.

»Du bist einfach rausgerannt und hast mich stehen lassen.«

»Ja, stimmt. Aber ich bin auf den richtigen Trichter gekommen, während ich hier im Gras gelegen habe.« Ganz langsam machte er einen Bogengang rückwärts. »Hattest du's dir so vorgestellt?«

Joe lachte. »Das ist ja krass, Key.«

Raven war sich nicht sicher, was da über ihn gekommen war. Aufregung machte sich in ihrer Brust breit. Vielleicht würde das mit ihnen beiden doch noch funktionieren? »Ja, genau. Zumindest den ersten Part. Wie hast du das so schnell gelernt?«

»Ich hab's mir ausgerechnet.« Er lächelte, aber sie war nicht sicher, ob er es ernst meinte oder nicht.

Joe gab ihr die Taschenlampe. »Hier bitte, ihr zwei klärt eure Tanzproblemchen. Ich muss noch ein Essay fertig schreiben.«

»Wir brauchen nicht lange.« Kieran hob seine Jacke auf und schüttelte Grasreste ab.

»Nehmt euch so viel Zeit, wie ihr braucht. Tschüs, Raven. Und danke fürs Vorbeischauen.« Joe joggte zum Schloss zurück.

Auf einmal war ihr sehr bewusst, dass sie mit Kieran allein war, im Dunkeln, und dass so gut wie keine Chance bestand, von jemandem gestört zu werden. Sie schauderte.

»Hier.« Er legte ihr seine Jacke um die Schultern. »Besser?«

»Ja.« Jetzt war es offiziell: Sie hatte sich soeben in eine übergroße Lederjacke verknallt. Die wollte sie nicht wieder hergeben: Sie roch dermaßen gut und fühlte sich so wundervoll an wie eine zärtliche Umarmung.

»Sie ist ein bisschen zu groß für dich.«

»Ich finde, sie hat die perfekte Größe, um mich warm zu halten.« Zwischen ihnen herrschte eine gewisse Spannung, und das wohl nicht nur, weil sie sich gegenseitig höllisch auf die Nerven gingen, wie Raven vermutete.

»Sie steht dir.« Er lächelte sie an und ihr Herz schlug albernerweise einen kleinen Purzelbaum in ihrer Brust. Raven verschränkte die Arme und fragte sich, ob sie die Taschenlampe besser ausknipsen sollte. Die Dunkelheit würde es leichter machen; zumindest könnte sie so besser verstecken, welche dämlichen Reaktionen er in ihr auslöste.

»Zwischen uns ist also alles wieder in Ordnung, Kieran?«

Kieran ging einen Schritt auf sie zu. »Ja, alles bestens.«

»Ich bin von deinen Fortschritten ziemlich beeindruckt.« Sie deutete auf die Stelle, wo er den Bogengang gemacht hatte. Wo war bloß ihr gewohntes forsches Ich abgeblieben? Anscheinend war es zusammen mit Joe zum Schloss zurückgekehrt.

»Ich habe den Bewegungsablauf in seine einzelnen Bestandteile zerlegt und dann war's eigentlich gar nicht mehr so schwer. Vielleicht könntest du mir als Nächstes diese Drehung beibringen?«

»Heißt das, du kannst mit ein bisschen Zeit auf die gleiche

Weise an unsere Choreografie herangehen? Und sie Stück für Stück zusammensetzen?«

»Ich glaube schon. Letztlich war's ziemlich einfach.«

»Eine Bewegung auszuführen bedeutet aber noch nicht tanzen, Kieran.« Sie sah ihn mit gerunzelter Stirn an. Hatte ja nicht lange gedauert, dass er wieder auf seinem hohen Ross saß. »Dazu gehört weit mehr.«

»Ach tatsächlich?« Er stand dicht vor ihr.

Ihre Stimme klang mit einem Mal ganz heiser. Es war ihr peinlich, dass sie sich in seiner Nähe so gnadenlos schwach fühlte, und sie beschloss, dieses Gefühl in den Griff zu kriegen, indem sie es einfach ignorierte. *Denk dran, er ist nicht interessiert an dir, also mach dich nicht lächerlich.* »Du bleibst also beim Tanzen?«

»Ja.«

Ihr fiel ein Riesenstein vom Herzen. Sie hätte nicht als Einzige ohne Tanzpartner dastehen wollen. »Super. Ich werde versuchen, mir Gefühlsausbrüche zu verkneifen, und verspreche, dich nie wieder anzuschreien.«

»Vermutlich wirst du's doch tun.« Trotz des dämmrigen Lichts konnte sie sein ironisches Lächeln sehen. »Anscheinend löse ich genau diese Reaktion bei anderen Leuten aus. Selbst bei Joe, der wirklich der unerschütterlichste Mensch ist, den ich kenne.« Unwillkürlich lehnte sich Raven ein Stück näher an ihn heran, nah genug, um die Mischung aus verblasstem Aftershave und feuchtem Fleecepulli zu riechen. Sie fand diesen Mix sehr verlockend. Dann streckte Kieran die Hand aus und berührte sie mit den Fingerspitzen an der Wange, wie eine Motte, die ihre Haut streifte. Obwohl der Moment der Berührung so flüchtig war, fühlte es sich doch verstörend intim an. Wärme breitete sich in ihrem Körper aus und es überkam sie ein Gefühl von tiefer

Ruhe. Seine Berührung löste ein paar der furchtbaren Knoten in ihrem Inneren, die sich seit Beginn des Semesters mit zunehmender Angst immer fester zusammengezogen hatten. Sie schloss die Augen und gab sich einfach diesem Zauber hin. Seine Finger fuhren an ihrem Hals hinab, berührten die empfindliche kleine Grube an ihrer Kehle.

Dann, so plötzlich, wie er den Zauber bewirkt hatte, beendete er ihn. Seine Finger zogen sich zurück und etwas verschwand mit ihnen. »Da hatten sich ein paar Grashalme von meiner Jacke in deinen Haaren verfangen. Ich bringe dich zurück zum Schloss.«

Sie öffnete die Augen, beschämt, dass sie als Einzige diesen Moment so empfunden hatte. Sein Gesichtsausdruck verriet nichts. »Okay. Okay. Danke.«

»Soll ich die Taschenlampe nehmen?«

»Klar.« Völlig durcheinandergebracht von dem, was soeben geschehen war, ließ sie sich von ihm zurück zum Schulhaus führen.

Kapitel 5

Es war fast elf Uhr, als Raven schließlich wieder zurück in ihrem Zimmer war. In Gedanken hing sie noch immer Kierans Berührung nach, als ihr auffiel, dass sich etwas verändert hatte. Das zweite Bett im Zimmer war belegt.

»Gina?« Schnell knipste sie die Deckenleuchte wieder aus, um ihre Freundin nicht zu blenden. Stattdessen tastete sie nach dem Schalter an ihrer Nachttischlampe.

Gina drehte sich um, das dunkelblonde Haar unter der Zudecke vergraben. Raven brachte es nicht über sich, sie aufzuwecken. Womöglich war Gina aufgrund einer Erkrankung verspätet eingetroffen? Ihre Neugierde rechtfertigte es einfach nicht, Gina aus dem Schlaf zu reißen.

Raven sah sich im Zimmer um und bemerkte noch weitere Veränderungen. Ginas Sachen standen bereits alle ordentlich in einer Reihe auf ihrer Seite der Kommode, ihre Ketten, Armbänder und Ringe hingen säuberlich an dem hübschen Schmuckständer. Raven entdeckte ihr Fußbändchen zwischen Ginas Goldketten – offenbar hatte ihre Freundin es sich letztes Semester ausgeliehen. Und Raven hatte geglaubt, es wäre verloren gegangen – damit würde sie Gina morgen ein bisschen hochnehmen.

Als sie den Schrank öffnete, um ihren Pulli wegzuräumen, sah sie, dass Ginas Sachen zusammengelegt in den Fächern lagen oder ordentlich an den Bügeln hingen. Ihre Schuhe standen in Reih und Glied unter ihrem Bett. Irgendjemand anders musste für Gina den Koffer ausgepackt haben, denn ihre Freundin war eine hoffnungslose Chaotin. Anscheinend stimmte ihre Vermutung, dass Gina noch immer nicht ganz gesund war und jede Menge fürsorgliche Pflege brauchte. Voller Vorfreude darauf, morgen früh mit Gina über alles Versäumte zu quatschen, schleuderte Raven sich die Turnschuhe von den Füßen, warf ihre restlichen Klamotten über die Stuhllehne und schlüpfte in ihren Lieblingspyjama, den mit dem verblasstem Comic-Elch-Druck, der früher mal ihrer Mutter gehört hatte.

»Es ist so schön, dass du wieder da bist, Gina«, flüsterte sie in die Dunkelheit hinein, glücklich über das Geräusch der regelmäßigen Atemzüge auf der anderen Seite des Zimmers. »Ich muss dir von diesem umwerfenden Typen erzählen, der mich allerdings auch schier in den Wahnsinn treibt. Er ist neu hier – er lässt gnadenlos den Blaublüter raushängen und ist attraktiver, als ihm guttut, also müsste ich ihn doch eigentlich ziemlich ätzend finden, oder?« Sie fuhr mit dem Finger über die Stelle, die er berührt hatte. »Du hast bestimmt eine Menge zum Thema Kieran Storm zu sagen. Ich weiß einfach nicht, ob ich ihn schlagen oder küssen will: Wie gestört ist das denn bitte? Du kennst mich ja – wie unsicher ich im Umgang mit Jungs bin. Na ja, und das ist bei ihm noch zehnmal schlimmer.«

Gina murmelte etwas und drehte sich auf die andere Seite.

»Wir reden morgen.« Raven zog sich die Zudecke über die

Schultern. Ab jetzt würde alles wieder gut werden, da war sie sich sicher.

Licht fiel durch die geöffneten Vorhänge ins Zimmer. Ein Vogel krächzte. Raven machte schlaftrunken die Augen auf und sah eine Gestalt, die sich in den Sonnenstrahlen bewegte.

»Gina? Wie spät ist es?!«

»Sechs Uhr dreißig.«

»Himmel. Ist das die Rache dafür, dass ich dich letzte Nacht geweckt habe?«

»Sei nicht albern, Raven. Es ist jetzt einfach Zeit zum Aufstehen.«

Zur Hölle, nein! Raven stemmte sich aus den Kissen hoch. Gina war bereits angezogen, geschminkt und hatte ihr Haar zu einer Banane hochgesteckt. Sie trug einen schlichten Anzug und sah wie die persönliche Assistentin eines Vorstandsmitglieds aus und kein bisschen wie die sonst so lässig gekleidete Gina.

»Hast du ein Vorstellungsgespräch?«, frotzelte Raven. »Ich habe dich noch nie so schick gesehen.«

Gina bedachte sie mit einem kühlen Blick und beugte sich vor, um ihr Bett zu machen. Raven sank in die Kissen zurück, verschränkte die Hände hinter dem Kopf und sah ihre Freundin breit grinsend an. »Wo hast du gesteckt, Gina? Ich habe mir schon totale Sorgen gemacht.«

»Mein Seminar hat sich ein bisschen in die Länge gezogen. Aber mein Späterkommen war mit der Rektorin abgesprochen.«

Dann hatte sie sich also wegen nichts und wieder nichts verrückt gemacht. »Warum hat mir das keiner gesagt?«

»Warum hätten sie das tun sollen?« Gina schaute ihr nicht ins Gesicht.

»Weil ich deine beste Freundin bin. Wir Versager-Queens müssen doch zusammenhalten – weißt du nicht mehr unseren Schwur?«

Gina trat einen Schritt zurück und straffte die Schultern. »Tja, ich fürchte, dieses Semester geht das nicht mehr.« Sie befingerte das dünne Goldkettchen um ihren Hals und ließ den kleinen Perlenanhänger hin und her surren.

Eine bleierne Schwere drückte auf Ravens Magen. »Geht was nicht mehr?«

»Tut mir leid, aber wir können keine Freunde mehr sein – nicht so wie früher. Ich habe gebeten, dass du in ein anderes Zimmer kommst.«

Raven setzte sich auf. »Gina! Machst du Witze? Du wirfst mich aus unserem Zimmer raus?«

»Das musst du verstehen: Ich kann nicht länger die Augen vor deinem kleinen Problem verschließen; diese Art von Stress halte ich nicht aus – das ist nicht gut für mich.«

»Mein kleines Problem? Wovon zum Teufel redest du?«

»Das weißt du doch genau. Toni hat mir gestern Abend von dem Vorfall in der Umkleidekabine erzählt. Wenn du so weitermachst, wirst du dir Ärger mit der Polizei einhandeln. Und das möchte ich nicht miterleben.«

»Du hast was? Du glaubst doch wohl nicht die Schwachsinnsgerüchte wegen der Tasche, oder? Ausgerechnet du musst reden, wo du dir ständig irgendwelche Sachen ausborgst, ohne vorher zu fragen.«

Gina legte verwundert die Stirn in Falten. Sie sah aus, als würde sie zum ersten Mal etwas Derartiges hören. »Ich habe mich in diesem Seminar sehr angestrengt, um mich zu optimieren. Nimm's mir nicht übel, Raven, aber mein Seminarleiter hat mir klargemacht, dass du einen negativen Einfluss darstellst. Ich muss mich ausschließlich mit positiven Einflüssen umgeben, wenn ich vorankommen will. Mrs Bain ist derselben Meinung. Ich muss mich an meine neuen Vorsätze halten, damit die ganze Arbeit nicht umsonst gewesen ist.«

»Inwiefern bin ich ein negativer Einfluss?« Raven wurde speiübel. Es passierte schon wieder: Das Fundament bröckelte unter ihr weg.

»Um im Leben Erfolg zu haben, muss man sich an die Besten halten, den herausragendsten Vorbildern nacheifern und nach Überlegenheit streben.«

»Was soll dieser Mist? Wer hat dir diesen Blödsinn über mich eingetrichtert?«

»Und man muss sich fernhalten von jeglichem niveaulosen Benehmen wie zum Beispiel fluchen.« Gina knöpfte sich die Jacke zu. »Ich weiß, das ist hart – hart für uns beide. Wir standen uns mal so nahe, aber wenn du jetzt einfach ohne viel Aufhebens deine Sachen packst, kann dein Großvater sie heute Vormittag während der Unterrichtszeit in dein neues Zimmer räumen. Mrs Bain findet, dass es das Beste ist, wenn du ein eigenes Zimmer bekommst. Sie hat mich mit Hedda zusammengelegt.«

»Ist dir eigentlich klar, was du da sagst? Du kannst Hedda nicht ausstehen!« Raven warf die Zudecke zurück, packte Gina am Arm und schüttelte sie. »Ich bin's, Raven. Ich bin deine Freundin. Du bist meine Freundin. Das muss dir doch irgendwas bedeuten?«

Ginas Augen schweiften in die andere Richtung. Ihr gefiel diese Auseinandersetzung genauso wenig wie Raven, aber sie war entschlossen, die Sache durchzuziehen.

Raven bekam es mit der Angst zu tun, als sie begriff, dass Gina nicht aufhören würde, ihre Freundschaft zu zerstören. »Weißt du noch, wie ich für dich da war, als du mit Nathaniel Schluss gemacht hast?«

»Mich deshalb so aufzuregen war dumm von mir. Beziehungen, die einen daran hindern, mit ganzer Kraft nach persönlichem Fortkommen zu streben, sind ebenfalls ein Fehler.«

»Hör auf, so zu reden. Seinerzeit hat es sich nicht wie ein Fehler angefühlt – du sagtest, es hat sich wie das Ende der Welt angefühlt. Du hast geweint. Ich habe mit dir zusammen geweint.«

»Gefühlsausbrüche aufgrund als gering einzuschätzender adoleszensbedingter Konflikte sind egozentrisch und beeinträchtigen die positive vorwärtsgerichtete Entwicklung.«

»Das soll doch jetzt hoffentlich irgend so ein kranker Witz sein. Wenn ja, dann werde ich dir dafür in den Hintern treten, Gina!« Raven klang wütend, aber sie war tief getroffen.

Etwas blitzte in Ginas Augen auf. Raven hatte den irren Eindruck, dass ihre Freundin – ihre ehemalige Freundin – Angst vor ihr hatte. »Solltest du körperliche Gewalt gegen mich anwenden, wirst du umgehend der Schulbehörde gemeldet. Ich muss jetzt zu einem Treffen. Ich hoffe mal, du bist bis zum Frühstück fertig mit Packen.«

»Ein Treffen? Um diese Uhrzeit?«

Gina marschierte hinaus, ohne ihr zu antworten. Raven starrte ihr hinterher, fassungslos. Kalt. War das jetzt in echt geschehen oder hatte sie geträumt? Wie hatte diese Freundschaft nur mit solchem Karacho vor die Wand fahren können?

Es klopfte leise an der Tür. Das musste Gina sein. Sie würde hereinkommen und »Verarscht!« rufen oder irgend so was in der Art. Raven würde sie mit dem Kissen verkloppen, bis sie sich entschuldigt hatte, und dann wäre zwischen ihnen wieder alles beim Alten.

»Ja?«

Ihr Großvater steckte seinen Kopf durch die Tür. »Tut mir leid, dass ich so früh störe, Raven, aber ich wurde gebeten, deine Sachen in ein Zimmer im Korridor D zu bringen. Kannst du schon mal mit Packen anfangen?«

Tränen schossen Raven in die Augen. Sie wischte sie weg und ließ die Wut aufwallen, um diese Sache durchzustehen. Es war also kein Scherz; jemand hatte Gina gegen sie aufgebracht. »Opa, was zum Teufel habe ich falsch gemacht? Ich kapier das einfach nicht: Warum mag Gina mich nicht mehr?«

Er blickte zu Boden. »Ich bin mir sicher, es ist nicht deine Schuld, mein Schatz. Wie könnte auch jemand meinen, du seist nicht absolut wundervoll?«

Sie wollte ihn nicht belasten; er sollte Stress vorsichtshalber vermeiden, um keinen erneuten Herzinfarkt zu riskieren. »Und da bist du gar kein bisschen parteiisch?« Sie lächelte verkniffen.

»Ganz recht. Komm her. Ich hab jetzt eine Umarmung bitter nötig, selbst wenn du keine brauchst.«

Sie kletterte aus dem Bett und warf sich in seine schützenden Arme.

Er tätschelte ihr liebevoll den Rücken. »Du weißt doch, wie das mit Mädchen in deinem Alter ist, Raven: Stimmungsschwankungen, belanglose Kabbeleien – alles ein Teil des Erwachsenwerdens. Gina hat sich da gerade einfach in eine fixe Idee verrannt und Mrs Bain hält es für das Beste, euch zu trennen. Im Moment ist das für dich natürlich heftig, aber in einem Jahr oder so wirst du drüber lachen. Soll ich dir beim Packen helfen?«

Raven rief sich in Erinnerung, dass ihr Großvater in einem ziemlichen Dilemma steckte; einerseits war er ihr Opa, andererseits war er hier an der Schule Angestellter und musste Anweisungen befolgen. Unterm Strich zählte, dass er auf ihrer Seite stand. Sie lehnte sich zurück und klopfte mit der flachen Hand an seine Brust, um ihm zu zeigen, dass alles in Ordnung war. Er konnte sie jetzt loslassen. »Schon gut. Das geht fix. Und wenn Gina nicht mehr mit mir befreundet sein will, dann brauchen wir auch nicht länger ein Zimmer zu teilen.« Wenn du dich nach außen hin tapfer zeigst, wirst du diese Haltung auch verinnerlichen. Das war ihr Motto.

Er nickte. »Das ist die richtige Einstellung. Törichte Frauenzimmer kommen früher oder später immer wieder zur Vernunft. Vermutlich wird sie morgen schon um Entschuldigung bitten.«

Raven reagierte gewohnt schlagfertig. »Am Boden kriechend? Auf allen vieren?« Wie konnte Gina sie bloß für eine Diebin halten?

»Na klar doch.«

»Hab dich lieb, Opa.«

»Ich dich auch, mein Schatz.« Er nahm ihre Faust hoch und stieß mit seiner dagegen. »Lass dich von diesen Scheusalen nicht unterkriegen.«

Ihre Mundwinkel zogen sich leicht nach oben. »Danke. Werde ich schon nicht.«

»Dafür ist es zu spät, verstehst du.« Hedda rammte ihr Tablett Raven in Rücken, als sie in der Müslischlange standen.

Raven holte tief Luft und beschloss, sie zu ignorieren. Knusperflocken oder Müsli? Wer die Wahl hat, hat die Qual.

»Wir wissen alle, dass du sie geklaut hast.«

Hm, vielleicht würde sie doch nicht so tun können, als habe sie das nicht gehört. »Was habe ich denn diesmal geklaut? Sag schon. Deine kleinen Fantasiegeschichten finde ich immer sehr unterhaltsam.«

Hedda setzte ihr Tablett ab und stemmte mit gebieterischer Geste die Hände in die Hüften. Sie vergewisserte sich, dass sie die Aufmerksamkeit aller in Hörweite hatte. »Die ganzen Sachen, die du letztes Semester geklaut hast? Sie sind heute Morgen am Empfang aufgetaucht, zusammen mit einem Zettel, auf dem stand, dass es dir leidtun würde und du sie zurückgeben möchtest.«

Adewale rempelte Raven im Vorbeigehen an. »Ich habe gedacht, du wärst in Ordnung, Raven, aber jetzt weiß ich, dass du eine dreckige kleine Diebin bist. Du wusstest, wie viel mir diese Uhr bedeutet.«

»Hey!« Raven rief ihm hinterher. Er war bisher immer freundlich zu ihr gewesen. Ein Albtraum – sie war am helllichten Tag gefangen in einem Albtraum. »Ich habe überhaupt nichts gestohlen!«

Hedda sah sie mit einem boshaft zufriedenen Lächeln an. »Siehst du, jetzt wissen alle, dass du sie beklaut hast.«

»Das ist Quatsch – denn ich habe niemandem irgendwas geklaut. Deine Logik ist voll verquer, Hedda.«

»Du kannst so viel schauspielern, wie du willst, aber wir kennen die Wahrheit.« Hedda nahm ihr Tablett und stolzierte an ihr vorbei. »Kein Wunder, dass selbst Gina nicht mehr im selben Zimmer mit dir wohnen will.«

»Ich war das nicht«, rief Raven ihr hinterher.

Die kleine Zuschauermenge um sie herum zerstreute sich,

niemand schaute ihr in die Augen. Sie stand da, auf die Auswahl an Knusperflocken starrend, noch immer erschüttert von Adewales verletzenden Anschuldigungen. Sie fühlte sich schrecklich allein. So wie damals, als sie nach dem Tod ihres Vaters an der neuen Schule von allen fallen gelassen worden war aufgrund der vom Sohn ihrer Pflegefamilie in die Welt gesetzten Gerüchte, dass sie eine kaputte Drogenschlampe wäre, die's mit jedem treiben würde. Sie hatte monatelang gegen diese Lüge ankämpfen müssen. Würde ihr jetzt hier das Gleiche blühen?

»Also, Müsli wäre ja eindeutig gesünder.« Kieran legte eine kleine Schachtel auf ihr Tablett und schob sie weiter zum nächsten Tresen. »Worum ging es da eben?« Er sah an ihr vorbei zu Joe hinüber, der gerade sein Tablett neben Heddas Sitzplatz abstellte. Adewale saß neben Gina.

»Hat sich dein Freund jetzt auch auf die dunkle Seite geschlagen?«, fragte Raven verbittert.

»Nein, Joe versteht sich nur gern mit allen gut.«

»Na dann viel Glück damit.« Sie suchte nach einem Platz, wo sie willkommen wäre.

»Lass uns hier hinsetzen.« Kieran lotste sie an einen kleinen Tisch, der halb versteckt neben dem Bestecktresen stand. Er beobachtete, wie sie an ihrer Müslischachtel nestelte. »Keinen Hunger?«

»Nein.« Sie hatte von allem die Nase voll.

»Du musst aber was essen.« Er öffnete die Müslischachtel für sie und schüttete den Inhalt in eine Schale. Sie erhob keinen Protest und so gab er scheibchenweise eine Hälfte seiner Banane zu den Flocken und goss Milch hinzu; seine jadegrünen Augen huschten kurz zu ihr hinüber. »Bitte schön: das perfekte Frühstück, nährstoffreich und ausgewogen. Iss.«

»Meine Freundin Gina ist wieder da«, platzte es aus ihr heraus, sehr zu ihrer eigenen Überraschung.

»Und wie geht's ihr so?« Eine Strähne seiner kastanienbraunen Haare fiel ihm in die Stirn, als er mit gesenktem Kopf konzentriert in seinem Tee rührte. Leicht ungehalten strich er sie zurück, den Blick auf seine Tasse gerichtet, als würde er die Geheimnisse des Universums darin lesen.

»Gut – wenn man sich wohlfühlt als Arschkuh. Sie hat mich aus meinem Zimmer werfen lassen.«

»Verstehe.« Er nahm den Löffel aus seinem Tee und klopfte damit kurz zweimal an den Rand der Tasse, um die Tropfen abzuschütteln. Er ging am Esstisch mit der Sorgfalt eines Wissenschaftlers am Laborplatz vor; jeder Handgriff war genau durchdacht.

»Du vielleicht, ich nicht. Vielleicht glaubt sie diese blödsinnigen Unterstellungen, die Hedda verbreitet, und hält mich jetzt für eine Diebin – darum ging es übrigens bei der netten kleinen Szene eben.«

Er setzte die einzelnen Teile der Bananenschale so zusammen, dass es aussah, als wäre die Frucht nie geöffnet worden. Für gewöhnlich hätte sie sein Verhalten recht befremdlich gefunden, aber seltsamerweise wirkte es jetzt beruhigend auf sie.

Auf einmal kam ihr der verrückte Gedanke, dass sie nur ausreichend Zeit mit ihm verbringen müsste, und er würde alles wieder richten können und den chaotischen Teil ihres Lebens hübsch ordentlich auf die Reihe bringen. Sie wusste noch immer nicht, warum er ihr überhaupt Aufmerksamkeit schenkte: Vielleicht war sie für ihn so etwas wie eines seiner Rätsel, das er lösen musste?

»Ich bin keine, weißt du. Diebin, meine ich.«

»Natürlich nicht.« Seine vorbehaltlose Zustimmung war für sie eine große Erleichterung. »Erzähl mir, was Gina gesagt hat.«
»Muss ich?«
Er zuckte die Achseln. »Nur wenn du willst.«
»Sie war überhaupt nicht sie selbst – so als hätte ihr böser Zwilling ihren Platz eingenommen, der, der nur Schlechtes von mir denkt.« Raven runzelte die Stirn, während sie kurz überlegte. »Aber das ist sie, oder?«
»Keine Ahnung – ich habe sie noch gar nicht kennengelernt.«
»Sie muss es sein – zumindest physisch. Allerdings könnte man glatt meinen, dass ihre Persönlichkeit entfernt wurde. Sie ist plötzlich die totale Ordnungsfanatikerin und wirft mit Wörtern um sich, die überhaupt nicht zu ihr passen. Und sie hat irgendwelchen Quatsch von sich gegeben von wegen, dass sie sich von negativen Einflüssen fernhalten muss. Womit ganz offensichtlich ich gemeint war.«
»Und vorher hat sie sich noch nie so verhalten?«
»Nie! Mit ihr war's immer lustig. Wir haben uns ›Westrons Versager-Queens‹ genannt und uns in allem beigestanden ... einer für alle, alle für einen, wie eine schlimm verkorkste Version der Musketiere. Sie hat das sogar in den Deckel des Schmuckkästchens eingravieren lassen, das sie mir geschenkt hat.«
Kieran lächelte.
Ermutigt fuhr sie fort. »Wir sind ständig in Schwierigkeiten geraten, aber sie hat nur drüber gelacht – meist war sie diejenige, die uns in den Schlamassel gerritten hat. Sie war immer, immer chaotisch und total schusselig und hat geflucht, genau wie alle anderen auch. Aber heute Morgen war sie dann plötzlich Fräulein Etepetete, die aussieht, als könnte sie kein Wässerchen trüben.«

»Warum bist du diejenige, die in ein anderes Zimmer ziehen muss, wenn sie es war, die nicht mehr länger mit dir zusammenwohnen wollte?«

»Gute Frage, aber die Antwort ist ganz einfach. Mrs Bain hat mich noch nie wirklich leiden können, und wenn eine ihrer zahlenden Schülerinnen ein Problem hat, dann muss die Stipendiumsschülerin das Feld räumen.«

»Interessant.«

Sie aß einen Löffel Müsli und nahm ihren ganzen Mut zusammen, um ihn zu fragen: »Kann ich heute mit euch rumhängen, Kieran? Mit dir und Joe, meine ich.«

»Warum solltest du das tun wollen?«

O-kay. Keine sehr schmeichelhafte Reaktion. Kieran schien über ihre Bitte eher verblüfft, nicht überschwänglich erfreut, so wie sie es gewesen wäre, hätte er sie das Gleiche gefragt. Hätte sie ihm doch bloß nichts gesagt! Schwäche zu zeigen provozierte immer einen Schlag in die Magengrube. »Vergiss einfach, dass ich gefragt habe.«

»Nein, erklär's mir.« Er begrub ihre Hand unter seiner Riesenpranke, dann zog er sie schnell wieder weg. Es fühlte sich an, als hätte sie an einen Elektrozaun gefasst; ein Kribbeln schoss ihr durch den Arm.

»Es ist nur so, dass ich ... ähm ... so wie's aussieht, habe ich zurzeit nicht gerade viele Verbündete.«

»Verstehe. Und Verbündete zu haben ist dir wichtig?«

Beinahe musste sie lächeln. »Kieran, die meisten Menschen umgeben sich gern mit Freunden. Du weißt schon, wie Woody und Buzz, Frodo und Sam, Batman und Robin?« Warum schmachtete sie eigentlich einem Kerl hinterher, der nicht mal das grundsätzliche Bedürfnis nach menschlicher Gesellschaft nachvollziehen konnte? Das war so aussichtsreich wie bei einem Fisch, der sich nach einer Giraffe sehnte: eine Beziehung, die von vornherein zum Scheitern verurteilt war.

»Meiner Erfahrung nach sind Menschen sehr unzuverlässig.«

»Da bin ich ganz deiner Meinung, aber das ist nun mal das Risiko, das man eingeht.«

»Wenn du dieses Risiko nicht scheust, kannst du natürlich gern mit uns ›rumhängen‹ – obwohl ich diese Formulierung etwas unglücklich finde, weil sie mich an das Schicksal von Komplizen am Galgen erinnert.« Seine Augen funkelten vor Vergnügen.

»Aber sag jetzt nicht ›okay‹, wenn's dich in Wahrheit anödet.«

»Sicher nicht. Es wird uns ein Vergnügen sein, wenn du mit uns ›rumhängst‹.«

Mir auch, dachte sie.

Nach dem Frühstück legte Kieran Joe eine Hand auf den Arm, um ihn noch zurückzuhalten, bevor sie beide getrennte Wege gehen würden. Er fasste kurz zusammen, was er von Raven erfahren hatte. Joe strich mit der Hand über seine frisch rasierte Stoppelfrisur – er hatte sich am Wochenende zwecks Übergabe seiner Autoschlüssel mit einem von Isaacs Kollegen in der Stadt beim Friseur getroffen und musste sich noch an seinen neuen Haarschnitt gewöhnen. »Sie meint also, dass sich ihre Freundin wie eine Fremde benimmt?«

»Es hat eindeutige Veränderungen gegeben, genau wie bei den anderen Fällen auch, die ich erwähnt habe. Gina hat sich offenbar von einer planlosen Chaotin zur ehrbaren Miss Tipptopp gewandelt, mit dem netten kleinen Extra, dass sie mit ihrer alten Freundin gebrochen hat. Ich vermute mal, dass sie jetzt auch deutlich mehr Zeit mit Lernen verbringen wird, als sie es in der Vergangenheit getan hat. Ich frage mich nur, wie sie die Schüler zu solchen Radikalveränderungen bewegen und warum.« Kieran blickte prüfend auf sein Spiegelbild in der Fensterscheibe und überlegte, Joe zu fragen, ob er seiner Meinung nach ebenfalls einen Haarschnitt nötig hatte. Über solche Dinge dachte er selten nach, aber er wollte nicht, dass Raven ihn für ungepflegt hielt.

»Komm, wir suchen uns ein ruhiges Plätzchen; ich will nicht, dass uns jemand hört.«

»Da kenne ich genau den richtigen Ort.«

Joe führte ihn durch eine schmale verwitterte Hintertür hinaus ins Freie und sie setzten sich auf eine Bank neben dem alten Dienstboteneingang. Zwei Enten watschelten über den Kiesweg auf eine kleine Lache unter einer schwarzen Eisenpumpe zu.

»Was hat das Gespräch mit Hedda gebracht?«, fragte Kieran.

»Du meinst, abgesehen von Würgereiz?«

Kieran lächelte. In Gesellschaft von diesem Mädchen zu Mittag essen zu müssen würde vermutlich bei jedem, der auch nur ein bisschen Grips hatte, genau diese Wirkung hervorrufen.

»Oh, sie verfolgt nur gerade eine persönliche Rachekampagne, um Ravens Ruf restlos zu zerstören. Anscheinend ist sie ein rotes Tuch für Hedda. Und sie wird von anderen Schülern darin unterstützt, unter anderem auch von Adewale, den ich eigentlich für einen netten Kerl gehalten habe. Allerdings habe ich den Eindruck, Ravens größtes Vergehen ist es, dass sie ›keine von uns‹ ist.«

»Aber warum? Diskriminierung aufgrund ihrer Hautfarbe kann doch eigentlich nicht dahinterstecken – hier sind doch alle möglichen Nationalitäten vertreten – Hedda ist Schwedin, Toni ist Angolanerin, Adewale Nigerianer, und außerdem gibt's noch mindestens eine Chinesin, zwei Schüler vom indischen Subkontinent und noch einen Amerikaner in dieser Gruppe.«

»Ich glaube, hier geht's um sozialen Status. Gesellschaftsschicht und Geld – das haben sie alle gemeinsam. Mich akzeptieren sie dank meines megareichen Patenonkels, der mich mit Rolex-Uhren überschüttet und mir meine Ausbildung finanziert.« In Wahrheit hatte Joe die Uhr von einem Schweizer Juwelier geschenkt bekommen als Dankeschön, dass sie einen Raub auf sein Geschäft vereitelt hatten. Kieran besaß genau die gleiche. Er hatte zwar bemerkt, dass andere Schüler ihm aufs Handgelenk geschaut hatten, aber erst jetzt ging ihm auf, dass seine Uhr als Beweis für seine gehobene soziale Herkunft betrachtet wurde. »Und dich mögen sie dank meiner Geschichte über deine noble Familie.«

»Ich wünschte, du hättest nie davon angefangen.«

»Aber du hältst die Wahrheit über dich doch sogar vor den meisten von uns geheim, also solltest du kein Problem damit haben, sie Außenstehenden gegenüber zu verschweigen.«

Das war richtig, er sprach über sein Privatleben nur mit denjenigen aus der YDA, die zwingend darüber Bescheid wissen mussten. Joe hatte er zwar ein paar Dinge erzählt, aber selbst er kannte nicht die ganze hässliche Geschichte. »Aber diese Oberschichtsstory macht die Sache mit Raven ziemlich kompliziert.«

»Jetzt verguck dich bloß nicht in dieses Mädchen, Key. Höchstwahrscheinlich werden wir in nur wenigen Monaten abgezogen und bei einer neuen Mission eingesetzt. Das Ganze führt letztlich zu nichts und im Einsatz sind ernsthafte Beziehungen untersagt, das weißt du genau. Flirten ist okay, Sichverlieben ist ein Riesenfehltritt.«

»Ich habe ihr gesagt, dass sie Zeit mit uns verbringen kann.«

»Und was genau hat das mit unserer Mission zu tun?«

Kieran war sich darüber im Klaren, dass sein Verhalten ihm gar nicht ähnlich sah; um das zu wissen, brauchte er nicht in Joes verwundertes Gesicht zu sehen. »Nicht das Geringste in Hinblick auf unsere Berichte bei Isaac, so viel ist klar. Aber sie wird gemobbt, und das gefällt mir nicht.« Es widersprach seinem Gerechtigkeitssinn; und das war der einzige Grund, den er sich selbst gegenüber eingestehen würde.

»Kieran Storm, der Kreuzritter mit Umhang, eilt der holden Maid zur Rettung.« Joe griff sich mit ironischer ›O-du-mein-Held‹-Geste an die Brust. »Das muss ich am Yoda-Message-Board posten!«

»Das wirst du nicht. Keiner hätte dieses Mädchen einfach im Regen stehen lassen.«

»Du schon – bevor du Raven kennengelernt hast. Du hättest ihr, ohne sie auch nur einmal anzuschauen, gesagt, dass sie gefälligst die Zähne zusammenbeißen soll. Hast du eigentlich eine Ahnung, wie enorm du in der Gunst der Mädels steigen wirst, wenn sie erst mal spitzkriegen, dass du empfänglich für die Reize eines Mädchens bist?«

Kieran ließ ein verächtliches Schnauben vernehmen.

»Blick den Tatsachen ins Auge, Kieran. Du fährst auf sie ab und das wirst du dir früher oder später eingestehen müssen. Aber denk dran, mein Freund, wie du gerade selbst so treffend bemerkt hast, alles, was sie über dich zu wissen glaubt, ist erstunken und erlogen. Und wenn sie das erfährt, wird sie dir womöglich nie verzeihen. Das ist auch mit ein Grund, warum wir keine ernsthaften Beziehungen führen sollen, wenn wir im Einsatz sind – das richtet einfach in jeder Hinsicht zu viel Schaden an.«

»Ich werd's schon nicht vermasseln. Ich werde meine ... meine

Beziehung zu Raven in der einen Schublade lassen und unsere Mission in der anderen. Das ist nichts Ernstes.«

Joe zuckte die Achseln. »Dein Grab, das du dir schaufelst. Ich habe dich gewarnt.« Er ging los zur nächsten Unterrichtsstunde und ließ Kieran allein auf der Bank zurück.

Kieran schloss die Augen und gönnte sich eine kurze Pause im Sonnenschein. Seit das Daten in den letzten paar Jahren eine ernst zu nehmende Sache geworden war, hatte er immer wieder beobachten können, wie sich seine Freunde wegen Mädchen, auf die sie standen, zu kompletten Vollidioten gemacht hatten; er hatte das Ganze immer mit leiser Verachtung verfolgt und geglaubt, er selbst würde über solch absurdem Verhalten stehen. Bisher hatte er mit keinem Mädchen, das er gedatet hatte, gestritten; noch nie hatte er so empfunden wie bei Raven: die Hälfte aller Unterhaltungen mit ihr endete in einer heftigen Auseinandersetzung und die andere Hälfte darin, dass er das unbändige Verlangen spürte, sie zu küssen.

Sie lenkte ihn ab. Er sollte über den Ermittlungsfall nachdenken, nicht darüber, dass er dabei war, mit ihr bislang unbekanntes Terrain zu betreten. *Konzentriere dich auf deine Mission, Storm. Reiß dich zusammen.*

Er zwang sich dazu, ihre bisherigen Ermittlungsergebnisse zu betrachten. Also, was wusste er? Angehörige von Schülern dieser Schule trafen dubiose Entscheidungen von globaler Tragweite. Wenn das nicht aufhörte, würde eine dieser Entscheidungen noch eine Katastrophe auslösen. Ihr Job als Agenten der YDA war es, die treibende Kraft hinter dem Ganzen zu identifizieren und auszuschalten; das war die einzige Hoffnung, das sich ankündigende Desaster abzuwenden.

Ihm war schnell aufgefallen, dass die Mehrheit dieser Leute

Kinder in Westron hatte, deren Verhalten sich geradezu bemerkenswert verändert hatte; höchstwahrscheinlich lag das an den Seminaren, die sie im Gästehaus, einem alten Anwesen auf dem Gelände der Schule, absolviert hatten. Um dermaßen schnelle Veränderungen in der Persönlichkeit zu bewirken, musste auf die Schüler extremer Druck ausgeübt worden sein. Das Wort ›Gehirnwäsche‹ geisterte ihm im Kopf herum. Aber wozu? In Anbetracht der Wechselbeziehung zwischen Eltern- und Kind-Verhalten konnte der Grund dafür nicht allein sein, dass man der Schule nützen und ihr gehorsamere Schüler schenken wollte. Es musste in Verbindung zu den Handlungen der Eltern stehen.

Noch immer fehlten einige Schüler, doch im Datenspeicher der Schule hatten sich keine Beschwerden von Eltern hinsichtlich der ausgedehnten Absenz ihrer Kinder finden lassen – es hatte keine Anrufe oder verärgerten E-Mails gehagelt. Welche Schlussfolgerung konnte daraus gezogen werden? Entweder hatten die Eltern keine Ahnung, was mit ihren Abkömmlingen passierte, und sie ließen sich mit halb garen Erklärungen abspeisen oder sie steckten in der Sache mit drin. Was hatte man den anderen Schülern gesagt? Das müsste er Raven fragen. Zwar hatte man sie über Ginas Verbleib im Unklaren gelassen, aber vielleicht war das Fernbleiben von anderen Schülern irgendwie erklärt worden.

In der warmen Sonne sitzend genoss Kieran für einen kurzen Moment das Gefühl, diesen Fall Stück für Stück zusammenzufügen. Er war komplex genug, dass er ihn als eine Herausforderung empfand; es hätte ihm nicht gefallen, wenn die Lösung zu offensichtlich und sein Talent somit verschwendet gewesen wäre. Er hatte die Entscheidungen, die von den fraglichen Elternteilen getroffen worden waren, genau unter die Lupe genommen, und soweit er wusste, hatte es keinen gemeinsamen Nenner gegeben, der den Handlungen der Einzelnen zugrunde gelegen hatte – zumindest hatte es keine bestimmte Person oder Organisation oder Firma gegeben, die davon profitiert hatte. Inwieweit etwa hing die Vergabe einer Diamantkonzession für Sierra Leone an eine Minengesellschaft, deren weit renommiertere Konkurrenz dabei klar benachteiligt worden war, mit der außerordentlichen Berufung eines jungen Regierungsbeamten in ein hohes Amt zusammen? Und dann gab's da diese Entwürfe für eine neue Signaturwaffe mit integriertem Handscanner fürs US-Militär, die in die Hände der Chinesen gelangt waren; bei diesem Deal hatte es Dunkelmänner auf beiden Seiten gegeben. Wer steckte dahinter?

Das Ganze stank nach massiver Korruption, nach Vetternwirtschaft, aber ohne erkennbare Verbindung zwischen den beteiligten Aktionspartnern, so als würde jemand einen Handel mit Gefälligkeiten treiben: Du machst X als Gegenleistung für Y, dann wird Z für dich A tun.

Kieran ließ sich diese Idee wie eine Gleichung durch den Kopf gehen, aber das Ergebnis war mit arithmetischen Mitteln nicht erfassbar. Es musste bei dem Ganzen eine unbekannte Größe geben, etwas, das alles miteinander vereinte.

Eine Clearinggesellschaft. Zu dieser Lösung kam er, als er die Gefälligkeiten als eine Art Währung betrachtete. Funktionierte etwa die Schule – nicht nur diese hier, sondern das Netzwerk des Verbandes der Internationen Schulen als Ganzes – wie eine Zentralbank, deren unterschiedliche Zweigstellen den Austausch von Gefälligkeiten steuerten? Wenn ja, war das ein sehr ausgeklügeltes System, denn die Verbindungsfäden waren so hauchdünn, dass sich kein Motiv finden ließ, warum Diplomat A Geschäftsmann B bevorteilen sollte, da sie in keiner ersichtlichen Beziehung zueinander standen. Die Aussicht, im Rahmen internationaler Antikorruptionsgesetze Anklage erheben zu können, war fast gleich null, da sich nichts beweisen ließ.

Die Clearinggesellschaft war eine gute Arbeitshypothese. Das Einzige, was Kieran noch nicht verstand, war, wie die persönlichkeitsveränderten Schüler in das Ganze hineinpassten und was die Leute, die hinter dem Netzwerk standen, davon hatten. Das waren die nächsten zwei Punkte, die es zu klären galt.

Kapitel 6

Nach dem Mittagessen gingen Joe und Kieran auf ihr Zimmer zurück, um ihre Hausaufgaben zu machen. Außerdem durchsuchte Kieran die Datensätze der Eltern-Schule-Kommunikation von Westron nach bestimmten Schlüsselbegriffen und startete eine Abfrage nach Verbindungen zwischen Diamantenminen und Vorstandsmitgliedern der Schule, dann durchstöberte er aus rein persönlichem Interesse noch das Mars-Programm der NASA und brachte sich über die fieberhafte Suche des Beschleunigerzentrums CERN nach dem Higgs-Teilchen auf den neuesten Stand. Seine verbliebene Hirnkapazität verwendete er schließlich darauf, für den Englischunterricht einen Aufsatz zu *Stolz und Vorurteil* zu schreiben.

Joe war gerade beim Ausdrucken seiner Französischhausaufgabe. »Weißt du, Key, du hast mir nie das mit den Schmeißfliegen erklärt. Um welchen Fall ging es dabei noch mal?«

»Um einen aus der viktorianischen Zeit; den hatte ich in einer alten Zeitung entdeckt – der Mord im Gewächshaus. Die Lösung hing davon ab, wie lange die Leiche neben den fleischfressenden Pflanzen gelegen hatte.

»Schauerlich. Gefällt mir.«

»In den Pflanzen waren verwesende Fliegen gefunden worden, aber das kleine Gewächshaus hatte man von außen hermetisch verschlossen und Kohlenmonoxid hineingeleitet. Ich habe untersucht, wie lange die Pflanzen in einem geschlossenen Raum gebraucht haben, um die Fliegen anzulocken, wobei ich jede einzelne Pflanzenspezies getimt und mir notiert habe, in welcher Zeit die Körper verdaut wurden. Ich habe eine Auswahl der fleischfressenden Pflanzen zusammengestellt, die einem Sammler im viktorianischen England zur Verfügung gestanden haben, und meine vorläufigen Daten legen die Vermutung nahe, dass sie den falschen Mann gehenkt haben. Der Gärtner war unmöglich der Täter. Jemand anders muss zu einem späteren Zeitpunkt noch mal im Gewächshaus gewesen sein, was auch zu dem Todeszeitpunkt passen würde, soweit sie ihn mit den damals zur Verfügung stehenden Mitteln bestimmen konnten. Ich wette, der Bruder war's. Wegen dem Erbe.«

»Aha. Hilf mir noch mal kurz auf die Sprünge: Wozu tust du das gleich wieder?« Joe verdrehte die Augen.

»Weil's niemand sonst getan hat. Es ist ein Rätsel, das es zu lösen gilt. Eine Ungerechtigkeit, die ausgeräumt werden muss.« Ein brennendes Verlangen, das gestillt werden musste, aber das sagte er nicht laut. Joe wusste bereits, dass sich Kieran von Rätseln angezogen fühlte wie ein Bär von einem vollen Picknickkorb.

Mit einem kurzen Klingeln erschien Isaacs Nummer auf dem Computerbildschirm. Joe nahm den Anruf entgegen.

»Hallo, Isaac, wir haben gar nicht damit gerechnet, dass Sie sich bei uns melden. Ist alles okay?«

Offenkundig nicht, denn Isaacs Gesichtsausdruck war eisig. »Ist Kieran auch da?«

»Ja.« Kieran rückte ein Stück näher, damit die Webcam ihn erfassen konnte.

»Geht's dir gut?«

»Ähm, ja. Ich glaube schon.« Er warf Joe einen Blick zu.

»Kieran, die Schule hat mich angerufen.«

»Aha«, murmelte Joe.

»Sie sagten, du hättest dich gestern aus dem Unterricht abgesetzt, ohne der Lehrerin Bescheid zu geben, und wolltest dann nicht bei der Krankenschwester vorstellig werden. Sie haben gemeint, dass du entweder geschwänzt hast – was, wie ich weiß, bei dir außer Frage steht – oder eine Erkrankung herunterspielen willst. Sie machen sich Sorgen, weil du noch neu an der Schule bist.«

Kieran zuckte innerlich zusammen. Warum konnte man diesen unglücklichen Vorfall nicht einfach mit ›Schwamm drüber‹ abhaken? »Jetzt geht's wieder gut, danke. Ich bin voll auf dem Posten.«

»Was mich tatsächlich stutzen ließ, war, dass sie sagten, bei der fraglichen Unterrichtsstunde habe es sich um ›Tanzen‹ gehandelt. Ich dachte erst, sie machen Witze. Sie waren sehr überrascht, als ich loslachte. Ob ich denn nicht wüsste, welche Kurse mein Patenkind belegt hätte? Ich musste zugeben, dass ich keine Ahnung habe – was außerordentlich peinlich war. Du kannst dir sicher vorstellen, wie perplex ich war, als ich hörte, du hättest Tanz, Kunst, Theater und Englisch gewählt.«

»Ich war auch ziemlich perplex.«

Isaac ging nicht auf Kierans trockene Bemerkung ein. »Ich habe mir dann alle Anmeldeunterlagen angesehen und festgestellt, dass sich gewisse Freunde von dir um deine Einschreibung gekümmert hatten. Joe, hast du irgendwas dazu zu sagen?«

»Mist«, sagte Joe leise. »Tut mir leid, Isaac.«

»Warum?« Isaac klang barsch, ein Zeichen dafür, dass er stinksauer war. Isaacs Zorn war wie ein Sandsturm – heiß und brachial. Jeder vernünftig denkende Mensch ging davor in Deckung.

»Es war von uns als Witz gemeint. Sie wissen doch, wie gut Kieran in allem anderen ist. Diese Mission wurde als risikoarm eingestuft und soll auch nicht lange dauern; wir dachten, dass ein paar Wochen Tanz und Kunst zur Abwechslung mal eine ganz neue Erfahrung für ihn wären ...«

»Ganz abgesehen davon, was du da deinem Partner angetan hast, ist mir absolut unbegreiflich, wie du den Einsatz damit gefährden konntest, um ... was? Auf Kierans Kosten einen Scherz zu machen?«

»Isaac, es tut mir echt leid. Das war idiotisch von uns.«

Isaac lehnte sich an seinem Schreibtisch nach vorne. »Schlimmer als idiotisch. Unprofessionell. Ich glaube, du hast das Ausmaß deiner Verfehlung noch gar nicht begriffen. Du hast eure Mission und eure persönliche Sicherheit gefährdet, indem du einen instabilen Faktor mit ins Spiel gebracht hast. Das kann ich so nicht hinnehmen.«

Kieran wollte zu einem Protest ansetzen, aber Isaac war jetzt richtig in Fahrt und nicht zu bremsen. »Das wird disziplinarische Konsequenzen für dich haben, Masters. Wenn du bei der YDA deinen Abschluss machen und ein Universitätsstipendium erhalten willst, kannst du es dir nicht leisten, dass so etwas in deinen Akten steht. Das hat man dir klargemacht, als du bei uns angefangen hast.«

Kieran fummelte an seinem Handy herum; ihm behagte es gar nicht, dass Joe in seinem Beisein abgekanzelt wurde. Er war über den Streich seines Freundes auch nicht erfreut gewesen, dennoch wollte er nicht, dass sich Joe wegen dieser Sache die Zukunft versaute.

»Kieran sollte sich unauffällig in Westron einfügen. Man hätte ihn in einen naturwissenschaftlichen Kurs einschleusen können und niemand hätte irgendwas bemerkt, außer dass er ein außerordentlich begabter Schüler ist. Stattdessen hast du ihn in eine Situation gebracht, in der er sich typisch ... kieranisch verhält. Das ist unverantwortlich. Habe ich mich klar genug ausgedrückt?«

Seit wann war ›kieranisch‹ überhaupt ein Wort?

»Ja, Isaac.« Joe klang zerknirscht.

»Ich nehme an, du wirst mir nicht verraten, wer sonst noch an diesem kleinen Streich beteiligt war?«

Joe schüttelte den Kopf.

»Na, wenigstens bist du nur ein Idiot und nicht auch noch eine Petze. Aber ich kann's mir sowieso schon denken. Ich werde mir auch Nat und Daimon zur Brust nehmen. Ihr drei könnt euch alle darauf einstellen, dass ihr abberufen und auf Probezeit gesetzt werdet.«

Kieran hatte jetzt endgültig genug. Er wollte auf keinen Fall, dass seine besten Freunde bei der YDA einen Aktenvermerk kassierten, nur weil er mit ihren Scherzen nicht klargekommen war. Doch noch bevor er seine Gedanken in Worte fassen konnte, wandte sich Isaac ihm zu.

»Kieran, ist das für dich wirklich okay, Tanz zu belegen? Ich kann einen Kurswechsel für dich beantragen, wenn deine bescheuerten Freunde dir da einen Ball zugeworfen haben, den du unmöglich erwischen kannst.«

»Nein, Isaac, ich krieg das hin.«

»Wirklich?«

Kieran hob eine Augenbraue. »Zweifeln Sie etwa an mir?«

»Natürlich nicht. Okay, dann werde ich dir jetzt jemand anders von unseren Leuten schicken, mit dem du die Mission zu Ende bringen kannst; jemanden, der dich unterstützt und dir keine Knüppel zwischen die Beine wirft. Masters, pack deine Sachen.«

Außerhalb des Blickfelds der Webcam trat Joe gegen den Papierkorb.

Nein, nein, nein! Das durfte nicht passieren, nicht Joe. Das war das falsche Resultat.

Kieran wusste, dass er etwas unternehmen musste, doch dafür würde er einen Teil seines Stolzes herunterschlucken müssen. Er sprach mit Isaac und den anderen Mentoren ausschließlich über Dinge, die die jeweilige Mission betrafen. Emotionale Appelle gab's bei ihm nicht. »Isaac, kann ich mich an dieser Stelle mal einklinken?«

»Willst du mich über den Ermittlungsstand in Kenntnis setzen?«

»Ja, aber erst wollte ich noch über etwas anderes sprechen. Ich wollte Sie bitten, wegen Joe noch mal ein Auge zuzudrücken.«

Er merkte, wie sein Freund aufhörte, im Zimmer auf und ab zu gehen. Niemand bekam Isaac dazu, seine Meinung zu ändern: Er war berüchtigt für seine unerbittlichen Urteile, die er über seine Schüler verhängte. Strenge aus Liebe, nannte er das, denn er hielt es für besser, sie fallen zu lassen, als dass sie eine berufliche Laufbahn ergriffen, für die sie nicht geeignet waren. Kieran fühlte sich angesichts Isaacs versteinerter Miene nicht gerade ermutigt. Trotzdem musste er es auf einen Versuch ankommen lassen. Er hatte im Geist seinen Stolz bereits auf dem Altar der Freundschaft geopfert.

»Zuerst war ich sauer auf Joe, als ich erfahren habe, für welche

Fächer ich eingeschrieben worden war, aber nachdem ich dann mal in mich gegangen bin und über meine Kompetenzen nachgedacht habe, fand ich, dass er in gewisser Weise sogar recht hat.«

»Recht hat? Inwiefern?«

Kieran blickte hinunter auf die abgewetzte Stelle an seiner Jeans. »Um ein guter Ermittler zu sein, sollte ich im ästhetischen Bereich genauso versiert sein wie in den Naturwissenschaften. Bei allem nötigen Respekt, aber Sie und die anderen Mentoren lassen zu, dass ich mich vor dieser Materie drücke.«

»Du willst also tatsächlich mit darstellender Kunst weitermachen?« Isaac war nicht überzeugt.

»Ich werde mich schon irgendwie durchschlagen. Und Englisch schaffe ich mit links; ich bin ziemlich belesen.«

Isaac lächelte schief. »Das weiß ich. Darum mache mir auch keine Sorgen. Beim letzten Quizabend hast du mein Team in der Charles-Dickens-Runde regelrecht plattgemacht.«

Kieran holte Luft und fuhr mit der Beweisaufnahme zugunsten der Verteidigung fort. »Im Kunstkurs hat die Lehrerin mir gesagt, sie fände meine handwerklichen Fähigkeiten und meine zurückhaltende, stille Expression sehr vielversprechend. Sie meinte, ich würde wie Leonardo da Vinci malen.« Was nicht weiter überraschte, weil er den Meister gründlich studiert hatte. »Im Theaterkurs konzentriere ich mich vor allem auf Licht- und Tongestaltung. Bei solch einer großen Anzahl von Darstellern ist jemand, der gern backstage arbeitet, sehr willkommen. Ich habe bereits eine kleinere Störung an der Beschallungsanlage im Auditorium behoben.«

»Ja, ich habe in deiner Akte einen Vermerk von Mr Partington gelesen, dass du eine Bereicherung für den Unterricht wärst. Und was ist mit Tanz?«

Kieran vermied es, Joe anzusehen, der ihm geradezu an den Lippen hing. »Ich muss zugeben, dass dieser Kurs eine große Herausforderung für mich darstellt.« Na ja, eigentlich war sie nur einen Meter sechzig groß. »Aber ich werde auch das irgendwie hinkriegen.«

»Und wie?«

»Eine seiner Mitschülerinnen unterstützt ihn, wo sie kann«, warf Joe ein, mit halbwegs wiederhergestelltem Enthusiasmus. »Eine gewisse Miss Raven Stone kümmert sich sehr gut um ihn.«

»Ja, na ja«, murmelte Kieran, während er an seinem Büroklammerturm weiterbastelte.

»Kieran, ist dir das etwa peinlich?« Isaacs Eisstimme taute ein bisschen auf.

Kieran ging darüber hinweg. »Meine Tanzpartnerin ist mir sowohl im Unterricht als auch hinsichtlich unserer Ermittlung eine Hilfe.«

»Verstehe.« Isaac legte die Fingerspitzen aneinander. »Und du bist also der Meinung, dass deine Lehrer hier bei der YDA den schöngeistigen Teil deiner Ausbildung haben schleifen lassen?«

»Ehrlich gesagt, ja.«

»Verstehe. Das muss ich erst mal alles verdauen.« Isaac drehte seinen Kopf von der Kamera weg. Kieran ging auf, dass ihr Boss nicht allein im Zimmer war. »Was meinst du dazu?«

Kieran konnte die Antwort der Person, die sich außer Sicht befand, nicht hören. Er vermutete, dass es sich um Dr. Waterburn, Mentorin der A-Einheit, handelte, die zu einer Dringlichkeitsberatung einberufen worden war.

»Ja, das sehe ich genauso. Kieran fügt sich besser ein als erwartet. Sich mit ästhetischen und geisteswissenschaftlichen Fächern auseinanderzusetzen wird ihn nicht umbringen.« Isaac wandte sich wieder ihnen zu. »Okay, Joe, dafür, dass du die Mission so fahrlässig aufs Spiel gesetzt hast, verlierst du zwar ein Leben, bleibst aber weiterhin im Spiel. Eine zweite Chance wird's allerdings nicht geben.«

»Hm, logisch gesehen ergibt das keinen Sinn, Sir, denn eine weitere Chance wäre ja eine dritte Chance, oder?«, wandte Kieran ein. Er musste solche widersinnigen Redensarten einfach richtigstellen; sie stießen ihm übel auf.

Joe versetzte ihm links und rechts einen Klatscher mit seinem zur Rolle gedrehten Aufsatz.

Isaac sah Joe an; bei ihm hatte Tauwetter eingesetzt. »O Mann, ich kann dir nachfühlen, warum du's getan hast, Joe.«

Joe schnaubte. »Ich versuche ihm abzugewöhnen, solche Sachen von sich zu geben, aber das ist echt schwierig.«

»Doch das wird in keiner Weise unsere Arbeit beeinträchtigen, versprochen«, sagte Kieran.

»Du musst nicht glänzen; du sollst dich einfach so anpassen, dass keine Fragen zu deiner Person aufkommen.«

»Verstanden.« Obwohl er bislang in jedem seiner Fächer geglänzt hatte und nicht beabsichtigte, damit jetzt aufzuhören. »Ich habe eine neue Theorie, die ich Ihnen gern schicken möchte, Isaac.«

Isaac rieb sich die Hände. »Hervorragend. Ich wusste doch, dass du mich nicht enttäuschen würdest, Kieran.«

»Es ist lediglich eine Theorie«, warnte er. »Die möglicherweise erklärt, wie die Vorfälle an der Schule ins Gesamtbild unseres Ermittlungsfalls passen.«

»Ja, aber eine Theorie von dir ist Gold wert. Und Joe, du weißt, der Anschiss war bitter nötig, aber jetzt machen wir einen Haken an die Sache. Einverstanden?«

Joe setzte sich neben Kieran. »Danke, Isaac.«

»Denk dran, das ist die letzte Verwarnung. Noch so ein Ding und du bist raus aus der YDA.«

»Verstanden.«

»Wir sehen uns kommendes Wochenende. Ich schicke euch einen Fahrer, der euch abholen wird. Ende.«

Die Verbindung wurde getrennt.

»Puh.« Joe stieß Kieran mit der Schulter an. »Danke. Ich stehe knietief in deiner Schuld.«

Kieran wandte sich wieder seiner Unterrichtslektüre zu. »Ja, allerdings. Glaub bloß nicht, dass ich mir so was zur Gewohnheit mache.«

Joe schnappte sich das Buch und flüchtete außer Reichweite, als Kieran versuchte, es zurückzubekommen. »Es ist eine allgemein anerkannte Wahrheit ...«, las er laut vor.

Er sprang in einem Satz über das Bett und stieß dabei eine Kannenpflanze um. Mit einem reaktionsschnellen Sprung nach vorne brachte Kieran sie gerade noch rechtzeitig in Sicherheit. »... dass ein alleinstehender Mann, der einen gefährlichen Sinn für Humor besitzt ...« Kieran stürzte sich auf Joe, rang ihn nieder und hielt seine Beine mit Gewalt am Boden fest. Joe schleuderte das Buch zur Seite. Es landete polternd im Papierkorb. »... eines Freundes bedarf, der ihn rausboxen kann, wenn er in der Klemme steckt. Ende der Geschichte.«

Kieran rollte sich seitlich zu Boden und streckte sich neben Joe auf dem Rücken liegend aus. Er fing an zu lachen; das Ganze kam ihm jetzt, da die Erleichterung darüber einsetzte, dass Isaac ihr Zweierteam nicht getrennt hatte, richtig lustig vor. Seine gute Laune war ansteckend. Joe lag neben ihm, von Lachen geschüttelt.

»Hör auf zu lachen!«, japste Kieran.

»Kann ich nicht.«

Ein leises Klopfen an der Tür. Raven steckte den Kopf herein. »Geht's euch beiden gut? Ich habe ... Geräusche gehört.«

»Nein«, stöhnte Joe. »Kieran macht, dass ich gleich sterbe ... vor Lachen. Nimm ihn fest.«

Sie lächelte schwach. »Ach so. Ich sehe schon.«

Raven war wegen irgendetwas bedrückt. Bei dem Gedanken wurde Kieran schlagartig wieder ernst. Er setzte sich auf. »Du kannst gern reinkommen, Raven. Was ist los?«

»Ach, nichts.« Sie schlüpfte ins Zimmer und zupfte nervös an der Kordel ihrer Jacke. »Ich wollte nur schnell die CD fürs Tanzen vorbeibringen. Damit du üben kannst.«

»Erzähl doch keinen Blödsinn. Irgendwas stimmt doch nicht mit dir.« Genau wie Kieran hatte Joe sofort bemerkt, dass sie irgendetwas bekümmerte. Er stand auf und machte die Tür zu. »Du kannst es uns ruhig erzählen.«

Sie ballte die Fäuste. »Mrs Bain hat mich zu sich rufen lassen wegen der Diebstähle. Meinen Großvater auch. Was mit mir passiert, ist mir egal, aber ... ich glaube, sie wollen ihn feuern.«

Kieran wollte sie tröstend in den Arm nehmen, rührte sich aber nicht vom Fleck. Joe warf ihm einen vielsagenden Blick zu – ›Nun mach schon!‹ –, doch als sein Freund nicht reagierte, sprang er in die Bresche.

»Hey, Mensch.« Joe nahm Raven wie selbstverständlich in die Arme.

Warum brachte er das nicht fertig? »Sie werden ihn nicht feuern oder dich rauswerfen. Es gibt keine Beweise.«

»Das stimmt nicht. Gina hat gesagt, sie hätte Adewales goldene Armbanduhr am Abend ihrer Rückkehr in unserem Zimmer gesehen. Die Uhr ist zusammen mit den anderen Sachen an der Rezeption aufgetaucht, sodass jetzt alle Diebstähle auf mich zurückgeführt werden. Aber ich habe nichts von den ganzen Sachen genommen – ehrlich! Das sage ich ihnen die ganze Zeit, aber es ist, als würden sie mich gar nicht hören. Und um alles noch schlimmer zu machen, schickt mir irgendjemand diese furchtbaren Briefe. Ich bin so wütend, aber ich weiß nicht, was ich tun soll.«

Okay. Das reichte. Kieran würde nicht erlauben, dass sein Freund seinen Job übernahm. Er tippte Joe auf die Schulter. Mit einem scharfen Blick räumte Joe das Feld. Ah, das fühlte sich doch gleich viel besser an. Sie schmiegte sich eng an seine Brust. Seine Arme waren zunächst noch steif, doch dann entspannte er sich und begann, sie sanft hin und her zu wiegen.

»Das kriegen wir schon wieder hin, Raven«, versprach er, legte seine Wange an ihren Kopf und sog ihren ureigenen Duft ein.

»Aber alle hassen mich jetzt.« Ihre Stimme verlor sich im Stoff seines Hemdes.

Ganz sicher nicht. Das, was er für sie empfand, war weit entfernt von diesem Ende des Gefühlsspektrums. »Wir nicht – und ich bin sicher, dass es vielen deiner Freunde genauso geht.«

»Ja, Raven, bloß weil Gina dir erfolgreich was untergejubelt hat, heißt das noch lange nicht, dass sie damit am Ende durchkommen wird«, fügte Joe hinzu.

»Mir was untergejubelt?«, fragte Raven erstaunt.

»Joe hat recht. Die Uhr muss ja irgendwo hergekommen sein. Und am besten verschleiert man sein eigenes Verbrechen, indem man jemand anderem die Schuld in die Schuhe schiebt.«

»Oh mein Gott, ihr habt recht!« Raven löste sich von Kieran und starrte zu ihm hoch. »Ich bin so eine Idiotin! Wie konnte sie mir so was bloß antun?«

Wut war besser als Tränen, auch wenn das bedeutete, dass damit die Umarmung vorbei war. »Jetzt unternimm aber nichts Drastisches.« Er kannte sie bereits gut genug, um zu wissen, dass sie nicht immer überlegte, bevor sie handelte.

»Warum nicht? Ich werde sie umbringen.«

»Nein, du wirst ihr ein Schnippchen schlagen.«

»Häh?«

»Hör auf meinen guten alten Kumpel, Raven«, sagte Joe. »Du reitest dich nur noch tiefer rein, wenn du jetzt losrennst und sie zu Rede stellst. Sie wird sagen, dass das nur eine Schutzbehauptung von dir ist, um den Verdacht gegen dich zu zerstreuen.«

»Aber das ist so ungerecht!«

Sie mussten sie unbedingt davon abhalten, etwas Unüberlegtes zu tun, oder sie würde womöglich die laufenden Ermittlungen durcheinanderbringen. Wenn alles glattging, würde sie am Ende ihre Vergeltung kriegen, wenn sie den ganzen Laden hochgehen ließen. »Ja, das stimmt. Aber hast du noch nie davon gehört, dass Rache ein Gericht ist, das man am besten kalt serviert? Und deine Rache kommt direkt aus dem Eisfach.«

»Ihr verlangt also Selbstbeherrschung von mir? Davon besitze ich aber nicht allzu viel«, brummte Raven.

»Tja, sieht so aus, als wären wir heute alle dazu verdammt, etwas Neues dazuzulernen.« Joe grinste Kieran an. »Nicht wahr?«

Diebstähle – Verdächtigungen – und jetzt beschuldigte man auch noch Raven, die als Sündenbock prima geeignet war, da sie weder Macht noch Einfluss besaß. Anscheinend beobachteten sie hier gerade die Anfänge, wie man sich Ginas Verbindungen bediente. Beide, er und Joe, wollten unbedingt herausfinden, wie das funktionierte, um die Machenschaften, die sie untersuchten, besser verstehen zu können. Nachdem Raven auf ihr Zimmer im Sanitätstrakt zurückgekehrt war, machten sie sich auf die Suche nach ihrer ehemaligen besten Freundin und spürten sie am äußeren Rand des Grüppchens auf, das in einem Kreis um Hedda und Toni herumstand, ein unbedeutender kleiner neuer Planet in ihrem binären Sonnensystem. Die Clique hing im Aufenthaltsraum der Oberstufe herum, wo sie die besten Sofas neben dem riesigen Tudor-Kamin mit Beschlag belegt hatten; hinter dem gotischen gusseisernen Rost der Feuerstelle lag ein Stapel Holzscheite, die zu dieser Jahreszeit aber nicht brannten.

»Wie wollen wir vorgehen?«, fragte Kieran seinen Freund, als sie sich der Gruppe näherten.

»Guter Bulle, böser Bulle find ich gut. Du stichelst ein bisschen und schaust, was du aus ihr rauskriegen kannst ...«

»Mit Vergnügen.«

»Und ich komme dann voll des Mitleids hinzugeeilt und nehme sie vor dir in Schutz. Das wird sie in dem Glauben stärken, ich wäre auf ihrer Seite.«

»Joe!«, rief Hedda, als würde sie glauben, sie wäre der Grund für sein Erscheinen. Sie streckte ihre Hand mit den blassrosa lackierten Fingernägeln aus und winkte ihn näher. »Wir haben gerade über den Abschlussball gesprochen. Hast du vor hinzugehen?«

»Ich denke schon. Wie geht's euch denn so, Leute?« Joe richtete seine Begrüßung an die gesamte Gruppe. »Du bist Gina, stimmt's? Willkommen zurück.« Er setzte sich neben sie.

Gina fühlte sich von seinem Interesse sichtlich geschmeichelt. »Danke. Du musst Joe Masters sein.«

»Mein Ruf eilt mir also voraus. Glaub bloß nicht, was man dir über mich erzählt hat. Egal, was es war, ich war nicht dort, und selbst wenn, kann ich es unmöglich getan haben.«

Sie lachte und strich sich unnötigerweise die akkurat sitzenden Haare glatt. Kieran wusste von Modetrends nur so viel, wie er beim Überfliegen der Zeitungsbeilagen mitbekam, aber wenn er sich nicht irrte, hatte Gina Designerklamotten an, die normalerweise eher von dreißigjährigen Geschäftsfrauen getragen wurden. Jetzt, wo er darüber nachdachte, fiel ihm auf, dass alle Mädchen in der Clique um Hedda und Toni den gleichen Kleidungsstil hatten.

»Ich glaube, du hast meinen Freund Kieran noch nicht kennengelernt.« Joe winkte ihn zu sich herüber.

»Das ist der, der jetzt Raven beim Tanzen am Hals hat«, sagte Hedda. »Armer Kerl. Seid nett zu ihm.«

Gina nickte ihm zu. »Hallo, Kieran. Ich habe gehört, du hast sie einfach stehen lassen und bist aus dem Unterricht gerauscht. Wir haben dafür volles Verständnis. Ich habe auch die Gruppe gewechselt.«

»Hm, eigentlich ist sie echt klasse. Wir arbeiten gerade an einer neuen Choreografie.«

»Ist er nicht süß! Dieser Kerl ist einfach zu nett, um auch nur ein böses Wort über jemanden zu verlieren, selbst wenn es noch so verdient wäre.« Hedda klopfte auf den Platz neben sich. »Komm und setz dich zu mir, Kieran. Du musst wohl erst mal auf den neuesten Stand gebracht werden. Dann wirst du deine Meinung über die Elster im Nu ändern.«

»Das bezweifle ich.« Trotzdem setzte er sich.

Hedda legte ihm einen Zeigefinger aufs Handgelenk. Er zog seine Hand ein Stück weg. »Weißt du, Raven hat ein kleines Problem; sie stiehlt.«

»Nein, das weiß ich nicht. Du stellst hier Behauptungen auf, die sich durch keine konkreten Beweise stützen lassen und vor Gericht nicht standhalten würden.«

Sein nüchterner Ton verstimmte sie sichtlich; das entsprach nicht der Reaktion, die sie erwartet hatte. Kieran nahm an, dass sie es gewohnt war, die Gespräche um sich herum zu dominieren. »Oh. Na ja, sie ist aber eine Diebin. Das weiß jeder. Wie auch immer ...« Sie wandte sich Joe zu, in dem Glauben, bei ihm auf mehr Entgegenkommen zu stoßen. »Mrs Bain ist endlich tätig geworden. Es würde mich nicht überraschen, wenn Raven bereits heute Abend ihre Koffer packen müsste.«

»Ja, mach die Flatter, Elster«, fügte Toni schadenfreudig hinzu.

»Wie habt ihr denn rausgekriegt, dass sie eine Diebin ist?«, fragte Joe, ohne sich anmerken zu lassen, wie sehr ihm Heddas Haltung gegen den Strich ging. Das war auch der Grund, warum er immer den guten Bullen spielte.

»Wir hatten uns das natürlich alle schon gedacht, weil Raven ja immer so neidisch darauf war, dass wir alle vermögend sind, aber Gina hat dann den letzten Beweis erbracht.« Heddas braune Augen huschten zu Kieran hinüber. »Beweise, die selbst ein Gericht nicht infrage stellen könnte.«

»Da hast du was falsch verstanden. Es ist die Aufgabe eines Gerichts, Beweise zu prüfen.« Der böse Bulle kam zum Vorschein und markierte den starken Mann. »Gina hat eine Behauptung aufgestellt. Warum sollte ihr Wort mehr Gewicht haben als das von Raven? Ist sie eine glaubwürdige Zeugin?«

Gina schnappte nach Luft. »Natürlich bin ich das – ich schwöre. Ich habe diese Armbanduhr in unserem Zimmer gefunden. Raven hat sogar die Stirn besessen, sie mitten zwischen meinen Sachen zu verstecken. Ich war schockiert – ich hatte gedacht, wir wären Freundinnen!« Merkwürdig – Gina zeigte keine der sonst typischen Anzeichen eines Menschen, der log, sie zuckte nicht ein Mal mit der Wimper. Wenn er doch nur ihren Puls messen und ihre Körpertemperatur prüfen könnte, während sie erzählte. Oder noch besser, wenn er sie doch nur an einen Lügendetektor anschließen könnte.

»Und da hast du geschlussfolgert, dass sie es gewesen sein muss – warum?«

»Weil sie meine Zimmergenossin ist. Genauer gesagt, war. Ich habe sie gebeten auszuziehen.« Gina verschränkte die Arme vor der Brust. »Sie braucht dringend Hilfe; ich hoffe, die Schule wird sich darum kümmern.«

»Und was ist mit dir? Du hättest die Uhr doch auch da hinlegen können.«

Gina ließ ein gezwungenes Lachen vernehmen. »Und dann? Habe ich sie wieder vergessen?«

»Das musst du mir sagen.«

Joe schüttelte den Kopf. »Hey, Kieran, entspann dich. Gina würde einer Freundin so was doch nicht antun. Also, das wäre schon echt grausam.«

Gina nickte eifrig. »Das ist richtig – so etwas würde ich nie tun. Und ... und außerdem bin ich ja gerade erst zurückgekommen und Heddas Tote Bag war auch weg gewesen und zu diesem Zeitpunkt war ich noch gar nicht hier!«

»Aber die Tasche ist ja fast unmittelbar nach ihrem Verschwinden wieder aufgetaucht. Sie war gar nicht gestohlen, stimmt's?« Kieran hielt ihren Blick fest. Sie begriff, worauf er hinauswollte.

»Das war Ravens Version«, höhnte Hedda.

Der gute Bulle mischte sich ein, um die Situation zu entschärfen. »Aber die gute Nachricht ist doch, dass jetzt alle Sachen ihren Besitzer wiederhaben. Wir sollten uns deshalb also nicht gegenseitig die Köpfe einschlagen, vor allem, wo wir Gina doch gerade erst kennengelernt haben.«

Kieran zuckte die Achseln und tat so, als wäre ihm die Sache letztendlich egal. »Ich meine ja auch nur.«

»Also, Gina, du bist echt spät hier aufgekreuzt.« Joe schenkte ihr ein liebenswürdiges Lächeln. »Was hat dich denn so lange davon abgehalten, meine Bekanntschaft zu machen, mhm?«

»Mein Seminar hat sich in die Länge gezogen.«

»Ich freue mich jedenfalls sehr, dass du jetzt hier bist. Was war das denn für ein Seminar?«

»Persönlichkeitsentwicklung.« Mit weiteren Details wollte sie anscheinend nicht so recht herausrücken, ungeachtet Joes mit voller Strahlkraft auf sie gerichtetem Blick.

»Oh? Würde mir vermutlich auch nicht schaden. Was meinst du? Ob dieses Seminar wohl auch was für mich wäre?« Joe legte seinen linken Knöchel auf sein rechtes Knie und seinen Arm locker hinter ihr auf die Lehne.

Gina zuckte die Achseln. »Ich glaube schon. Ich fand es jedenfalls sehr hilfreich.«

»Wo hat es denn stattgefunden? Und was habt ihr da so gemacht?«

»Im Gästehaus. Und wir haben alles Mögliche gemacht.«

»Cool. Was denn zum Beispiel?« Er riskierte noch einen letzten Vorstoß, aber Kieran spürte, dass er gegen eine Wand rannte.

Hedda räusperte sich. »Bestimmt war's der übliche langweilige Kram. Wir sollten jetzt besser los zum Unterricht. Gina, kommst du? Bis später, Joe.«

»Ja, bis später.« Joe stand zusammen mit allen anderen auf

und stieß dabei absichtsvoll zufällig gegen Gina, ließ seine Federmappe und seine Arbeitsbücher fallen. »Mein Fehler. Sorry.«

Alle halfen ihm beim Aufheben seiner Sachen. Kieran registrierte, dass Gina Joe die kleine Federtasche reichte. Hervorragend. Damit waren die Fingerabdrücke gesichert, auf die sie es abgesehen hatten. Sie würden sie mit den Abdrücken auf Ginas Schmuckkästchen vergleichen, das sie Raven vor ihrer Persönlichkeitsveränderung geschenkt hatte. Auch wenn der Gedanke ziemlich weit hergeholt schien, dass jemand anders anstelle der echten Gina – ihr ›böser Zwilling‹, wie Raven es ausgedrückt hatte – nach Westron zurückgekehrt war, konnten sie diese Möglichkeit so wenigstens eindeutig ausschließen.

»Wir sprechen uns später, okay?«, rief Joe Gina und Hedda zu.

»Vergiss nicht: Halt dich von Raven fern«, rief Hedda zurück. »Sie macht nichts als Ärger.«

»Wenn du dich mit ihr zusammen sehen lässt, wird das den Leuten hier nicht gefallen«, fügte Toni hinzu.

Die Mädchen marschierten mit klappernden Absätzen davon.

»Sollte das 'ne Drohung sein?«, murmelte Kieran, als Joe zum Schutz der Fingerabdrücke die Federmappe in eine Plastiktüte schob und sie in seinem Rucksack verstaute.

»Ja, Key, ich glaube schon«

»Fantastisch. Ich liebe Drohungen. Denn das heißt, wir kommen der Sache näher.«

Kapitel 7

Raven richtete sich mit ihren Habseligkeiten in der kleinen Kammer ein, die man ihr zugewiesen hatte; bis vor Kurzem noch hatte sie der Krankenstation als zusätzlicher Isolationsraum gedient. Der Eindruck, dass man sie wie eine hochansteckende Krankheit behandelte, war nicht von der Hand zu weisen.

Es war dermaßen ungerecht. Je länger sie darüber nachdachte, desto wahrscheinlicher erschien es ihr, dass von Anfang an Gina hinter den Diebstählen gesteckt hatte. Rückblickend hatte Gina immer wieder Andeutungen gemacht, dass die Beziehung zu ihrem herrischen Vater ihr mächtig zu schaffen machte. Nichts, was sie tat, war je gut genug für ihn. Gegen Ende des letzten Semesters dann hatte sie angefangen zu rebellieren, hatte sich wüst danebenbenommen, mit der Begründung, wenn sie ihren Vater schon nicht zufriedenstellen könnte, würde sie bei ihm wenigstens für hohen Blutdruck sorgen. Schwankenden Stimmungen unterworfen, hatte sie sich immer wieder Sachen von Raven ›geliehen‹, ohne sie vorher zu fragen, aber Raven hatte gedacht, dass beste Freundinnen so etwas nun einmal tun würden, weswegen sie keinen Aufstand gemacht hatte. Ihr dämmerte allmählich, dass sie Gina vermutlich nie wirklich verstanden und nicht bemerkt hatte, dass ihr Verhalten ein Hilfeschrei gewesen war. Und jetzt war es zu spät. Gina hatte eine andere Lösung gefunden. Sie hatte sich von ihrem alten Selbst losgesagt – mit allem, was dazugehörte, einschließlich Raven. Bloß, warum hatte sie sich jetzt auf solch eine gemeine Art gegen sie gewandt?

Und da war nicht nur die Sache mit Gina. Bei ihrer Ankunft im neuen Zimmer hatte sie bereits eine weitere gehässige Botschaft erwartet. Sie hatte sich nicht mehr die Mühe gemacht, den Umschlag zu öffnen – er war sofort in den Müll gewandert. So wie's aussah, besaß sie ein echtes Talent dafür, sich Feinde zu machen.

Raven breitete ihre Zudecke auf dem Bett aus und befühlte die dünne Matratze. Sie kam sich vor wie in einer Knastzelle. Es gab sogar Gitter vor den Fenstern, Überbleibsel aus der Zeit, als man noch befürchtete, Schüler würden im Fieberwahn aus dem Fenster springen. Raven fand ihre neue Umgebung total deprimierend.

Es klopfte leise an die Tür und Kieran steckte seinen Kopf hinein. Mannomann, die reinste Augenweide: ernster jadegrüner Blick, Wuschelmähne und starke Arme, die sie vorhin so zärtlich gehalten hatten. Sie fand viel zu viel Gefallen daran, wie sein Körper sich bewegte, aber mal ehrlich: Wie hätte sie da nicht hinsehen wollen? Zum Glück konnte er ihre Gedanken nicht hören.

»Und, hast du dich schon eingerichtet?« Er ließ den Blick durchs Zimmer wandern und runzelte die Stirn.

»Ja, ich weiß: Es sieht aus wie in einer Irrenanstalt aus dem 19. Jahrhundert.«

Er trat ein und schloss die Tür. »Na ja, eigentlich waren psychiatrische Heilstätten im viktorianischen England ziemlich fortschrittliche Einrichtungen, in denen anders als in den alten Irrenhäusern auf eine ausgewogene Ernährung, viel Frischluft und maßvolle sportliche Ertüchtigung geachtet wurde.«

»Gut zu wissen.« Raven ging es gleich viel besser, jetzt, da er hier war. »Vermutlich fehlen nur ein paar Poster, um das Kabuff hier ganz annehmbar zu machen. Wolltest du irgendwas Bestimmtes?«

»Ich wollte nur Bescheid geben, dass ich kommendes Wochenende nicht mit dir üben kann. Joe und ich fahren nach Hause.«

»Oh. Okay.«

»Wir kommen Sonntagabend zurück.«

»Na, dann viel Spaß.« Sie bemerkte, wie er die Sachen auf ihrer Kommode in Augenschein nahm. Sein Blick blieb an einem Foto von ihr mit ihren Eltern hängen.

»Das ist ein hübsches Bild.«

»Eins meiner Lieblingsfotos. Das war in unserem letzten gemeinsamen Urlaub, bevor ... da waren wir zum letzten Mal alle zusammen.«

»Lass mich raten: Cape Cod.«

»Stimmt. Warst du schon mal da?«

»Nein, aber ich habe den Leuchtturm wiedererkannt. Ich habe mich mal intensiv mit Leuchttürmen befasst.«

Seine Kauzigkeit brachte sie zum Lachen. »Klar, was man eben so als Hobby macht. Dad hat die Küste geliebt. Ich nehme mal an, deine Familie verbringt den Urlaub immer auf einer Privatinsel in der Karibik.«

Seine Mundwinkel verzogen sich nach unten. Wohin auch immer sie gefahren waren, es hatte ihm nicht gefallen. »So ähnlich.«

»Hast du eigentlich noch Geschwister?«

Seine Hand verharrte an einem Bilderrahmen mit einem Foto von ihr und ihrem Großvater. Sie hatte in seinem Zimmer keine Familienfotos entdeckt; weder er noch Joe hatten ihr Familienleben sichtbar gemacht, was ungewöhnlich war. Bei fast allen stand irgendwo im Zimmer von irgendwem ein Foto herum. »Ja, eine Schwester. Genauer gesagt, ich hatte mal eine. Sie ist vor sieben Jahren gestorben.«

»Oh, Kieran, das tut mir schrecklich leid.« Vielleicht war das der Grund, warum er keine Fotos aufgestellt hatte: schmerzvolle Erinnerungen.

»Mir tut's auch leid. Also, das mit deinem Vater und deiner Mutter.«

»Wie ist sie gestorben, deine Schwester?« Raven wusste es zu schätzen, dass er sich ihr gegenüber endlich ein kleines Stück öffnete, auch wenn das Thema traurig war.

»Herzversagen, als sie fünfzehn war.«

»So jung? Das ist furchtbar.«

»Sie hatte das Downsyndrom, doch den damit häufig einhergehenden Herzfehler haben sie erst bemerkt, als es schon zu spät war.« Seine Züge spannten sich.

Das war ein Skandal. Raven dachte, dass sich seine reichen Eltern doch sicher die besten Ärzte des Landes hätten leisten können, aber sie wollte nicht taktlos sein und an alte Wunden rühren. Bestimmt hatten sich seine Eltern schrecklich schuldig gefühlt, als ihnen klar geworden war, dass sie etwas dermaßen Wichtiges außer Acht gelassen hatten.

Er drehte sich von ihr weg. »Aber du hättest Hannah gemocht. Alle haben sie geliebt – man konnte gar nicht anders.«

»Dann bin ich wirklich traurig, dass ich sie nicht mehr kennenlernen konnte.«

Mit sichtbarer Anstrengung riss sich Kieran von seinen traurigen Gedanken los. »Und du, keine Geschwister?«

»Nein, ich bin Einzelkind. Mom konnte keine weiteren Kinder bekommen. Ich hätte gern eine größere Familie gehabt. Nur mein Großvater und ich, das fühlt sich irgendwie so spärlich an.«

»Gibt's denn außer ihm gar keinen mehr?«

»Nein. Ich habe nie gedacht, dass es mal so kommen würde. Meine Eltern, sie haben mir nichts gesagt, weißt du. Sie haben immer so getan, als ob alles in Ordnung wäre, dass meine Mutter nur irgendwelche Routineuntersuchungen machen ließ. Ich war zu jung, um zu verstehen, was wirklich los war. Als sie starb, wurde mir klar, dass ich als Einzige nicht Bescheid gewusst hatte; ich war vollkommen unvorbereitet.«

»Vielleicht haben sie ja gelogen, weil sie glaubten, das wäre das Beste für dich.«

»Bestimmt, aber da haben sie falschgelegen. Nichts ist so schlimm, wie wenn man sein Leben auf Lügen aufbaut.« Sie rieb sich die Arme, um den kalten Hauch der Erinnerung zu vertreiben. »Dann ist Dad in den Krieg gezogen. Er hat mir noch gesagt, dass ihm nichts passieren würde. Doch ich wusste, dass ich auf solch ein Versprechen nicht vertrauen durfte. Er konnte es nicht einhalten. Mich hat man dann erst mal bei den Boltons abgeladen, Freunden meiner Eltern, während überlegt wurde, was mit mir passieren sollte. Aber das war ... keine gute Idee.« Untertreibung des Jahres.

»Das ist wirklich heftig, wenn man alles Vertraute auf einen Schlag verliert.«

»Ja, das stimmt. Das Leben bei den Boltons war die reinste Hölle. Der Sohn tyrannisierte mich und brachte an der Schule üble Gerüchte in Umlauf – blöde Lügen von wegen, dass ich Drogen nehmen würde.«

»Was du nicht getan hast.«

»Natürlich nicht. Er war derjenige, der damit ein Problem hatte, wie sich später herausgestellt hat. Und dann kam Großvater und rettete mich.« Sie packte noch ein paar Toilettensachen aus und stellte sie auf ihre Kommode. »Schon ein merkwürdiger Gedanke, dass mir so gut wie nichts von meinen Eltern geblieben ist.« Sie lächelte verbittert. »Für dich muss das alles total seltsam klingen, wenn man bedenkt, wie du so lebst.«

»Es klingt kein bisschen seltsam.« Er deutete auf ihr Schmuckkästchen. »Darf ich mir das mal ausleihen?«

Raven fing an, ihre Offenheit zu bedauern; würde er jetzt, da sie ihm all diese hässlichen Geschichten von sich erzählt hatte, auf Abstand zu ihr gehen wollen? »Ja, klar – aber was willst du denn damit?«

»Für ein Stillleben in Kunst. Mir gefallen diese Muschelverzierungen.«

»Ja, du kannst es haben.« Raven nahm ihre Ohrringe aus dem Kästchen. »Mir gefällt's ohnehin nicht mehr, jetzt, wo sich die Person, die es mir mal geschenkt hat, als eine gemeine Lügnerin entpuppt hat.«

Er hielt ihr seine Tasche hin. »Kannst du es bitte da reinlegen? Ich will nicht aus Versehen eine der Muscheln abbrechen.«

Sie stopfte das Kästchen in die Tasche. »Das Ding ist nichts Besonderes. An deiner Stelle würde ich mir deswegen keinen Kopf machen.«

»Danke, Raven. Ich freu mich schon drauf, dich nach dem Wochenende wiederzusehen.«

»Tu mir bloß den Gefallen und bleib derselbe, okay?« Der Gedanke, dass er wegging, machte sie nervös; schließlich hatte sie erlebt, was mit Gina passiert war.

Er lächelte gewohnt selbstsicher. »Geht klar.«

Das klapprige Schloss gab mit einem Knacks nach. Raven fuhr aus dem Schlaf hoch, nahm halb benommen wahr, dass jemand in ihr Schlafzimmer eingedrungen war.

»Was zum Teufel macht ihr hier?« Sie rollte sich auf die Seite und kauerte sich in Abwehrhaltung auf dem Bett zusammen.

Sechs schwarz gekleidete Schüler standen um sie herum, weiße Kissenbezüge über den Köpfen, sodass sie ihre Gesichter nicht erkennen konnte. Das letzte Mal hatte sie so etwas erlebt, kurz nachdem sie an die Schule gewechselt war – seinerzeit war es Teil eines Initiationsrituals für Neuankömmlinge gewesen. Ihre Angst begann zu schwinden.

»Menno, Leute. Verpisst euch und geht irgendeinem Neuling auf den Senkel, klar?« Sie streckte sich nach dem Lichtschalter aus, um die Meute zu verjagen, aber bevor sie ihn erreichte, hatte der Schüler, der ihr am nächsten stand, sie bereits am Fuß gepackt. Mit einem Tritt in seinen Magen riss sie ihren Knöchel aus seiner Umklammerung. Er krümmte sich, die Arme um den Körper geschlungen, mit kurzen pfeifenden Atemstößen. Ups – wohl doch kein Magentreffer.

»Schnappt sie euch!«, keuchte derjenige, den sie gerade entmannt hatte.

Drei Jungen stürzten sich auf sie und packten sie an Armen und Beinen.

Strampelnd wurde sie aus dem Bett gehoben. »Lasst mich runter, ihr Arschlöcher!« Sie war mehr wütend als ängstlich. Die letzte Woche war so schon schlimm genug gewesen, ohne dass diese Armleuchter am heutigen Samstagabend noch eins obendrauf setzten.

»Raven Stone, du bist hier unerwünscht«, sagte der Anführer mit heiserer Stimme. Sie konnte sie nicht eindeutig zuordnen: männlich, vermutlich tiefer sprechend, um nicht erkannt zu werden oder aufgrund einer noch nicht vollständig auskurierten Erkältung. Den Silhouetten nach zu urteilen, waren unter den Eindringlingen auch Mädchen, zum Großteil aber waren es Jungs. Sie trugen sie durch die Tür hinaus in den Korridor.

»Hört auf. Das ist nicht lustig.« Raven wehrte sich, bekam einen Arm frei und stieß dem nächstbesten Kissenbezug einen Ellbogen ins Gesicht, um gleich im Anschluss mit Schwung ihren Handballen in die Nasenregion eines zweiten zu pflanzen. Sie ließen sie fallen. Sie rappelte sich hastig auf und rannte den Korridor hinunter, ihre nackten Füßen klatschten laut aufs Linoleum.

»Sie entwischt uns!«, schrie ein Junge.

Mit wummerndem Herzen hielt Raven auf die Ausgangstür zu; sie wollte ins Cottage ihres Großvaters fliehen, am anderen Ende des Gartens. Sogar barfuß und auf kürzeren Beinen als ihre Angreifer lag sie vorne. Jimmy Bolton sei Dank hatte sie gelernt, wie man einen Sprint hinlegte. Sie würde es schaffen. Der Notausgang war nur noch wenige Meter entfernt. Sie musste sich jetzt bloß noch gegen die Druckstange werfen, um die Tür aufzustemmen, und dann wäre sie draußen.

Doch plötzlich kam jemand aus einem Raum neben dem Notausgang geschossen, warf sich auf sie und stieß sie hinunter auf die Bodenfliesen. »Nix da, du Miststück.«

Füße donnerten näher. »Hast du sie?«

»Ja.« Es waren so viele – viel mehr als die sechs, die in ihr Zimmer gekommen waren.

»Lasst sie bloß nicht eure Gesichter sehen!« Eine Hand hielt sie mit Gewalt am Boden fest, ein Kissenbezug wurde ihr über den Kopf gestülpt. Bevor sie groß Gegenwehr leisten konnte, wurden ihr die Hände auf dem Rücken gefesselt und die Füße mit irgendeinem elastischen Material zusammengebunden – Bandagen aus dem Sanitätsraum.

»Gefangene ist in Gewahrsam genommen.« Der Typ, der sie überwältigt hatte, saß ihr unmittelbar im Nacken.

»Lass mich los!«

Ein Stück Stoff wurde ihr in den Mund gestopft.

Jetzt bekam sie es mit der Angst zu tun. Sie konnte so gut wie nichts sehen, konnte wegen des Knebels kaum atmen. Klaustrophobie war ihre heimliche Schwachstelle, und das hier war für sie sehr hart an der Grenze. Jemand hob sie hoch, warf sie sich über die Schulter und ging mit eiligen Schritten durch die Tür hinaus ins Freie. Sie konnte hören, dass andere ihnen folgten, aber sie hatte keine Ahnung, wie viele es waren oder wo sie mit ihr hingingen. Nur mit einem Schlafanzug bekleidet, wurde ihr draußen sofort furchtbar kalt. Sobald sie wieder frei wäre, würde sie sie alle umbringen, jeden Einzelnen von ihnen. Das heißt, wenn diese Deppen sie nicht schon versehentlich vorher mit dieser Blödsinnsaktion umbrachten. *Vollidioten!*

Nachdem sie fünf Minuten lang kopfüber durch die Gegend geschleppt worden war, betraten sie mit ihr irgendeine Art von Gebäude und sie wurde auf einem kalten Betonboden abgeladen – noch ein blauer Fleck am Steißbein, der dazukam. Jetzt glaubte sie zu wissen, wo sie waren: in dem alten Pavillon, am Rand des Spielfeldes. Niemand nutzte ihn, außer als Unterstand, wenn man während des Sportunterrichts weiter draußen auf dem Spielfeld vom Regen überrascht wurde.

»Geh zum Henker, Stone!«, sagte die erste Stimme laut. Die anderen fielen in diesen Schlachtruf mit ein. »Geh zum Henker, Stone! Geh zum Henker, Stone!«

Sie zog ihre Knie an den Körper und legte den Kopf an die Brust, versuchte, in der sackartigen Kissen-Vermummung eine Lücke für ihre Nase aufzutun. Bitte keinen Panikanfall, nicht jetzt.

Ein quietschendes Geräusch ertönte, dann klatschte ihr kaltes Wasser auf den Rücken. Sie hatten sie unter die uralte Dusche gestellt. Unwillkürlich schrie sie auf. Das Wasser wurde abgedreht. »Wir hassen Diebe!«

Das Wasser wurde wieder aufgedreht. Sie versuchte, dem Duschstrahl auszuweichen, wurde aber mit einem Besenstiel wieder zurückgestoßen. Ihre Peiniger wollten anscheinend nicht riskieren, nass zu werden. Hass auf sie alle stieg in ihr hoch, aber sie wusste nicht einmal, wer sie überhaupt waren, konnte sie mit gefesselten Händen nicht berühren.

Wasser aus.

»Du gehörst nicht hierher.«

Wasser an.

Jetzt hatte Raven ein neues Problem. Der nass gewordene Stoff des Kissenbezuges klebte ihr an Mund und Nase. Sie versuchte, den Knebel auszuspucken, doch er saß bombenfest. O Gott, sie würde ersticken! Indem sie ihre Knie benutzte, zerrte sie am Stoff, zuppelte ihn hin und her, sodass ihr Kinn und die Nase nicht länger bedeckt waren.

Wasser aus.

»Das war die letzte Warnung. Hau ab von unserer Schule.« Diesmal die Stimme eines Mädchens.

Gina? Das konnte doch nicht sein, oder?

»Ja, wir wollen hier keine miesen Schlampen haben«, sagte ein anderes Mädchen.

Wasser an.

Ihr war eiskalt, aber sie konnte nichts anderes tun, als alles über sich ergehen zu lassen. Sie würden von ihr nichts bekommen – kein Wort, kein Zittern. Wasser an, Wasser aus – es fühlte sich endlos für Raven an. Sie trieben Spielchen mit ihr – schienen endlich aufzuhören, nur um das Wasser wieder aufzudrehen.

»Ich glaube, das reicht jetzt«, sagte der erste Junge. Der Duschstrahl wurde dünner und versiegte. Diesmal war es kein Trugschluss. Sie konnte Schritte hören, dann knallte eine Tür. Sie waren weg. Jetzt schlotterte sie am ganzen Körper. Einen Zipfel des Stoffs zwischen den Knien festhaltend, schaffte sie es, sich den Bezug vom Kopf zu ziehen und den Knebel zu lösen; im Duschraum war es stockdunkel. Sie schob sich rücklings an der Wand hoch, dann ging ihr auf, dass es einfacher wäre, auf allen vieren kriechend zur Tür zu kommen. Widerwillig ließ sie sich wieder zu Boden gleiten und robbte durch die eisigen Wasserlachen, die sich auf den Bodengittern gesammelt hatten. Jetzt bloß nicht an die Spinnen und Kakerlaken denken, die die Umkleideräume in Besitz genommen hatten, als die Menschen von hier verschwunden waren. Die Tür des Duschraums war geschlossen, aber sie konnte sich unten durch die Lücke hindurchzwängen. Das brachte sie wenigstens schon mal bis in den Umkleideraum. Totes Laub hatte sich in den Ecken gesammelt. Es roch nach modrigem Schuppen und lang vergessenen Orten. Sie war mittlerweile so durchgefroren, dass das Einzige, was sie noch vorwärtstrieb, ihre unbändige Wut war, die wie Düsentreibstoff durch ihre Adern schoss. Eine paar Bänke versperrten ihr den

Weg und so stemmte sie sich hoch auf die Füße und hüpfte durch den Raum, orientierte sich am matten Mondlicht, das durch die dicke Glasscheibe eines Fensters unterhalb der Decke fiel.

Die Tür bewegte sich nicht. Von außen verriegelt.

Sie waren offenbar noch nicht fertig mit ihr. Die Qual, in Fesseln zu liegen, sollte also noch die Nacht andauern, richtig? Sie wollte laut schreien vor Wut.

Nein. Eine solche Genugtuung würde sie ihnen nicht bereiten. Scheiß auf die Bande von Idioten! Gelenkig, wie sie war, stieg sie über ihre gefesselten Hände hinweg und nahm sie vor den Körper. Sofort ließ der Schmerz in den Schultern nach. Sie hob die Fesseln an ihren Mund und begann, in einem Haufen welker Blätter sitzend, am Knoten zu nagen.

Kapitel 8

Die Young Detective Agency hatte ihr Hauptquartier in der Clink Street am südlichen Ufer der Themse. Die Straße, die nach einem berühmten mittelalterlichen Gefängnis benannt war, verlief zwischen dem Globe Theatre und dem Nachbau der *Golden Hind*, dem Piratenschiff von Francis Drake. Und so lag die umgebaute, ehemalige Lagerhalle, in der die YDA untergebracht war, in einem Stadtteil, der seit Jahrhunderten schlimm verrufen war. Auch wenn Stadtentwickler dem Viertel ein Facelift verpasst hatten, war seine dunkle Vergangenheit nie in Vergessenheit geraten, und das kam den Ermittlern sehr gelegen.

Von außen ein Zeugnis der Vergangenheit, war das Gebäude von innen alles andere als altmodisch. Konzipiert als ein internationales Elite-Trainingszentrum für junge Menschen, die eine besondere Befähigung für das umfassende Aufgabenspektrum der Verbrechensbekämpfung zeigten, waren dort achtzig Studenten untergebracht; die Schlaf- und Wohnräume befanden sich im Westflügel des Komplexes, die Arbeitsräume im Ostflügel. Die Ausstattung der Labors und Seminarräume erfüllte die allerhöchsten Ansprüche und stand dem FBI und Scotland

Yard in nichts nach. Dafür hatte Kieran gesorgt, als Isaac ihm im Zuge der letzten Umbaumaßnahmen die Verantwortung für die Ausrüstung der neuen Räume übertragen hatte.

Kieran saß im Forensik-Labor an seinem Lieblingsplatz, mit Blick über den Fluss auf die St. Paul's Kathedrale, und untersuchte die Federmappe und das Schmuckkästchen auf Fingerabdrücke. Die wässrige Komponente auf dem Kästchen hatte sich natürlich längst verflüchtigt, was das Bestäuben mit Graphitpulver sinnlos machte; stattdessen war er den Spuren mithilfe von Fluoreszenz nachgegangen.

Nachdem die von Raven stammenden Spuren identifiziert worden waren, hatte er zwei gute Fingerabdrücke an dem Kästchen sichern können und glich diese nun mit denen auf Joes Federmappe ab. Er konnte schon jetzt sehen, dass es genug Übereinstimmungen im Rillenmuster gab und die Abdrücke von ein und derselben Hand stammten.

Joe kam herein mit einem Becher Earl-Grey-Tee für Kieran und einem Viererpack Cola für sich selbst. »Und?«

»Gina ist noch immer dasselbe Mädchen. Keinen Zweifel. Danke.« Er nippte an seinem Tee und merkte erst jetzt, wie durstig er war. Er war dermaßen in seine Arbeit vertieft gewesen, dass er vollkommen vergessen hatte, Essenspausen einzulegen. Er stand auf und reckte sich, nahm seine Peitsche zur Hand und ließ sie spaßeshalber ein paarmal schnalzen, um wieder ein bisschen in Übung zu kommen. Dieser Zirkusworkshop, den er letztes Jahr bei der YDA gemacht hatte, war das Beste überhaupt gewesen. Als kleines Sommervergnügen gedacht, hatten sie alle davon viel mehr profitiert als erwartet. Joe war als versierter Jongleur daraus hervorgegangen, doch Kieran bevorzugte die Distanziertheit und Präzision der Peitsche.

»Na, das vereinfacht die Sache dann doch. Ich habe schon die Möglichkeit einer Entführung durch Außerirdische in Betracht gezogen.«

»Das hier ist übrigens keine Folge von Scooby-Doo.«

Joe zog einen Hocker zu sich heran. »War das etwa gerade ein Witz, der sich auf moderne Popkultur bezieht? Wer bist du und was hast du mit Kieran Storm gemacht?«

Kieran unterdrückte ein Grinsen.

»Raven hat mächtig guten Einfluss auf dich. Dafür möchte ich sie fast knutschen, aber das überlasse ich lieber dir.«

Kieran ließ die Peitsche gegen die Zielobjekte schnipsen, die er vorhin aufs Fensterbrett gestellt hatte. Eine Papierblume flatterte in zwei Hälften zu Boden. Er mochte diese Gespräche nicht, bei denen es ans Private ging.

»Was?« Joe lehnte sich auf seinem Hocker zurück. »Sag bloß, du hast sie noch nicht geküsst? Mensch, ich habe dir neulich Abend doch die Gelegenheit dazu auf dem Silbertablett serviert. Jetzt sag nicht, du hast es vermasselt?«

»Ich hab's nicht vermasselt.« *Peng* – das zweite Zielobjekt fand einen papierenen Tod auf dem Boden.

»Also, hast du sie jetzt geküsst, ja oder nein?«

»Und inwieweit geht dich das was an, Joe?«

Joe grinste. »Gar nicht. Ich bin einfach nur neugierig, welche Sorte von Mädchen die unerschütterliche Selbstbeherrschung von Kieran Storm ins Wanken bringen kann. Auch wenn ich damit jetzt gerade, wo du einen auf Indiana Jones machst, vermutlich mein Leben aufs Spiel setze.«

»Wirklich faszinierend, welche Kräfte beim Schwingen der Peitsche auf deren Spitze wirken. Sie erreicht Schallgeschwindigkeit und erzeugt einen Überschallknall.«

»Rede du dir nur schön weiter ein, dass du's aus rein wissenschaftlichem Interesse machst; wir anderen wissen alle, dass du drauf stehst, weil's cool ist.«

Die Tür zum Labor schwang auf und ein kleiner Rollwagen rumpelte herein.

»Joe, du kannst echt eine Nervensäge sein, weißt du das?« Kieran legte die Peitsche hin, um seine Freunde Nat und Daimon zu begrüßen, die für die Unterbrechung verantwortlich waren. »Na, habt ihr's auch endlich geschafft herzukommen?«

»Key!« Nat, der Blonde der beiden, schloss ihn rippenbruchverdächtig fest in die Arme. »Du bist mein Held, Mann!«

»Yeah!« Daimon klatschte sich mit ihm ab. »Du hast unsere *cojones* davor bewahrt, gegrillt zu werden. Wir stehen in deiner Schuld.«

Nat begrüßte Joe, dann zog er einen Hocker zu sich heran. »Jetzt mal im Ernst, Key, hättest du Isaac nicht auf dem Kriegspfad gestoppt, säßen wir jetzt nicht mehr hier, also: danke. Wir gehören nämlich zurzeit nicht unbedingt zu seinen Lieblingsstudenten.«

»Oh, oh, was habt ihr denn noch angestellt?«, fragte Joe.

Daimon lächelte, als er daran dachte. »Sagen wir einfach mal, dass es ein bisschen dauern wird, bis die Mädchen uns verziehen haben.«

»Das klingt gut.«

»Du weißt doch noch, dass Key dieses Färbemittel zum Tarnen der Haut zusammengerührt hat? Das Zeug, das wie normales Duschgel aussieht, damit beim Einsatz niemand was spitzkriegt?«

»Ja, klar weiß ich das noch.«

»Eins meiner interessanteren Experimente, allerdings bin ich nur bis zu den Primärfarben gekommen«, warf Kieran ein. »Mit dem Mischen bin ich nicht fertig geworden, weil wir dann zu unserer Mission aufbrechen mussten.«

»Genau. Also haben wir sie getestet.«

»Ich weiß, dass sie unbedenklich sind.« So einen dämlichen Fehler würde er nicht machen.

»Nein, ich meine, wir haben getestet, ob das Zeug auch bei den misstrauischsten Wesen des ganzen Planeten durchgeht.«

»Und?«, fragte Joe.

»Wir haben herausgefunden, dass das Zeug super funktioniert!«

Kieran wusste genau, worauf das hinauslief, schließlich hatte er die Formel entwickelt. »Aber ...«

»Jepp. Hübsche Mädchen, total blau – und damit ist nicht der übermäßige Konsum von Alkohol gemeint.«

»Allerdings war ihre Stimmung eher signalrot. Ich habe Greta noch nie dermaßen wütend erlebt.« Nat rieb sich die Hände.

»Die Formel war nicht dafür gedacht, um ...« Nichtsdestotrotz, die Vorstellung war göttlich. Wenn er doch bloß dabei gewesen wäre.

»Mir hat sie mit blauen Haaren echt gut gefallen«, fügte Daimon an.

»Und die Haut. Die Haut war super. Wie ein Schlumpf.«

Joe fing an zu lachen.

»Lustigerweise ist Samira dann auch duschen gegangen, noch während Greta weg war, um es zu melden.«

»Und Izzie und Mel auch. Bedauerlicherweise sind sie dann dahintergekommen, dass das Duschgel manipuliert worden ist, und haben es nicht weiterbenutzt.«

»Ich hoffe doch, ihr habt Fotos gemacht.« Joe sah sie voller

Stolz an. Die in Konkurrenz stehenden Jungen und Mädchen der YDA versuchten ständig, sich mit gewitzten Einfällen gegenseitig zu übertreffen. Die Streiche wurden von den Studenten als eine Art freundschaftlicher Krieg angesehen, der es ihnen erlaubte, ihre Fähigkeiten zu verbessern.

»Aber wir würden doch niemals in die Privatsphäre ihrer Duschkabinen vordringen, während sie benutzt werden.« Nat setzte eine Unschuldsmiene auf.

Daimon grinste breit. »Sogar wir haben unsere Grenzen.«

»Aber wir konnten ein paar Fotos von ihnen schießen, wie sie in Bademänteln versammelt vor Isaacs Büro stehen, um sich zu beschweren.«

»Aber ihr wurdet erwischt?«, fragte Kieran.

»Wir wurden gefeiert«, stellte Nat richtig. »Von den anderen Jungs.«

»Und dann haben wir einen Anschiss von Isaac kassiert. Badezimmerputzdienst für einen Monat. Die Mädchen kommen jedes Mal und feixen sich eins, sobald wir unsere Gummihandschuhe anziehen.« Daimon hielt die Hände hoch.

»Aber es war die Sache wert.« Nat seufzte dramatisch.

»Und jetzt warten wir auf ihre Rache. Das wird bestimmt übel. Unter den Mädchen gibt's ein paar echt raffinierte Exemplare und ich glaube, Isaac hat ihnen einen Freibrief für einen Vergeltungsschlag erteilt.«

»Ich dachte, ihr Kobras lebt für die Gefahr«, sagte Kieran. Daimon war Angehöriger der Einheit B, in der die Agenten trainierten, die sich besonders fähig zeigten im Umgang mit Hochrisikosituationen.

»Deswegen weiß ich ja auch, wann es Zeit für den Rückzug ist. Und dieser Junge hier«, er schlug Nat auf den Rücken, »zieht es

vor, nicht von seinen eigenen Leuten erwischt zu werden. Du weißt ja, wie sie sich aufführen, sobald sie von der Leine sind.«
Die Einheit D, die Wölfe, waren gnadenlose Jäger, vor allem die weiblichen Wölfe.

Joe rieb sich den Nacken. »Na, zum Glück hängen wir da nicht mit drin. Ich schicke Blumen zu eurer Beerdigung.«

Nat lugte Kieran über die Schulter, um zu schauen, wie weit er mit den Fingerabdrücken gekommen war. »Übrigens, Key, sie wissen, dass du die Seife entwickelt hast. Tut mir voll leid für dich.«

Kieran runzelte die Stirn. »Du meinst, sie glauben, dass ich bei der Sache mitgemacht habe?«

»Möglich.« Daimon zuckte die Achseln und schnappte sich eine der Coladosen.

»Sehr wahrscheinlich.« Nat verzog entschuldigend das Gesicht.

»Ich wandere aus.« Kierans Witz war halb ernst gemeint.

»Sie werden dich trotzdem aufspüren. Wir reden hier von Yoda-Mädchen. Du kannst weglaufen, aber du kannst dich nicht verstecken.«

Joe stieß ihm in die Seite. »Kauf ihnen Pralinen und geh auf Distanz zu diesen Idioten hier.«

»Das könnte vielleicht klappen«, stimmte Nat zu.

Kieran öffnete ein neues Browserfenster und gab bei einem Süßwarenversand eine Riesenbestellung auf. »Ich lasse das Geld von deinem Konto abbuchen«, sagte er zu Daimon.

»Das ist nur fair.« Daimon besserte jeden Monat sein Taschengeld auf, indem er den anderen Studenten das Pokerspielen beibrachte. Plötzlich stutzte er. »Hey, woher kennst du meine Bankdaten?«

Nat verpasste ihm ein paar Katzenköpfe. »Das ist Key, den du da vor dir hast. Er könnte sich ins Pentagon einhacken; ich glaube nicht, dass dein Bankkonto eine große Herausforderung für ihn ist. Und sonst, Jungs, wie läuft's mit der Mission?« Er schob den mit Snacks beladenen Rollwagen näher heran, damit Kieran und Joe sich bedienen konnten.

»Allmählich wird's.« Joe suchte sich ein Sandwich aus und lehnte sich wieder auf seinem Hocker zurück. »Wir haben eine Verbindung zwischen den Schülern und den Eltern gefunden – die Schüler werden zu Persönlichkeitstrainings geschickt und kommen total verändert zurück. Kieran glaubt, dass irgendwas mit ihnen geschieht, während sie weg sind – irgendeine Art von Gehirnwäsche oder vielleicht werden sie auch bestochen oder bedroht, damit sie ihr Verhalten ändern.«

»Oder eine Kombination aus allen drei Möglichkeiten«, fügte Kieran hinzu.

»Sie werden geschmiert, damit sie sich wie nette Kinder benehmen?«, fragte Nat.

»Bei ›nett‹ bin ich mir nicht so sicher. Eine von ihnen benimmt sich seit ihrer Rückkehr total fies.«

»Aber die würden sich doch in so kurzer Zeit nicht vollkommen umkrempeln lassen?« Daimon war von seiner mentalen Stärke fest überzeugt und ging davon aus, dass es sich bei allen anderen ebenso verhielt.

»Der Geist ist formbar wie Ton und nicht unzerstörbar wie ein Diamant.«

Daimons Gesichtszüge spannten sich. »Also, ihr habt kein Detailwissen, glaubt aber, die Schüler werden manipuliert?«

»Irgendwas in diese Richtung. Wir müssen erst noch mehr Beweise finden, bevor wir sicher sein können.«

»In der Schule selbst läuft nichts Derartiges ab, also muss es im Gästehaus passieren«, sagte Joe.

»Welches Gästehaus?«, fragte Nat.

»Die Schule besitzt dieses feudale Anwesen – eine Art Freizeitanlage, die sie für Seminare und als Ferienlager nutzen.«

»Und schon bin ich skeptisch. ›Feudal‹ und ›Schule‹ klingt in meinen Ohren merkwürdig zusammen«, sagte Daimon.

Joe nickte. »Ja, da hast du recht. Während des laufenden Schuljahrs kommen dort die Ehemaligen aus dem Verband der Internationalen Schulen zusammen und halten Konferenzen ab, zu denen sie ihre reichen Arbeitskollegen mitbringen. Zuerst habe ich gedacht, hinter dem Gästehaus würde sich schlichtweg das Fundraising-Konzept der Schule verbergen, eine Möglichkeit, die Kontakte der Absolventen im Sinne der Schule zu nutzen, aber es muss weit mehr dahinterstecken. Alle Schüler, die eine Persönlichkeitsveränderung durchgemacht haben, waren zuvor im Gästehaus.«

»Und nicht alle sind zurückgekommen«, hob Kieran hervor. »Vermutlich sind noch immer welche vor Ort.«

»Und genau darin könnte die Lösung des Rätsels liegen. Wir müssen auch dorthin.«

»Unklar ist allerdings noch, inwieweit das, was womöglich im Gästehaus passiert, mit dem umfassenderen Problem zusammenhängt, wegen dem wir ursprünglich auf den Fall angesetzt wurden. Ich bin auf der Suche nach irgendeinem Muster, aber bisher habe ich nichts finden können. Vermutlich läuft es am Ende darauf hinaus, dass wir der Spur des Geldes folgen müssen.«

»Sie geben einem Geld im Gegenzug für eine Gefälligkeit oder man gibt ihnen Geld, damit sie den eigenen Kindern das Gehirn waschen?«, fragte Nat scharfsinnigerweise.

»Bin mir noch nicht sicher. Ich glaube aber, dass die Sache keine Einbahnstraße ist. So viel steht fest: Das Ganze läuft über den Verband der Internationalen Schulen und ist so gut wie nicht nachweisbar.«

»Aber doch nicht für Kieran Storm.«

»Nein, nicht für mich. Wenn es eine Spur gibt, dann werde ich sie auch finden.«

»Cool.« Daimon zog ein Kartenspiel aus seiner Tasche. »Spielchen gefällig?«

»Bist du hier fertig, Key?«, fragte Joe und deutete auf den Labortisch.

»Ja, ich habe unseren Bericht schon eingereicht.«

Daimon mischte die Karten, indem er sie geschickt in der Luft von der einen Hand in die andere sprudeln ließ. Beim Zirkusworkshop hatte er ›Zauberkunststücke und Taschenspielertricks‹ gewählt – obwohl er auf diesem Gebiet keine Nachhilfe nötig hatte; er war ein Naturtalent im Täuschen und Tricksen.

»Dann haben wir jetzt also frei, perfekt!« Joe schloss die Ermittlungsdatei auf dem Computer. »Wo wollen wir spielen?«

»Der Aufenthaltsraum ist zurzeit nicht sicher«, räumte Nat mit einem Blick über die Schulter ein.

»Ich dachte eigentlich, hier wäre ganz gut.« Daimon teilte den Kartenstapel in zwei Hälften. »Darum haben wir auch Essen mitgebracht.«

»Jetzt sag nicht, dass die Mädchen euch aus dem Aufenthaltsraum geworfen haben? Echt jetzt? Nee, oder?«

Daimon nickte.

»Euch geht jetzt wohl ganz schön die Muffe, was?« Joe reckte die Arme über den Kopf und ergötzte sich am Unbehagen seines

Freundes. »Okay, bleiben wir hier. Bin gespannt, ob du Kieran diesmal schlagen wirst, Daimon.«

»Wir haben fast Gleichstand erreicht. Er ist der krasseste der Krassen – sein geniales Computerköpfchen gegen mein gerissenes Trickserhirn.« Nat fächerte die verdeckten Karten auf dem Tisch auf.

Joe sah Nat an und verdrehte die Augen. »Dann sind wir sozusagen das Kanonenfutter in dieser Schlacht.«

Nat rieb sich die Hände. »Aber ich lebe immer in der Hoffnung, dass ich mich irgendwie an beiden unbemerkt vorbeimogeln kann, während sie den Kampf der Giganten austragen.«

»Hey, Nat, guter Plan.« Joe klopfte ihm anerkennend auf den Arm. »Gib mal die Karten aus.«

Der Yoda-Fahrer setzte die beiden Jungen am späten Sonntagnachmittag vor dem Eingang ab. Joe blickte am Schloss hinauf, dann sah er hinüber zu Kieran. »Bist du so weit?«

Zur Antwort stiefelte Kieran ins Schulgebäude. Beide kehrten mit neuer Energie geladen aus ihrem Wochenende zurück. Isaac hatte sich viel Zeit genommen, um mit ihnen über ihre bisherigen Ergebnisse zu sprechen, und hatte ihnen geholfen, ihre Zielsetzung für die kommenden Tage zu präzisieren. Kieran konnte es kaum erwarten loszulegen, doch eine Sache musste er vorher noch erledigen.

»Ich will nur noch mal schnell bei jemandem vorbeischauen.«

»Dieser Jemand ist nicht zufällig Raven?« Joe feixte.

Kieran sah ihn mit steinerner Miene an. »Ich bringe ihr nur das Schmuckkästchen zurück.«

»Ja, schon klar. Mach dir ruhig weiter selbst was vor, Alter, aber du bist ja so was von aufgeschmissen. Du musst echt aufpassen, dass du keine Vorschriften verletzt. Ich bringe deine Tasche schon mal auf unser Zimmer.« Joe entdeckte die Peitsche. »Im Ernst jetzt? Willst du damit den Feind vertreiben oder Raven im Lassostil einfangen?«

Gar keine so schlechte Idee ...

»Nimm einfach meine Tasche, James.«

»Ja, ja – stets zu Diensten, Sir.« Joe machte eine ziemlich respektlose Geste. Kieran grinste und holte das Schmuckkästchen hervor.

Als Kieran in den Sanitätstrakt kam, war er überrascht, die Tür zu Ravens Zimmer weit offen zu finden.

»Raven?« Kieran trat zögernd ein, aber sie war nicht da. Er stand im Korridor und lauschte, fragte sich, ob sie vielleicht kurz in die Küche oder das Badezimmer verschwunden war, aber alles war ruhig. Sein Instinkt führte ihn zurück in ihr Zimmer. Er ließ seinen Blick durch die Kammer wandern. Irgendwas stimmte hier nicht. Das Laken war von der Matratze heruntergezogen und lag auf dem Boden, der Papierkorb war umgekippt. Er zählte die Schuhpaare: Er wusste, wie viele sie besaß – vier –, und alle waren hier; einschließlich ihrer Hausschuhe, die genauso dastanden wie vor dem Wochenende, als er noch mal kurz bei ihr hereingeschaut hatte. Sie hatte diesen Raum nicht aus freien Stücken verlassen.

Verschiedene Möglichkeiten schwirrten ihm durch den Kopf. Ihr Großvater. Mit großer Wahrscheinlichkeit würde er wissen, wo sie war. Kieran drängte sich an den Schülern auf der Treppe vorbei und rannte nach draußen, mit langen Schritten legte er den Weg zurück. Er hoffte, dass Mr Bates zu Hause war.

Zum Glück reagierte Ravens Großvater sofort auf sein Klopfen und öffnete die Tür. Im Hintergrund plärrte der Fernseher und Kieran roch, dass eine Shepherd's Pie im Ofen war.

»Ja? Oh, hallo. Du bist Kieran, stimmt's?«

»Das ist richtig, Mr Bates. Ich bin nur vorbeigekommen, um zu fragen, ob Sie vielleicht Raven gesehen haben?«

»Nein. Ehrlich gesagt habe ich gedacht, sie wäre mit dir zusammen, da ich sie das ganze Wochenende nicht gesehen habe.«

»Mit mir?«

Mr Bates blickte zu Boden. »Na ja, sie hat mir erzählt, dass sie ziemlich viel Zeit mit dir verbringt, und da habe ich angenommen ...«

»Ich bin am Wochenende weg gewesen. Sie ist nicht in ihrem Zimmer.«

»Oh, verstehe. Das Gelände kann sie nicht verlassen haben, denn dazu braucht sie meine Erlaubnis, aber ich habe sie seit gestern Mittag nicht mehr gesehen.«

»Okay, danke. Ich suche dann noch mal in der Schule nach ihr.«

Mr Bates begriff jetzt, dass Kieran glaubte, mit seiner Enkelin würde möglicherweise etwas nicht stimmen. »Gib mir bitte sofort Bescheid, sobald du sie gefunden hast, oder ich muss mich selbst auf die Suche nach ihr machen.«

»Natürlich. Ich werde sie finden, keine Sorge, Sir.«

Kieran sprintete zurück in sein Zimmer. Sein Partner lag auf dem Bett, vertieft ins Forbes-Magazin, und machte sich über die vier reichen Männer schlau, die Kuratoren der Schule waren.

»Joe, wir haben ein Problem.«

Joe warf das Magazin beiseite und war sofort voll bei der Sache. »Welches?«

»Raven wird vermisst. In ihrem Zimmer gibt es Spuren eines Kampfes. Alle ihre Schuhe sind noch da, sie ist also nicht freiwillig los – schlafwandeln schließe ich aus, da sie dann mittlerweile schon wieder aufgetaucht wäre. Nach dem im Zimmer verteilten Bettzeug und der Art der Abdrücke auf dem Teppich zu schließen, gehe ich von mindestens vier Leuten aus, die sie aus dem Zimmer getragen haben. So eine Aktion würde tagsüber nicht unbemerkt bleiben, darum vermute ich, es ist in der Nacht passiert.«

»Wann wurde sie zuletzt gesehen?«

Kieran schritt im Raum auf und ab und raufte sich die Haare. »Ihr Großvater sagt, er hat sie zum letzten Mal am Samstag beim Mittagessen gesehen. Er hat gedacht, dass sie den Tag heute mit mir verbringt, und sich nichts dabei gedacht, als sie zum Abendessen nicht erschien.«

»Verdammt.« Joe fuhr mit den Füßen in seine Schuhe. »Wir hätten damit rechnen sollen, dass irgendwas passieren würde, so übel, wie sich die Dinge letzte Woche entwickelt haben.«

»Und sie hat diese Drohbriefe erwähnt – ich hätte besser hinhören sollen.«

Joe überprüfte seine Sammlung von Dietrichen, während Kieran eine Bleistift-Taschenlampe aus seiner Tasche holte. »Wo sollen wir als Erstes suchen?«, fragte Joe.

»In den Nebengebäuden. Die liegen alle außer Hörweite der Schule und die Wahrscheinlichkeit, von Lehrern oder Angestellten der Schule gesehen zu werden, ist relativ gering, vor allem am Wochenende.«

Joe schnappte sich eine Decke vom Bett. Kieran nahm ein Paar dicke Socken aus seiner Schublade.

»Ich habe echt gar kein gutes Gefühl dabei«, gestand Kieran. »Lass uns gehen.«

Kapitel 9

So kalt. Raven kauerte sich in den Laubhaufen; sie war bestürzt, dass man sie dermaßen lange hier warten ließ. Ihr Hirn hatte aufgehört, richtig zu funktionieren, verharrte in einem Zustand der Fassungslosigkeit. Warum kam sie denn keiner suchen? Hatte denn niemand ihr Fehlen bemerkt? Sie hatte sich unter großen Mühen von den nassen Bandagenfesseln befreien können und dabei die Haut an ihren Handgelenken stark aufgeschürft, doch groß weitergebracht hatte sie das auch nicht. Ihr Rufen und Hämmern gegen die Tür waren nicht gehört worden – und wenn doch, dann hatte man es ignoriert. Sie war ein paarmal eingenickt, hatte aber Angst, dass ihre Körpertemperatur gefährlich abfallen könnte. Sie vermutete, dass ihr dieses Schicksal nur erspart blieb, weil die Wärme des Frühlingstages bereits in die Mauern des Umkleidetraktes gekrochen war. Sie fürchtete sich davor, was in der kommenden Nacht passieren würde, falls sie dann noch hier wäre. Sie hatte aus den Bandagen ein Fähnchen gemacht und es durch das vergitterte Fenster nach draußen geschoben, in der Hoffnung dass jemand das Flattern sehen und sie bemerken würde, aber bislang hing kein Fisch am Haken.

»Raven?«

Sie hörte ein Schaben an der Tür. Sie brauchte einen Moment, um zu kapieren, dass es ihr Name war, der da gerufen wurde. Sie versuchte zu sprechen, aber es kam kein Ton heraus. *Geh nicht weg – bitte gib nicht auf!*

»Die Tür ist mit einem Vorhängeschloss versehen. Kannst du das Ding knacken, Joe?« *Kieran.*

»Bin schon dabei.«

»Raven, falls du da drinnen bist, wir kommen. Wir haben dein Zeichen gesehen. Du hast uns damit stundenlanges Suchen erspart.«

Noch nie war sie dermaßen dankbar gewesen, Kierans Stimme zu hören. Sie fing an zu zittern. Na großartig – ausgerechnet jetzt brach sie zusammen, nachdem sie sich so lange wacker geschlagen hatte.

Licht ergoss sich in den Umkleideraum.

»Ist sie noch da drinnen?«

Der Strahl einer Taschenlampe huschte in die Ecken des Raumes, an ihr vorbei, dann wieder zurück. »Ja.« Kieran kam auf sie zugeeilt, mit grimmiger Miene. »Decke!«

Raven streckte ihre Hände aus. Kieran nahm sie und rieb sie energisch zwischen seinen. »Sie ist eiskalt. Diese Arschlöcher!«

Joe legte ihr eine Decke um die Schultern. Kieran hob sie auf den Arm. »Es tut mir leid, Raven.«

Die Wärme zu spüren war wundervoll, aber es tat auch weh, als das Blut wieder in ihre Extremitäten floss. Er setzte sich mit ihr hin und wiegte sie sanft auf seinem Schoß.

»Es tut dir leid?« Raven nieste. »Was tut dir leid?«

»Es tut mir leid, dass dir das passiert ist. Dafür werden sie büßen.«

Sie legte ihren Kopf an seine Brust. »Ich weiß ja noch nicht mal, wer ›sie‹ waren.«

»Als Erstes müssen wir dich wieder warm kriegen. Als Zweites werden wir das melden.« Joe wickelte sie fester in die Decke ein. Beide Jungen machten finstere Gesichter. Ihre Racheengel.

»Was ist die beste Behandlung bei Verdacht auf Hypothermie? Müssen wir sie ins Krankenhaus bringen?«, fragte Joe Kieran.

»Mir geht's gut.«

Aber sie hörten ihr gar nicht zu. »Wir legen sie in trockenen Sachen ins Bett und benutzen Körperwärme – so geht es am schnellsten.« Kieran bellte die Worte wie ein Kommando. »Besorg von irgendwoher eine Wärmflasche. Mr Bates hat bestimmt eine – alte Leutchen benutzen so was doch ständig.«

»Ähm, ich bin übrigens noch hier und kann dich hören, weißt du.«

Kieran rubbelte ihr die Arme warm. »Ich weiß – Gott sei Dank.«

Die beiden waren nicht zu bremsen. Joe rannte los, um eine Wärmflasche zu holen. Kieran trug Raven in sein Zimmer, vorbei an Grüppchen von tuschelnden Schülern, die ihren Sonntagabend genossen. Wenn Blicke töten könnten, hätte es ein Massaker gegeben, so wie Kieran sie anstarrte. Er half ihr beim Ausziehen ihrer nassen Schlafsachen (wobei er die Augen geschlossen hielt). Das T-Shirt, das er ihr auslieh (mit dem Spruch *Es funktioniert zwar in der Praxis, aber funktioniert es auch theoretisch?*), ging ihr bis an die Knie. Er scheuchte sie ins Bett und Raven war ein bisschen schockiert, als er zu ihr unter die Decke schlüpfte und sie an seine Brust zog. Damit hatte sie nicht gerechnet.

»Tut mir leid – wir haben keine andere Wahl.« Ihm war genau wie ihr dieses beschleunigte Sich-Näherkommen merklich unangenehm. »Dir muss ganz schnell wieder warm werden.«

»Dafür könnten sie dich von der Schule werfen«, sagte sie zähneklappernd, die Hände flach an seinen Brustkorb gelegt, der die Wärme eines Ofens ausstrahlte. Sie konnte das gleichmäßige Schlagen seines Herzens spüren.

»Mir egal. Das ist der beste Weg, deine Körpertemperatur wiederherzustellen.«

»Meine Füße sind am schlimmsten dran.«

Er tauchte kurz unter der Decke hervor, zog ein Paar Socken aus seiner Hosentasche, zog sie ihr über die eiskalten Zehen und rubbelte ihr kräftig die Sohlen. Dann stellte er erneut vollen Körperkontakt her, sein warmer Oberkörper und seine langen Beine an sie geschmiegt.

»Warum ich?«, fragte sie leise.

Er wusste, was sie meinte. »Weil sie krank und skrupellos sind. Aus irgendeinem völlig bekloppten Grund haben sie beschlossen, dich fertigzumachen, und glauben, damit durchzukommen.«

»Ich werde sie nicht damit durchkommen lassen.«

Kieran lächelte. »Genau die richtige Einstellung. Mit Rache kommt man weiter als mit Wut.«

»Na ja, stinkwütend bin ich aber auch.«

»Ja, das ist klar. Morgen kannst du sie dir vorknöpfen. Jetzt musst du dich erst mal ausruhen.«

Ihr Zittern ließ nach und sie fing an, seine wärmende Nähe zu genießen. Schon lange nicht mehr hatte sie sich dermaßen geborgen gefühlt. Mit Kieran an ihrer Seite, der ihr sanft den Rücken streichelte, schlief sie schließlich erschöpft ein. Kieran schlüpfte aus dem Bett, als Joe mit einer mit Heißwasser befüllten Wärmflasche zurückkehrte. Er umwickelte sie mit einem Pullover, damit sich Raven nicht daran verbrühte, und legte sie dann in die Kuhle, die bis gerade eben noch er besetzt gehalten hatte.

»Und, geht's ihr einigermaßen?«, fragte Joe vorsichtig mit gesenkter Stimme.

»Körperlich geht's ihr schon wieder gut. Aber sie ist wütend und traurig.«

»Wer wäre das nicht?«

»Was hast du ihrem Großvater erzählt?«

»Dass man ihr einen Streich gespielt hat, der aus dem Ruder gelaufen ist. Ich habe ihm gesagt, dass wir's melden werden. Er wollte unbedingt mit herkommen, aber ich habe ihm gesagt, er soll damit besser bis morgen warten, wenn sie ein bisschen Schlaf gekriegt hat. Ich musste zwar ganz schön Überzeugungsarbeit leisten, aber letztlich hat er dann ihr zuliebe eingelenkt.«

Kieran zupfte an der Bettdecke herum, um sicherzustellen, dass ihre Füße bedeckt waren. »Aber vielleicht will Raven ihn ja sehen.«

»Ja schon, aber er war echt fuchsteufelswild – nicht so sanftmütig, wie man ihn sonst kennt.«

»Jetzt wissen wir wenigstens, von wem sie ihr aufbrausendes Temperament hat.« Kieran setzte sich auf den Schreibtischstuhl. Als sein Blick auf den mit Pflanzen vollgestellten Nachttisch fiel, stand er auf und fegte sie alle zur Seite, um ein Glas Wasser für sie hinstellen zu können. Scheiß auf die Datenerhebung: Er wollte nicht, dass sie wegen seines Experimentes auf irgendetwas verzichten musste.

Joe blickte mit einem wissenden Lächeln zur Zimmerdecke, verkniff sich aber eine Bemerkung. »Ich habe mir gedacht, dass beiden kein Gefallen damit getan wäre, wenn er irgendetwas zur Schulleitung sagt, was er danach womöglich bereut. Wenn ich Raven richtig verstanden habe, ist er auf den Job angewiesen.«

»Was machen wir denn jetzt mit ihr? Ich glaube nicht, dass wir sie wieder zurück auf ihr Zimmer bringen können – ich traue in diesem Laden keinem über den Weg, außer dir und ihr.«

»Ich habe Mr Bates zwar gebeten, dass er bis morgen warten soll, aber ich habe nicht gesagt, dass wir das auch tun würden. Ich finde, wir sollten jetzt gleich zu Mrs Bain gehen.«

»Würden wir damit aber nicht die Aufmerksamkeit auf uns ziehen?«

»Vielleicht, aber ich habe mir gedacht, dass uns ihre Reaktion womöglich ein bisschen mehr darüber verrät, was hier eigentlich läuft.«

»Du willst das, was Raven passiert ist, dazu benutzen, um mit unserer Mission voranzukommen?« Verspürte er da etwa so etwas wie Gewissensbisse?

Joes Gesichtsausdruck war eisern. »Key, sie ist Teil unserer Mission, jemand, mit dem wir nur so lange zu tun haben, bis unser Auftrag erfüllt ist. Das ist dir doch klar, oder?«

Kieran sah hinüber zu der Flut wilder Locken, die sich auf seinem Kissen ausgebreitet hatte. »Ja, natürlich.«

»Und du weißt, dass wir keine ernsthaften Beziehungen eingehen dürfen. Das ist eine feste Regel, seit dem Desaster mit Kate Pearl in Indonesien. Das ist die rote Linie, die nicht überschritten werden darf. Kate hatte seinerzeit die ganze Mission vermasselt.«

»Ja, ich weiß.« Er wusste das sogar genau, aber jetzt, da es ihn selbst betraf, sah er die Sache ein bisschen anders. Auf einmal empfand er akutes Mitleid für Kate Pearl.

»Wir werden die Tür abschließen und sie schlafen lassen«, schlug Joe vor. »Ich bezweifle, dass irgendjemand versuchen wird, hier einzudringen.«

»Und falls doch, werden wir das mitkriegen.« Gleich nachdem

sie in ihr Zimmer eingezogen waren, hatte Kieran die Fenster und Türen mit Alarmmeldern versehen, zum Schutz ihrer Privatsphäre, der Computer und aller anderen persönlichen Sachen.

»Na dann los. Auf zu Mrs Bain.«

Mrs Bain aufzufinden war nicht weiter schwer, da sie eine Besprechung in ihrem Büro abhielt.

»Eine Besprechung am Sonntag? Das nenne ich mal Engagement im Job«, flüsterte Joe, der unter dem Fenster von Mrs Bains Büro neben Kieran im Gebüsch hockte. Mrs Bain saß am Kopf des Mahagonitisches, eine Brille mit schwarzem Rahmen auf der Nasenspitze. Vier Männer, die Joe und Kieran bislang nur von Fotos kannten, saßen paarweise je rechts und links von ihr. Es waren die Kuratoren des Verbandes der Internationalen Schulen.

»Key, was kannst du mir über sie sagen?«, fragte Joe.

Mit dem Gesicht zum Fenster saß ein älterer Mann mit weißem zurückgekämmtem Haar, der ein zweireihiges Sakko trug.

»Der Alte da, der aussieht wie ein Eisbär im Anzug? Das ist Anatol Kolnikov, Vorsitzender des Kuratoriums und ehemaliger Bildungsminister Russlands. Dem Dolch-und-Stern-Emblem auf seiner Krawatte nach war er auch beim russischen KGB, obwohl man das nicht in seinem Wikipedia-Eintrag findet. Er ist einer der rehabilitierten Politiker der Post-Sowjet-Ära. Trinkt gern und viel. Ist Raucher – Zigarren, keine Zigaretten. Betrügt seine Frau.«

»Ein richtig netter Kerl also.«

»Zu seiner Linken, der Typ, der so aussieht, als hätte man ihn aus irgendeiner alten Gruft ausgegraben? Das ist Tony Burnham, ein britischer Industrieller. Er ist ein Meter achtzig groß, trägt normalerweise eine randlose Brille und Anzüge, die er sich bei einem Herrenausstatter in der Savile Row maßanfertigen lässt. Keine Krawatte, die etwas über ihn verrät, stattdessen hat er eine Fliege angelegt, aber die betrachte ich mal als einen Beweis für seinen schlechten Geschmack oder vielleicht ist er auch farbenblind.«

»Ja, schon allein dafür gehört er eingesperrt.«

»Die beiden anderen, die halb mit dem Rücken zum Fenster sitzen – der untersetzte Mann mit dem schwarz gefärbten Haar und der gebräunten Haut, das ist Ramon Velazquez, ein mexikanischer Telekommunikations-Magnat. War bereits dreimal verheiratet. Seine aktuelle Frau ist mit einem führenden Mitglied eines Drogenkartells verwandt, aber darüber bewahrt er lieber Stillschweigen. Ich kann ihn nur von hinten sehen, darum bin ich nicht sicher, aber ich glaube, er hat ein Herzleiden – es gibt gewisse Anzeichen, die für leichte Schmerzen sprechen, denn er reibt sich ständig die Brust; außerdem hat er Trommelschlegelfinger, ein Symptom bei bestimmten Herzerkrankungen.«

»Erinnere mich daran, dass ich für alle Fälle die Nummer vom Notarzt in den Kurzwahlspeicher lege.«

»Und der Letzte ist John Paul Garret, ein amerikanischer Öl- und Gasunternehmer. Er ist auffallend unauffällig; den meisten Leuten entgeht er einfach und ich glaube, genau das ist Teil seiner Strategie – wie ein Geist zu verschwinden, ohne eine Spur zu hinterlassen. Ich glaube, du weißt mehr über ihn als ich, aus dem Forbes-Artikel, den du gelesen hast.«

»Ja, ein Milliardär ohne Flair. Über ihn gab's nicht viel Berichtenswertes, aber vielleicht finden wir schon bald heraus, dass er interessanter ist, als man meint. Warum sind sie hier, was glaubst du?«

Kieran analysierte schnell die Konstellation im Raum. Obwohl Mrs Bain dem Meeting vorstand, begegnete sie den Männern voller Ehrfurcht und hatte ein übereifriges Lächeln aufgesetzt, wie jemand, der seinem Boss Bericht erstattete.

»Ich vermute, dass das so eine Art Lagebesprechung ist. Sie ist das Verbindungsglied zwischen den Eltern und ihren Kindern. Wenn wir hören könnten, was da drinnen gesagt wird, würde das eine ganze Menge unserer Fragen beantworten, da wette ich drauf.«

»Und jetzt? Warten oder unterbrechen?«

»Noch eine Minute.«

Mrs Bain präsentierte den Männern irgendwas – sie konnten nicht hören, was es war, aber sie ging nach und nach einen Stapel von Akten durch, las die erste Seite und machte im Anschluss Bemerkungen.

»Interessant, dass ihre Sekretärin nicht anwesend ist«, überlegte Joe, als Mrs Bain aufstand, um Kaffee nachzuschenken.

»Vielleicht will sie nicht, dass sie mitbekommt, was in Wahrheit hier abgeht, und lässt darum das Meeting an einem Sonntag stattfinden. Wollen wir jetzt da rein und mal schauen, ob wir hören können, was sie sagen?«

»Los geht's.«

Die Jungen betraten wieder das Gebäude und hielten auf den Bürotrakt der Rektorin zu – die ehemalige Waffenkammer des alten Schlosses, die nunmehr zu luxuriösen Dienstzimmern umgebaut war. Der Vorraum lag im Dunkeln, doch in dem Moment, als sie hineinhuschten, kam Mrs Bain aus dem angrenzenden Büro herein, um die Kaffeetassen aufzufüllen. Erwischt!

»Was machen Sie hier?«, fragte sie scharf.

Joe reagierte schnell auf die veränderten Umstände. »Mrs Bain, entschuldigen Sie vielmals die Störung.«

»Wie Sie sehen, bin ich gerade in einer Besprechung.« Sie deutete auf die offene Tür ihres Büros, in dem die Besucher saßen.

»Tut uns leid, aber wir wollen einen schweren Verstoß gegen die Schulordnung melden.« Kieran ergötzte sich daran, wie Joe das sagte: sehr respektvoll und doch mit einem Hauch von Abscheu, den nur er heraushören konnte.

Mrs Bain stellte ihre Kaffeetasse hin. Kieran vermutete, dass sie von Joes förmlicher Ausdrucksweise, die er wortwörtlich der Schulvorschrift entnommen hatte, kurz aus dem Konzept gebracht war, und sie einen Moment brauchte, bis sie verstanden hatte, was er da eigentlich sagte. Dann legte sie lächelnd den Kopf schief und versuchte, vor ihren Gästen abzuwiegeln.

»Schwerer Verstoß? Verzeihen Sie, Mr Masters, aber da ich kein Getöse aufständischer Schüler hören kann, bin ich etwas ratlos, was Sie damit meinen?«

Der Russe stand auf. »Ich denke, wir sind hier ohnehin fertig. Wir werden jetzt aufbrechen und Sie können sich in aller Ruhe mit dieser Angelegenheit befassen.«

Peinlich berührt schwirrte Mrs Bain um ihre Besucher herum, reichte ihnen die Mäntel und verteilte ein paar Unterlagen. »Ich bin mir sicher, es ist nichts weiter.«

»Bestimmt, Mrs Bain. Sie führen hier ja ein strenges Regiment, das wissen wir.« Der Kerl, der aussah wie ein Skelett, zeigte ein Haifischlächeln. Kieran fügte seiner Faktenliste, die er über diesen Mann angelegt hatte, den kosmetischen Zahnarzt in der Harley Street hinzu. »Wir haben noch einiges zu besprechen, aber das tun wir woanders.«

Mrs Bain warf einen verräterischen Blick durchs Fenster. ›Woanders‹ war also das Gästehaus. »Ja natürlich, ich wünsche Ihnen einen angenehmen Aufenthalt.«

»Wir sehen uns dann im Herbst wieder.« Burnham schüttelte ihr die Hand und führte die anderen drei Männer aus dem Zimmer.

Mrs Bain konnte ihre Verärgerung über die Störung nur schlecht verbergen. Kieran vermutete, dass diese vertraulichen Meetings mit den Kuratoren ihre kleine Belohnung für gute Arbeit waren, um die Joe und Kieran sie nun gebracht hatten. Ausgezeichnet. »Also, Mr Masters, welche dringende Angelegenheit führt Sie an einem Sonntagabend zu mir?«

Kieran überließ Joe das Reden, während er den Raum in Augenschein nahm. Sie hatten sich hier drinnen bereits gründlich umgesehen, einmal mitten in der Nacht, aber er wollte schauen, ob sich seitdem etwas verändert hatte. Mrs Bain lehnte am Tisch, die Hände auf einem Stapel mit Ordnern, von denen ihm bislang noch keiner untergekommen war, weder im Aktenschrank noch in dem Tresor, der hinter dem Gemälde über dem Kamin versteckt war. Als er sich die auf dem Kopf stehende Beschriftung der zuoberst liegenden Akte besah, erkannte er den Namen von Gina Carr sowie in Klammern den ihres Vaters.

»Ich spreche von Raven Stone.«

»Oh?« Mrs Bains Miene wurde finster. »Was hat sie denn jetzt schon wieder angestellt?«

»Es geht nicht darum, was sie angestellt hat, sondern um das, was ihr angetan worden ist. Sie ist Opfer eines sehr ernst zu nehmenden Übergriffs geworden. Sie wurde in den frühen Morgenstunden von einer Horde vermummter Schüler aus ihrem Zimmer geschleift, gefesselt und unter die Dusche im alten Pavillon gestellt, wo man sie über einen längeren Zeitraum hinweg bis auf die Knochen durchnässt hat, um sie danach für den Rest des Tages halb erfroren allein zurückzulassen.«

»Mhm, wohl kaum halb erfroren. Es ist an diesem Wochenende ja außergewöhnlich warm gewesen.« Mrs Bain nahm den Aktenstapel, trat an ihren Schreibtisch heran und schaute auf ihren Monitor. »Vierundzwanzig Grad, um genau zu sein.«

»Mrs Bain, wir melden Ihnen, dass eine Ihrer Schülerinnen einer Wasserfolter ausgesetzt worden ist, und Sie plaudern übers Wetter?«

Sie legte die Akten in die oberste Schreibtischschublade, trat hinter dem Monitor hervor und bedeutete den Jungen mit einer Geste, auf dem Sofa auf der anderen Seite des Raumes Platz zu nehmen. Sie blieb stehen – ein simpler psychologischer Kniff, um Dominanz zu zeigen, aber Joe und Kieran waren zu gut ausgebildet, um das nicht zu durchschauen.

»Mr Masters, Sie sind aus den Staaten, richtig?«

Joe nickte. »Ja, Ma'am.«

»Es mag für Ihre Ohren harsch klingen, aber vermutlich sind Sie mit den Traditionen der Privatschulen in diesem Land einfach nicht vertraut. In einem gewissen Maß wird ... wie soll ich es ausdrücken ... eine drastische Form der Gerechtigkeitsausübung gebilligt, so bedauerlich das auch sein mag. Miss Stone wurde von den Schülern beim Stehlen erwischt und nur aus größtem Respekt vor ihrem Großvater habe ich sie nicht der Schule verwiesen, so wie ich es bei jedem anderen Schüler getan hätte. Möglicherweise empfanden das ihre Opfer als ungerecht und haben sie auf ihre Weise bestraft. Positiv daran ist wohl, dass jetzt der Eiter aus der Wunde ist, sozusagen. Miss Stone hat zwar eine harte Lektion einstecken müssen, aber wenigstens werden wir so morgen alle zu unserem gewohnten Schulalltag zurückkehren können, jetzt, da die Sache bereinigt ist.«

Diese Frau hatte so viel Mitgefühl wie Lucretia Borgia.

»Sie bezeichnen die Leute, die sie gequält haben, als Opfer; doch in Wahrheit war Raven die Leidtragende«, sagte Joe sachlich. »Sie haben Raven nichts beweisen können und dieser Angriff ist ein ungeheuerlicher Verstoß gegen Ihre eigenen Regeln. Werden Sie sie für diese Tat denn nicht bestrafen?«

»Aber du hast doch gesagt, sie waren vermummt. Ich werde natürlich mit Miss Stone reden und fragen, ob sie irgendjemanden identifizieren kann. Und ich werde mich auch an die versammelte Schülerschaft wenden und deutlich machen, dass ich ein solches Verhalten nicht gutheiße. Aber mehr kann ich kaum tun, oder?«

Doch – eine Untersuchung einleiten. Diejenigen verhören, die ihre Abneigung gegen Raven zum Ausdruck gebracht hatten und damit zu den Verdächtigten zählten. Sich einsetzen für diejenige, der wehgetan worden ist, und keine halb garen Entschuldigungen für jene finden, die andere aufs Übelste schikanierten. Kieran musste sich auf die Zunge beißen. Joe hatte recht: Das Interessante hier war das, was sie nicht sagte oder tat. An dieser Schule kannte man keine Skrupel.

»Wollen Sie denn gar nicht wissen, wie es Raven geht?«, fragte Joe ruhig, aber Kieran merkte, dass ihre Reaktionen seinen Freund bis aufs Blut reizten.

»Ich nehme an, es geht ihr gut, ansonsten hätten Sie mir das schon gesagt.« Mrs Bain ging auf die Tür zu.

»Wir haben sie auf unser Zimmer gebracht und sie dort aufgewärmt, danke der Nachfrage. Wenn wir sie nicht gerade noch rechtzeitig gefunden hätten, würde sie jetzt im Krankenhaus liegen.«

Mrs Bain blieb stehen und verschränkte die Arme. »Befindet sie sich noch immer in Ihrem Zimmer?«

»Ja. Das mag Ihnen jetzt vielleicht merkwürdig vorkommen, aber nachdem sie sich einigermaßen erholt hatte, wollten wir sie nicht gleich wieder auf ein Zimmer verbannen, in dem sie letzte Nacht hinterhältig überfallen worden ist.«

»Also, so geht das nicht. Mädchen ist es nicht gestattet, sich im Schlaftrakt der Jungen aufzuhalten.« Mrs Bain drückte auf einen Knopf an ihrem Schreibtischtelefon. »Gilian, würdest du bitte ins Krankenzimmer kommen, es gibt Arbeit für dich.«

»Sie bleibt, wo sie ist.« Kieran meldete sich zum ersten Mal zu Wort.

»Das wird sie ganz sicher nicht, Mr Storm. Man wird sich auf der Krankenstation um sie kümmern. Mrs Jones erwartet sie bereits. Bitte sorgen Sie dafür, das Miss Stone dort erscheint – oder muss ich jemanden schicken, der sie holen kommt?«

»Aber...!« Kieran hörte auf zu protestieren, als Joe ihm einen unauffälligen Tritt verpasste.

»Okay, wird gemacht.« Joes breites Lächeln zeigte nicht die Spur von Herzlichkeit. »Danke. Das Gespräch war wirklich sehr aufschlussreich.«

»Und vielen Dank, dass Sie es gemeldet haben.« Ihr Ton war ebenso wie der von Joe; beide meinten das genaue Gegenteil von dem, was sie sagten. »Meine Tür steht den Schülern immer offen.«

Nur Raven nicht, dachte Kieran. Das Ganze war absurd. Die Rektorin wirkte daran mit, Raven zur Geächteten der Schule zu machen.

Im Hinausgehen bedeutete ihm Joe, den Mund zu halten, aber Kieran war kurz vorm Explodieren.

»So ein Aas!«

»Kieran!«, warnte Joe.

Er zog Joe in einen leeren Klassenraum hinein; er konnte nicht länger warten, seinen aufgestauten Gefühlen Luft zu machen.

»Sie weiß es.«

»Darauf kannst du wetten.«

»Und sie billigt es nicht nur, vermutlich ist sie sogar die Drahtzieherin!«

»Ich bin ganz deiner Meinung, aber das ergibt doch gar keinen Sinn, oder? Wenn sie Raven tatsächlich hätte schaden wollen, dann hätte sie sie von der Schule geworfen, als sie die Möglichkeit dazu hatte.«

»Was immer sie dazu bewogen hat, Raven hierzubehalten, Herzensgüte war's sicher nicht. Sie hat kein Herz.« Vor seinem geistigen Auge sah er einen Klumpen verschrumpelten Dörrfleischs anstelle eines lebendigen Organs.

»Meinst du, sie glaubt wirklich, dass Raven alle diese Sachen geklaut hat?«

»Ist doch nicht von Belang, oder? Eine Rektorin muss ihre Schüler beschützen, auch diejenigen, die sie nicht leiden kann, und darf sie nicht den Wölfen zum Fraß vorwerfen.«

»Aber trotzdem, was meinst du? Wir wissen, dass Raven unschuldig ist; und sie?«

Kierans Wut hatte sich schon ein bisschen gelegt und er konnte wieder klarer denken. »Das wäre schon höchst merkwürdig, wenn sie's wirklich glauben würde.« Er rieb sich das Kinn und kramte in seinem Gedächtnis, ob es in der Wissenschaft passende Theorien zu solcher Art von Verhalten gab. »In vielen Gesellschaften gibt es das Phänomen des Sündenbocks. Dabei geht es gar nicht um die Verfehlungen des Einzelnen, sondern um die Dynamik derer, die sich des Sündenbocks bedienen. Ich vermute, dass ihnen Raven als engste Freundin von Gina sehr gelegen kam, als man beschloss, Gina in die eigenen Reihen zu holen, um ihr kleines Klauproblem auf plausible Weise abwälzen zu können – vielleicht ist sogar die Vergabe des Stipendiums an Raven bereits mit dem Hintergedanken erfolgt, dass sie eines Tages genau für solch eine Geschichte von Nutzen sein könnte. Immer schön allen Kram auf den Sündenbock laden, nach dem kein Hahn kräht, und ihn dann davonjagen, sodass alle anderen mit weißer Weste dastehen.«

»Meinst du echt, dass sie so weit gehen würden?«

»Das ist durchaus im Bereich des Möglichen. Allmählich denke ich, dass es irgendeine Art von Austausch zwischen den Eltern und den Kuratoren gibt: irgend so was in der Richtung von ›du wäschst meinen kleinen Liebling von jedem Verdacht rein und ich schulde dir dafür einen Gefallen‹. Raven wird für Ginas Straftaten verantwortlich gemacht. Und vielleicht passiert das nicht nur ihr: Ich glaube, wir sollten anfangen, uns Sorgen um diejenigen zu machen, die noch nicht wieder zurück sind.«

Joe fuhr mit der Hand in seine Hosentasche. »Worauf haben wir uns da bloß eingelassen? Und wie wollen wir Raven schützen?«

Kieran rang um Vernunft. Vielleicht reagierten sie auch über. Nichtsdestotrotz hatte er das Gefühl, dass keiner von ihnen mehr sicher an der Schule war. »Von hier wegzugehen wäre allerdings ziemlich schlimm für Raven und ihren Großvater. Sie wüssten nicht, wo sie dann hinsollen.«

»Und du meinst also, dass Raven zum Sündenbock gemacht werden soll.«

»Ja. Und wenn sie's nicht gäbe, würden sie sich jemand anders herauspicken. Insofern ist das Ganze nicht persönlich gegen sie gerichtet.«

»Bringen wir sie jetzt also auf die Krankenstation, ja oder nein?«

»Ich glaube, uns bleibt nichts anderes übrig.« Kieran gefiel diese Vorstellung ganz und gar nicht.

»Weißt du was, Key, du bist auch ganz schön blass um die Nase.«

»Wie?«

»Ich glaube, du wirst ziemlich bald furchtbare Krämpfe bekommen, vermutlich liegt's am Blinddarm.«

»Und ich muss zur Beobachtung über Nacht auf der Krankenstation bleiben?«

»Du bist echt auf Draht, Mann.«

Raven konnte sich verschwommen daran erinnern, dass sie aus einem tiefen Schlaf gerissen worden war. Sie wollte sich nicht bewegen: Das Bett hatte nach Kieran gerochen und unter seiner Decke zu liegen war beinah so gut, wie ihn neben sich zu haben. Sie gähnte, als man ihr ein Nachthemd überstreifte, sie ins Krankenzimmer bugsierte und der Hausmutter übergab, die sie in ein eiskaltes Bett steckte. Nunmehr hellwach, überkam sie ein Anfall von Panik, wieder zurück in diesem Teil des Schlosses zu sein – bis sie bemerkte, dass Kieran im Bett neben ihr lag. Er reichte der Schwester gerade eine ausgedruckte Liste von Symptomen, damit sie sofort erkennen konnte, falls seine vermeintliche Blinddarmentzündung über Nacht so richtig zum Ausbruch käme. Mit einem Kissen im Rücken saß er da, blätterte in einem medizinischen Wörterbuch und machte mit entschlossener Miene klar, dass er sein Bett keinesfalls wieder räumen würde.

»Alle vier Stunden muss bei mir Fieber gemessen werden«, wies er Mrs Jones an. »Und Sie müssen meine Schmerzen im

Bauchraum dokumentieren. Ein lückenloser Krankheitsverlauf ist enorm wichtig für den Fall, dass ich ins Krankenhaus muss.«

Die Krankenschwester ging aus dem Zimmer, um Schmerzmittel zu holen, und murmelte dabei etwas von Hypochondern vor sich hin. Kaum hatte sie ihnen den Rücken zugedreht, streckte Raven ihre Hand nach Kieran aus. »Oh Kieran, das tut mir so leid. Ich wusste gar nicht, dass es dir nicht gut geht – und du hast mich noch den ganzen Weg zurückgetragen. War das etwa der Auslöser?«

»Der Auslöser wofür?« Seine Fingerspitzen streiften ihre, eine sanfte Berührung, die ihr ein Kribbeln durch den Arm jagte.

»Für deine Blinddarmentzündung.«

»Ich habe gar keinen Blinddarm mehr. Der ist mir schon vor Jahren entfernt worden.«

»Oh.«

»Ich bin dein Bewacher. Du kannst beruhigt einschlafen, ohne zu befürchten, dass sich der Übergriff von gestern Abend wiederholt.«

Raven wollte schon einwenden, dass sie keinen Babysitter brauchte, aber dann überlegte sie es sich doch anders. Sie ließ ihre Hand wieder unter der Bettdecke verschwinden, als die Krankenschwester zurückkam. »Danke.«

»Hier, bitte schön, Kieran.« Mrs Jones stellte einen kleinen Becher mit zwei Pillen vor ihn hin. »Nimm die und versuch zu schlafen.«

»Wollen Sie nicht noch mal nach Raven sehen?«, fragte er und ließ die Pillen unbemerkt in seiner Hand verschwinden, sodass sie glauben würde, er hätte sie eingenommen.

»Raven, wie geht es dir?« Mrs Jones behandelte Patienten immer mit dem Zartgefühl einer Anakonda.

»Jetzt okay, danke.« Raven zog sich die Decke bis zur Nasenspitze und spähte, auf der Seite liegend, zu Kieran hinüber. Er zwinkerte ihr zu.

»Ich bin in meinem Büro.« Dort hatte die Krankenschwester ein Bett stehen, um zwischen den Kontrollrunden ein bisschen Schlaf zu bekommen. »Wenn du mich brauchst oder die Schmerzen schlimmer werden sollten, drück einfach den Rufer auf deinem Tisch, Kieran. Und ich möchte euch warnen: Der Raum hier wird mit Kameras überwacht, damit ich die Patienten immer im Auge haben kann. Also macht keinen Unfug!«

»Spitze!« Kieran lächelte sie mit Unschuldsmiene an und ging über die angedeutete Ermahnung, dass jeder in seinem eigenen Bett bleiben solle, hinweg. »Niemand wird es wagen, Raven in Gegenwart eines digitalen Zeugen noch mal zu belästigen.«

Mrs Jones ging kommentarlos aus dem Raum.

»Ich glaube, ich werde diese Schule verklagen«, murmelte Raven. »Wegen Vernachlässigung.«

Kieran boxte in sein Kissen, um es sich gemütlicher zu machen. »Du klingst wie eine echte Amerikanerin.«

»Du bist also nicht dafür?«

»Ich bin zu hundert Prozent dafür.«

»Ein Jammer, dass ich nicht das nötige Kleingeld habe, um vor Gericht zu ziehen.«

»Oder die nötigen Beweise.«

»Oder die nötigen Beweise.« Ja, da hatte er wohl recht. Sie glaubte zwar, dass sich eines der Mädchen genau wie Gina angehört hatte, aber jetzt, da sie sich den Vorfall noch mal ins Gedächtnis rief, bekam sie Zweifel – es war alles ein großes Wirrwarr. Aber wozu kostbare Zeit an solche Kreaturen verschwenden, wenn sie die Nacht in Kierans Gesellschaft verbringen konnte, nur wenige Meter von ihm entfernt liegend, sodass sie seinen Atem hören und sich damit trösten konnte, dass er auf sie aufpasste? Seine Gegenwart war wie ein wärmendes Feuer an einem kalten Wintertag, das sie die Schmerzen der letzten vierundzwanzig Stunden vergessen ließ. Er würde nicht zulassen, dass irgendjemand ihr wehtat – ein Versprechen, auf das sie bauen konnte.

»Gute Nacht, Raven.« Er streckte sich, das Gesicht ihr zugewandt, in seinem Bett aus.

»Gute Nacht, Kieran. Und danke.« Sie schlief ein, während seine grünen Augen über sie wachten.

Kapitel 10

Am nächsten Morgen zog Raven von der Krankenstation in das Cottage ihres Großvaters; auf keinen Fall würde sie in einem Einzelzimmer im Schloss wohnen bleiben. Ihr Großvater zeigte volle Unterstützung für ihre Entscheidung und maß Mrs Bain mit strengem Blick, als sie einwandte, dass er damit gegen die Schulvorschriften verstoßen würde. Raven richtete sich mit ihren Sachen in seinem zweiten Schlafzimmer ein und dekorierte die kahlen Wände mit Postern, die ihr Kieran von seinem Wochenendausflug mitgebracht hatte. Es war eine schöne Auswahl von alten Tanzfilmplakaten – ›West Side Story‹, ›Singin' in the Rain‹ und ›Billy Elliot‹. Er hatte sie ihr ganz beiläufig gegeben mit den Worten, sie seien ihm einfach in die Hände gefallen, aber sie wunderte sich ... und überlegte ... und wunderte sich noch ein bisschen mehr. Dafür, dass sie mit Kieran nur befreundet war, war das ein auffallend wohlüberlegtes Geschenk. Am Donnerstagmorgen, als sie mit ihrem Großvater am Frühstückstisch saß, brachte sie eine Sache zur Sprache, die sie in letzter Zeit sehr beschäftigte. »Ich habe mir was wegen September überlegt.«

Er goss sich eine Tasse starken schwarzen Tee ein. »Ich stehe ein Jahr vor der Rente, mein Schatz; da besteht kaum die Chance, dass ich eine neue Anstellung finde.«

»Das ist in Ordnung, Opa. Du bleibst einfach hier. Aber wenn ich mit den Prüfungen fertig bin, werde ich ans örtliche Oberstufenzentrum wechseln. Ich habe bereits alle Anträge da, wir müssen sie nur noch ausfüllen.«

»Das können wir natürlich machen, aber bist du ganz sicher? Mit einem Abschlusszeugnis von Westron ist dir ein Platz an einer guten Universität garantiert – damit stehen dir alle Türen offen. Und das Netzwerk der ehemaligen Schüler würde für dich später in der Welt da draußen auch von großem Vorteil sein. Und was ist mit deinem Stipendium? Das ist ein Haufen Geld, den du einfach ausschlagen willst.«

Raven rührte in ihrem Müsli und ertränkte die Haferflocken in der Milch. »Ich hasse Westron.«

»Das kann ich dir nicht verdenken. Ich bin auf den Laden hier auch stinksauer.« Mr Bates hatte sich massiv bei Mrs Bain wegen des Angriffs auf Raven beschwert, aber es hatte keine Konsequenzen gegeben. Großvater und Enkelin waren vom Ausgang der Gespräche mit der Rektorin gleichermaßen enttäuscht und desillusioniert. »Und ich glaube, du hast recht damit, die Fühler in eine andere Richtung auszustrecken.«

»Weißt du, ich würde mich einfach wohler fühlen, mit ganz normalen Teenagern zur Schule zu gehen; welche, die nicht auf mich herabsehen. Ich will einfach nur dazugehören. Ich kann jetzt verstehen, warum ein paar von den anderen Stipendiumsschülern das Handtuch geworfen haben; wir sind hier nicht wirklich willkommen.« Und sie würde auch einen Weg finden, Kieran weiterhin sehen zu können – falls er Lust dazu hatte.

»Wenn das so ist, werde ich versuchen, sie davon zu überzeugen, dass du bei mir im Cottage wohnen bleiben darfst.«

»Meinst du, das ist ein Problem?«

»Laut Vorschrift ist es verboten, dass eine zweite Person hier wohnt. Mrs Bain hat bloß eingewilligt, dass du bei mir einziehst, als ich ihr klargemacht habe, dass wir ansonsten beide Westron verlassen würden, Kündigungsfrist hin oder her.«

»Ah, danke, Opa.«

»Ich verstehe ehrlich gesagt auch nicht, wem das schaden sollte. Es gibt hier ein Extrazimmer und außer mir hast du keine Familie mehr. Die Sache ist die, dass sie strikt darauf achten, dass Westron allein Westron-Schülern und den Angestellten vorbehalten bleibt; du würdest als Eindringling betrachtet werden, wenn du hier nicht mehr Schülerin bist.«

»Befürchten sie etwa, ich könnte ihre ganzen dunklen Geheimnisse ausplaudern?« Die Atmosphäre an der Schule wurde von Tag zu Tag schlimmer, unter den Schülern herrschte eine seltsame Stimmung, ein erbitterter Kampf darum, wer dazugehörte und wer nicht.

»Sie sind, was das angeht, ein bisschen paranoid. Ich glaube, das rührt daher, dass so viele Promi-Kinder hier sind. Immerhin verspricht die Schule absolute Diskretion und Vertraulichkeit.«

»Kannst ihnen sagen, dass sie sich wegen mir da keine Sorgen machen müssen – mich interessieren diese Leute null.« Raven stand auf und nahm ihr Tanztrikot vom Trockengestell.

»Wir werden sehen. Und, was steht heute auf dem Stundenplan?«

»Die abschließenden Proben für unser Tanzstück. Kieran hat versprochen, dass er die Schritte bis heute alle draufhat.«

Als ihr Großvater aufstand, knacksten seine Knie. »Na, da

macht er es aber ziemlich spannend. Die Prüfung ist doch schon morgen.« Er legte sich eine Hand ins Kreuz und massierte seine Wirbelsäule. Raven verkniff sich die Bemerkung, dass er sich schonen solle; er konnte sich den Luxus, die Beine hochzulegen, nicht leisten, wenn er seinen Job behalten wollte.

Sie gab ihm einen Kuss auf die Wange. »Ich weiß. Bis später.«

Ihre Tasche an die Brust gepresst, stiefelte sie vom Cottage quer über den Rasen hinüber zum Hauptgebäude, bekam nasse Turnschuhe auf der taufeuchten Wiese. Sie ging an mehreren Grüppchen vorbei, die auf dem Weg zum Unterricht waren, aber keiner der Schüler sagte Hallo. Sie hatte sich daran gewöhnt, von den anderen wie Luft behandelt zu werden; sie redete sich sogar ein, dass es ihr lieber so war. Sie versuchte, nicht an vergangene Zeiten zu denken, als Gina und sie noch ein Team waren. Konnte ein Team aus nur einer Person bestehen? Wenn ja, dann war sie jetzt eins. Sogar die Lehrer, mit Ausnahme ihrer Tanzklassenleiterin, schenkten ihr so gut wie keine Beachtung. Ihre Hausaufgaben bekam sie unkorrigiert zurück, und wurden die Schüler in Arbeitsgruppen aufgeteilt, wurde sie sonderbarerweise immer übergangen und keiner unternahm etwas dagegen, es sei denn, sie saß im selben Kurs wie Kieran oder Joe. Kieran hatte ihr geraten, sie solle das Ganze als eine Art soziologische Feldstudie betrachten, als eine wertvolle Lernerfahrung in puncto Gruppenverhalten.

Na, aber sicher.

Sie beschloss, in dieser miesen Situation eine Chance zu sehen, sich emotional von der Schule zu lösen und sich ein Leben jenseits der Schlossmauern vorzustellen. Jedes Mal, wenn sie sich wie Arschlöcher benahmen, zeigte sie ihnen insgeheim den Stinkefinger und verbarg ihre wahren Gedanken hinter einer ausdruckslosen Miene. Sie konnte kaum abwarten, endlich von hier wegzukommen. Doch am schlimmsten war – und das konnte sie niemandem erzählen –, dass es sich anfühlte, als würde sie die düsteren Monate nach dem Tod ihres Vater nochmals durchleben. Getuschel hinter ihrem Rücken; gemeine Kommentare auf dem Schulkorridor; das Gefühl, nirgends mehr sicher zu sein; Feinde an jeder Ecke; vermittelt zu bekommen, dass sie wertlos war. Die Wunden, die in den letzten paar Jahren verheilt waren, brachen wieder auf und tiefe Trauer um ihre Eltern sickerte hervor. Das alles wäre nie passiert, wenn sie nicht gestorben wären. Dass Westron sie diese hilflosen Gefühle empfinden ließ, machte sie nur umso wütender.

Kieran wartete bereits in dem Übungsraum, den sie reserviert hatten. Diesmal hatte er sich um die Vormerkung gekümmert, denn jedes Mal, wenn Raven sich mit ihrem Namen angemeldet hatte, war der Raum überbucht gewesen und eine andere Gruppe hatte den Vorzug erhalten. Sie blieb noch kurz vor der Tür stehen und schaute von draußen durch die Scheibe. Er stand in einem Lichtstrahl, dehnte sich und ließ die Schultern kreisen. Ihre düstere Stimmung hellte sich ein bisschen auf. Na, wenn das kein Anblick war, der einem Mädchen wieder gute Laune machte! Er bewegte sich wirklich traumhaft, dennoch hatte er den wichtigsten Aspekt beim Tanzen noch nicht verstanden: Man musste performen und nicht nur die Schrittfolgen abspulen. Ihr war noch immer nicht gelungen, ihm das zu vermitteln.

»Hi, wie geht es dir?«, rief sie fröhlich beim Hereinkommen und schleuderte ihre Tasche in die Ecke.

»Mir geht's gut, danke.« Er lächelte sie an, als sie ihre Trainingshose und ihr Sweatshirt auszog. »Und dir?«

»Ganz okay. Und ich würde mich freuen wie ein Schnitzel,

wenn du mal langsam die ganze Choreografie von Anfang bis Ende draufhättest.«

»Können Schnitzel sich freuen?«

»Und wie! Was ist jetzt – kannst du's?«

»Ja.«

»Du meinst, wir können gleich das ganze Stück durchtanzen und gehen nicht nur einzelne Teile durch?«

Er nickte.

»Du hast das Spotting drauf?« Sie hatten ein paar Sessions damit verbracht, gemeinsam diese spezielle Drehtechnik zu üben.

»Absolut.«

»Du meinst also, dass Kieran Storm tatsächlich tanzen wird?«

Er nickte nochmals.

»Super. Darauf habe ich gewartet!«

Raven schloss Kierans iPod an den Docking-Lautsprecher an und schaltete die Musik ein.

Die Tanzprüfung fand am Vormittag statt, wobei alle Performances hintereinanderweg über die Bühne gehen sollten, ohne Pausen. Leicht nervös marschierten Raven und Kieran los, um nachzusehen, wann sie mit ihrem Auftritt an der Reihe waren. Raven blickte auf den Aushang. »Wir sind als Letztes dran.«

»Ist das gut?«

Raven wusste, dass Gina in der anderen Modern-Dance-Gruppe untergekommen war, die versucht hatte, Kieran für ihr Team zu gewinnen. Da hatte sie eindeutig das bessere Schnäppchen gemacht, auch wenn Kieran noch nicht ganz so weit war, vor Publikum aufzutreten. »Ich denke, das ist egal. Wenigstens kommt der Prüfer von außerhalb; wir werden also eine faire Benotung bekommen. Los, setzen wir uns ganz hinten hin.«

Im Tanzstudio saß Kieran neben ihr. Sie sah, dass er im Geist die Schrittfolgen durchging. Raven stieß ihn leicht mit der Schulter an. »Denk am besten nicht zu viel drüber nach. Wir kriegen das schon hin.«

Während der kurzen Unterbrechung zwischen zwei Auftritten kam Joe hereingehuscht und glitt auf den Stuhl neben Kieran. »Wie schlägt er sich so?«, fragte er Raven, ohne Kieran Beachtung zu schenken. »Ist er Roboter-Kieran oder Let's-Dance-Kieran?«

»Ich glaube, im Moment würde er sich lieber einem Rudel hungriger Löwen gegenübersehen als dem Prüfer.« Sie strich Kieran mitfühlend über die Hand.

»Ja, das sehe ich.« Joe schaute ein bisschen besorgt aus.

Kieran richtete sich plötzlich kerzengerade auf. »Wisst ihr was? Wir werden große Klasse sein!«

Sie lächelte überrascht. »Ich weiß – das sage ich dir ja schon seit Wochen.«

»Nein, ich mein's auch so.«

»Und ich hab's nicht so gemeint, oder wie?«

»Du wolltest bloß nett sein.«

Die Musik zum vorletzten Tanzstück setzte ein. Kieran blickte Raven mit hochgezogener Augenbraue an.

»Okay. Zeit, backstage zu gehen.«

Joe klopfte ihm auf den Rücken. »Hals- und Beinbruch.«

Kieran boxte ihn in den Magen – nicht zu hart. »Danke, Kumpel!«

Raven zerrte Kieran mit sich mit hinter die Bühne, noch bevor Joe ihn zurückboxen konnte. Sie strich sein kurzärmeliges schwarzes Oberteil glatt. »Fertig?«

»Das wird ein Bombenauftritt, Raven.«

»Hmm.« Sie war ein bisschen skeptisch, fand es aber süß von ihm, dass er das sagte. Wiederholt hatte sich nun schon gezeigt, dass er nur ungern vor Publikum auftreten wollte. Was sich in den vier Wänden des Übungsraums abspielte, blieb gefälligst auch in den vier Wänden des Übungsraums; immer zügelte er sich. »Du spielst ja die Rolle von jemandem, der egozentrisch ist, sogar gefühlskalt, schon okay also, wenn du nicht so aus dir herauskommst.«

»Aber du willst doch, dass ich mit Ausdruck tanze und die Emotionen rüberbringe.«

»Ja, aber die Hauptsache ist, dass du die ganze Choreografie in einem Rutsch durchtanzt.«

»Und du wirst darstellen, dass du traurig darüber bist, mich zu verlassen.«

»Genau das werde ich versuchen, ja.«

Das andere Tanzstück war so gut wie zu Ende. Kieran trat einen Schritt näher an sie heran. »Dann möchte ich gern mal etwas ausprobieren. Darüber denke ich schon seit ein paar Wochen nach.«

»Worüber denn?« Sie war in Bann geschlagen von seinem eindringlichen Blick.

»Darüber.« Er hob sie hoch und lehnte sie mit dem Rücken gegen die Wand, während sein Mund ihre Lippen fand.

Sie war überrascht – zwar hatte sie gespürt, dass sich etwas zwischen ihnen anbahnte, aber dass er ausgerechnet jetzt die Initiative ergreifen würde, damit hatte sie nicht gerechnet. Und er küsste sie nicht nur einfach, er verschlang sie geradezu. Er schien alles in diesen Kuss zu legen – ihrer beider Feuer, das nur noch heißer brannte, wenn sie sich stritten, miteinander lachten oder zusammen tanzten. Eine Hand stützend an die Rückseite ihrer Oberschenkel gelegt, hielt er sie hoch, ihre Beine um seine

Taille, während er mit der anderen Hand ihren Nacken streichelte, ihre Schultern und ihr Haar – alle erreichbaren Regionen. Zuerst war sie schockiert darüber, dass er sich seiner Leidenschaft für sie an solch einem öffentlichen Ort hingab, aber dann hörte sie auf zu denken und verschmolz mit ihm, erwiderte seine Küsse und Zärtlichkeiten.

Sie hörten nicht, wie es hinter ihnen hustete. Erst als Miss Hollis sie antippte, rissen sie sich voneinander los.

»Ich hoffe mal, ihr habt euch nur gegenseitig Glück gewünscht«, sagte sie grinsend.

»Wir wollten ... ähm ...« Raven rang nach Worten.

»Wir wollten bloß in unsere Rolle finden«, sagte Kieran schließlich. »Den richtigen Funken zünden.«

»Hast du deshalb ...?« Raven wurde rot. Sie hoffte aufrichtig, dass das nicht nur ein Bühnen-Warm-up gewesen war. Es hatte sich auf jeden Fall nach mehr angefühlt. »Ja, genau.«

Miss Hollis überprüfte, ob die Musik zum Abspielen bereit war. »Dann gehe ich mal davon aus, dass ihr jetzt so weit seid? Ich habe die Performance noch nie im Ganzen gesehen und bin sehr gespannt, was ihr aus dem Stück gemacht habt.«

»Noch niemand hat es im Ganzen gesehen«, murmelte Raven und befestigte die Strähnen am Hinterkopf, die Kieran beim Küssen aus ihrem Haarknoten gelöst hatte. Hatte ihr Kieran jetzt endlich seine Liebe gestanden oder zog sie voreilige Schlüsse?

»Okay. Nehmt bitte eure Ausgangspositionen ein.«

Raven war verwirrt, doch Kieran wirkte nach dem Kuss geradezu wie elektrisiert. Er trat hinaus auf die Bühne ohne eine Spur von Nervosität.

Okay, Stone, heb dir das für nachher auf. The show must go on. Sie nahm ihre Ausgangsposition ein.

Kapitel 11

Raven hatte keine Ahnung, was da in Kieran gefahren war. Als die Musik einsetzte, fing er an zu tanzen, als wäre er vom Tanz besessen. Technisch gesehen hatte er die Choreografie bei ihrer letzten Probe einwandfrei beherrscht, aber sie hatte bezweifelt, dass er sie auf der Bühne auch tatsächlich performen könnte, da er vor anderen emotional so verschlossen war. Aber jetzt kam in seinen Bewegung etwas zum Ausdruck, das sie nur als männliches Dominanzverhalten bezeichnen konnte – den Kuss hatten sie zwar beenden müssen, aber im Tanz setzten sie ihn fort. Die Spannung zwischen den beiden Figuren – die Frau, die versucht, eine schlimme Beziehung hinter sich zu lassen, und der Mann, der versucht, sie zu halten – steigerte sich bis zum Zerreißen. Raven hatte den Eindruck, sich mit ihrer Performance selbst zu übertreffen, wie ein Hochspringer, der seinen persönlichen Rekord brach. Es war die unglaublichste Tanzerfahrung ihres Lebens und sie wollte, dass sie niemals enden würde. Er schlang seine Arme so zärtlich um sie, so sehnsuchtsvoll, dass es ihr schwerfiel, sich so, wie die Choreografie es verlangte, von ihm wegzudrehen und ihn zurückzuweisen.

Ihr widerwilliges Zögern war nicht gespielt. Seine Wut daraufhin war explosiv – feurig. Er dominierte die Bühne, meisterte die schwierigsten Schrittfolgen mit der Geschmeidigkeit eines Turners. Sie vergaß den Prüfer, das Publikum: Sie hatte nur noch Augen für ihn.

Als der letzte Akkord verklang, herrschte Stille unter den Zuschauern. Dann fingen sie an zu klatschen – das Anti-Raven-Lager eher verhalten, alle anderen im Raum jedoch hellauf begeistert. Ein greller Pfiff ertönte in den hinteren Reihen. Das musste Joe sein.

Miss Hollis betrat die Bühne mit einem breiten Lächeln. Sie drückte Raven die Hand und nahm Kieran in den Arm. »Jetzt weiß ich auch, warum man dir immer so gute Noten vorausgesagt hat. Du hast mich die ganze Zeit an der Nase herumgeführt, Kieran Storm. Du hast dein Licht unter den Scheffel gestellt«, sagte sie mit gesenkter Stimme.

Raven dachte leise, dass man wohl eher das passende Streichholz hatte finden müssen, um das Licht anzuzünden.

»Danke.« Kieran sah sehr zufrieden mit sich aus – zu Recht. Er hatte sich für sie weit aus seiner Komfortzone herausgewagt.

Miss Hollis wandte sich ans Publikum. »Und mit diesem exzellenten Vortrag beenden wir unsere Performances. Vielen Dank, dass ihr gekommen seid, um eure Mitschüler zu unterstützen. Bitte kehrt jetzt wieder zu euren jeweiligen Kursen zurück.«

Raven versuchte, nicht zum Prüfer hinüberzuschauen, der, in der ersten Reihe sitzend, die abschließende Benotung vornahm; sie griff nach Kierans Hand und ging zusammen mit ihm von der Bühne ab. Sie hatte noch kein Wort mit ihm gesprochen, doch vielleicht hatten sie ja auch mit ihrem Tanz bereits alles gesagt.

Er ließ ihre Hand los, aber nur, um ihr den Arm um die Schultern legen zu können und sie näher an sich heranzuziehen.

Sie beschloss, das Ganze herunterzuspielen, um sich keine Blöße zu geben. »Wow, Sudoku, das war ja eine richtige Offenbarung.« Sie blieb vor dem Umkleideraum der Mädchen stehen, wollte sich nicht von ihm trennen und der feindseligen Meute da drinnen gegenübertreten. Umkleideräume waren ihr inzwischen ein Gräuel.

Seine Augen strahlten noch immer vor Freude über den gelungenen Auftritt, als er ihre Hand an seine Lippen hob und sie küsste – eine Geste altmodischer Galanterie. »Danke.«

»Ich bin diejenige, die Danke sagen muss. Kieran, ich habe dich unterschätzt. Du weißt wirklich, wie man Gas gibt, wenn's drauf ankommt. Das war eine Hammershow.«

»Ich war eben hochmotiviert – und das war keine Show.« Sein Blick wanderte zu ihrem Mund. Unwillkürlich fuhr sie sich mit der Zunge über die Lippen, nur für alle Fälle. Doch sehr zu ihrem Bedauern packte er die Gelegenheit nicht beim Schopf, weil eine Gruppe von Tänzern den Flur hinunterkam. Hurra! Ihre ehemalige beste Freundin Gina war auch mit dabei. Jetzt konnte Gina neben Niedertracht auch noch schlechtes Timing für sich verbuchen.

»Kieran, du warst fantastisch!«, sprudelte sie los. »Keine von uns hat geahnt, dass du so tanzen kannst.«

»Danke. Aber das habe ich allein Raven zu verdanken. Sie ist eine wundervolle Tanzpartnerin.«

Gina ging über diese Bemerkung geflissentlich hinweg. »Aber dieser athletische Handstandüberschlag. Du bist ein echtes Turntalent.«

»Genau wie Raven.«

Sie stieß ihm mit dem Ellbogen in die Seite. Es war zwecklos, sich für sie ins Zeug zu legen, wenn Gina und ihre Clique entschlossen waren, ihre Existenz zu leugnen, und außerdem würde sie Westron ohnehin schon bald verlassen.

»Wie fandest du unseren Auftritt?«, fragte Gina, nach Komplimenten heischend.

»Ich verstehe nicht viel vom Tanzen«, sagte er mit leichtem Naserümpfen und gab ihr unterschwellig zu verstellen, dass ihn ihr Tanzvortrag nicht groß interessiert hatte.

»Ihr wart toll, wirklich beeindruckend«, sagte Raven, die beschlossen hatte, echte Größe zu zeigen und Gina die verdiente Anerkennung zu zollen.

Gina sah sie kurz an, ein leiser Zweifel in den Augen. Ravens Herz zog sich zusammen – es war fast so, als hätte für einen flüchtigen Moment die alte Gina hervorgelinst. »Danke«, sagte Gina steif. »Nett von dir, das zu sagen. Wir sollten uns jetzt besser umziehen.« Diese Bemerkung war an den Rest ihrer Gruppe gerichtet. Sie gingen an Raven vorbei, ohne zu fragen, ob sie mitkommen wolle.

»Ist das für dich okay, da jetzt reinzugehen?« Kieran deutete mit einem Nicken auf die Tür.

»Ich werde meine Sachen schnappen und zum Mittagessen ins Cottage zurückgehen. Ich kann mich dann da umziehen.«

»Gute Idee.«

Sie standen für eine Sekunde unschlüssig voreinander. Beide waren sich bewusst, dass sich die Regeln geändert hatten, aber keiner wusste so genau, wie das neue Spiel hieß.

Kieran ergriff die Initiative. »Raven, wollen wir das Ganze nicht ein bisschen feiern? Ich muss morgen wieder nach Hause fahren und ich möchte gern, dass du mitkommst. Wir könnten abends ins Theater gehen oder was immer du willst. Nach dem, was das letzte Mal passiert ist, möchte ich dich nicht allein hier zurücklassen.«

Bat er sie da gerade um ein richtig echtes Date? Zeit mit ihm allein zu verbringen war genau das, wonach sie sich sehnte. »Du willst, dass ich mit dir nach London komme? Okay, da muss ich erst Großvater fragen.«

»Ich habe zwar morgen früh noch ein paar Sachen zu erledigen, aber bis zum Nachmittag sollte ich damit fertig sein. Ich dachte, ich könnte uns vielleicht Karten fürs Globe Theatre besorgen, wenn du magst.«

»Cool, da wollte ich schon immer mal hin.«

»Du kannst gleich mit Joe und mir zusammen hochfahren und dann vormittags ein bisschen shoppen gehen oder du kommst später nach. Ganz wie du willst.«

Raven stellte insgeheim fest, dass er nicht vorgeschlagen hatte, sie seiner Familie vorzustellen, was ihr einen kleinen Stich versetzte, andererseits, es war ihr erstes Date. Sie fragte sich, ob er sich womöglich schämte, dass sie aus bescheidenen Verhältnissen kam. Nichtsdestotrotz – er wollte mit ihr ausgehen, und das machte alles andere wieder wett. »Ich werde Großvater bitten, dass er mich zum Bahnhof bringt, und komme dann später nach.«

»Aber kauf nur eine Hinfahrtkarte. Joe wird uns abends wieder zurückfahren.«

»Joe kann Auto fahren?«

»Ja. Er hat sein Auto hierher mitgenommen. Er hat's am anderen Ende des Personalparkplatzes abgestellt. Das ist jetzt zwar nicht ganz vorschriftsmäßig, aber bisher hat noch keiner was gemerkt.«

»Das ist so was von cool.«

»Na ja, so ist Joe halt.« Kieran schien ein bisschen verärgert über ihre unverhohlene Bewunderung für seinen Freund.

Sie lehnte sich näher zu ihm hin. »Aber nicht so cool wie du, Kieran Storm. Mit deiner Performance hast du uns alle aus den Socken gehauen.«

»Echt?« Er rieb sich den Nacken. »Ja, das hab ich wohl, stimmt's?«

»Wie gut, dass du nicht eingebildet bist«, frotzelte Raven.

Er grinste. »Aber das hatte ich alles nur meiner außergewöhnlich talentierten Partnerin zu verdanken. Danke, Raven.« Er beugte den Kopf nach unten und küsste sie sanft, strich dabei mit seinen Fingern durch ihr Haar, als wollte er sie am liebsten nie wieder gehen lassen. Schließlich legte er seine Stirn an ihre. »Wir sehen uns später.« Er ließ sie nicht los.

»Hast du nicht etwas vergessen?«

»Ich glaube nicht.«

»Das ist der Moment, wo du mich loslassen sollst.«

»Warum sollte ich das tun wollen?«

Und jetzt, da er das sagte, fiel auch ihr kein einziger Grund ein, warum.

Im Besprechungszimmer der YDA saß Isaac mit Blick auf die Themse und las die Profile der vier Kuratoren, die Kieran und Joe erstellt hatten. Joe unterhielt sich mit der Mentorin aus der C-Einheit, Jan Hardy, eine pensionierte leitende Scotland-Yard-Beamtin, die sich wie keine andere darauf verstand, unbemerkt im Hintergrund zu bleiben; von harmloser Rentnerin bis extravaganter Diva nahm man ihr jede Rolle ab, je nachdem, was die Mission erforderte. Dr Waterburn, Kierans Mentorin, tippte auf der Tastatur ihres Computers; sie beschränkte die Beziehung zu ihren Schützlingen auf den faktenbezogenen Austausch, was ihnen auch am liebsten war. Zumindest hatte Kieran früher mal geglaubt, dass es ihm so am liebsten wäre. Kieran hätte gern mit jemandem, der nicht unmittelbar an der Mission beteiligt war, über sein emotionales Dilemma gesprochen. Laut Vorschrift hätte er nicht mal in Ravens Nähe kommen dürfen, aber er hatte mit ihr knutschenderweise 15 Minuten in einem Schulkorridor gestanden, ohne sie wieder loslassen zu wollen – warum? Doch seine Mentorin war ganz und gar die falsche Person, um sich ihr anzuvertrauen: Solch ein Gespräch wäre für beiden Seiten unsagbar peinlich und würde ihm nur furchtbaren Ärger einbrocken.

»Okay, Jungs, dann fassen wir noch mal zusammen.« Isaac lehnte sich zurück und schob die Akten von sich weg. »Wir haben Leute, die über das Clearinghouse der Schule, wie Kieran es genannt hat, Gefälligkeiten austauschen – dem kann ich folgen. Ich denke, dass einige dieser Gefälligkeiten den Kuratoren nutzen, sonst hätten sie von der ganzen Sache ja nichts, oder?«

»Das stimmt. Die heißeste Spur, auf die ich bislang gestoßen bin, ist, dass Kolnikovs letzter Gasvertrag von dem Vater eines angolanischen Schülers unterzeichnet worden ist«, sagte Kieran.

»Okay. Dann gehen wir mal davon aus, dass es noch viele andere solcher Fälle gibt. Wie kommt das Ganze zustande? Irgendwelche Theorien?«

»Es gibt da eine ganz interessante Verbindung: Alle Kuratoren hatten Kinder, die im selben Jahr in Westron ihren Abschluss gemacht haben.«

»Und?«

Kieran verschränkte seine Finger ineinander. »Das ist jetzt reine Spekulation.«

»Schieß los.«

»Vielleicht haben ja Kolnikov und die anderen Kuratoren in der Zeit, als ihre Kinder in Westron waren, bemerkt, dass sie zu einer Herde gestoßen waren, die nur darauf wartete, gemolken zu werden. Vermögende, einflussreiche Eltern; lenkbare junge Leute; die totale Kontrolle dank der Internatsstruktur.«

»Aber welche Rolle spielt dabei das Gästehaus? Unsere Leute, die wir dort zu einer Tageskonferenz eingeschleust hatten, haben berichtet, dass dort alles ganz normal wirkt. Sie hatten zwar nicht zu allen Bereichen Zugang, aber es gab keinerlei Anzeichen, dass dort irgendjemand gegen seinen Willen festgehalten wird; nichts, was die Alarmglocken läuten lässt. Die Mitarbeiter waren nett und zuvorkommend, alles bewegte sich im normalen Rahmen. Das Einzige, was es zu bemängeln gäbe, ist die Tatsache, dass es nichts zu bemängeln gab.«

»Und wenn schon, irgendwas geht da vonstatten, und zwar etwas, was als sehr wichtig erachtet wird. Diese Sorte Männer nimmt sich doch nicht ohne Grund der Problemkinder anderer Leute an«, sagte Mrs Hardy.

»Vielleicht werden auf diese Weise diejenigen, die am Gefälligkeitsaustausch beteiligt sind, gewissermaßen unter Kontrolle gehalten«, sagte Kieran nachdenklich. »Wie lässt sich verhindern, dass eine der involvierten Parteien plötzlich kalte Füße kriegt und einer Regierungsstelle oder seinem Arbeitgeber gegenüber alles gesteht? Die Schüler, die das Seminar im Gästehaus absolviert haben, sind zuvor in irgendeiner Weise negativ aufgefallen. Es würde mich also keineswegs wundern, wenn Mrs Bain jetzt, wo das Datum des nächsten Seminars immer näher rückt, plötzlich auch Beweise für Fehlverhalten unsererseits aus dem Hut zaubern würde, die ein besorgter Elternteil oder ein engagierter

Vormund nicht bekannt werden lassen möchte. Möglicherweise fingieren sie sogar irgendwelche Probleme, um bestimmte Leute, die sie zur Verfolgung ihrer Ziele brauchen, ins Boot zu holen.«

»Witzig, dass du das sagst: Sie hat mir bereits dazu geraten, dass ich dich für ein Persönlichkeitsentwicklungsseminar einschreiben soll, und mir einen detaillierten Bericht über euch beide angekündigt.« Isaac lächelte. »Ich freue mich schon drauf, den zu lesen.«

Joe schüttelte den Kopf. »Und ich hatte uns noch nicht mal in die Anmeldeliste eingetragen.«

»Sie möchte eure Ecken und Kanten glätten.«

»Oje, haltet sie mir bloß vom Leib!«, witzelte Joe. »Ich glaube, sie ist viel mehr darauf aus, Ihnen ein paar kleine Gefälligkeiten aus den Rippen zu leiern, Isaac: unser einflussreicher Patenonkel, Isaac Hampton, Oberst im Dienst des Verteidigungsministeriums.«

»Ja genau, mein fiktiver Schreibtisch steht in der Abteilung für Beschaffungswesen.« Das Verteidigungsministerium unterstützte Isaacs Ausbildungszentrum, da er ein ehemaliger Militär war, und hatte ihm zur Tarnung eine Stelle eingerichtet. »Ihr könnt an dem Seminar teilnehmen, wenn ihr meint, dass das die Ermittlungen voranbringt, aber ich schwöre euch, ich trete euch dermaßen in den Hintern, solltet ihr euch infolgedessen auch nur das kleinste bisschen verändern.«

Kieran dachte kurz darüber nach. »Ich glaube, dass das Ganze sich als eine Art von Erpressung herausstellen wird. Ihr Kind hat einen Knacks, aber ich mache es für Sie wieder ganz, wenn Sie mit uns an einem Strang ziehen. Und wenn Sie sich mit Ihrem Wissen an einen Dritten wenden, werden Sie und Ihr Kind leiden müssen.«

»Und sie machen nicht nur Angeknackstes wieder ganz«, fügte Joe hinzu. »Sie sorgen auch dafür, dass straffällig gewordene Schüler mit reiner Weste dastehen, indem man ihre Taten einfach jemand anderem anhängt.«

»Uh, das ist aber ein ziemlich bösartiger Schachzug. Wie gehen sie denn dabei vor?«

»Es gab da dieses Mädchen, das immer wieder lange Finger gemacht hat, bis schließlich andere Schüler bemerkten, dass ständig irgendwelche Sachen fehlten. Man hat sie ›geheilt‹, indem man ihr suggerierte, dass nicht sie die Diebin war, und ihr gleichzeitig einen Sündenbock präsentierte – ihre frühere beste Freundin, Raven, die Tochter des Schulhausmeisters. Eine vollständige Rehabilitierung – jeder, einschließlich der Täterin selbst, glaubt, sie sei unschuldig, und die einzige Leidtragende braucht keinen zu scheren, da Raven über keine nützlichen Verbindungen oder einflussreiche Eltern verfügt.«

»Und ich glaube, das ist nicht der einzige Fall, bei dem Raven als Sündenbock benutzt worden ist«, sagte Kieran und ermahnte sich insgeheim, nicht wütend zu werden – dafür war hier nicht der richtige Ort. »Die Schule präsentiert sie vielen der sogenannten geläuterten Schüler als Zielscheibe. Sie dient dazu, ihre Gruppenidentität zu stärken – ein gemeinsames Feindbild.«

»Faszinierend.« Jan liebte es, in die dunklen Abgründe kriminellen Handelns einzutauchen. »Ich beneide euch darum, dass ihr euch die ganze Zeit in diesem Pfuhl von Intrigen suhlen könnt.«

»So spaßig ist das aber nicht. Das sind alles Opfer.« Kieran drehte seinen Stift zwischen den Fingern.

Jan schaute ihn mit nachdenklicher Miene an. »Verbrechen fordern immer Opfer, Kieran; aus diesem Grund sind wir ja hier.«

Kieran musste sich eingestehen, dass Verbrechen für ihn bislang so etwas wie unterhaltsame Denksportspiele gewesen waren; erst jetzt betrachtete er das Ganze aus der Warte der Betroffenen.

»Trotzdem mies, dabei zusehen zu müssen«, warf Joe ein und ersparte Kieran so, etwas erwidern zu müssen. »Das Mädchen, das sie auf dem Kieker haben, ist mittlerweile eine Freundin von uns; wir wollen einfach sichergehen, dass ihr nichts Schlimmes passiert. Nicht wahr, Kieran?«

Kieran hätte Joe unter dem Tisch einen Tritt gegens Schienbein verpasst, wenn er an ihn herangekommen wäre.

»Denkt daran: Ihr konzentriert euch auf eure Mission und spielt nicht Ritter in glänzender Rüstung.« Isaac hatte die Zwischentöne wahrgenommen und Kieran befürchtete nun, er würde genau die richtigen Schlüsse daraus ziehen. Isaac entging so gut wie nichts.

»Ich glaube, wir haben noch nicht das ganze Bild erfasst, Sir.« Kieran zwang sich dazu, wieder an seinen Job zu denken. Verdammt, genau das fiel ihm zunehmend schwer; er machte sich ständig Sorgen um Raven.

»Was bringt dich dazu, das zu sagen?«

»Wir haben möglicherweise das Konstrukt erkannt, aber noch nicht, was das Ganze als System zusammenhält.«

»Na ja, sobald man dem Netzwerk erst mal einen Gefallen getan hat, haben sie ein Druckmittel gegen einen in der Hand. Und danach scheint es am besten, den Mund zu halten und zu tun, was verlangt wird.«

»Das ist genau der Punkt – für mich sieht's nicht so aus, als würde es so laufen. Die Eltern nehmen nicht einfach zähneknirschend alles hin – sie scheinen aktiv daran beteiligt zu sein.

Ich habe nicht den Eindruck, dass die Erpressung der eigentliche Beweggrund des Handelns ist; dahinter steckt Eigennutz und noch irgendwas anderes.«

»Ja, Key hat recht.« Joe goss sich ein Glas Wasser ein und schenkte, aufmerksam, wie er nun mal war, auch Jan nach. »Unser Eindruck ist eher, dass die Eltern agieren wie Mitglieder einer dieser Geheimgesellschaften ... Freimaurer und so. Vermutlich pflegen sie irgendwelche sonderbaren Begrüßungsrituale, so mit allem Schnickschnack.«

»Bleibt dran an der Sache, aber vor allem müssen wir jetzt loslegen und Beweise sammeln, wenn wir ihnen an den Karren fahren wollen.« Isaac deutete auf die Akten, die vor ihm lagen. »Wir haben zwar ein Muster, aber vor Gericht halten wir damit nicht stand; das ist viel zu leicht anfechtbar.«

Jan nickte. »Aber Al Capone ist auch nicht für Mord, sondern für Steuerhinterziehung ins Gefängnis gewandert; unsere Jungs müssen den einen losen Faden finden, an dem wir ziehen können – um dann etwas zu haben, wofür wir sie einsperren können.«

»Ja, guter Gedanke. Mir ist egal, welches Verbrechen wir ihnen ankreiden, solange es für eine hieb- und stichfeste Anklage reicht. Das sind gefährliche Leute, aber wenn man die Schlüsselfiguren entfernt – die Kuratoren –, dann, so glaube ich, wird das ganze Netzwerk in sich zusammenbrechen.« Isaac schaute zu Dr Waterburn hinüber. »Haben Sie noch irgendwas hinzuzufügen, Naomi?«

Ihre Finger schwebten über der Tastatur, als sie im Tippen innehielt. »Ist das nicht eigentlich eher ein Job für Einheit B oder Einheit D?«

Kieran blickte mit in Falten gezogener Stirn auf seine Finger hinunter. Von der Logik her hatte seine Mentorin recht, aber Kieran wollte Ravens Zukunft nicht in die Hände von solchen glattzüngigen Kobras wie Daimon legen oder sogar in die von einem jagenden Wolf wie Nat.

»Kieran, wie schätzt du die Erfordernisse der Lage ein? Übersteigt das eure Fähigkeiten?«, fragte Isaac.

Worauf seine Frage abzielte, war, ob sie bereits von der Deduktionsphase in die Aktionsphase eingetreten waren.

»Nein, ich glaube, auf unserem Feld gibt's noch einiges zu tun. Außerdem sind Joe und ich gut eingebunden in der Schule. Für ein neues Team wäre es problematisch, jetzt einzusteigen und zu übernehmen.«

»Die Gefahrenstufe ist also noch im grünen Bereich?«

»Ja.«

»Joe?«

»Klar, lassen Sie uns noch weitermachen.« Joe warf Kieran einen Seitenblick zu. »Es gibt noch einige offene Fragen.«

»Na schön. Sichert die Beweise und dann nichts wie raus da. So lauten eure Befehle. Ich kümmere mich um die Festnahme der Kuratoren; Tipps, wann sie das nächste Mal wieder an einem Ort zusammenkommen werden, sind also willkommen.« Er sammelte die Akten zusammen und stapelte sie säuberlich aufeinander. »Ich denke, das war's für heute. Genießt euren freien Nachmittag.«

Draußen im Flur hielt Kieran Joe am Ellbogen fest.

»Was?«

»Hast es wohl eilig, Raven zu treffen?«

»Nein.« *Ja.*

»Ich möchte mit dir über den Abschlussball reden.«

»Worüber?« Manchmal fiel es Kieran schwer, Joes Gedankengängen logisch folgen zu können. »Korrigiere mich, wenn ich falschliege, aber stecken wir nicht mittendrin in einer hochkomplexen Operation? Was hat denn der Abschlussball damit zu tun?«

»Deine Tarnung ist schnell dahin, wenn du nicht auf Details achtest, mein Freund. Dir muss doch aufgefallen sein, dass sich momentan fast alles um den Abschlussball dreht. Hedda hat mir ziemlich eindeutig zu verstehen gegeben, dass sie erwartet, dass ich sie frage, ob sie mit mir zusammen dorthin gehen will.«

Kieran grinste. Endlich: Das war die gerechte Strafe dafür, dass Joe ihn beim Tanzen eingeschrieben hatte. »Und willst du dich opfern und es machen?«

Joes Lippen kräuselten sich angewidert. »Ich denke schon – auf diese Weise bleibe ich im Kern ihrer Clique. Aber hast du Raven schon gefragt?«

»Ich glaube nicht, dass sie hingehen will.« Er hatte sich den Abschlussball schenken wollen und gedacht, dass Raven und er an diesem Abend lieber zu Hause bleiben würden. Er hatte an Pizza, eine Couch und ein paar Spielfilm-DVDs gedacht und an ein bisschen Zweisamkeit.

Joe seufzte. »Und ich habe gedacht, du hättest Fortschritte im Frauenverstehen gemacht, aber du bist ja noch ein blutiger Anfänger. Ja, Raven hasst den Abschlussball, noch schlimmer wäre es für sie allerdings, wenn keiner mit ihr hingehen wollte. Sie würde es so genießen, entgegen allen Erwartungen dort aufzukreuzen und an deinem Arm zu strahlen. Damit würde sie sozusagen allen, die ihr das Leben zur Hölle gemacht haben, den Stinkefinger zeigen.«

Die Vorgänge im weiblichen Gehirn waren weitaus komplizierter, als Kieran vermutet hatte. »Du meinst also, sie hasst alle wie die Pest, will aber trotzdem einen gemeinsamen Abend mit ihnen verbringen?«

»Ja.«

»Zusammen mit mir?«

»Ja.« Joe nickte aufmunternd.

»Das ist total unlogisch. Hast du mir nicht noch gesagt, ich soll nichts Ernsthaftes mit ihr anfangen – dass ich auf Abstand bleiben soll, ganz nach Vorschrift? Aber das gemeinsame Erscheinen auf einem Abschlussball ist doch so was wie ein Statement, dass man ... na, du weißt schon ... ein Paar ist?«

»Key, ihr seid doch auch ein Paar – dein Hirn ist nur noch nicht auf dem gleichen Stand wie dein Unterbewusstsein. Und du sollst ja auch nichts Ernsthaftes mit ihr anfangen, sondern einfach dafür sorgen, dass sie an diesem wichtigen Abend gut dasteht. Frag sie.«

Kieran war plötzlich sehr beunruhigt. »Und wenn sie mir nun eine Abfuhr erteilt?«

»Das, mein Freund, ist genau die Krux, wenn man der Junge in einer Beziehung ist. Auch heute, in Zeiten der Gleichberechtigung, wird noch immer von uns erwartet, dass wir den Kopf hinhalten.«

»Das ist nicht fair.«

»Willkommen in meiner Welt, Key.«

Raven saß auf der Mauer vorm Globe Theatre und beobachtete die Leute – eine ihrer liebsten Beschäftigungen, um Zeit totzuschlagen. Sie fragte sich, wie die Gruppe chinesischer Touristen wohl mit dem Stück, für das sie Karten hatten, zurechtkommen würden. Sie selbst kapierte Shakespeare oftmals nur mit Übersetzungshilfe, wie würde es da erst jemandem gehen, der aus einem ganz anderen Sprachraum kam? Vier Skater rollten in einer Reihe hintereinander an ihr vorbei – ein Ansturm auf Rädern, der alle Leute, die im Weg waren, zur Seite springen ließ. Eine Frau fütterte Tauben und Möwen, zu ihren Füßen eine Tüte, prall gefüllt mit Flaschen. Sie schlurfte weiter und der Schwarm zog mit ihr mit, kreisende Vögel über dem grauen Wasser der Themse.

Dann trat plötzlich jemand hinter sie und legte ihr die Hände über die Augen. »Rate mal, wer?«

Als ob der würzige Geruch seines Aftershaves ihn nicht schon längst verraten hätte. »Ähm, der Bürgermeister von London?«

»Nee. Probier's noch mal.«

»Prinz Harry.«

»Tut mir leid, nein.« Er nahm seine Hände herunter und schob sie in seine Hosentaschen. Wer brauchte schon einen Prinzen, wenn man Kieran haben konnte?

Sie schwang ihre Beine auf die andere Seite der Mauer, damit sie sich vor ihn hinstellen und ihn ansehen konnte. »Dann kann es bloß Kieran Storm sein.« Sie ging auf die Zehenspitzen hoch und hauchte einen Kuss auf seine Wange. »Und das reicht völlig.«

»Echt?« Er sah ihr lächelnd ins Gesicht. »Na dann.« Er neigte seinen Kopf zu ihr hinunter und küsste sie sanft auf die Lippen; sie genoss den Moment mit geschlossenen Augen.

Als sie sie wieder öffnete, lächelte er zu ihr herunter. »Hallo, Kieran.«

»Hast du gut hergefunden?«

Sie grinste. »Offensichtlich, denn ich stehe ja direkt vor dir.«

Eine kleine Falte erschien zwischen seinen dunklen Augenbrauen. »Ja, das war vermutlich eine blöde Frage.«

Irgendwie war es süß zu sehen, dass er in ihrer Nähe nicht so wie sonst von Selbstbewusstsein strotzte. Beide waren noch dabei, vorsichtig das neue Terrain ihrer veränderten Beziehung zu sondieren, jetzt, da sie mehr als nur Freunde waren, und es beruhigte sie, dass er ein bisschen unsicher war, wie er sich verhalten sollte. Sie hängte ihre Daumen in den Taschen ihrer Jeans ein, spiegelte unbewusst seine Körperhaltung. »Du bist nie blöd. Das ist gar nicht möglich.«

»Danke. Schön, dass du so denkst.« Er streichelte mit dem Handrücken über ihre Wange und strich ihr eine Haarsträhne hinters Ohr. Die Geste rief ihr wieder den Moment im Garten ins Gedächtnis, als er sie zum ersten Mal auf diese Weise berührt hatte. Sie hielt seinen Blick fest.

»Hatte ich wirklich Gras von deiner Jacke in den Haaren?«

Er wusste sofort, wovon sie sprach. Sein Blick schweifte kurz ab und blieb an den vom Wind bewegten Fahnen an den Masten vorm Theater hängen. »Hätte gut sein können.«

»Aber es war nicht so, oder?«

»Nein.«

Hochzufrieden mit seiner Antwort hakte sie sich bei ihm unter und zog ihn Richtung Theater. »Ich bin froh.«

»Froh?«

»Ja. Ich dachte schon, ich hätte mir diesen Moment bloß eingebildet, dass ich mir wie ein Trottel dieses Knistern zwischen uns herbeigeträumt habe, während du ganz sachlich überlegt hast, mich von Grasresten zu befreien.«

Er legte seinen Arm um ihre Schultern, zog sie dicht an sich heran. »Ich hatte keine *sachlichen* Gedanken, das kannst du mir glauben.«

Sie lachte. Es fühlte sich so rundum perfekt an, mit ihm zusammen zu sein, dass sie am liebsten etwas Albernes tun und laut lossingen wollte. Aber sie ersparte ihm die Peinlichkeit und unterhielt sich weiter mit ihm. »Wie geht's zu Hause?«

»Gut.«

»Mum? Dad?«

Kierans Augen sausten über die Menge an der South Bank hinweg. Er lockerte seine Schultern und schüttelte so ein Stück weit die Anspannung ab, die sich seit gestern in ihm aufgebaut hatte. »So wie immer. Sie haben gefragt, was ich so mache, wie es mit den Prüfungen läuft – so Sachen eben, du weißt schon. Ihnen hat gefallen, was ich von unserem Auftritt erzählt habe, und sie haben gesagt, dass sie gern gekommen wären.«

»Warum waren sie denn nicht da?«

»Och, sie stecken mal wieder bis zum Hals in Arbeit. Möchtest du ein Kissen mieten?«

»Nein, geht schon. Dann müssen wir also gar nicht stehen?«

»Vielleicht mischen wir uns beim nächsten Mal unter die Leute auf den billigen Plätzen, aber bei unserem ersten Date wollte ich dich ein bisschen verwöhnen.«

Erstes Date – das klang wunderbar. »Und das solltest du auch gefälligst. Was hast du eigentlich mit Joe gemacht?«

»Er stößt später dazu. Er trifft sich noch mit Freunden.«

Sie kamen an der Einlasskontrolle vorbei und stiegen in dem hohen Rundbau aus Holz die Treppe hinauf. Die Rekonstruktion des elisabethanischen Theatergebäudes war ganz in der Nähe des Originalstandortes errichtet worden, ein einzigartiger Spielort, an dem die Aufführungen unter freiem Himmel stattfanden, genau wie zu Shakespeares Zeiten. Raven fand es furchtbar aufregend, alles mit eigenen Augen zu sehen: Die Bilder im Internet wurden der Realität einfach nicht gerecht.

»Oh mein Gott, ist das schön hier!« Sie lehnte sich übers Geländer. »Ich wusste ja gar nicht, dass das Bühnendach bemalt ist – wow – da sind ja Sterne und Tierkreiszeichen. Und dann die mit Reet gedeckten Zuschauertribünen: Das ist der Hammer.«

»Sie haben versucht, es möglichst originalgetreu nachzubauen. Aber irgendwie auch ein bisschen bescheuert, um ehrlich zu sein, wenn man bedenkt, wie viele Regentage es im Durchschnitt pro Jahr in London gibt.«

»Aber es werden doch nur die Leute auf den billigen Stehplätzen da unten nass. Wen juckt's?«, witzelte Raven.

»Uns nicht, heute nicht, denn wir sitzen auf den noblen Plätzen.«

»Was sehen wir uns eigentlich an?«

»›Das Wintermärchen.‹ Flammende Eifersucht und Frauen, die vorgeben, zu Marmor erstarrt zu sein. Und außerdem gibt es eine grandiose Szene mit einem Bären.«

»Ja, darauf bin ich schon sehr gespannt.«

Raven hatte von dem Stück zwar schon gehört, es aber nie gelesen, und war vollkommen ahnungslos, was darin alles passieren würde. Doch sie fand es eher aufregend, ein Shakespeare-Stück anzusehen, ohne den Inhalt zu kennen – mit unverstelltem Blick sozusagen.

Das Spiel der Darsteller war intensiv, was Raven über ein paar Längen hinweghalf, und die einzigartige O-Form des Theaters ermöglichte eine unmittelbare Nähe zwischen Publikum und Schauspielern. Nur von Perdita war sie genervt, der faden Heldin des zweiten Aktes. Wie konnte man bloß so auf sich herumtrampeln lassen?

Nachdem der Vorhang gefallen war, gab es lang anhaltenden Applaus, bevor sie sich von ihren Plätzen erhoben und auf den

Ausgang zuhielten; das Donnern von Hunderten von Füßen auf den hölzernen Treppen hallte durchs ganze Theaterhaus.

»Und wie lautet dein Urteil?«

»Erstklassige Vorstellung, aber Perdita hätte ich am liebsten gepackt und ordentlich geschüttelt.« Sie knöpfte ihre Jacke zu.

»Warum? Sie stellt einfach ein naives, liebenswertes Mädchen dar.«

»Ja schon, aber sie hat geglaubt, der Kerl wäre ein Schäfer, wo er in Wahrheit ein Prinz war. Ich meine, mal ehrlich, er hieß Florizel! Da hätte ihr doch ein Licht aufgehen müssen. Kein Mädchen auf dieser Welt würde sich in jemanden verlieben, der einen dermaßen behämmerten Namen hat.«

Kieran lächelte. »Ich glaube, Shakespeare verweist damit auf die Schäferdichtung, die bei den Menschen zur Zeit der Renaissance sehr beliebt war. Das waren keine stinkenden Bauern, sondern idealisierte klassische Figuren.«

»Aber wenn man sich die albernen Namen mal wegdenkt, bleibt ein Kerl übrig, der ein dusseliges Mädchen belügt.«

»Am Ende sagt er ihr doch aber die Wahrheit.«

»Ja, aber erst, nachdem sie sich bereits in ihn verliebt hat.«

»Also, mir hat's gefallen«, sagte Kieran gut gelaunt, als sie hinaus in den Sonnenschein traten.

»Mir doch auch – ich steigere mich in solche Sachen immer so rein, da kann ich nicht aus meiner Haut. Am besten ignorierst du mich einfach.«

»Das werde ich niemals tun, Raven. Du hast meine volle Aufmerksamkeit.«

Ein Schwarm Tauben stob vor ihnen hoch und im Luftzug der flatternden Flügel wehte Ravens Haar durcheinander. Menschen drängten sich dicht an dicht unter einem knallblauen Sommerhimmel; Sprachschüler, alle mit den gleichen orangefarbenen Rucksäcken auf dem Rücken, hielten die South Bank besetzt, knipsten Fotos vom Theaterhaus.

»Die Darsteller waren wirklich erstklassig.« Kieran nahm ihre Hand.

»Stimmt.«

»Wahnsinn: Du bist mit mir mal einer Meinung!« Er tippte ihr mit dem Finger an die Nase. »Das sind ja ganz neue Seiten.«

»Freu dich bloß nicht zu früh, mein Freund. Ich werd's mir nicht zur Gewohnheit machen.«

Er seufzte und schüttelte den Kopf. »Was soll ich bloß mit dir machen?«

Sie hob eine Augenbraue. »Vielleicht mich noch mal küssen?«

Er legte ihr einen Finger ans Kinn und zog sie zu sich heran. »Das ist ein fabelhafter Vorschlag und das zweite Mal heute, dass wir uns einig sind.«

»Kieran? Kieran? Bist du das?«

Überrascht trat Raven einen Schritt zurück. Kieran erstarrte, seine Augen verengten sich zu Schlitzen. Die Taubenfrau von vorhin drängelte sich zwischen den italienischen Austauschschülern hindurch und stellte ihre Tüte mit Bierflaschen neben seinen Füßen ab. Sie sah nicht aus wie jemand, den Kieran kennen würde: Sie hatte einen Wust schlecht gefärbter schwarzer Haare, die Augen waren dick mit Kajal umrandet, das Gesicht mit zu viel Make-up beschmiert, sodass es sich in den Falten rund um Augen und Mund abgesetzt hatte. Und was ihre Kleider betraf, wäre ihr schwarzer Rock auch nur einen Zentimeter kürzer gewesen, hätte man sie vermutlich verhaftet.

»Hey Baby, ich bin's. Ich habe dich so dringend sehen wollen, aber Isaac hat mir nicht verraten, wo ich dich finden kann. Ich bin jeden Tag zur YDA gekommen, in der Hoffnung, dass ich dich dort irgendwo treffe.« Ihre Stimme war so rau, als hätte sie mit Kieselsteinen gegurgelt.

Kieran schob sich zwischen Raven und die Frau.

»Tut mir leid, ich kann mich gerade nicht unterhalten. Ich bin in Begleitung.«

»Na, das sehe ich doch, Baby. Ich halte dich auch nicht lange auf.« Die Frau lugte um Kierans Schulter herum. »Sie sieht süß aus. Sie arbeitet bestimmt auch für Isaac, oder? Studiert sie zusammen mit dir am College Verbrechen?« Die Frau streckte Raven die Hand entgegen, an jedem ihrer Finger steckte ein Ring. »Hallo, Schätzchen. Ich bin Gloria, Kierans Mutter.«

Seine Mutter? Mechanisch schüttelte Raven ihre Hand.

»Mutter. Bitte.« Kieran klang verzweifelt.

Raven war mehr als verblüfft. Sie hatte gedacht, Kieran würde es abstreiten, aber anscheinend hatte die Taubenfrau die Wahrheit gesagt. Wie hatte denn so etwas passieren können?

Gloria lächelte Raven an, leicht schwankend. Dem Geruch ihres Atems nach zu urteilen, hatte sie bereits morgens angefangen zu trinken oder vielleicht auch seit dem Abend zuvor nicht mehr damit aufgehört. »Er schämt sich für mich, mein armer Junge. Wird nicht gern zusammen mit seiner Mami gesehen.« Ihre Augen füllten sich mit Tränen. »Aber er ist der Einzige, der mir noch geblieben ist – der Einzige, seit uns sein Vater, dieser Scheißkerl, einfach sitzen gelassen hat.« Ein Laut entwich ihrer Kehle, halb Hicksen, halb Schluchzen. »Wende du dich nicht auch noch von mir ab, Baby – das könnte ich nicht ertragen.«

Raven warf Kieran einen Blick zu. Seine Miene war kühl, ungerührt vom Flehen seiner Mutter. Sie bot ein Bild des Jammers;

Raven fragte sich, warum er ihr nicht zu Hilfe eilte, aber vermutlich hatte er seine Gründe. Das hier war eindeutig eine sehr komplizierte Geschichte und sie war einfach so mitten hineingerutscht.

»Hier ist nicht der richtige Ort dafür.« Er war kurz angebunden und seine Stimme ohne einen Hauch von Gefühl.

»Ist schon okay, Kieran, wenn du ein bisschen Zeit mit ihr verbringen willst, kann ich mich ... ähm ... so lange in ein Café setzen oder so«, schlug Raven vor

»Ich will keine Zeit mit ihr verbringen.«

Raven zuckte angesichts seines schroffen Tons zusammen. Das war nicht der Kieran, den sie kannte. Genau genommen war sie soeben mit der bitteren Realität konfrontiert worden, dass sie ihn überhaupt nicht kannte.

Gloria krallte sich mit bunt lackierten Nägeln an seinen Unterarm. »Keine Angst, ich werde euch nicht den Abend versauen. Geht nur und habt Spaß – genau das habe ich mir immer für dich gewünscht – dass es dir gut geht. Die YDA ist deine große Chance, das verstehe ich. Aber ... aber ... ich bin wieder mal ein bisschen klamm, Baby. Kannst du mir Geld für den Fahrschein nach Hause geben?«

»Wie viel dieses Mal?« Kieran holte seine Brieftasche hervor und klappte sie auf.

»Ich weiß, dass Issac dich für deine Arbeit gut bezahlt«, zwitscherte sie, die Augen auf die Scheine in seiner Börse gerichtet. »Fünfzig?«

Er nahm sein ganzes Geld heraus und drückte ihr drei Zwanziger in die Hand. Während sie prüfend die Scheine abzählte, ging er los Richtung U-Bahn-Station, mit Raven im Schlepptau.

»Hab dich lieb«, rief Gloria. »Sehen wir uns bald wieder?«

Als Kieran keine Reaktion zeigte, drehte sich Raven zu ihr um und winkte ihr wie zur Entschuldigung für den abrupten Aufbruch ihres Sohnes kurz zu. Gloria sah ihm mit schmerzhaft sehnsüchtigem Blick hinterher.

»Nicht«, zischte Kieran.

»Was?«

»Sieh sie nicht an!«

»Aber sie ist deine Mutter!«

»Sie bedeutet mir nichts.« Er stopfte hektisch seinen Fahrschein in den Schlitz der elektronischen Schranke, als wollte er vor einem Feuer fliehen.

»Ach, das ist doch Quatsch.«

»Lass... lass es einfach gut sein, Raven. Ich kann nicht darüber sprechen.«

Sie stand neben ihm auf dem Bahnsteig, ohne ihn zu berühren, mit brennender Wut im Bauch, die entlang einer Schwarzpulverspur auf ein Fass voll explosiver Emotionen zuhielt. Man brauchte kein Genie zu sein, um zu erkennen, dass die Beziehung zwischen ihm und seiner Mutter kaputt war; doch inwiefern passte das zu Kierans Aussage, dass seine Eltern für einen Besuch in Westron zu beschäftigt gewesen seien, oder zu Joes Behauptung, Kieran stamme von einer vornehmen Familie ab? Glorias Akzent hatte nach waschechter Londonerin geklungen und nicht nach aristokratischem Elternhaus und obendrein schien sie keine sehr aussichtsreiche Kandidatin für eine Festanstellung zu sein. Wie musste sie sich dann erst Kierans Vater vorstellen?

Etwas, das Gloria gesagt hatte, schob sich wieder in ihre Gedanken.

»Kieran, wer ist Isaac? Ist das dein Vater?«

Vielleicht würde er es ihr gegenüber wiedergutmachen, indem er ihr jetzt reinen Wein einschenkte?

Kieran blickte starr auf die Anzeigetafel, auf der die Einfahrtszeiten der nächsten Züge angekündigt wurden. »Vergiss, dass sie ihn erwähnt hat. Vergiss einfach alles, was sie gesagt hat. Es ist nicht wichtig.«

Das war es doch. »Ich habe nur gefragt, ob das dein Vater ist.«

»Nein, er ist nicht mein Vater. Er ist mein Freund.«

»Ein Freund, für den du arbeitest? Was arbeitest du denn? Was ist die YDA und warum hat sie gesagt, du würdest Verbrechen studieren?« Keine Antwort. Sie versuchte, sich ins Gedächtnis zu rufen, was er ihr alles über sich erzählt hatte. »Wie hieß noch mal die Schule, von der du geflogen bist?«

Kieran fuhr zu ihr herum, seine Hände zitterten. »Kannst du es nicht einfach gut sein lassen, Raven? Musst du deine Nase in meine Privatangelegenheiten stecken? Diese Frau ist meine biologische Mutter, aber sie hat schon vor langer Zeit jegliche Chance vertan, mehr für mich zu sein. Mich verbindet nichts mit dieser Frau. Wenn du mit mir zusammen sein willst, dann erwähnst du sie nie wieder.«

Das hatte gesessen. Sie hatte geglaubt, dass sie mittlerweile ein Recht dazu hätte, über seine Privatangelegenheiten Bescheid zu wissen, aber so wie's aussah, war sie bloß ein Mädchen, mit dem er ab und zu ausging. Praktisch eine Fremde. »Gut. Dann tun wir eben so, als wäre nichts passiert. Dann tun wir eben so, als würde ich nicht mit einem Kerl zusammen sein, der mich hinsichtlich ganz grundlegender Dinge, die seine Person betreffen, belogen hat – hinsichtlich seiner Familie oder hinsichtlich der Tatsache, dass er einen Job hat, über den er nichts weiter sagen will.«

»Lass... lass es einfach.« Er fuhr sich mit den Fingern durchs Haar, als würde ihm der Kopf wehtun. Wenn er ihr einen solchen Tiefschlag verpasste und dann ihre Anteilnahme an ihm mit Füßen trat, würde sie verdammt noch mal in Abwehrhaltung gehen. Er wollte, dass sie ihn in Ruhe ließ? Das konnte er gern haben – dauerhaft –, wenn er ihr keine klare Antwort gab.

»Es lassen?«, sagte sie und legte sich in gespielter Nachdenklichkeit einen Finger ans Kinn. »Ähm, nein, ich glaube, das kann ich nicht. Ich werde es nicht lassen, weil du mich a) belogen hast und, ähm, lass mal überlegen, b) mich belogen hast.«

Seine Wut brach sich Bahn, mit wilden grünen Augen spuckte er ihr die Fakten vor die Füße. »Na schön. Du willst die Wahrheit? Tja, du hast sie gerade eben gesehen. Ich bin nicht das verwöhnte vornehme Söhnchen aus Joes Märchenstunde, okay? Ich stamme von dieser Frau ab und vielleicht kannst du ja verstehen, warum ich mit dieser Tatsache nicht unbedingt hausieren gehe.«

»Du hattest wochenlang Zeit, mit der Wahrheit herauszurücken. Warum hast du's nicht getan?«

»Weil ich nicht wollte!«, brüllte er. »Verdammt noch mal, Raven, kannst du's denn nicht verstehen?«

Sie würde ihn das nicht als ihr Unvermögen hinstellen lassen. »Ich habe dich gewarnt, dass ich Lügen hasse. Okay, vielleicht kann ich verstehen, warum du nicht scharf darauf warst, mir die Wahrheit über Gloria gleich als Erstes auf die Nase zu binden, aber was ist mit diesem Job, von dem sie gesprochen hat? In was bist du da verwickelt?«

Er sagte nichts, zu wütend, um zu sprechen.

»Ich kann nicht verzeihen, wenn mich jemand systematisch belügt.«

Sein Schweigen war schlimmer als wütende Rechtfertigungsversuche. Sie sah das als ein Zeichen, dass sie ihm nicht wichtig genug war, um ihr die Wahrheit zu sagen.

»Joe und du, ihr habt alles bloß erfunden, stimmt's – deine vornehme Familie, euer großes Haus in London, deine Schwester? Himmel, das war echt unterste Schublade, mir diese Geschichte aufzutischen, um mein Mitleid zu erregen. Vermutlich hast du sogar deine Mutter belogen, um zu verheimlichen, dass du vom College geflogen bist. Kein Wunder, dass sie dich nirgends ausfindig machen konnte. Aber das nehme ich nicht einfach so hin – das kann ich nicht. Du erzählst mir jetzt gefälligst endlich die Wahrheit oder ich bin weg.«

Er fuhr mit der Hand in seine Hosentasche und holte seine Börse hervor. Als er sah, dass sie leer war, stieß er ein heiseres Lachen aus. »Ich wollte dir das Rückfahrgeld nach Westron geben, aber weißt du was, meine Vampirmutter hat alles aufgesaugt.«

»Du willst mich allein zurückschicken?« Es fühlte sich an wie ein Stoß mit dem Messer. Sie hatte diejenige sein wollen, die ihn verließ, hocherhobenen Hauptes, aber er war ihr zuvorgekommen und hatte dem Schlag noch einen Fausthieb folgen lassen, indem er sie mit Geld abspeisen wollte.

»Ich kann gerade nicht mir dir zusammen sein.«

»Ist nicht nötig, mit Geldscheinen zu wedeln, Kieran. Ich bin absolut imstande, allein nach Paddington zu kommen.«

»Ich gebe dir das Geld zurück.«

»Ich will dein beschissenes Geld nicht, okay?« Ihr Rock wurde vom Luftstrom des einfahrenden Zuges erfasst und flatterte ihr um die Beine. Raven hasste es, dass sie den Tränen gefährlich nahe war – hasste ihn, dass er ihr das antat. »Weißt du was? Fahr zur Hölle, Kieran.«

Sie stieg in den Zug ein und blieb mit dem Rücken zu ihm stehen, bis sich die Türen geschlossen hatten, tief Luft holend, um das Weinen in ihrer Kehle zu unterdrücken. Okay, ein letzter Blick, um ihm zu zeigen, dass es ihr egal war, dass sie tough war, dass er sie nicht in die Knie gezwungen hatte. Aber als sie sich umdrehte, war er bereits verschwunden.

Kapitel 12

Raven tauchte von ihrer zehnten Poolbahn auf. Die alte Orangerie, einer ihrer Lieblingsplätze in Westron, war in den Zwanzigerjahren zur Schwimmhalle umgebaut worden, zum Glück aber hatte man die blassen Steinsäulen und die bodentiefen Fenster beibehalten und so die wundervolle elegante Anmutung des Baus bewahrt. Die Kulisse erinnerte sie an Cocktailpartys à la ›Der große Gatsby‹, mit Flapper-Mädchen, die zu Grammofon-Musik am Rand des Beckens tanzten und ihre Longdrinks schlürften. Heute Abend fiel es besonders leicht, sich solchen Fantasien hinzugeben, da die schräg einfallenden Sonnenstrahlen die Wasseroberfläche in goldenes Licht tauchten. Sie strich mit den Fingern über die flüssige Bronze und ließ die Tropfen ins Wasser perlen.

Sie brauchte etwas Schönes zum Ausgleich für die furchtbare Trennung von Kieran. Diese Beziehung hatte eine Bruchlandung erlitten, noch ehe sie richtig in Fahrt gekommen war. Sie hätte wissen müssen, dass er für sie doch nicht so perfekt war, wie es den Anschein gehabt hatte: Menschen logen ständig. Manchmal, weil sie glaubten, es sei das Beste für einen, so wie ihr Vater hinsichtlich der Krankheit ihrer Mutter, andere taten es, weil sie einfach bösartig waren wie Jimmy Bolton, der ihr das Leben zu Hause und in der Schule zur Qual gemacht hatte. Aber ließ man die Beweggründe außer Acht, lief es am Ende immer darauf hinaus, dass man sie mit einer Lüge verarscht hatte, dass man sie mit verbundenen Augen an den Abgrund geführt hatte, unter Beteuerungen, dass ihr nichts passieren könne, um dann abzuhauen und sie einfach stehen zu lassen.

Von einer Beziehung erwartete sie nur eines: dass sie auf Wahrheit beruhte; und diese eine Bedingung hatte Kieran nicht erfüllt.

Am Haupteingang knallte eine Tür und ihr war nach Heulen zumute. Nach der grässlichen Heimfahrt im Zug hatte sie sich einfach nur vor der Welt verstecken wollen und hatte gehofft, den Pool für sich allein zu haben. Samstagabend war Party-Time; nur Außenseiter kamen zu dieser Zeit hierher. Jetzt war jemand in ihr Refugium eingedrungen: Joe stand am anderen Ende des Beckens, ein zusammengerolltes Handtuch im Nacken.

Da außer ihnen keiner mehr hier war, konnte sie ihn nicht einfach ignorieren und schwamm auf ihn zu.

»Hallo, Joe.«

»Hey, Raven.« Er setzte sich an den Rand des Beckens und ließ seine Füße ins Wasser baumeln. »Wie war's in London?«

»Das Theaterstück war ganz okay.«

»Und?«

»Und was?«

»Hast du abgelehnt?«

»Was abgelehnt?«

Joes Blick wanderte zur Decke, wo goldene Lichtflecken tanzten. »Ich fass es nicht. Ich habe Kieran gerade gesehen und er spricht nicht mit mir – mit niemandem. Ich dachte mir, dass es wegen dir ist, aber jetzt sagst du, er hat dich gar nicht gefragt?«

»Mich was gefragt, Joe?«

»Ob du mit ihm zum Abschlussball gehst.«

Verglichen mit dem Supergau, den sie gerade erlebt hatte, wirkte solch eine gewöhnliche Schulangelegenheit beinah lachhaft. »Ähm, nein. Ich glaube nicht, dass er daran gedacht hat... Wir haben gewissermaßen Schluss gemacht.«

»Und was hast du getan, dass er so mies drauf ist?«

Und inwiefern war das Ganze jetzt ihre Schuld? Sie hievte sich aus dem Wasser und schnappte sich ihr Handtuch. »Ich? Ich habe gar nichts getan.«

»Er ist total mies drauf. Irgendwas ist vorgefallen.«

Raven überlegte, ob sie etwas dazu sagen sollte, aber Kieran hatte sie gebeten, Gloria aus ihrem Gedächtnis zu streichen. Es ärgerte sie, dass sie ihm gegenüber noch immer einen Rest von Loyalität verspürte, obwohl er das gar nicht verdient hatte. Aber sie würde ihr Versprechen halten. »Das musst du ihn schon selbst fragen.«

»Okay, das werde ich machen.«

Sie drückte mit dem Handtuch ihr Haar trocken. Kieran hatte komplett dichtgemacht, aber vielleicht würde Joe ihr helfen können zu verstehen, warum ihm die Wahrung seiner Geheimnisse wichtiger war als ihre Beziehung. »Wer ist Isaac, Joe?«

Joe riss überrascht die Augen auf. »Isaac? Niemand. Er ist niemand.«

»Ihr habt echt nur Scheiße im Hirn. Alle beide.« Raven war gekränkt, dass sie ihnen anscheinend nichts wert war, keine klare Antwort, kein bisschen Vertrauen. »Er ist eine ganz besondere Person für Kieran. Ihr beide arbeitet für ihn. Ist er der Patenonkel, den du erwähnt hast? Zahlt er für eure Ausbildung und im Gegenzug erledigt ihr irgendwelche Jobs für ihn?«

Joes Züge wurden hart und er kräuselte ärgerlich die Lippen. »Lass es bitte gut sein, Raven.«

»Ihr wollt es mir echt nicht sagen, was? Ich kapiere das einfach nicht: Was ist denn das große Geheimnis? Ich habe doch bloß gefragt, wer dieser Isaac ist, nicht, wie der PIN-Code deiner Bankkarte lautet!« Raven hatte die Nase voll davon, immer wieder neue Anläufe zu machen und dabei nur gegen die Wand zu rennen. Dann war sie wohl wieder auf sich allein gestellt, nachdem sie geglaubt hatte, endlich in einem Team mitzuspielen. »Du bist mir echt ein toller Freund.«

Joe probierte es mit der Masche cooler Typ, hysterisches Mädchen und streckte ihr die Hand entgegen, um sie zu beruhigen. »Raven, sei doch vernünftig.« Böser Fehler.

»So wie ihr, meinst du? Weißt du was, Joe? Es ist nicht vernünftig, von mir zu erwarten, dass ich euch vertraue, wenn ihr mit der Wahrheit über euch hinterm Berg haltet. So funktioniert Freundschaft nicht.«

»Jetzt übertreib mal nicht so.«

Als würde man Öl in die Flammen gießen. »Behandle mich gefälligst nicht so von oben herab, Joe Masters!« Sie schloss ihre Finger fester um das Handtuch in ihrer Hand und stellte sich vor, es wäre sein Hals. »Ich habe gedacht, ihr zweit wärt echt in Ordnung, dabei... dabei seid ihr nur irgendwelche Menschenhüllen, die so tun, als wären sie meine Freunde. Und wenn's dann mal drauf ankommt, zeigt sich, wer ihr wirklich seid, dann... Puff! Seid ihr weg. Ich bin umgeben von... Falschheit. Dieser Ort hier macht mich krank.«

»Raven...«

»Weißt du was? Kieran und du, meinetwegen könnt ihr alle beide mit Anlauf von der nächsten Klippe springen.«

»Mensch, Raven ...«

Sie streckte abwehrend eine Hand aus. »Wer ist Isaac, Joe?«

Joe fluchte leise vor sich hin, dann sah er sie mit entschlossener Miene an. »Niemand, Raven.«

»Na schön. Dann weiß ich ja jetzt, woran ich bin.« Sie zog sich Trainingshose und Sweatshirt an, ohne sich darum zu scheren, dass sie noch einen nassen Badeanzug anhatte; erst beim zweiten Anlauf fand sie das richtige Armloch, was ihre Wut noch schürte. Hätte sie noch etwas anderes zum Anziehen dabeigehabt, dann hätte sie das Ding in Stücke gerissen. »Der Pool gehört dir, Joe. Tu dir keinen Zwang an.« Sie knallte die Tür hinter sich zu und marschierte zurück zum Cottage, dem einzigen Ort, an dem es einen Menschen gab, dessen Worten sie Glauben schenken konnte.

In der Abgeschiedenheit seines Zimmers starrte Kieran auf die Datenreihen, die über seinen Bildschirm flimmerten, und erstickte seine Verzweiflung und Wut in den Zahlen. Raven hatte ihn zur Hölle geschickt, doch dank Gloria wusste er schon, seit er zehn Jahre alt war, wie es dort aussah. Ihm war klar, dass er über den Vorfall nicht einfach hinweggehen konnte, und er informierte Isaac per Mail über sein Zusammentreffen mit Gloria. Augenblicklich erhielt er über den YDA Live Messenger eine Antwort. Offenbar hatte Isaac für seinen Absender einen Mailbox Alert eingestellt, ein Zeichen dafür, dass er beunruhigt war.

Ich hätte dich warnen sollen. Jan sagte, sie hätte Gloria am South Bank herumlungern sehen. Ich werde mir Gloria noch mal vorknöpfen und ihr einschärfen, dass sie dich in Ruhe lassen soll. Ich habe ihr klipp und klar zu verstehen gegeben, dass sie von uns nur finanziell unterstützt wird unter der Bedingung, dass sie sich von dir fernhält. Willst du, dass ich ihr den Geldhahn zudrehe?

Isaac bestach Gloria schon seit Jahren mit Geld, damit sie Kieran die Erlaubnis gab, bei der YDA eine solide Ausbildung und ein stabiles Zuhause zu erhalten. Als Kieran noch unter 16 war, hatte sie wiederholt damit gedroht, ihn mitzunehmen, wenn sie mit ihrem jeweils angesagten Freund in ein Auto stieg und quer durchs Land auf Sauftour ging; zum Glück hatte Isaac sie jedes Mal davon abbringen können. Jetzt, da Kieran alt genug war, um für sich selbst zu entscheiden, war es bedeutend einfacher; Gloria hatte irgendwann ihre Drohhaltung aufgegeben und war dazu übergegangen, möglichst viel Geld aus der Situation herauszuschlagen. Und doch wurde ihm schon beim bloßen Gedanken übel, dass sie dort draußen auf ihn wartete, wo jeder YDA-Student sie mit ihm zusammen sehen konnte. Isaac hatte Kieran versichert, dass es ihm nichts ausmachen würde, sich um seine Familienprobleme zu kümmern; er hatte sogar gesagt, ihm würde diese Frau furchtbar leidtun, die selbst zum Opfer geworden war. Trotz vieler Chancen über die Jahre hinweg hatte sie nie die Kraft besessen, ihr Leben in den Griff zu kriegen. Kieran aber konnte nicht mal ein Mindestmaß an Empathie für sie aufbringen.

Er drehte sich vom Bildschirm weg, lehnte sich in seinem Stuhl zurück und schaute Rat suchend zur Decke. Wenn er an Gloria dachte, dann fühlte er sich ... leer. Er teilte Isaacs Mitleid für sie nicht. Vermutlich konnte man einem Süchtigen nur eine begrenzte Anzahl von Chancen geben, bevor man den endlosen Kreislauf von Hoffnung und Enttäuschung satthatte. Ab einem gewissen Punkt hätte sie Verantwortung für ihr Handeln übernehmen müssen. Sie hätte von sich aus wollen müssen, aus dem

Kreislauf auszubrechen, und während sie drinsteckte, hatte sie sich selbst und ihren Kindern unsagbaren Schaden zugefügt. Seine Mutter war schuld an Hannahs Vernachlässigung gewesen, was zum vorzeitigen Tod seiner Schwester geführt hatte. Das würde er ihr niemals verzeihen können. Hannah und er hatten nicht denselben Vater gehabt, aber auch dieser Kerl hatte sich nach der Geburt der Tochter ziemlich schnell verdrückt. Keine Frage, Gloria hatte es nicht leicht gehabt. Auch Kierans Vater hatte sein Kind ignoriert und war schon vor seiner Geburt abgehauen, um eine Stelle in einer Forschungseinrichtung anzutreten; seine kurze Beziehung zu Gloria (sie hatten sich in einer Studentenkneipe kennengelernt, wo seine Mutter eine Zeit lang gearbeitet hatte) war nur noch ein peinliches Geheimnis, das strikt der Vergangenheit angehörte, und er hatte weder seine Rechte als Vater wahrgenommen noch hatte Gloria je Unterhaltsansprüche geltend gemacht. Gloria hatte ein astreines Händchen dafür, sich die falschen Männer zu angeln.

Kierans Leben war ein einziges Durcheinander gewesen – keine regelmäßigen Mahlzeiten, keine sauberen Kleider, unbeheizte, enge Wohnungen –, bis Isaacs Talentscouts bei einem Mathematikwettbewerb auf ihn aufmerksam wurden und Isaac sich die Mühe machte, ihn aufzuspüren. Als er herausfand, wie schwierig Kierans häusliche Situation war, hatte Isaac eingegriffen und war für ihn zur Vaterfigur geworden. Kieran würde alles dafür tun, Glorias verseuchte Existenz aus seinem Leben herauszuhalten. Er wusste jetzt, wie seine Antwort lauten musste.

Lassen Sie ihr das Geld. Ohne wär's noch schlimmer mit ihr.

Kieran fuhr mit den Fingerspitzen über die Tastatur und überlegte, ob er die ganze Wahrheit sagen sollte. Ja, das war er Isaac schuldig.

Es gibt da noch ein anderes Problem: Raven Stone war zu dem Zeitpunkt bei mir und Gloria hat Ihren Namen erwähnt und auch, dass ich Methoden der Verbrechensaufklärung studiere. Zu meiner Deck-Identität hatte Joe Raven erzählt, dass ich aus einer vornehmen Familie kommen würde, und ich bin auf die Geschichte mit eingestiegen. Raven weiß, dass wir sie belogen haben. Sie weiß, dass ich in irgendeiner Weise für Sie arbeite und dass Gloria meine Mutter ist.
Er drückte auf Senden.
Am Bildschirm war eine Weile lang alles ruhig, dann erschien die Antwort.
Das ist bedauerlich, aber Miss Stone wird, nach allem, was ihr über sie berichtet habt, mit diesem Wissen keinen Schaden anrichten können, da sie an der Schule weder Freunde noch einflussreiche Verbindungen hat. Eure Mission hat oberste Priorität.
Schaden? Er hatte eher ihr Schaden zugefügt; er hatte Raven verletzt, als er bei ihren Fragen gemauert hatte. Könnte er Isaac das irgendwie klarmachen? Sosehr er seinen Mentor schätzte, die Vorstellung, mit ihm über Gefühle sprechen zu müssen, war genauso verlockend wie die, nackt über den Piccadilly Circus zu laufen.
Kieran? Hast du meine letzte Nachricht bekommen?
Isaac wusste genau, dass er noch online war.
Ja, Sir.
Und?
Ich würde Raven gern wenigstens teils die Wahrheit sagen, über mich, meine ich. Nicht über Sie.
Warum?
Weil ich mich in sie verliebt habe.
Weil ich ihr gesagt habe, ich wäre ihr Freund, und jetzt fühlt sie sich von mir verraten.

Du bist bei der YDA. Du kannst nicht ihr Freund sein. Du wirst Westron mit dem Ende der Mission verlassen und alle Brücken hinter dir abbrechen. Du kennst die Vorgehensweise.

Kieran juckte es in den Fingern, etwas Drastisches auf der Tastatur zu tippen – seine Kündigung, einen Schwall von Schimpfwörtern –, aber er hielt sich zurück. Er war auf die YDA angewiesen – für Essen, Kleidung, ein Dach über dem Kopf, das Stipendium für ein weiterführendes Studium. Er liebte den Job und seine Freunde, die er dort gefunden hatte – die Herausforderung, sich beim detektivischen Arbeiten intellektuell hervorzutun. Ohne die Agency würde er jetzt mit Gloria in einer Einzimmerwohnung hocken. Er hatte nicht den Luxus der Wahl.

Okay. Er drückte auf Senden und hatte das Gefühl, dass damit seine Hoffnungen auf eine Beziehung mit Raven ein für alle Mal zunichte waren, selbst wenn sie ihn noch mal anhören würde. Er entschied sich gegen sie und für die YDA. Das fühlte sich falsch an, als würde er emotionales Harakiri begehen.

Aber wenn ich einen Weg finden würde, sie nach dem Ende der Mission wiederzusehen? Sie ist absolut vertrauenswürdig.

Es herrschte kurz Pause. Er stellte sich vor, wie Isaac an seinem Schreibtisch saß, mit dem Finger an seinen Mund trommelnd, wie es seine Angewohnheit war, wenn er eine heikle Entscheidung treffen musste.

Ich denke, es ist dir gegenüber einfach fairer, wenn ich jetzt Nein sage. Sogar einem Genie wie dir wird nicht die Quadratur des Kreises gelingen, dass du die fürs YDA erforderliche Geheimhaltung mit der für eine Beziehung erforderlichen Offenheit unter einen Hut bringst. Jeder YDA-Agent steht irgendwann vor dieser Wahl. Ich kann die Vorschriften für dich nicht ändern. Das ist eine rote Linie, die nicht überschritten werden darf, Kieran.

Der Cursor blinkte im Takt von Kierans Herzschlag. Er suchte noch nach den passenden Worten für seine Antwort. Isaac kam ihm zuvor.
Kieran, es tut mir ehrlich leid. Aber wenn wir den Fall zu Ende gebracht haben, schaue ich, was ich tun kann, um sicherzustellen, dass Raven und ihr Großvater das ganze Nachspiel auch gut überstehen. Darauf gebe ich dir mein Wort.
Und Isaacs Wort war Gold wert.
Danke. Ich melde mich jetzt ab. Mehr Zugeständnisse würde Isaac heute Abend nicht mehr machen.
Gute Nacht, Kieran. Grüß Joe von mir.
Kieran schaltete den Monitor aus und löschte seinen Nachrichtenverlauf. Er hatte soeben seine Chancen bei Raven zunichtegemacht. Er hasste sich selbst mit solcher Vehemenz, wie es normalerweise nur für seine Mutter vorbehalten war. Er hob eines seiner Pflanzenexperimente hoch und schleuderte den Topf aus dem Fenster, sah zu, wie er im hohen Bogen auf das Kopfsteinpflaster der Terrasse fiel und in Bruchstücke zersprang. Das fühlte sich gut an. Er nahm noch einen Blumentopf und dann noch einen, bis der Weg unten mit sterbenden fleischfressenden Pflanzen übersät war. Wen zur Hölle interessierten schon seine ach-so-schlauen Tests, um den Namen irgendeines toten Gärtners reinzuwaschen? Ihn bestimmt nicht.
Joe kam zurück, noch immer feucht vom Duschen nach seinen Runden im Pool. »Alles okay bei dir?«
Weit davon entfernt. Kieran starrte unbeirrt aus dem Fenster, schnell atmend. Die Mission hatte oberste Priorität. »Isaac lässt dich grüßen.«
»Dann hast du also Meldung gemacht. Und wirst du mir auch verraten, was du ihm gesagt hast, weil ich nämlich ehrlich gesagt

gerade ziemlich irritiert bin?« Joe warf seine Badehose in den Wäschekorb.

»Irritiert?« Er konnte jetzt nicht auch noch Stress mit Joe gebrauchen. Für heute hatte er einfach den Kanal voll. »Warum zum Teufel bist du irritiert?«

Joe bemerkte das Pflanzenmassaker draußen auf dem Weg. »Was machst du da? Nein, ich hab's mir anders überlegt: Ich will's gar nicht wissen. Ich muss dir etwas erzählen. Mir ist Raven am Pool über den Weg gelaufen. Sie ist stinksauer auf uns beide.«

Kieran schwieg. Er wäre auch stinksauer, wenn er sich auf eine Beziehung mit jemandem eingelassen hätte, um dann zu erfahren, dass derjenige nicht der war, der er vorgegeben hatte zu sein. Mit Glorias Sohn würde Raven bestimmt nichts zu tun haben wollen – und damit hätte sie verdammt noch mal auch recht.

»Sie hat mir Fragen zu Isaac und unserer Arbeit bei der YDA gestellt.«

»Verstehe.«

Joe frottierte sich nervös mit der Handtuchrolle den Nacken. »Warum hast du's ihr erzählt? Das ist eine massive Sicherheitsverletzung, Key.«

»Glaubst du, ich habe uns auffliegen lassen?« Eine Welle der Empörung stieg in ihm hoch: Er hatte gerade seine Beziehung für die Mission geopfert und Joe warf ihm das genaue Gegenteil vor!

»Ich weiß es einfach nicht. Du hast dich irgendwie verändert, seit du sie getroffen hast.«

»Und wenn ich's getan hätte? Was würdest du dann machen?«

Joe massierte sich mit den Händen den Kopf. »Keine Ahnung.

Ich denke mal, wir müssten ... uns was einfallen lassen. Schadensbegrenzung. Hör mal, ich werd's Isaac erklären. Ihm sagen, dass du unter großem Druck gestanden hast ...«

Die Bereitschaft seines Freundes, für ihn in die Bresche zu springen, besänftigte ein Stück weit den Zorn, der in ihm rumorte. »Schon okay, Joe. Ich hab's nicht getan. Ich habe gerade mit Isaac darüber gesprochen.«

Joes Miene erhellte sich vor Erleichterung. Zum Glück war er nicht in die unerträgliche Lage versetzt worden, einen Freund verraten zu müssen. »Und warum ...?«

»Gloria. Wir sind meiner Mutter heute in London über den Weg gelaufen.«

»Oh Mann, Key, du bist wirklich ein Unglücksrabe. So ein Zusammentreffen ist doch eigentlich höchst unwahrscheinlich.«

»So unwahrscheinlich nun auch wieder nicht. Isaac hat vergessen, mich zu warnen, dass sie in den vergangenen Tagen immer wieder im Hauptquartier aufgekreuzt ist, um mit mir zu sprechen. Um mich anzuschnorren, um genau zu sein.«

»Trotzdem.« Joe zuckte mitfühlend die Schultern.

»Ich habe es Isaac erzählt. Er wird mit ihr reden.«

»Und was ist mit Raven? Das muss doch ein Schock für sie gewesen sein ... na, du weißt schon, wie Gloria auf andere Leute so wirkt.«

»Das kannst du laut sagen.« Kieran hatte sich halb zu Tode geschämt, als Joe ihn vor zwei Jahren beim Halbjahrestreffen – ein Event, auf dem Isaac zur Aufrechterhaltung familiärer Kontakte bestand – zusammen mit Gloria und Isaac im Hauptquartier gesehen hatte. Nachdem Kieran seinem Freund zähneknirschend erklärt hatte, wer die Frau war, hatte Joe die Sache nie wieder erwähnt.

»Jetzt kapiere ich auch, warum sie sauer ist, dass wir sie angelogen haben. Ich habe ziemlich dick aufgetragen, als wir das erste Mal über dein vornehmes Elternhaus gesprochen haben.«

Kieran fühlte sich mit einem Mal furchtbar erschöpft. »Da kann man nichts machen. Raven ist ein bedauerlicher Kollateralschaden im Rahmen unserer Mission.«

»Das ist aber echt krass.«

»Isaac hat klare Befehle ausgegeben. Rote Linie. Keine persönlichen Beziehungen. Und er hat gesagt, er wird dafür sorgen, dass sie aus der ganzen Sache heil herauskommt.«

»Aber du hast dieses Mädchen wirklich gern, Key. Und sie tut dir gut. Ihre erfrischende Geradlinigkeit gleicht deine verkopfte Kompliziertheit aus. Sie macht dich glücklich.«

Kieran vergrub seinen Kopf in den Händen. »Meinst du denn, das weiß ich nicht? Aber ich mache sie nicht glücklich und darum hat sie Schluss gemacht. Ich kann ihr ja noch nicht mal erklären, warum ich gelogen habe, darum wird sie mir auch niemals vergeben.«

»Niemals? Ich habe nicht den Eindruck, dass sie ein nachtragender Mensch ist.«

»Aber sie würde eine Erklärung von mir verlangen und du weißt, wie die Dinge stehen. Ich darf die Tarnung nicht auffliegen lassen und vom YDA darf ich auch nichts preisgeben. Bei Raven und mir ging's nicht darum, aus Spaß an der Sache mal miteinander auszugehen – das hat viel mehr... Tiefgang. Ich kann Isaacs Argumente verstehen.«

Joe setzte sich aufs Bett. »Das ist nicht gut. Das war mir alles gar nicht so klar.«

»Und wir dürfen nicht vergessen, dass in Westron richtig üble Machenschaften vor sich gehen – Menschen sind in Gefahr. Da kann ich doch nicht das Risiko eingehen, mich als Agent zu outen, obwohl ich weiß, dass sich Raven lieber die Fingernägel ausreißen lassen würde, als auch nur irgendjemandem ein Sterbenswörtchen zu verraten.«

»Sie gehört definitiv nicht zu der Sorte, die immer alles gleich ausquatschen muss.«

»Ja, aber wir sind geschult darin, Druck standzuhalten. Wer weiß, was sie als Nächstes mit ihr machen würden? Sie haben sie schon einmal gequält. Wenn ich sie in unser Geheimnis einweihe – entgegen dem Befehl von Isaac – und sie es unter Druck preisgibt, dann sind wir alle geliefert.«

Joe verzog zustimmend das Gesicht.

Kieran fühlte sich ein bisschen besser, jetzt, da er sich noch mal die Gründe vor Augen geführt hatte, warum er nicht mehr mit Raven zusammenkommen sollte, selbst wenn sie ihn zurücknehmen würde. »Eins steht fest: Was sich auch immer hinter diesen Machenschaften verbirgt, hier geht es um richtig viel Geld und richtig üble Verbrecher. Uns einfach auszuradieren wäre ein Klacks für die. Ich will Raven nicht in Gefahr bringen. Sie ist sowieso schon zur Zielscheibe geworden.«

»Aber wir wollen auch nicht, dass sie mit irgendjemandem über die Trennung redet; nachher spricht sie aus Versehen mit der falschen Person.«

»Mit wem soll sie denn schon groß reden? Sie hat doch nur uns.«

»Ja, das ist wahr.« Joe rieb sich das Kinn. »Ich finde, wir sollten alle weiterhin Freunde bleiben und sie in unserer Nähe behalten, damit wir mitkriegen, was sie tut.«

Kieran lachte trocken auf. »Viel Glück dabei. Das letzte Mal, als ich mit ihr gesprochen habe, hat sie mich zur Hölle gejagt.«

»Du unterschätzt meinen Charme und ihr leicht versöhnliches Wesen.«

Für Kieran klang das, als wollte Joe seine Qualen nur noch verlängern, indem er ihn dazu brachte, sich weiter mit ihr zu treffen, obwohl er doch genau wusste, dass es um seiner selbst willen besser wäre, darauf zu verzichten. Allerdings bezweifelte er, dass Joe es schaffen würde, Raven davon zu überzeugen, die Sache einfach auf sich beruhen zu lassen. »Na schön, meinetwegen.«

Joe deutete das als einen Wink, dass er sich nicht weiter über Herzschmerz-Angelegenheiten unterhalten wollte. »Was, glaubst du, machen sie mit den Schülern, dass sie sich alle gegen Raven wenden?«

Kieran kramte aus den Tiefen seines Schrankes sechs Bücher über Gehirnwäsche hervor, die er bereits alle vor einiger Zeit gelesen hatte, weil er das Konzept der Gedankenmanipulation überaus faszinierend fand. »Das hier. Drüben im Gästehaus nennen sie es Persönlichkeitsentwicklung, Charakterbildung, Erfolgstraining, aber ich glaube, sie tun einfach das, was Leute schon seit Jahrhunderten getan haben: Sie manipulieren den Geist.«

»Und du glaubst, das ist wirklich möglich?«

»Das ist keine Glaubensfrage, sondern eine Tatsache. Du solltest mal Hunter zum Thema Gehirnwäsche lesen oder Lifton's ›Gedankenformung und die Psychologie der ...‹.«

Joe warf ihm ein Kissen an den Kopf. »Hör auf, mich mit diesem Wissenschaftszeug vollzuschwallen. Ich habe einen extrem cleveren Partner – also dich –, der diese Sachen für mich liest.«

»Aha. So siehst du mich also?«

Joe lächelte. »Keine Ahnung. Vielleicht bin ich dein Watson.

Aber egal. Meinetwegen gibt's Gehirnwäsche wirklich. Aber wie erzielen sie damit bei den Schülern dermaßen schnelle Resultate?«

»Das werden wir nur erfahren, wenn wir's selbst erleben.« Kieran verstaute die Bücher wieder in der verschließbaren Reisetasche im Schrank. Er wollte nicht, dass Mitarbeiter der Schule Interesse an seiner Lektüre zeigten. Er klappte die Schranktür zu. »Joe, meinst du, dass es Raven bald wieder gut geht?«

Joe, der, über die Kommode gebeugt, überlegte, welches T-Shirt er anziehen sollte, hielt kurz inne. »Geht's dir denn gut?«

»Nein, nein, Joe. Tut's nicht.«

»Dann dürfte das wohl die Antwort auf deine Frage sein.«

Kapitel 13

Raven versteckte sich den ganzen Sonntag im Cottage und nutzte die Zeit zum Lernen. Sie blieb im Schlafanzug und tat so, als würde die Welt jenseits der Haustürschwelle nicht existieren. Die Lehrer hatten das Hausaufgabenpensum erhöht und so entsprach es auch halb der Wahrheit, als sie ihrem Großvater sagte, sie müsse Unterrichtsstoff nachholen. Da sich in den kommenden Wochen alles um die Klausuren drehen würde, gab er sich mit ihrer Erklärung zufrieden. Der wahre Grund allerdings, warum sie sich einigelte, war, dass sie Kieran nicht über den Weg laufen wollte. Jeder Blick, den sie auf ihn erhaschte, war die reinste Qual für sie; da erging es ihr wie dem Fuchs in der Fabel, der die hoch hängenden Trauben sieht. Alles das, was sie wollte, war unerreichbar für sie. Sie sehnte sich danach, mit Kieran zusammen zu sein, aber welchen Sinn würde das haben, da er doch nahezu ein Fremder war? Dass sie eine schriftliche Interpretation zu ihrer gemeinsamen Performance erarbeiten musste, tat noch sein Übriges. Dazusitzen und sich jeden Schritt des Tanzstücks in Erinnerung zu rufen, wie sich alles zusammengefügt hatte, wie es zum Kuss gekommen war, machte es ihr unmöglich, ihre Gefühlen zu unterdrücken.

Am Montagmorgen hieß es für Raven Zähne zusammenbeißen und sich wieder dem Schulalltag stellen. Tanzen war der einzige Kurs, den Kieran und sie gemeinsam hatten, aber da dieser bis auf die Klausur morgen für das Semester beendet war, würde ihr wenigstens erspart bleiben, mit ihm zusammen im Unterricht sitzen zu müssen. Zum Glück war Kieran in einer anderen Englischklasse, hier drohte ihr also keine Gefahr. Der einzige Kurs, der ein Problem darstellen könnte, war Französisch in der ersten Stunde, weil sie und Joe normalerweise Sitznachbarn waren. Okay, Augen zu und durch. Raven hatte vor Schwierigkeiten noch nie gekniffen. Sie würde kein großes Getue veranstalten, indem sie sich woanders hinsetzte; sie würde ihm einfach zu verstehen geben, dass sie noch immer sauer war, und darauf hoffen, dass er einen Schritt auf sie zu machte. Eine Entschuldigung oder Erklärung seinerseits wäre ein guter Anfang.

Sie setzte sich auf den Platz neben Joe. »Hallo.«

Er blickte hoch. »Hallo, Raven. Wie war dein Tag gestern?«

»Danke, gut.« Höflichsein bekam sie schon mal hin.

»Und? Bereit für die Klausuren?« Er machte Small Talk, als wäre nichts geschehen.

»Bereit wie nur irgendwas.«

Er schwieg kurz, vermutlich in der Erwartung, dass sie als Nächstes nach ihm oder Kieran fragte, aber sie würde von ihrem Vorsatz nicht abrücken, so lange auf Abstand zu ihnen zu bleiben, bis sie ihr die Wahrheit gesagt hatten. Er deutete ihre Miene richtig. »Verstehe. Du bist noch immer sauer auf uns. Aber du solltest die Möglichkeit in Betracht ziehen, dass wir nicht unbedingt schuld sind an dem Ganzen.«

Sie verspürte einen Anflug von schlechtem Gewissen, als er sich zu seinem anderen Sitznachbarn umdrehte und so die von ihr festgesetzten Grenzen akzeptierte. Dabei hatte es eine Taktik sein sollen, um Joe dazu zu zwingen, auf sie zuzukommen und sich als echter Freund zu beweisen, doch stattdessen war sie jetzt einsamer denn je.

Ein fettes Eigentor. Sie seufzte und stützte ihr Kinn in die Hand; ihr Kopf fühlte sich schwer an von trüben Gedanken, dass sie sich am liebsten zu einer Kugel zusammengerollt und kapituliert hätte. Du hast Kieran den Laufpass gegeben, du Idiotin; was hast du erwartet? Einen Fanfarenstoß von Joe zur Begrüßung?

Die Stimme der Lehrerin schnitt durch ihre düsteren Gedanken. »Also, heute werden wir ein Probe-Essay unter Klausurbedingungen schreiben. Es wird kein Wort gesprochen!«

Hipp, hipp, hurra! Raven erinnerte sich daran, wie man ihr mal gesagt hatte, das wären die schönsten Jahre ihres Lebens. Wer auch immer das behauptet hatte, hatte offenbar vergessen, wie es sich anfühlte, vor einem Berg von Klausuren zu stehen, während man an schlimmem Liebeskummer litt.

Nachdem der Test zu Ende war, blieb Joe und wartete, während sie ihre Tasche packte. Sie trödelte absichtlich herum, doch er ließ sich nicht abschütteln.

»Kommst du mit zum Mittagessen? Key und ich nehmen dich auch vor den anderen in Schutz. Er würde sich freuen, dich zu sehen.«

Sie hatte seit Tagen schon nicht mehr im Speisesaal gegessen. »Danke, aber nein. Ich esse lieber zu Hause.«

»Ich weiß, ihr beiden habt Schluss gemacht, aber wenn du ihn meidest, wird er sich fragen, ob alles okay ist mit dir. Er wird sich Sorgen machen.«

So wie sie das sah, war Kieran derjenige, der sie mied. Man konnte sich auf verschiedene Arten von dem anderen fernhalten. Zwar war er physisch anwesend, aber sein wahres Ich war nie dabei gewesen. Außer als sie sich geküsst hatten.

»Ich habe keinen großen Hunger, Joe.«

Joe hob ihre Tasche hoch und ließ sie auch nicht wieder los. »Dann trink halt was, während wir essen. Heute gibt's Fruchtshakes zum Mittag. Die magst du doch, oder?«

»Joe ...« Sie versuchte zu widersprechen, aber er fasste sie einfach an der Hand und zog sie hinter sich her.

»Ja, ich weiß, du bist angefressen, trotzdem. Key gibt sich echt Mühe. Wenn das Semester zu Ende ist, siehst du uns nie wieder, also lass uns doch wenigstens für die letzten paar Wochen noch so was wie Freunde sein.«

Aber ›so was wie Freunde‹ tat einfach weh. »Bitte, Joe, ich kann das nicht.«

Er blieb stehen und drehte sich zu ihr um, eine sanfte Härte lag in seinem Blick. »Ich bin hier derjenige, der bettelt, Raven. Nicht für dich, nicht für mich, sondern für Key. Wir können dir nicht alles erklären, aber ich wette, du hast schon deine eigenen Schlüsse gezogen, was Kierans Familie betrifft. Er hatte ein mieses Wochenende, und zu wissen, dass er dich verletzt hat, hat's nur noch schlimmer gemacht.«

»Er hat mich sehr verletzt.«

»Das weiß er, aber er hat's nicht absichtlich getan. Gloria wirft ihn immer total aus der Bahn. Sie ist wie radioaktiver Müll – nur eine kleine Berührung und er wird krank. Ich bitte dich doch nur, ein bisschen freundlich zu ihm zu sein. Ist das echt so schwer?«

Raven hätte ihm am liebsten einen Tritt verpasst. Das war nicht fair. Sie war diejenige, die enttäuscht worden war, aber Joe stellte es so dar, als ob sie eine Mitschuld tragen würde, als ob sie

Kieran irgendwie im Stich gelassen hätte. Ihre Schultern sackten herunter.

»Ich sag dir mal was, Raven: Key hat noch nie so für ein Mädchen empfunden. Du hast ihm gutgetan. Es tut mir aufrichtig leid, dass eure Romanze so vor die Wand gefahren ist, aber können wir dem Jungen zuliebe den Aufprall nicht ein bisschen dämpfen, sonst zieht er sich für immer in seinen Iglu zurück und traut sich nie wieder, die Fühler nach einem Mädchen auszustrecken.«

Raven schloss für einen Moment die Augen. »Joe, bittest du mich etwa gerade darum, einen Strich unter die Sache zu ziehen und Kieran zu trösten, um ihn zu seiner nächsten Freundin schicken zu können?«

»Ganz offen gesagt: Ja.«

Sie wollte am liebsten laut losschreien. Kieran gehörte ihr, nicht irgendeiner anderen. Joe verlangte einfach zu viel. »Du bist verrückt.«

»Aber du bist stark. Und du weißt, dass ich recht habe. Tu ihm einfach nicht weiter weh, bitte. Er hat schon genug Prügel einstecken müssen.«

Sie verschränkte die Arme vor der Brust. »Und ich nicht, oder wie?« Obwohl es nicht fair war von Joe, dass er sie bat, etwas zu tun, was für sie unerträglich war, rechnete sie ihm trotzdem hoch an, dass er für seinen Freund in den Ring stieg. Wie gern hätte sie jemanden auch in ihrer Ecke stehen. Früher hätte es Gina gegeben, jetzt stand da keiner mehr. Sie stellte sich den Boxring vor – Joe klopfte Kieran auf den Rücken, wusch ihm mit eiskaltem Wasser den Schweiß von der Stirn, schob ihn zurück in die Mitte des Rings, um ...? Auf sie zu treffen, die zitternd und allein in ihrer kleinen Ecke stand.

Kein sehr Furcht einflößender Gegner.

Na los, Raven, jetzt stell dich nicht so an. Sie badete nie in Selbstmitleid – wozu? »Ich komme mit dir mit zum Mittagessen.«

»Danke, Raven. Ich bin dir was schuldig.«

Kieran saß bereits am Tisch, ein Sandwich und ein Apfel lagen unangetastet vor ihm auf dem Tablett. Joe hatte Raven zu einem Baguettebrötchen, einem Fruchtshake und einem Saft überredet und dann ihr Tablett neben Kierans Platz abgestellt.

»Ich hol mir auch noch schnell was zu futtern«, murmelte er und hastete zurück zur Essensausgabe.

Kieran blickte sie einmal kurz an, dann schaute er wieder auf seinen Teller. Falls er überrascht war, sie zu sehen, ließ er es sich nicht anmerken. Minusgrade im Kieran-Land.

»Hallo.« Sie fummelte an ihrem Apfelsaft herum und versuchte umständlich, den Strohhalm von der Zellophanhülle zu befreien.

Lange Finger nahmen ihr das Trinkpack aus den Händen, mit einem Schnipsen war der Kunststoff kaputt und der Strohhalm durchbohrte die Folie der Einstichfläche. Er hielt ihr das Getränk hin.

Als sie die Hand danach ausstreckte, sagte er: »Drück nicht zu fest drauf, sonst spritzt es aus dem Strohhalm raus.«

Immer ach-so-vorsichtig. Wenn er doch nur genauso achtsam mit ihren Gefühlen umgegangen wäre. Als Raven das Trinkpack nahm, berührten sich kurz ihre Finger. Das Kribbeln war nach wie vor da. »Danke.« Fairerweise musste sie ihm lassen, dass er sich auch fürsorglich zeigen konnte. Sie erinnerte sich daran, wie behutsam er sie am Morgen nach Ginas Rückkehr behandelt hatte. Joe hatte recht: Sie sollte sich einen Ruck geben und ein bisschen freundlich zu ihm sein.

»Wie geht's dir, Kieran?«

»Mir geht's ganz gut. Und dir?«

Sie zuckte die Achseln. »Okay.« Seine Hände waren nur wenige Zentimeter von ihren entfernt und doch konnte sie diese Kluft nicht überwinden. Wozu auch? Er würde ihr nicht die Wahrheit sagen und sie würde sich mit weniger nicht zufriedengeben.

»Nur damit du's weißt: Ich nehm's dir nicht krumm, dass du mich hasst. Ich an deiner Stelle würde genauso empfinden. Und das mit Hannah war keine Lüge. Das war die Wahrheit. Ich habe dir das erzählt, um dir etwas Echtes von mir zu zeigen.«

Oh Kieran. »Ich kann ›So-was-wie-eine-Freundin‹ sein, wie Joe es genannt hat, aber Vertrauen ist mir sehr wichtig. Das habe ich dir auch gesagt. Wenn ich jemanden gar nicht kenne, wie kann ich da mit ihm befreundet sein?« Geschweige denn mit ihm ein Liebespaar sein, aber sie hütete sich davor, dieses Wort wie eine Bombe in ihre Unterhaltung einzuwerfen.

Am Stiel haltend, ließ er den Apfel um seine eigene Achse drehen. »Ich möchte nur, dass du eins weißt: Wenn ich irgendwie anders handeln könnte, dann würde ich es tun, aber ich habe ...« Die Stirn in Falten gelegt, suchte er nach dem passenden Wort, »... Verpflichtungen, und die kann ich nicht einfach in den Wind schießen, ohne noch mehr Schaden anzurichten.«

Raven konnte sich nicht vorstellen, was das für Verpflichtungen sein sollten, aber Joes Reaktion am Pool hatte ihr deutlich zu verstehen gegeben, dass Nachhaken zwecklos war. Die Jungen waren in irgendetwas verwickelt, das mit diesem Isaac-Typen zusammenhing, ihrem Patenonkel mit den Spendierhosen. Sie hatte sich auch im Internet nach Antworten umgesehen, aber am Ende ihrer Suche nach ›YDA‹ war sie auf kein College oder Ähnliches gestoßen. Das war die Mauer, die zwischen ihnen stand; Kieran zog sie mit Mörtel und Ziegeln immer höher und half ihr nicht bei ihren Versuchen, hinaufzuklettern. Und doch konnte sie ihrerseits Frieden schließen.

»Ist schon okay. Ich verstehe es zwar nicht, aber es ist okay.«

Er deutete auf ihr Tablett. »Willst du das noch essen?«

Sie sah auf ihr Baguettebrötchen hinunter. »Ich denke schon. Und selbst?« Sie nahm das Brötchen in die Hand.

»Hab keinen Hunger.«

»Ich auch nicht.«

Sie teilten einen flüchtigen einträchtigen Moment. »Jeder einen Bissen?«, schlug Kieran vor.

»Okay.«

Joe kehrte mit einem voll beladenen Tablett zurück. Er lächelte Raven an und flüstere kaum hörbar ›Danke‹ hinter Kierans Rücken. »Und, Leute, was wollen wir heute Abend machen?«

Raven schluckte den Bissen in ihrem Mund herunter. »Ich muss noch mal ein paar Sachen durchgehen für die schriftliche Prüfung in Tanzen morgen.«

»Dann hat Key vermutlich dieselben Pläne. Komm doch zum Lernen zu uns. Verkriech dich nicht länger im Cottage, wenigstens nicht, solange wir noch da sind und ein Auge auf dich haben können.«

»Oder ihr könntet bei uns vorbeikommen und mit Großvater und mir zu Abend essen. Ich habe mir geschworen, so wenig Zeit wie möglich im Schloss zu verbringen.«

»Habt ihr denn auch die Zutaten für Erdnussbutter-Marmeladen-Sandwiches im Haus?«

»Klar doch.«

»Dann kannst du mit mir rechnen.«

Kieran murmelte irgendwas von ›ekelerregenden amerikanischen Essgewohnheiten‹ in sich hinein.

»Ich denke, Opa hat auch Marmite da.«

»Gott sei Dank lebst du mit einem zivilisierten Menschen zusammen.«

»Also abgemacht. Abendessen und Lernen bei dir zu Hause.« Joe strahlte Raven und Kieran an. Er war sichtlich froh darüber, dass seine kleine Schul-Familie wieder einigermaßen gekittet war. Er hatte zwar um Kierans willen gebettelt, aber ihm selbst war die Situation auch an die Nieren gegangen. Und obwohl Raven das Ganze viel abverlangte, so musste sie doch zugeben, dass sie lieber halb mit ihnen befreundet war als gar nicht.

Kaum war Raven los zum Englischunterricht, packte Kieran Joe am Kragen.

»Wie zur Hölle hast du sie dazu überredet, sich zu uns zu setzen? Ich dachte, sie hätte uns in den Wind geschossen?«

»Ich habe dir doch gesagt, dass ich's hinkriege: mit ein bisschen Charme und einem Appell an ihre versöhnliche Ader. Wenn man bedenkt, was wir dem Mädchen alles zugemutet haben, hätte es eigentlich noch schwieriger sein müssen – aber als ich auf Knien gefleht habe, ist sie schließlich eingeknickt.« Joe sortierte den Recycling-Müll von seinem Tablett und kippte den Rest in den Abfall. »Ich sage ja nicht, dass ihr beide wieder ein Paar werden sollt, aber wir müssen die Mission weiterführen. Sie ist ein Zielobjekt; wir können sie nicht beschützen, wenn sie sich von uns fernhält. Und sie ist außerdem eine wichtige Informationsquelle.«

»Und sie ist noch viel mehr als das.«

»Selbstverständlich. Aber Raven mag uns und ich möchte noch immer gern mit ihr befreundet sein, auch wenn wir ihr gegenüber dabei nicht ganz offen sein können. Sie ist viel zu nett, als dass sie hart mit uns ins Gericht gehen würde, auch wenn wir es verdient hätten.«

Kieran war es nicht gewohnt, gemocht zu werden. Er pfefferte seinen Apfelgriepsch in die Bio-Tonne. »Aha.«

»Aber bitte geh behutsam mit ihren Gefühlen um, ja? Ich habe einen Waffenstillstand ausgehandelt, setz den nicht aufs Spiel. Und lass bloß deine Finger von ihr.«

»Okay.« Joe hatte ja keine Ahnung, wie schwer ihm das fallen würde. Kieran war sich nicht sicher, ob er das hinbekam.

»Wir sehen uns später.«

Joe schlenderte los zu seinem nächsten Kurs und schloss sich im Vorbeigehen Hedda und ihrer Clique an. Sie bereiteten ihm zunächst einen kühlen Empfang, doch es dauerte nicht lange und er hatte sie mit seinem Charme wieder ganz für sich eingenommen. Kieran hatte als Nächstes Englisch und zur Krönung eines ohnehin schon zermürbenden Tages traf er auch noch auf Adewale und Gina, die, dicht aneinandergeschmiegt, draußen vorm Kursraum an der Wand lehnten. Er nickte ihnen kurz zu, holte seinen Ordner hervor und las in seinen Notizen zu den Gedichten, die sie im Unterricht behandelt hatten.

Eine Hand legte sich von oben auf die aufgeschlagene Seite und schob den Ordner nach unten, sodass er zu Boden fiel. Die Schnappringe sprangen auf und Kierans Notizen verteilten sich überall im Korridor.

»Wir haben dich zusammen mit Raven sitzen sehen«, sagte Adewale und es klang wie ein Vorwurf. Gina stand direkt hinter ihm und gab ihm Rückendeckung.

Kieran surfte auf einer gigantischen Wutwelle. Er hatte keine Lust, zu ihren Füßen auf dem Boden herumzukriechen, darum ließ er die herausgefallenen Blätter da, wo sie waren. Sie hatten sich den Falschen zum Schikanieren ausgesucht, denn ein handfester Streit kam ihm gerade gut gelegen. »Das stimmt.«

»Aber mittlerweile solltest du eigentlich wissen, dass sich niemand mit ihr abgibt.«

»Und was kratzt mich deine Meinung? Ich mache, was ich will.«

»Hör mal, Kieran, ich habe nichts gegen dich persönlich. Aber du solltest dir allmählich darüber klar werden, dass es gewisse Leute gibt, um die man einen Bogen macht. Diebe sind in Westron nicht erwünscht.«

»Raven ist keine Diebin.«

Adewale fuhr wütend mit der Hand durch die Luft, als wollte er Kierans Behauptung beiseitefegen. »Bullshit. Sie hat meine Uhr genommen.«

»Nein, Gina hat gesagt, dass Raven sie genommen hat. Es gibt keine Beweise.«

Gina zupfte Adewale am Ärmel. »Das hat er mir auch schon gesagt: Er meint, ich wär schuld.«

»Schatz, das ist doch Quatsch.« Adewale legte ihr den Arm um die Schultern. »Er kennt dich nicht so gut wie ich.«

»Ich verstehe gar nicht, wie du darauf kommst, dass Raven es war.« Kieran zog die Stirn in Falten, verwundert über Adewales unlogische Schlussfolgerung. »Gina ist die Einzige, die die Uhr gesehen hat.«

»Willst du etwa damit sagen, dass Gina die Diebin ist?« Er trat einen Schritt nach vorn und kam Kieran bedrohlich nahe.

»Bist ja ein richtiger Blitzmerker. Rück mir von der Pelle.«

Kierans Blick wanderte zu Boden, abgelenkt davon, dass Adewales Turnschuhe auf seinen Notizen herumtrampelten. Sonst hätte er die Faust gesehen, die auf sein Gesicht zuhielt.

Eine Schmerzexplosion an seinem Jochbein. Er taumelte gegen die Wand, aber sein intensives Training machte sich bezahlt. Er setzte den Schwung seiner Bewegung ein, um mit einer Drehung um die eigene Achse zum Gegenschlag auszuholen. Ein Fausthieb ins Zwerchfell, ein Tritt in die Kniekehlen, den Arm auf den Rücken gedreht, um den Gegner außer Gefecht zu setzen. Eine Verteidigungssequenz wie aus dem Lehrbuch.

Er ignorierte Ginas Kreischen. »Was hattest du gleich noch mal gesagt, Adewale?«

»Lass mich los, Mann!« Adewales Gesicht war dem Boden zugewandt, das Blut schoss ihm in den Kopf. Ihre Mitschüler drängten sich im Kreis um sie.

»Erst wenn du mir dein Wort gibst, dass ihr uns endlich in Ruhe lasst! Los, sag es!«

»Ja, ja, du kannst sie ganz für dich allein haben, du Spinner.«

Kieran hebelte Adewales Arm ein Stück nach oben, aber nur um seinem Standpunkt Nachdruck zu verleihen, nicht etwa, weil er stinksauer war.

Er verbannte seine Wut tief in seinem Inneren und sein logisches Denkvermögen setzte wieder ein. »Ich glaube, ich weiß jetzt auch, wer bei dem Angriff auf Raven im Pavillon dabei war. Du, stimmt's?!«

»Sie hat meine Uhr geklaut!«

»Ich dachte, das Thema hätten wir besprochen. Sie war's nicht. Gina hat gesagt, dass sie's war, aber Gina lügt. Doch das entschuldigt nicht, was du mit Raven gemacht hast, du verdammter Feigling. Du lässt Raven in Zukunft in Ruhe oder ich werde mit dir genau das Gleiche machen, was du mit ihr gemacht hast, das verspreche ich dir. Aber ich bin erst dann mit dir fertig, wenn du sie auf allen vieren kriechend um Verzeihung bittest. Hast du mich verstanden?«

»Ja! Lass mich jetzt los; du brichst mir noch den Arm.«

»Falsch. Ich übe nur Druck auf dich aus, um deine ungeteilte Aufmerksamkeit zu erlangen. Wenn ich dir den Arm brechen wollte, hättest du das mittlerweile mitgekriegt.« Er gab Adewale einen letzten Stoß. »Hebt meine Notizen auf, alle beide.« Mit den Fingern schnipsend, deutete er auf den Inhalt seines Ordners am Boden.

Sie sahen einander an, unsicher; keiner von beiden wollte das Gesicht verlieren.

»Wegen euch liegen sie jetzt auf dem Boden, also hebt sie wieder auf.«

Schweigen.

»Hebt. Sie. Auf.« Kieran bedachte sie mit der Sorte von Lächeln, die sie eilig auf die Knie hinuntergehen und die A4-Blätter zusammenklauben ließ.

Gina stopfte sie zurück in den Ringordner, ohne Anstalten zu machen, die Knicke glatt zu streichen. Kieran ließ ihr das durchgehen. »Hier, bitte.« Sie blinzelte mit ihren blauen Augen. »Und du irrst wegen Raven.«

Wieder beschlich ihn der merkwürdige Eindruck, dass sie tatsächlich an ihre Version der Ereignisse glaubte, dass die Wahrheit aus ihrem Gedächtnis getilgt war, denn ihre Züge verrieten nicht die leiseste Spur von Arglist. Er verspürte einen Anflug von Mitleid für sie. »Ich irre nicht wegen Raven, Gina, aber so viel kann ich dir sagen: Du tust mir aufrichtig leid.«

Kieran marschierte in den Kursraum und setzte sich an seinen

Platz. Es überraschte ihn nicht, dass die Stühle um ihn herum leer blieben.

Der Zusammenstoß mit Adewale war die Neuigkeit des Tages. Sogar Raven, die außerhalb aller Klatschzirkel stand, hörte dank Heddas lauter Stimme davon, als sie auf dem Weg zur Bibliothek den Aufenthaltsraum durchquerte. Sie konnten sie nicht sehen, da sie halb verdeckt war hinter einem Regal mit Zeitungen und Nachschlagewerken, und so hielt sie kurz inne, um zu lauschen.

»Er ist total ausgerastet, ist das zu fassen? Hat Adewale angegriffen, weil er die Wahrheit über die Elster gesagt hat.«

Raven fragte sich, von wem da die Rede war. Sie konnte sich niemanden vorstellen, der zu ihrer Verteidigung die Fäuste fliegen ließ.

»Genau genommen hat Ade als Erster zugehauen«, murmelte Gina. »Aber er hat sich aufgeführt wie ein Irrer. Hat Adewale beinah den Arm gebrochen. Er ist gemeingefährlich.«

»Was hat Joe denn dazu gesagt?«, fragte Toni.

»Er hat nur gelacht. Hat gesagt, Adewale hätte es nicht anders verdient, wenn er Kieran dermaßen unterschätzt.«

Kieran? Er war derjenige, der sich ihretwegen geprügelt hatte? Es war nicht gerade eine charakterliche Glanzleistung, das wusste Raven, aber es erfüllte sie mit leiser Genugtuung, dass sich jemand für sie starkgemacht hatte. Auf einmal war es in ihrer Ecke nicht mehr ganz so einsam. Aber Kieran? Sie hatte gedacht, er würde nach der Trennung den Coolen herauskehren – und nicht zur ihrer Ehrenrettung eilen. Ob es ihm gut ging?

»Joe nimmt unsere Warnungen einfach nicht ernst«, klagte Hedda. »Er hat so viel Potenzial, aber er sieht nicht, wie viel Schaden Raven und ihre Sorte von Leuten anrichten können.«

Ihre Sorte von Leuten? Welche sollte das denn bitte sein? Die Leute, die so wenig Geld hatten, dass sie auf ein Stipendium angewiesen waren? Von der Sorte gab es viele, wenn Hedda das gemeint hatte. Außerhalb der privilegierten Mauern von Westron wäre es für Hedda verdammt schwer, jemanden zu finden, der in allen Punkten nach ihrer Nase war. Ein rachesüßer Gedanke von Raven war die Vorstellung, wie es Hedda an ihrer letzten Schule ergangen wäre – innerhalb von fünf Minuten hätten die Haie sie bei lebendigem Leib gefressen.

»Kieran ist schlimmer. Er ist keiner von uns«, sagte Toni.

Oh-oh. Klang fast so, als würden die Jungs ihr schon bald Gesellschaft leisten in der Wegwerfkiste.

»Keine Sorge – Mrs Bain hat gesagt, sie wüsste bereits, wie man die beiden wieder ins rechte Gleis bringt. Man muss ihnen nur die richtige Sichtweise zeigen. Im Großen und Ganzen sind sie doch in Ordnung und ich glaube, dass ein paar Wochen im Gästehaus bei ihnen Wunder wirken werden.« Hedda tätschelte Ginas Arm. »Dir hat es ja auch die Flausen ausgetrieben, richtig?«

»Ja, ich kann mich wirklich glücklich schätzen, dass ich die Chance dazu bekommen habe.« Gina klang atemlos, so wie eine von diesen Misswahl-Siegerinnen, die affektiert lächelnd in die Kameras blinzeln. »Ich fühle mich jetzt so viel wohler in meiner Haut und habe gelernt, meine Prioritäten richtig zu setzen. Ich hatte mein allererstes *nettes* Gespräch mit meinem Vater. Er hat mir gesagt, dass ich jetzt die Tochter bin, die er sich immer gewünscht hat.«

»Oh, wie süß!«, gurrten die anderen Mädchen

Örghs, schrecklich. Raven schäumte innerlich. Das konnte sie sich beim besten Willen nicht länger mit anhören; Raven kam aus ihrem Versteck und marschierte zu der Gruppe hin, die ums Sofa versammelt saß. »Hallo, Gina!«

Ihr ehemalige Freundin schaute misstrauisch zu ihr hoch. »Was willst du?«

»Ich wollte dir nur sagen, dass ich dich vor deiner Hirntransplantation richtig klasse fand. Stimmt schon, du hattest ein paar Probleme, aber man konnte viel Spaß mit dir haben und du warst eine Superfreundin. Du warst interessant und hattest eine eigene Meinung. Dein Vater hätte dich so akzeptieren sollen, wie du warst, anstatt dich nach seinen Vorstellungen ummodeln zu wollen. Darüber solltest du mal nachdenken.«

Gina strich mit der Hand nervös über den Stoff ihres Bleistiftrocks und tat so, als würde sie nicht zuhören.

»Was verstehst du schon von elterlichen Erwartungshaltungen?«, höhnte Hedda. »Ich meine mich erinnern zu können, dass du keine Eltern hast.«

Die Bemerkung war dermaßen taktlos, dass ein paar der Mädchen wenigstens so viel Anstand besaßen, schockierte Gesichter zu machen.

»Das war nicht fair, Hedda«, murmelte Gina.

Raven schluckte den Kloß in ihrer Kehle herunter. »Mein Vater ist im Dienst für sein Land gestorben, also behalt dein Gift für dich und verrecke dran und wage nie wieder, über ihn zu sprechen.«

Hedda machte keinen Rückzieher. »Du bist nichts weiter als ein mieser kleiner Schmarotzer, der auf Kosten anderer lebt. Mit unseren Schulgebühren bezahlen wir für dein Stipendium.«

»Mein Vater hat mit seinem Leben für deine Freiheit bezahlt. Ohne Männer wie ihn, die ihr Land verteidigen, würdest du gar nicht hier sitzen und auf mich herabsehen. Aber weißt du was?

Mir ist schnurz, was du von mir denkst. Wenn hier jemand ein Schmarotzer ist, dann bist du es, tust so, als ob dir alles gehört... bloß, weil du mal viel Geld erben wirst.« Sie wedelte spöttisch mit der Hand. »Wie schön für dich. Wenn doch wenigstens eine von euch mal irgendwas getan hätte, was meinen Respekt verdienen würde. Aber alles, was ich hier sehe, ist ein Haufen verzogener reicher Zicken, von denen keine fünf Sekunden in der Welt da draußen überleben würde. Ihr könnt mich echt mal kreuzweise!«

Um sicherzugehen, dass sie das letzte Wort behielt, stiefelte Raven schnell aus dem Aufenthaltsraum. Sie hatte zwar schon vor Wochen die Brücken zu den Mädchen aus ihrem Jahrgang verbrannt, aber nach allem, was sie sich hatte gefallen lassen müssen, war es ein herrliches Gefühl, noch mal um das schwelende Feuer zu tanzen. Und was Kieran betraf – Taten sprachen lauter als Worte, richtig?

Kapitel 14

Kuchenduft lag in der Luft, als Kieran und Joe an die Tür von Ravens Cottage klopften. Als sie aufmachte, trug sie eine gestreifte Schürze über ihren Kleidern und hatte einen kleinen Mehlfleck auf der Nase.

»Hallo, Jungs. Schön, dass ihr da seid. Ich habe gebacken.«

Joe grinste. »Da wir zwei exzellente Spürnasen sind, haben wir das bereits erraten. Was gibt's zu feiern?« Er trat ein und tätschelte ihr dabei kurz die Schulter.

Kieran sog das Duftaroma ein und nahm dunkle Schokolade und Walnüsse wahr. Sie hatte seine Lieblingsbrownies gebacken.

»Das ist meine Art, einen Helden zu empfangen.« Raven schlang Kieran die Arme um die Taille und zog ihn an sich. Leicht aus der Fassung gebracht, zögerte er einen kurzen Moment, bevor er sie an seine Brust drückte.

»Danke, Kieran.«

»Wofür dankst du mir eigentlich?« Wo zum Teufel war diese rote Linie, wenn man sie dringend brauchte?

Joe räusperte sich. »Ich geh mal eben nach dem Kuchen sehen.« Er zeigte auf die Küche. »Ist dein Opa hier?«

»Noch nicht. Er hilft noch bei den Vorbereitungen für das Abendessen im Schloss.«

»Ja, natürlich, was sonst.« Joe nickte Kieran zu. »Wie's aussieht, seid ihr also ungestört.« Er verschwand in die Küche und machte die Tür hinter sich zu.

»Also, wofür ist das Ganze jetzt?«, fragte Kieran noch einmal. Er begann zu hoffen, dass sie ihn vielleicht doch noch wollte, dass der Streit von gestern nicht so endgültig war, wie es sich angefühlt hatte. Ihm war klar, dass er sich das nicht wünschen sollte, aber er tat es trotzdem.

»Ich danke dir für das, was du für mich getan hast.«

Kieran ließ seine Hände über ihre Arme zu ihrem Gesicht hinaufwandern und streichelte mit beiden Daumen über ihre Wangenknochen. »Ich darf dich jetzt nicht küssen.«

Sie runzelte die Stirn. »Sagt wer?«

»Ich dachte, wir hätten Schluss gemacht und nur einen Waffenstillstand vereinbart. So-was-wie-Freunde küssen sich nicht.« Und außerdem hatte er Isaac sein Wort gegeben. Wie sich herausstellte, war sein Versprechen von gleicher Dauer wie eine Eisskulptur in einem beheizten Raum.

»Helden, die ihre So-was-wie-Freunde verteidigen, haben aber einen Kuss verdient.« Sie stellte sich auf die Zehenspitzen und berührte mit ihren Lippen die seinen. Mit einem leisen Stöhnen war es um seine Selbstbeherrschung geschehen. Seine linke Hand ruhte auf ihrem Rücken und zog sie näher an sich heran, die rechte kraulte ihren Nacken. Beide hatten sie es herbeigesehnt, den sanften Druck ihrer beider Lippen, im gleichen Takt zu atmen, sein sanftes Streicheln an ihrem Rücken, das köstliche Kribbeln ihrer forschenden Finger auf seiner Brust. Er wurde herausgeschleudert aus der täglichen Welt, in der nichts stimmte, hinein in ein Universum der reinen, magischen Zahlen, wo jede Gleichung aufging und alle Probleme gelöst werden konnten. Sie war das Ergebnis von jeder ›Bestimme x‹-Aufgabe in seiner emotionalen Algebra. Er war ein Idiot gewesen, auch nur für eine einzige Sekunde zu glauben, dass die YDA wichtiger war als das hier.

Schließlich musste Raven eine Pause machen und ging wieder auf die Fersen hinunter. Sie ließ Kieran nicht los, sondern schmiegte sich an seine Brust. »Du bist zu groß.«

Er lächelte. »Tut mir leid, könnte es aber nicht auch sein, dass du zu klein bist?«

Sie malte mit dem Finger ein Rechteck über sein Herz. »Vielleicht könnte ich mich ja auf eine Kiste stellen.«

»Das wäre praktisch. Oder ich könnte mich hinsetzen und dich auf den Schoß nehmen. Die Lösung würde mir besser gefallen.«

»Jetzt weiß ich endlich, warum man dich ein Genie nennt.« Sie lehnte sich zurück und blickte ihm ins Gesicht. »Hat Adewale dir wehgetan?«

Er berührte den blauen Fleck, der sich auf seiner Wange bildete. »Nein.«

»Ha, du Lügner.«

»Es ist nichts groß passiert. Ich habe die Sache beendet, noch bevor sie richtig begonnen hat.«

»Nicht zu fassen, dass ausgerechnet er so was gemacht hat – er war doch immer so ein netter Kerl.«

»Ganz tief in ihm drin ist er das vermutlich immer noch, aber sie sind alle davon überzeugt worden, dass du eine Bedrohung für sie darstellst, und jetzt sind sie hinter dir her wie weiße Blutkörperchen hinter einem Virus.«

»Passt bloß auf, dass sie nicht auch noch auf euch losgehen. Ich vermute mal, die Beliebtheit von Joe und dir hat schwer gelitten, weil ihr noch immer zu mir haltet.«

»Wir können schon ganz gut auf uns aufpassen.«

»Ich weiß. Trotzdem möchte ich das nächste Mal als Verstärkung dabei sein.«

Er wischte ihr das Mehl von der Nase. »Gut. Vielleicht lasse ich dich meine Jacke halten.«

»Okay. Ich liebe diese Jacke.«

Er lächelte. »Aber die Mädchen überlasse ich dir – mit Mädchen prügele ich mich nicht.«

»Keine Sorge, diese Zicken mache ich platt. Die haben doch alle keine Ahnung vom Kämpfen.«

Sie sah bezaubernd aus, wie sie die Stirn in entschlossene Falten legte bei dem Gedanken, ihn zu verteidigen.

»Du zeigst ja ganz schön die Krallen, Tiger.«

»Mein Vater hat mir ein paar coole Selbstverteidigungsmanöver beigebracht. Wenn du willst, zeige ich sie dir, für den Fall, dass Adewale dich noch mal angreift.«

Kieran hatte bereits einen Fortgeschrittenenkurs in Selbstverteidigung bei einem ehemaligen Angehörigen der US Marines absolviert, aber die Vorstellung, dass Raven ihm ihre Tricks vorführen wollte, war einfach zu verlockend. »Ja, gern. Und, ähm, Raven?«

»Hmm?«

Sämtliche rote Linien waren überschritten, zertrampelt und ausgelöscht – Junge, Junge, er saß ja so was von in der Scheiße, aber Logik und Vernunft hatten einfach Urlaub genommen. »Der Abschlussball steht bevor. Willst du hin?«

»Wie bitte?«

Er hob den Blick zur Leuchte an der Decke. »Du willst mich zappeln lassen, stimmt's?«

»Absolut. Wenn du das tun willst, von dem ich glaube, dass du's tun willst, musst du noch mal richtig fragen oder du lässt es ganz bleiben.«

Er sah sie an. »Raven Stone, würdest du mir die Ehre erweisen und mich zum Abschlussball begleiten?« Er küsste ihre Fingerspitzen.

»Kieran Storm, es wäre mir ein Vergnügen.«

»Danke.«

»Aber was ist danach – du und ich? Wirst du mir die Wahrheit sagen?«

Er neigte seinen Kopf nach unten und legte seine Stirn an ihren Kopf. »Keine Sorge – daran arbeite ich.«

»Wirklich?«

»Versprochen.«

In der Küche war ein Knall und eine Schimpftirade von Joe zu hören. Raven kicherte. »Ich glaube, Joe hat gerade herausgefunden, dass die Backform noch heiß ist.«

»Vergreifst dich wohl heimlich an meinen Helden-Brownies?«, rief Kieran.

»Ja.« Joe klang nicht die Spur reumütig. »Wenn ich hier drinnen schon versauern muss, dann will ich dafür wenigstens eine Entschädigung.«

Raven nahm Kierans Hand in ihre schlanken Finger. »Los, gehen wir uns welche holen, bevor er sie alle aufmampft.«

»Ich folge dir überallhin«, sagte er nur halb im Scherz.

Kieran hatte Raven bei ihrem Großvater zurückgelassen und war mit Joe zum Hauptgebäude zurückgekehrt, folgte aber seinem

Freund nicht mit aufs Zimmer, sondern bog nach links ab zu einem anderen Treppenaufgang.

»Alles okay?«, fragte Joe, als er bemerkte, dass Kieran nicht hinter ihm herkam.

»Ja, alles gut. Ich schau mich in dem Laden nur noch mal ein bisschen um.«

»Dann sehen wir uns gleich auf dem Zimmer. Ich werde schon mal bei Isaac Bericht erstatten.«

»Super. Danke.«

»Das mit Raven hast du übrigens echt gut hingekriegt – du warst nett und freundlich, aber nicht mehr. So wird's eine weiche Landung für sie.«

Joe hatte von dem Kuss in der Diele also nichts mitbekommen. Kieran war klar, dass sein Freund längst nicht mehr so angetan wäre, wenn er wüsste, gegen wie viele Regeln Kieran verstoßen hatte, und dass er vorhatte, noch gegen weitere zu verstoßen. Wenn das herauskäme, wäre Kierans Karriere bei der YDA im Eimer.

Kieran wartete, bis Joe um die Ecke gebogen war, denn stieg er die Treppe hinauf zu seinem Lieblingsort im Schloss, dem Wehrgang. Den Schülern war der Zutritt verboten, aber wie man ein Schloss knackte, war eine der ersten Lektionen bei der YDA und er brauchte dringend einen Ort, an dem er ungestört nachdenken konnte. Er schob sich durch die bogenförmige Türöffnung und schreckte ein paar Tauben auf, die sich auf den Schieferplatten niedergelassen hatten. Mit schwirrenden Flügeln flogen sie über seinen Kopf hinweg davon. Er wusste, dass er sich nicht zu ducken brauchte. Die Augen einer Tauben verarbeiteten etwa 250 Bilder pro Sekunde; ein normaler Film im Fernsehen, der mit 25 Bildern pro Sekunde nur ein Zehntel so schnell war, würde für sie wie eine Diashow aussehen. Aus dieser Tatsache ergab sich, dass Tauben einem Objekt immer auswichen, selbst wenn man glaubte, sie wären auf Kollisionskurs.

Er lehnte sich gegen die morsche Brüstung: Sandstein, stark verwittert; ein paar Flechten – *Caloplaca flavescens*, wenn er sich nicht irrte –, die bestimmt an die zweihundert Jahre Zeit gehabt hatten, um sich mit ihrer orangen Farbe über das Mauerwerk auszubreiten. Er holte tief Luft und sammelte im Licht der Dämmerung seine Gedanken.

Also gut. Seine Umgebung zu analysieren und alle ihm dazu bekannten Fakten aufzulisten hatte ihn wieder beruhigt.

Er hatte seit seinem Gespräch mit Isaac gewusst, dass er den falschen Weg eingeschlagen hatte. Isaac hatte gesagt, dass selbst ihm nicht die Quadratur des Kreises gelingen würde, seine Loyalität zum YDA mit seiner Zuneigung für Raven miteinander vereinbaren zu können, aber wozu hatte er denn so ein geniales Gehirn, wenn er es zur Abwechslung nicht mal für etwas einsetzte, was für ihn von so großer Bedeutung war? Wenn es jemanden gab, der das Unmögliche schaffte, dann war er es – das war keineswegs überheblich gemeint, sondern beruhte auf der Erfahrung, dass er in puncto Intellekt den anderen meistens überlegen war.

Er trommelte auf die Balustrade. Je mehr er sein Hirn anstrengte, desto klarer wurde ihm, dass er Raven nichts von der Mission erzählen durfte, bevor alles vorbei war, um nicht ihre Sicherheit zu gefährden. Aber sobald sie ihren Auftrag erfüllt hätten, würden neue Regeln gelten. Er hatte noch ein Jahr bei der YDA vor sich, dann fing sein Uni-Studium an. Dort hatten die Agentinnen und Agenten der YDA mehr Freiheiten, weil sie inmitten der bunt zusammengewürfelten Schar von Studierenden nicht so sehr im Fadenkreuz standen. Er müsste Raven nur noch davon überzeugen, bis dahin durchzuhalten.

Aber ein Jahr kam ihm zu lange vor. Wenn sie ans Oberstufenzentrum wechselte, würde sich irgend so ein Kerl sie krallen und er wäre abgeschrieben. Er könnte es nicht ertragen, wenn er nicht mehr das Recht dazu hätte, sie zu küssen.

Natürlich! Kieran schlug sich an die Stirn. Wie konnte man nur so schwer von Begriff sein! Die Lösung lag doch auf der Hand. Nicht zu fassen, dass er da nicht eher dran gedacht hatte. Er musste nur ein paar Wunder wirken und hoffen, dass sie tatsächlich ein versöhnlicher Mensch war. Doch dazu später. Jetzt war es erst mal sein Job, sie zu beschützen, damit sie überhaupt diesen Punkt erreichen könnten.

Auftakt wäre ein ziemlich heikles Gespräch mit Isaac; er würde stocksauer sein, dass Kieran seine Anweisungen missachtet hatte.

Kieran wog das Für und Wider ab. Es könnte schwerwiegende Konsequenzen für ihn haben, wenn Isaac an die Decke ginge, aber das Risiko war es wert. Immerhin sagte Isaac selbst immer, dass die Yodas nicht einfach nur Bauern in einem Schachspiel waren. Kieran würde herausfinden, wie ernst es Isaac damit war, indem er ein paar Züge auf eigene Faust machen würde. Wenn hier jemand die Beziehung hinschmiss, dann wäre das ganz bestimmt nicht er. Er wollte verdammt sein, wenn er so ohne Weiteres zuließe, dass Raven wegen seiner Lügen das Handtuch warf.

Kierans Lieblingsmomente während der Prüfungswoche waren jene, in denen Raven ihm Lektionen in Selbstverteidigung erteilte. Es machte ihm Spaß, sich dumm zu stellen, da sie offensichtlich eine Riesenfreude daran hatte, ihn zu unterrichten.

Außerdem war es ein willkommener Vorwand, sich von ihr berühren zu lassen, was beiden gefiel, auch wenn sie es nicht zeigten.

»Also, heute Abend werden wir uns mit dem effektiven Einsatz der Hebelwirkung beschäftigen.« Sie waren zur Mittagspause in die Turnhalle gegangen und hatten den Raum ganz für sich allein; Matten lagen auf dem Boden, denn Raven hatte angekündigt, dass sie jetzt ernst machen würden, nachdem die einfachen Lektionen zu den bekannten Schwachstellen – Augen, Nase, Unterleib usw. – abgehandelt waren.

»Ich dachte, Hebelwirkung kommt zum Einsatz, wenn Hedgefonds-Anleger zur Vermögenssteigerung Zuckerderivate nutzen.«

»Häh?«

Okay. Raven stand also nicht auf Witze aus dem Finanzsektor. »Ach, nichts.«

Sie verdrehte die Augen. »Okay, Mr Storm, spar dir deine abstrusen Kommentare, die kein Normalsterblicher kapiert, und schaff deinen Hintern hierher.«

Er grinste; er liebte es, wenn sie strenge Töne bei ihm anschlug.

Sie sah ihn mit gerunzelter Stirn an, als sie merkte, dass er die Sache nicht ganz ernst nahm.

»Okay, dann greif mich mal an – mach, was du willst.«

»Aber ich will dir nicht wehtun.«

»Wirst du nicht.«

Er unternahm einen ziemlich offensichtlichen Versuch, sie am Arm zu packen. Sie wehrte ihn mit einer eleganten Jiu-Jitsu-Bewegung ab, indem sie nach unten Schwung holte und ihren Ellbogen in seine Richtung drehte, sodass er ihr Handgelenk loslassen musste. »Und jetzt kann ich wegrennen.« Sie legte einen pantomimischen Sprint hin. »So, jetzt du. Stell dir vor, ich wäre Adewale, der dich packt.«

Von ihr würde er sich jederzeit packen lassen. »Mach so doll du kannst.«

Sie stürzte sich auf ihn und fasste sein Handgelenk. »Jetzt hol aus und löse meinen Griff.«

Wo blieb denn da der Spaß an der Sache? Stattdessen sprang er ihr an die Taille und hob sie hoch. »Gibst du auf?«

»Lass mich runter! Du sollst versuchen, von mir wegzukommen!«

Vergiss es. Er drehte sie im Kreis. »Ich bin in deiner Gewalt.«

Sie klopfte ihm auf den Kopf. »Du Depp! Ich bin in deiner Gewalt.«

»Sag das noch mal.« Er küsste sie aufs Kinn.

»Nein, niemals!«

»Ah, eine Herausforderung!« Er warf sie rücklings auf die Matte und kitzelte sie.

Sie wand sich. »Hör auf, das ist nicht fair!«

»Sag es!«

Sie versuchte noch ein Jiu-Jitsu-Manöver, hielt sein Handgelenk fest, packte ihn am Ellbogen und klemmte seinen Fuß ein, was die einleitende Bewegung war, um die Positionen umzukehren, aber sie musste dermaßen lachen, dass sie es nicht bis zu Ende führen konnte. Er fing an, ihr Gesicht mit Küssen zu bedecken.

»Sag es!«

»Okay, okay – ich bin in deiner Gewalt, du Heffalump.«

Er hörte auf, sie zu kitzeln, und schaute ihr tief in die Augen. Muskat mit Sprenkeln dunkler Schokolade. »Und ich bin in deiner.«

Ihr Lächeln wurde ein bisschen zittrig. »Wirklich?«

Mit einer Drehung zog er sie aus der Rückenlage hoch auf seinen Schoß. »Ja. Ich möchte einfach nur, dass du es noch ein paar Wochen lang mit mir aushältst.«

Sie lehnte sich nach hinten. »Aber ich will nicht einfach ein vorübergehender Zeitvertreib sein und du willst mir nicht erzählen, was los ist, also fürchte ich, dass wir ... in der Tinte stecken. Ich dachte, dass unser Date für den Abschlussball so was wie ein Abschied wär – ein bittersüßes Ende.«

Genau das hatte Joe auch gedacht, aber Kieran wollte sich damit nicht abfinden: Er hatte sein Mädchen gefunden und es war ausgeschlossen, dass er es wieder gehen ließ. »So habe ich das nicht gemeint. Ich bitte dich, noch ein paar Wochen mit mir auszuhalten, in denen ich nicht ganz offen zu dir bin. Dir nicht die Wahrheit sage. In den Sommerferien, wenn wir uns wiedersehen, stehe ich dir dann Rede und Antwort.«

In ihren Augen blitzte Neugier auf, doch noch größer war der Zweifel darin. »Alles über Isaac?«

Er nickte.

»Und die YDA. Und Gloria.«

»Ja, die ganze traurige Saga, wenn du die Geduld dazu hast.« Er hoffte, dass sie ihn nicht stehen lassen würde, sobald sie erst mal alle Einzelheiten der katastrophalen Verhältnisse kannte, in denen er aufgewachsen war. Aber Herkunft spielte für Raven keine Rolle – da war er ziemlich sicher. Das war eine Sache, die er jetzt gleich klarstellen konnte, beschloss er. »Diese Aristokratengeschichte – damit hat Joe dich nur auf den Arm nehmen wollen.«

»Ich muss zugeben, dass Gloria nicht wie jemand aus der Oberschicht aussah.«

»Joe hat eine blühende Fantasie.«

Sie rümpfte die Nase, so als würde sie einen weiteren Braten riechen. »Und was ist mit seiner Junkie-Mutter und seinem Knast-Vater?«

Das würde Joe ihr erklären müssen. Mr und Mrs Masters waren das liebenswerteste ältere Ehepaar in ganz Manhattan und Carol könnte eine Aspirintablette nicht von einer Crackpille unterscheiden. Dafür kannte sie sich umso besser mit Quilten und der Zubereitung von Schmorbraten aus. »Können wir die Beantwortung dieser Frage auf den August verschieben?«

Raven sah ihn eine Weile an, musterte sein Gesicht. Im Lauf der Zeit hatte sie gelernt, dass es besser war, niemandem zu vertrauen, und er hatte, ohne es zu wollen, diese Erkenntnis noch bestärkt. Sie holte tief Luft; sie hatte einen Entschluss gefasst. »Okay, mein geheimnisvoller Freund, ich behalte mir mein Urteil noch vor. Du bringst mich dazu, wider meine Instinkte zu handeln, weißt du das?«

»Aber ich bin es wert?«

»Du bist es wert.« Raven drehte eine ihrer Locken zwischen den Fingern.

»Übrigens, ich hatte recht mit meiner Vermutung: Unser Größenunterschied stellt in dieser Position kein Problem mehr dar.«

»Und was fängst du mit dieser Erkenntnis jetzt an?« Sie blickte zu ihm hoch.

»Ich werde dir eines *meiner* Selbstverteidigungsmanöver zeigen.«

»Du meinst, eins ohne kitzeln?«

»Ja. Es heißt Ablenkung. Und wenn du danach noch weiter darüber nachdenkst, mich anzugreifen, habe ich definitiv was falsch gemacht.«

»Und geht das Manöver ungefähr so?« Sie lehnte sich vor und küsste ihn.

»Was? Das kennst du auch schon?« Er tat überrascht.

»Ja, allerdings. Aber ich glaube, ich bin noch nicht besonders gut darin.«

»Ah, da muss ich widersprechen. Aber man sagt ja, Übung macht den Meister, und wir beide sollten auf jeden Fall versuchen, in Topform zu kommen.« Er beugte sich dicht zu ihr heran.

Joe war fleißig beim Lernen, als Kieran in ihr gemeinsames Zimmer zurückkehrte.

»Wie lief's bei der Selbstverteidigung?«, fragte er.

»Super.« Kieran lächelte in seinen Schrank hinein, während er seine Sporttasche verstaute. Es behagte ihm nicht, seine neu aufgelegte Beziehung zu Raven vor Joe zu verheimlichen, aber wenn er seinem Freund davon erzählte, dann müsste er ihn bitten, Stillschweigen vor Isaac zu bewahren, was Joe vor einen großen Gewissenskonflikt stellen würde. Kieran hatte die feste Absicht, es Isaac selbst zu sagen. Irgendwann. Wenn er seine Wunder gewirkt hatte.

»Ich will ja keine Spaßbremse sein, aber Isaac hat gesagt, wir sollen ihn anrufen, sobald du zurück bist.«

Vor ein paar Tagen hatte Kieran Isaac gebeten, seinen Vorschlag zum Wunderwirken in Erwägung zu ziehen. Isaac hatte gesagt, er würde darüber nachdenken, und dann einfach den Hörer aufgelegt. Kieran fragte sich, ob das der Grund für das außerplanmäßige Telefonat war. »Bringen wir's hinter uns.«

Joe stellte die Verbindung her. Isaacs Gesicht füllte den Bildschirm aus. Kieran war nicht unbedingt der Begabteste im Deuten von Gesichtern, aber selbst er konnte sehen, dass ihr Boss mehr als wütend war. Er hatte doch nicht etwa spitzgekriegt, dass er und Raven sich wieder versöhnt hatten?

»Hey, Isaac, wir sind's.« Joe zog einen zweiten Stuhl zu sich heran, damit Kieran ebenfalls mit Sicht auf den Bildschirm Platz nehmen konnte.

»Jungs.« Isaac begrüßte sie mit einem Nicken. »Ich habe heute von der Rektorin eine Mail erhalten mit dem angekündigten Bericht über euch beide.«

Eine Welle der Erleichterung erfasste Kieran. Es ging also nicht um Raven – noch nicht.

»Was haben wir denn jetzt wieder angestellt?«, fragte Joe mit ungerührter Stimme.

»Aus meiner Sicht gar nichts. Nein, es ist vielmehr Mrs Bain, wegen der ich mich aufrege. Sie hat mir eine Mail über euer bevorstehendes Seminar in Persönlichkeitsentwicklung geschickt.« Isaac hielt einen Papierausdruck vor sich hin. »Sie möchte es auf meine spezifischen Anforderungen anpassen. Sie nimmt darin eine detaillierte Charakterdemontage – ähm, Entschuldigung ... Charakter*analyse* von euch beiden vor, mit Vorschlägen, in welchen Bereichen ihr euch verbessern könntet. Du hattest ja überlegt, ob sie womöglich Sachverhalte fingieren, in Hinblick auf spätere Erpressungsversuche, Kieran. Tja, Volltreffer, würde ich sagen.«

»Reizend!« Joe ließ seine Knöchel knacken. »Okay, was stimmt also nicht mit mir?«

Isaac lächelte säuerlich. »Sie hat viel Schmeichelhaftes über dich zu sagen, dass du ein guter Teamplayer bist, ein freundliches Wesen hast, intelligent bist – aber es mangelt dir, und ich zitiere: ›am nötigen Respekt vor Autoritäten‹ und am ›Willen zum Erfolg‹. Und jetzt kommt der Knaller: Du fährst in alkoholisiertem Zustand Auto.«

»Mach ich gar nicht!«

»Weiß ich doch – aber ich halte hier den Polizeibericht in meinen Händen, sauber getippt und dem Anschein nach ganz offiziell. Wie's aussieht, hast du mit einem der Schulbusse eine kleine Spritztour unternommen. Und wenn ich, dein besorgter und bestechlicher Patenonkel, glauben würde, dass auch nur ein Körnchen Wahrheit darin steckt, würde ich alles dafür tun, dass du keinen polizeilichen Aktenvermerk bekommst.«

Isaac legte das Blatt Papier beiseite. »Dass es dir am nötigen Respekt vor Autoritäten mangelt, hätte ich ihr auch sagen können. Sie hat gefragt, ob es aus meiner Sicht noch andere Problemfelder gibt, die man im Rahmen des individuell auf euch zugeschnittenen Programms berücksichtigen soll.«

»Ich hoffe, Sie haben ihr erklärt, dass man etwas Makelloses nicht weiter verbessern kann.«

Isaac ließ ein dunkles Lachen vernehmen und griff nach einem weiteren, deutlich umfangreicheren Ausdruck. »Kieran, ich fürchte, Mrs Bain ist nicht gerade ein Fan von dir.«

Kieran verschränkte die Arme vor der Brust. »Das verstehe ich als Kompliment.«

»Sie hat vorgeschlagen, dass du womöglich eine längere und intensivere Behandlung nötig hast.« Isaac blätterte durch die sechs Seiten umfassende Auflistung seiner Defizite. »Merkwürdig. Hier lobt sie deine schulischen Leistungen, insbesondere im Fach Tanzen. Wie das?«

»Ja. Hat sich herausgestellt, dass ich gar kein so übler Tänzer bin.« Kieran massierte sich den Nacken; ihm wurde heiß vor Unbehagen.

»Er ist der neue Fred Astaire, Isaac«, fiel Joe ein. »Das hätten Sie sehen sollen.«

»Zusammen mit diesem Mädchen, das er so mag?« Isaacs Laserblick war kaum auszuhalten.

»Ja, mit der zuckersüßen Miss Stone. Sie haben ein tolles Tanzpaar abgegeben.«

»Hmm. Aber das liegt jetzt ja hinter dir, Kieran, richtig?«

Kieran richtete seinen Büroklammerturm wieder her. »Ich weiß, wo die rote Linie verläuft, Isaac.« Das war die Wahrheit – allerdings nicht die ganze Wahrheit, denn er stand auf der falschen Seite der Linie.

Isaac tippte mit dem Finger auf das Papierbündel. »Wie bereits gesagt, Mrs Bain findet mehr kritische als lobende Worte für dich. Sie hat gesagt, dass du dabei erwischt worden bist, wie du Raubkopien von Videos und Musikdateien erstellt hast – eine durchaus glaubhafte Lüge, allerdings hat sie dann, um mich so richtig aufzuscheuchen, noch einen obendrauf gesetzt und gesagt, du hättest dich beim US-Militär eingehackt.«

Kieran runzelte die Stirn. »Das wäre schon möglich, aber ich glaube, dass ich das noch nicht getan habe.«

»Ich hoffe nicht. Ich würde dich ja in den von ihr empfohlenen Intensivkurs einschreiben, um herauszufinden, was dort eigentlich abgeht, aber ich habe Bedenken, dass ich dich damit möglicherweise irgendwelchen Misshandlungen aussetze. Die Maßnahmen, die sie ergreifen, müssen schon sehr drastisch sein, dass sich die Schüler dermaßen schnell verändern. Ich möchte keinen von euch beiden in Gefahr bringen. Was meinst du, Key?«

»Wir werden da mit dem Wissen reingehen, dass man versucht, uns einer Gehirnwäsche zu unterziehen, also werden weder Joe noch ich empfänglich dafür sein. Außerdem sind wir bewaffnet.«

»Ist das, was sie tun, ungesetzlich?«, fragte Joe.

»Heikle Sache.« Kieran hatte sich das Gleiche gefragt. »Wenn die Schüler eingewilligt haben, dorthin zu gehen, und die Eltern die Maßnahmen ausdrücklich erbeten haben, dann ist das Ganze womöglich völlig korrekt, es sei denn, man wird gegen seinen Willen festgehalten.«

»Moralisch gesehen stinkt die Sache aber zum Himmel.«

»Ja, aber eine lädierte moralische Haltung reicht nicht aus für einen richterlichen Schuldspruch. Wenn wir den Austausch von Gefälligkeiten beweisen könnten ... das wäre etwas Ungesetzliches, da es eine Form von Korruption darstellt. Und was die fehlenden Schüler angeht – Johnny Minter und Siobhan Green –, da stellt sich mir die Frage, ob sie nicht gegen ihren Willen festgehalten werden. Vielleicht hatte es sich als schwierig herausgestellt, sie zu manipulieren.«

»Und vermutlich können die Kuratoren ab einem gewissen Punkt keine Misserfolge hinnehmen, da sonst die Gefahr besteht, dass die ganze Sache auffliegt. Isaac, Key hat wie immer recht. Wir müssen Johnny und Siobhan dringend ausfindig machen und dafür müssen wir ins Gästehaus.«

»Okay, dann erteile ich die Erlaubnis, dass ihr einen Vorstoß macht. So wie's aussieht, wird eine Anklage immer wahrscheinlicher, also vermasselt es nicht. Keine Heldentaten. Beim ersten Anzeichen, dass für einen von euch irgendwie Gefahr besteht, bittet ihr um Herausnahme.«

»Verstanden.« Joes Hand schwebte über der Maus, bereit, das Gespräch mit einem Klick zu beenden.

Isaacs Blick wanderte zu Kieran zurück. »Oh, und Kieran, wir wollen natürlich eine Wiederholungsvorstellung sehen, sobald du wieder zurück am Stützpunkt bist.«

»Ich bin aber kein Solotänzer.« Kieran hoffte, dass Isaac seine Message verstand.

»Darüber denke ich noch nach. Gute Nacht.«

Joe schloss das Anwendungsfenster. »Und worum ging's da gerade am Ende?«

»Ich habe Isaac einen Vorschlag gemacht.«

»Welchen?«

»Ach, es soll nur sichergestellt sein, dass es Raven gut geht, wenn diese ganze Sache vorbei ist.«

»Nett von dir. Aber du kennst die Vorschriften – du kannst kein Teil ihres Lebens sein.«

»Ich spreche nicht davon, gegen Vorschriften zu verstoßen«, obwohl er genau das tat und damit seinen Ausbildungsplatz bei der YDA aufs Spiel setzte, falls es herauskäme, »sondern eher davon, sie aufzuweichen.«

Joe bewarf ihn mit einem Kugelschreiber. »Weißt du eigentlich, dass diese Angewohnheit von dir, in Rätseln zu sprechen, echt ätzend ist?«

»Ich schaffe das Unmögliche, Joe. Eben ein ganz normaler Tag im Leben des Kieran Storm.«

»Und wann bist du dermaßen arrogant geworden? Ach ja, ganz vergessen: Du bist schon so auf die Welt gekommen.«

Kieran grinste breit übers ganze Gesicht.

»Ich hoffe bloß, dass dein aufgeblasenes Ego nicht unterschätzt hat, was sie uns alles im Gästehaus antun können.«

Kieran hörte auf zu grinsen. »Ja, du hast recht. Aber wir müssen einen Durchbruch erlangen und das ist unsere beste Chance. Wirst du mir den Rücken decken?«

»Fragst du mich das im Ernst?«

»Nein. Wir sind ein Team.« Sie schlugen die Fäuste aneinander.

»Mannomann, sechs Seiten.« Joe lachte los.
»Mich würde ja viel eher beunruhigen, dass Mrs Bain dich ganz gut leiden kann.«
Diese Bemerkung führte zu einer Kissenschlacht. Nachdem erst mal der Beistelltisch umgekippt, Kierans Büroklammerturm eingestürzt und die Nähte an den Kissen aufgeplatzt waren, ließen sie das Zimmer im Chaos versinken.
Joe blies ein paar Federn von sich weg, die wie Schneeflocken über seinem Kopf niedergingen. »Ich hoffe, du hast irgendeinen genialen Einfall, wie wir die Bude wieder Klarschiff kriegen?«
»Selbstverständlich.«
Joe merkte auf.
»Und zwar durch die Erzeugung von Unterdruck mittels eines Spezialgerätes, das mit einem Gebläse ausgerüstet ist.«
Joe ließ sich rücklings auf sein Bett fallen und stöhnte.

Ravens letzte Klausur war eine Gedichtinterpretation im Fach Englisch. Kieran schrieb die Prüfung ebenfalls wie sie im großen Hörsaal und saß dank alphabetischer Sitzordnung nur einen Platz von ihr entfernt. Ihre schulischen Leistungen waren im Allgemeinen nicht besonders herausragend, aber sie fand, dass diese Klausur richtig gut lief – in seiner Nähe zu sein wirkte beruhigend auf sie und half ihr beim Konzentrieren. Vielleicht schickte er ja Genie-Vibes zu ihr rüber oder so. Schön, wenn seine Intelligenz ansteckend war. Wahrscheinlicher war allerdings, dass er sie einfach nur glücklich machte. Nachdem die Klausuren eingesammelt worden waren, stand sie auf, in der Hoffnung, mit Kieran zusammen nach draußen zu gehen. Er kam auf sie zu.

»Mr Storm, würden Sie bitte zu mir kommen?« Mrs Bain stand vorne im Hörsaal und winkte ihm zu.

»Oh-oh, die alte Hexe.« Beim Anblick ihrer Erzfeindin verengten sich Ravens Augen zu Schlitzen.

»Und ich hatte gehofft, ich könnte jetzt das Ende der Prüfungen feiern gehen.« Kieran küsste sie zart auf die Wange. »Ich komm gleich nach.«

»Okay. Ich bin im Cottage.«

Sie musste nicht lange auf ihn warten. Kieran stürmte herein, in der einen Hand einen Rucksack. »Tut mir leid, Raven, aber das Seminar, das Joe und ich auf Wunsch meines Patenonkels machen sollen, ist vorverlegt worden. Es fängt bereits heute an. Der Shuttle fährt in ...« Er warf einen Blick auf seine Armbanduhr, »... vor fünf Minuten los. Aber ich habe ihnen gesagt, dass sie kurz warten müssen. Ich wollte nicht gehen, ohne dir Tschüs zu sagen.«

»Du wirst einen Lehrgang absolvieren?« Raven sackte der Magen durch: blankes Entsetzen. Nicht er, bitte – nicht jetzt, wo Kieran und sie gerade wieder zueinandergefunden hatten. »Wo?«

»Im Gästehaus. Für zwei Wochen.«

Sie fluchte insgeheim. »Bitte, geh nicht. Da ist Gina doch auch gewesen. Die Leute verändern sich dort – zum Schlechten.«

Er streichelte mit den Fingern über ihre gespannten Halsmuskeln. »Pscht, das ist okay. Wirklich, glaub mir. Ich werde mich nicht verändern. Dafür bin ich viel zu stur. Joe und ich, wir passen aufeinander auf.«

»Nein, hör mir zu. Was da passiert, kann nicht normal sein – nicht wenn alle als Zombieversionen von netten Jungs und Mädchen zurückkommen.«

Kieran rümpfte abschätzig die Nase. »Na ja, als nett würde ich sie jetzt nicht gerade bezeichnen.«

»Du weißt schon, was ich meine – nett in den Augen ihrer Eltern.«

»Na, das wäre doch mal interessant, als jemand zurückzukommen, den Gloria gut findet.« Er lächelte gequält. »Falls mir langweilig wird, stelle ich mir vor, wie ich dann sein würde.«

»Kieran, bitte, hör mir zu: Du wirst als Prinz dort hingehen und die verwandeln dich in einen Frosch.«

»Ich fand den Typen in dem Märchen als Frosch ja immer viel interessanter.«

»So hab ich's nicht gemeint, und das weißt du! Bitte, nimm die Sache ernst.«

»Mach dir wegen mir keine Sorgen.«

»Ich kann aber nicht anders.« Sie verbarg ihr Gesicht in seiner Jacke und wünschte sich, sie hätte einen Zauberstab, mit dem sie ihn aufhalten könnte. »Ich habe Angst um dich.«

»Brauchst aber keine zu haben. Vertrau mir.« Tröstend strich er ihr über den Rücken. »Ich bin dein Froschkönig, oder?«

»Vielleicht.« Sie hatte das nicht zugeben wollen. Sie wollte nicht, dass ihn irgendetwas von ihren Warnungen ablenkte.

»Interessant. In dem Fall kriege ich aber einen Kuss von der Prinzessin – steht so im Kleingedruckten.«

»Aber ...!«

»Nee, nee, erst den Kuss.«

Er versuchte mit Gealber, ihre Bedenken abzutun, und dummerweise konnte sie ihm nicht widerstehen. »Du willst also einen Kuss haben? Wohin? Auf die Nase?«

Er zog spielerisch die Stirn in Falten. »Nee. Frösche haben doch keine Nasen.«

»Auf die Schwimmzehen? Ich sag dir mal was, Freundchen, ich küsse niemandem die Füße.«

»Nicht auf meine Schwimmzehen.« Er zeigte auf seinen breit lächelnden Mund. »Dahin.«

Sie machte einen Schritt auf ihn zu, dann blieb sie stehen. »Nein, ich kann nicht.«

»Doch, du kannst.«

»Nein. Wenn du dich nun verwandelst?«

»Dann musst du mich einfach noch mal küssen, um mich zurückzuverwandeln. Problem gelöst.«

Sie zögerte.

»Quak!«

Sie lächelte.

»Quak!«

»Willst du etwa so lange weiterquaken, bis ich dich küsse?« Seine Augen funkelten. »Quak.«

»Okay, okay, zwei Küsse, nur um sicherzugehen.« Sie kam ganz dicht an ihn heran.

Irgendwie verschmolzen die Küsse ineinander – es hätten vier oder auch vierzehn sein können, sie zählte schon nicht mehr mit. Ihr anfängliches Genecke war vergessen und es begann ein leidenschaftlicher Austausch von Zärtlichkeiten, ein gegenseitiges Erkunden von Mündern, als seine Zunge ihre als Erstes liebkoste und Raven es ihm dann gleichtat. Für einen Moment fühlte es sich so an, als wären sie ein und dieselbe Person, beinah so, als würden sie eine gemeinsame Haut haben. Schließlich löste er sich von ihr.

Sie brauchte einen Moment, um sich wieder zu sammeln. Wie sollte man nach so etwas bloß weitermachen? Wie immer reagierte sie mit einem schnoddrigen Spruch.

»Und, Frosch oder Mann?«

»Sag du's mir.« Er küsste sie auf die empfindliche Stelle unterhalb ihres Ohrs und jagte ihr damit erneut wohlige Schauer über den Rücken.

»Du bist noch immer Kieran.« *Mein Kieran,* fügte sie insgeheim hinzu.

»Das ist richtig.« Er strich ihr eine Haarsträhne hinters Ohr und sah ihr mit ernstem Blick in die Augen. »Bitte, mach dir um mich keine Sorgen. Ich verspreche, dass ich zum Abschlussball zurück sein werde. Und für den Fall, dass vorher noch irgendwas Gravierendes passieren sollte, gebe ich dir das hier.« Er drückte ihr einen zusammengefalteten Zettel in die Hand.

»Was ist das?«

»Schau bitte nur nach, wenn's gar nicht anders geht. Das ist Isaacs Nummer. Für den Notfall, wenn ich nicht da bin.«

»Du gibst mir Isaacs Nummer?« Sie ballte die Faust um das Stück Papier. »Du vertraust mir also wirklich, oder?«

»Zu hundert Prozent. Diesbezüglich habe ich dich nie angelogen.«

Sie musste es sagen. Falls er sich verändern würde, musste sie es jetzt sagen, bevor irgendjemand Einfluss auf ihn nahm. »Ich bin dabei, mich in dich zu verlieben, Kieran Storm.«

Er schloss seine Finger um ihre Faust. »Geht mir genauso.« Er runzelte die Stirn. »Also, nicht mit dem Kieran-Part – Kieran ist manchmal ein ziemlicher Idiot – vor allem, wenn es um dich geht.«

»Kieran«, sagte sie sanft.

»Bin ich mal wieder zu penibel?«

Sie nickte.

»Okay, zweiter Anlauf. Was ich damit sagen will, ich bin auch dabei, mich in dich zu verlieben. Wie war das?«

Natürlich würde er seinen Kopf bei der Sache nie ganz ausschalten können, aber genau das machte Kieran eben mit aus.

»Viel besser.« Sie umarmten sich für eine lange Minute, bis lautes Gehupe von draußen sie auseinanderfahren ließ.

»Das sind sie. Ich bin im Nu zurück, wirst sehen.« Er drückte ihr noch etwas in die Hand, bevor er hinausging.

»Was ist das?«

»Ein Geschenk!«, rief er, hüpfte in den Minivan hinein und zog die Schiebetür hinter sich zu.

Sie wartete, bis der Van aus ihrem Sichtfeld verschwunden war, dann öffnete sie das kleine Päckchen. Ein Handy kam zum Vorschein. Ein hübsches Teil – nicht zu auffällig, aber top ausgestattet. Dabei lag ein Zettel:

Wozu dir eine Telefonnummer geben, wenn du kein Handy zum Anrufen hast? Logik für Anfänger – du kannst also nicht Nein sagen.
Kieran xxx

Kapitel 15

Der Vollmond stand über dem Wildpark und ließ grau schattierte Rasenflächen und die schwarzen Umrisse mächtiger Eichen erkennen. Zum ersten Mal sah Kieran das Gästehaus mit eigenen Augen. Er hatte sich Satellitenaufnahmen des Anwesens angeschaut und kannte den Grundriss, aber es war eindrucksvoller, als er es sich vorgestellt hatte. Man hatte ihm ein eigenes Zimmer gegeben, Joe war auf einer anderen Etage untergebracht.

Die einstigen Besitzer Westrons, eine Adelsfamilie, hatten das altmodische Tudor-Schloss verlassen und ein paar Meilen weiter eine neue Residenz bezogen, die ihnen alle Annehmlichkeiten des 18. Jahrhunderts bieten konnte. Sie hatten sich vom Architekten Vanbrugh ein prächtiges Landhaus im palladianischen Stil bauen lassen und Capability Brown hatte die Gärten angelegt.

Joe schlüpfte in Kierans Zimmer hinein. »Schicke Hütte.«

»Ja, nicht übel.« Kieran packte sein Rasierzeug aus und räumte es in das En-suite-Bad, das raffiniert in eine Ecke des Zimmers eingefügt worden war. Es war ein fensterloser Raum und der Badlüfter brummte dermaßen laut, dass jeder etwaige Versuch, die Gespräche der Jungen zu belauschen, von vornherein zum Scheitern verurteilt wäre. Mit einem Nicken gab Kieran Joe zu verstehen, dass er gefahrlos sprechen konnte.

»Mein Zimmer liegt einen Stock höher, zwei Räume weiter. Das Kavalierszimmer. Wie ich sehe, hat man dich ins Pagodenzimmer gesteckt.« Joe saß auf dem Badewannenrand.

»Die chinesische Ornamenttapete ist handbemalt. Die ist ein Vermögen wert. Der Hausmeister hat mir eingeschärft, sie ja nicht anzufassen.«

»Dann ist Dartspielen wohl gestrichen. Warum, glaubst du, wurde das Seminar vorverlegt? Ich dachte, im laufenden Schuljahr wäre das Gästehaus für Konferenzen und so reserviert.«

»Vielleicht ist ihnen ja eine Veranstaltung abgesagt worden.« Kieran legte einen skeptischen Unterton in seine Stimme.

»Oder?«

»Vielleicht hat ihnen auch nicht gefallen, dass wir Raven unterstützt haben.«

»Ich wüsste nicht, warum sie das besorgniserregend finden sollten.«

»Ich gebe zu, dass das nicht sehr plausibel scheint. Also habe ich nachgedacht. Vielleicht liegen wir ja falsch mit der Annahme, dass sie nur Raven im Fadenkreuz haben? Ich frage mich allmählich, ob sie nicht auch auf Robert Bates abzielen.«

»Ihren Großvater?«

»Ich glaube, dass sie versuchen, ihn loszuwerden – genau wie andere Schulangestellte, die sich als unkooperativ erweisen. Wenn Raven die Schule verlässt, werden sie ihn vor die Wahl stellen: Job oder Enkelin. Natürlich wird er seinen Hut nehmen und sie hätten Raven damit erfolgreich aus der Schule geekelt und ihn zur Kündigung gezwungen. Und die Leiterin der Tanzklasse, Miss Hollis, hat mir im Anschluss an die Prüfung gesagt, dass sie nach diesem Schuljahr nicht mehr in Westron unterrichten wird. Ihr Vertrag ist nicht verlängert worden.«

»Okay, verstehe. Der Hausmeister kommt überallhin, weiß über alles Bescheid, was in der Schule passiert – über kurz oder lang würde ihm auffallen, dass die Schüler nach ihrer Rückkehr aus dem Gästehaus alle stark verändert sind.«

»Na klar. Und vermutlich werden sie ihm anbieten, vorzeitig in Ruhestand zu gehen, um die bittere Pille zu versüßen, aber natürlich darf es nach außen hin nicht so aussehen, als würden sie einen Mann nach dreißig Jahren Dienstzeit einfach auf die Straße setzen. Er muss aus freien Stücken gehen.« Kieran holte seine Peitsche aus dem Rucksack; er fädelte die Schnur durch die Schlaufen seiner Jeans und schlang sie sich mehrmals um die Hüfte. Ein eigentümlicher Gürtel, der aber, wenn man nicht ganz genau hinsah, bei einer Kontrolle unbemerkt durchgehen würde. Joe zog eine Augenbraue hoch.

»Man kann nie wissen.«

»Auch wahr. Und, was glaubst du? Wie schaffen sie es, dass sich die Schüler so schnell verändern?«

»Das, mein Freund, werden wir herausfinden müssen.«

Joe stand auf. »Okay. In ein paar Minuten findet im Musikraum eine Orientierungsveranstaltung statt. Bist du so weit?«

»Dann wollen wir mal ein paar Verbrecher schnappen gehen. Auf geht's.«

Kieran kannte den Mann und die Frau nicht, die gekommen waren, um den sechs Schülern das Seminarprogramm vorzustellen. Der Mann – ›nennt mich Heath‹ – wirkte frisch und unverbraucht, gekleidet in Jeans und Poloshirt, und erinnerte mit seiner enthusiastischen Art an den Moderator einer Kindersendung. Seine Partnerin, Namrata Varma, machte einen weitaus gesetzteren Eindruck; ihr langes braunes Haar war tadellos frisiert und sie trug einen strahlend weißen Hosenanzug. Jetzt wusste Kieran auch, wer die Mädchen in Westron zu ihrem Styling inspirierte.

»Wir werden in den nächsten Wochen jede Menge Spaß zusammen haben.« Heath hüpfte vorne im Raum hin und her, als hätte er Sprungfedern unter den Sohlen. »Ziel dieses Seminars ist, die Merkmale eurer Persönlichkeit zu stärken, die hilfreich für eure Weiterentwicklung sind, und jene auszuräumen, die euch schaden. Dazu werden wir täglich Einzelgespräche durchführen, sodass jeder genau die Unterstützung bekommt, die er braucht.«

Er trat einen Schritt nach hinten und Namrata übernahm das Reden. »Wie ihr wisst, haben eure Eltern beziehungsweise eure Sorgeberechtigten euch für dieses Seminar angemeldet. Wir sind uns sicher, dass ihr sie nicht enttäuschen wollt und euch mit hundertzehn Prozent eurer Aufmerksamkeit dieser Sache widmen werdet.«

Kieran hob die Hand.

»Ja, Kieran?«

»Es ist nicht möglich, hundertzehn Prozent einer begrenzten Ressource – in diesem Fall Aufmerksamkeit – zu geben. Das mathematisch mögliche Maximum ist hier einhundert.«

»Verstehe.« Sie schien über diese Richtigstellung nicht sehr erfreut zu sein.

»Und außerdem, da wir Säugetiere sind, müssen wir einen Teil unserer Aufmerksamkeit immer auf unsere Überlebensinstinkte legen – auf unseren Schutz, Hunger, Durst und so weiter. Ich schätze, dass der Anteil an Aufmerksamkeit, den wir auf diese Sache hier verwenden können, höchstens bei knapp über siebzig Prozent liegt, und das auch nur ganz kurzzeitig.«

Kieran spürte, dass es Joe neben ihm, der eine Hand vor den Mund gelegt hatte, schüttelte vor Lachen. Er genoss den kleinen Sieg, ihr hohles Managerblabla auf diese Weise entlarvt zu haben.

»Danke, dass du dein Wissen mit uns teilst.« Namrata klang, als würde sie an einer Zitrone lutschen. »Dann erwarte ich neunundsiebzig Prozent von dir, Mister Haargenau. Und beim Rest von euch gehe ich mal davon aus, dass ihr verstanden habt, worauf ich hinauswill.«

Heath meldete sich wieder zu Wort. »Also, dann mal los, wollen wir? Ein gesunder Körper ist Teil des Geheimnisses zum Erfolg, darum wollen wir, dass ihr alle gut schlaft, gut esst und gut mitspielt.« Er schüttelte die Hand, sodass das darin verborgene Fläschchen laut klapperte. »Wir haben ein paar Vitamine für euch – wobei wir auch hier in Rücksprache mit einem Ernährungsspezialisten und unter Berücksichtigung des spezifischen Stoffwechsels von Heranwachsenden für jeden von euch einen individualisierten Behandlungsplan erstellt haben. Nehmt die Tabletten bitte jetzt gleich ein und dann bekommt ihr die nächste Dosis zum Frühstück.«

Joe blickte Kieran mit erhobenen Augenbrauen an. Sie hatten sich bereits abgesprochen, dass sie nichts zu sich nehmen würden, was ihnen verdächtig erschien.

»Wenn das nur Vitamine sind, dann bin ich der Weihnachtsmann«, raunte Kieran. Er hatte bereits in Erwägung gezogen, dass die Teilnehmer womöglich mit Drogen beeinflussbarer gemacht wurden. Er freute sich schon darauf, die Pillen im Labor zu analysieren.

Heath und Namrata erzählten weiter davon, was sie alles geplant hatten; Kieran versuchte, aus ihrem Geschwurbel die Wahrheit herauszuhören. So wie es klang, würden die Schüler den Großteil der Zeit getrennt voneinander verbringen, aber was genau passieren würde, darüber erfuhren sie so gut wie nichts.

»Und wie ich vermute, wollt ihr euch jetzt alle ganz schnell in eure Betten verabschieden. Aber bevor ihr verschwindet, kommt bitte nach vorn und holt euch eure Vitamine und euren Seminarplan ab.« Heath deutete auf einen Tisch, an dem Namrata eine Reihe von Heftern auslegte, neben die sie jeweils einen Becher mit Wasser und eine Dosierschale mit Pillen stellte.

»Kleines Ablenkungsmanöver?«, schlug Joe vor.

Kieran nickte.

Joe stiefelte nach vorne, nahm seine Pillendosis und hielt sie Heath schüttelnd unter die Nase. »Sind das meine?«

»Das ist richtig, Joe, für einen gesunden Körper!« Heath reichte ihm einen Becher mit Wasser.

Noch während Joe mit viel Gefuchtel so tat, als würde er sich die Pillen, die er fest in der Hand behielt, in den Mund werfen, griff Kieran unauffällig nach seiner Dosis. Halb von Namrata abgewandt, benetzte er nur kurz die Lippen, ohne einen Schluck aus dem Becher zu trinken.

»Alles in Ordnung mit deinem Stundenplan?«, fragte sie und ging näher an ihn heran. Ihr Blick war auf den Becher gerichtet, nicht auf den Hefter.

»Ja, danke.«

»Wir werden an dieser Marotte von dir, alles wortwörtlich zu nehmen, ein bisschen arbeiten müssen, Kieran. Dir muss klar sein, dass sich ein solches Verhalten sehr störend auf Sozialbeziehungen auswirkt.«

Kieran dachte an Raven und wie sie darüber lachte, wenn er mit seinen Bemerkungen abschweifte und vom Hundertsten ins Tausendste kam. Sie hatte Spaß an seinen logischen Exkursen. »Ich sehe das ein bisschen anders.«

»Tja, dein Patenonkel teilt deine Sicht aber nicht; warten wir einfach ab, wie du die ganze Sache in ein, zwei Tagen bewertest, okay?«

Interessant. Immer wieder wurde hervorgehoben, dass die Schüler dank des Seminars endlich in der Lage wären, ihre anspruchsvollen Eltern zufriedenzustellen. Nachdem sie jahrelang hinter den Erwartungen zurückgeblieben waren, versprach dieses Seminar, angeknackste Familienbeziehungen ruckzuck wieder zu kitten. Die Verlockung, unter diesem Druck nachzugeben, war groß. Wie gut, dass sie keine Ahnung hatte, wie weit er gehen würde, um Raven zufriedenzustellen; das war eine Schwachstelle in seiner Rüstung, die er auf keinen Fall zeigen wollte.

»Du willst doch Freunde finden, oder? Soweit ich informiert bin, bist du ein sozialer Außenseiter, der sich in größeren Gruppen Gleichaltriger unwohl fühlt und oft aneckt. Ich will dir nicht zu nahe treten, aber so wie ich das sehe, hast du genau das heute Abend mal wieder unter Beweis gestellt.«

»Miss Varma?« Kieran schob die Hand mit den Pillen tief in seine Hosentasche.

»Ja?«

»Wie Sie ja selbst gesagt haben, nehme ich die Dinge immer wörtlicher, als sie gemeint sind, darum erklären Sie mir doch bitte mal etwas.«

Törichterweise hielt sie das für ein Zeichen, dass er sein Problem erkannt hatte. »Ja, bitte.«

»Warum sagen die Leute immer, bevor sie etwas Verletzendes

sagen, dass sie einem nicht zu nahe treten wollen? Ihnen war doch bewusst, dass Ihre Worte mich kränken würden, also war diese Floskel doch eine Lüge.«

Sie lächelte ihn verkniffen an. »Wie ich sehe, steht uns eine Menge Arbeit bevor, Kieran.« Sie wandte sich von ihm ab, um sich einen weniger komplizierten Schüler zu suchen.

Zurück auf seinem Zimmer, machte sich Kieran gleich daran, mithilfe des kleinen Analysesets, das er in seinem Kulturbeutel eingeschmuggelt hatte, die Pillen zu untersuchen, während Joe bei Isaac Bericht erstattete. Mit dem Minilabor, das er auf dem Waschschrank im Bad aufgebaut hatte, konnte er zwar nur das Elementarste herausfinden, aber die vorläufigen Ergebnisse überraschten ihn.

»Joe, ich fürchte, ab heute ist mein Name Weihnachtsmann – das sind tatsächlich Vitamine; der übliche Mix: A, B3, C, D ... Ich habe zwar nicht genug Zeit, um alles abzuprüfen, aber soweit ich sehen kann, wurden die Pillen nicht gepanscht.«

Keine Antwort. Er steckte den Kopf durch die Tür und sah Joe, der mit dem Gesicht nach unten schlafend auf dem Boden lag, das Handy noch in der Hand. Er beschloss, dass die Ergebnisse bis morgen warten müssten.

»Hey, mein Freund, Zeit, dass du dich in dein Zimmer verdrückst.«

Joe gähnte. »Ja. Ich bin müde. Das hat Spaß gemacht, was?«

Wenn man darauf stand, Gehirnwäschern eins auszuwischen. »Findest du dein Zimmer allein oder brauchst du Hilfe?«

»Nein, nein, alles in bester Ordnung.«

Kieran half ihm hoch und bugsierte ihn zur Tür. »Hast du Meldung gemacht?«

»Ähm, ich glaub nicht.« Joe rieb sich die Augen. »Tut mir leid.

Bin in dem Moment eingepennt, als ich mich auf den Boden gesetzt habe.«

»Schon okay – ich mache den Anruf. Ich komme dich morgen zum Frühstück holen. Damit du nicht verschläfst.«

»Ja, das weiß ich zu schätzen, Mann. Boah, heute Nacht werde ich schlafen wie ein Baby.« Joe stolperte davon.

Kieran merkte, dass Joes Gähnen ansteckend war. Er spritzte sich Wasser ins Gesicht, um wieder munter zu werden. Sie hatten fleißig für die Prüfungen gelernt und gleichzeitig an ihrer Mission gearbeitet, ganz zu schweigen von seinem jüngsten Gefühlstohuwabohu, darum pfiffen Joe und er gerade aus dem letzten Loch. Er rief Isaacs Nummer an.

»Ist alles in Ordnung, Kieran?«

»So weit, so gut. Wir sind jetzt beide hier und hatten gerade unsere Orientierungsveranstaltung. Sie haben Pillen verteilt und ich war schon ganz aufgeregt, ob das möglicherweise Drogen sind, aber wie sich jetzt herausgestellt hat, sind es nur Vitamine.«

»Schade. Das wäre ein hübsches Beweisstück gewesen. Und sonstiger Eindruck?«

»Bisher hört sich das Ganze nach einem ganz normalen Seminar an.«

»Geht's Joe gut?«

»Ja. Er ist schon ins Bett gegangen. Wir sind beide ziemlich geschlaucht. Die Prüfungen sind erst heute zu Ende gegangen.«

Isaac gluckste in sich hinein. »Ich vergesse immer, dass ihr damit ja auch noch zu tun hattet. Und, alles gut gelaufen?«

»Ich glaube schon.«

»Das heißt bei dir also, alles mit einer glatten Eins bestanden. Du bist mir echt einer, Kieran. Du überraschst mich wirklich immer wieder.«

Kieran trat ans Fenster und schaute in Richtung Westron Castle. Er konnte das Schloss nicht sehen, aber er spürte, wo Raven war, wie ein Kompass, der nach Norden zeigte. »Haben Sie über meinen Vorschlag mal nachgedacht?«

»Bin noch dabei. Aber ich muss dir sagen, dass ich nicht überzeugt bin.«

»Ich verspreche Ihnen, es wird funktionieren. Sie kennen sie nicht.«

»Lass uns darüber reden, wenn die Sache hier vorbei ist.«

»Genau das sagen Leute, wenn sie Nein sagen wollen.«

Isaac gab nicht einen Zoll nach – nicht dass Kieran damit gerechnet hatte. »Erst die Mission, dann das Gespräch. Bleibt in Verbindung, okay?«

»Natürlich. Einer von uns beiden, Joe oder ich, meldet sich morgen bei Ihnen.«

Kieran beendete das Telefonat. Auf seinem Display war wieder das Foto von Raven zu sehen, das er vor ein paar Tagen gemacht und als Hintergrundbild ausgewählt hatte. War es zu spät, um sie anzurufen? Er beschloss, ihr eine SMS zu schicken, für den Fall, dass sie bereits schlief.

Hier ist alles in Ordnung. Ich bin noch immer der Alte. Du fehlst mir. Wir sehen uns beim Abschlussball, wenn nicht schon vorher. Froschkönig.

Nicht gerade die geistreichste Nachricht, aber mehr war nicht drin. Er drückte auf Senden. Beinah augenblicklich leuchtete auf seinem Display eine Antwort auf.

Schön zu hören, dass es dir gut geht. Du fehlst mir auch. Danke für das Handy. Das bedeutet mir sehr viel. In Liebe, Raven. xx

In Liebe. Und dahinter zwei Küsse, damit er sich auch ja wieder in einen Prinzen zurückverwandelte. Kierans Daumen verharrte über den Tasten, während er noch überlegte, ob er nicht etwas schreiben sollte, was ein bisschen poetischer war, charmanter. Genau das würde Joe tun – sie mit seelenvollen und gewandten Worten umgarnen. Andererseits würde sie ihn gar nicht erkennen, wenn er sich dermaßen untypisch verhielt.

Ich wünschte, ich würde Charme besitzen, aber da es mir daran mangelt, bleibt mir nur zu sagen, dass ich die ganze Zeit an dich denke.

Es herrschte kurz Pause.

Auch dann, wenn du dieses brillante Gehirn von dir dazu benutzt, die Weltformel zu berechnen?

Wenn du nicht in dieser Formel enthalten wärst, dann würde sie für mich keinen Sinn ergeben. Gute Nacht.

Ah, danke. Gute Nacht. PS: Du machst dich gar nicht so schlecht als Prinz Charming. Ich habe jetzt deine SMS als Beweis dafür.

Kieran schlief mit einem Lächeln auf dem Gesicht ein.

Raven barg das Handy an ihrer Brust. Verwirrt, das war der Gefühlszustand, den Kieran bei ihr auslöste. Verliebt und verwirrt. Aber zumindest waren das warme Empfindungen, viel besser als das schneidend kalte Gefühl von Kränkung und Einsamkeit, das sie nach dem Vorfall mit Gloria erfasst hatte. Was ihr am meisten zu schaffen machte, war die Tatsache, dass sie nicht wusste, wohin das Ganze mit ihnen führen sollte. Kieran hatte ihr versprochen, am Ende des Schuljahres reinen Tisch zu machen, aber wenn er nun einfach mir nichts, dir nichts verschwinden würde? Sie kannte nicht mal seine Adresse; sie könnte nichts dagegen tun, wenn er sich genauso lautlos aus ihrem Leben stehlen würde, wie er sich eingeschlichen hatte. Wenn sie mit ihm zusammen war, hatte sie das Gefühl, er würde zu ihr gehören, wie ein Puzzleteil, das perfekt passte, aber wenn er fort war, überkamen sie wieder ihre alten Ängste und sie fragte sich, ob ihre

Beziehung letzten Endes nicht wieder in die Pappschachtel zurückgeworfen und kräftig geschüttelt würde, sodass das halb fertige Bild wieder in lauter Einzelteile zerfiel.

Das Glücksgefühl verblasste. Dad war mit seiner Ausrüstung auf den Schultern weggegangen. Mom war mit einem Koffer im Auto fort. Keiner von beiden war zurückgekommen. Wenn gute Absicht auf harsche Realität traf, dann gewann die harsche Realität jedes Mal.

Kein Wunder, dass sie in diesen Traum abdriftete. Sie geht an der Junior High einen weißen Korridor hinunter, stahlgraue Spinde zu beiden Seiten. Alles ist größer und weiter, als sie es in Erinnerung hatte. Da vorne kann sie ihre Eltern sehen, Arm in Arm, wie sie, die Köpfe zusammengesteckt, lachen. Wenn sie doch nur schnell genug rennen könnte, vielleicht würde sie sie einholen.

Der Dealerjunge stellt sich ihr mit einem Schritt in den Weg. *Hey, Mädchen.*

Sie schüttelt den Kopf. *Ignoriere ihn. Geh um ihn herum.*

Zeig mir gefälligst nicht die kalte Schulter. Ich mache dir einen Sonderpreis, wenn du besonders nett zu mir bist.

Nur über ihre Leiche. Jetzt rennt sie. Aber ihre Eltern entfernen sich immer mehr und sie kommt nicht voran, als würde sie auf einem Laufband in die verkehrte Richtung laufen.

Jetzt versperrt ihr das versammelte Footballteam den Weg, in Schutzkleidung und mit Helmen. *Wir haben gehört, du machst es mit jedem? Willst du spielen?*, ruft der Quarterback.

Auf keinen Fall. Aber sie hat keine Gewalt über ihre Stimme, kann nur rennen, ohne von der Stelle zu kommen. Sie blickt nach unten. Ihr Pflegebruder Jimmy Bolton liegt auf dem Boden, die Hände um ihre Fußknöchel gelegt, ein selbstgefälliges Lächeln auf seinem Chorjungengesicht. *Hab dich ja gewarnt, dass ich's dir heimzahle.*

Sie versucht ihn abzuschütteln, aber ihre Eltern verschwinden, treten durch die Türen am Ende des Korridors hindurch, hinein in grelles, gleißendes Tageslicht. Jemand ist bei ihnen. Kieran? Die Footballspieler kommen näher, als wäre sie der Gegner, den sie gleich angreifen, oder vielleicht auch der Ball, nach dem sie gleich treten werden. Eine Gruppe von Jungen mit Kissenbezügen über den Köpfen kommt hinzu.

Geh zum Henker, Stone!

Wasser spritzt aus der Sprinkleranlage. Sie reißt die Arme hoch, um ihren Kopf zu schützen, Fingerknöchel knallen gegen das Kopfteil ihres Bettes.

Der echte Schmerz beendete den in ihrem Traum. Ihr Herz raste vom Adrenalin; sie sank zurück ins Kissen und massierte ihre Hand. Besser unter Schmerzen wach zu sein, als noch immer in diesem blöden Traum festzuhängen. Akute Ängste entfesselten die Geister ihrer Vergangenheit – schon kapiert. Sie brauchte keinen Seelenklempner, der ihr das erklärte.

Sie nahm ihr Handy vom Nachttisch und sah auf die Uhr. 02:28. Sie scrollte durch Kierans letzte SMS. Es ging ihm gut. Mit ihm war alles in Ordnung. Er war unverändert. Sie hatte zwar nicht seine Anschrift, aber seine Telefonnummer; er konnte sich nicht so einfach in Luft auflösen. Sie würde ihm morgen früh eine SMS schicken. So lange würde sie darauf vertrauen müssen, dass er gut auf sich selbst aufpassen konnte.

Mit leichten Kopfschmerzen eilte Kieran die Treppe hinunter, um Joe aufzuwecken. Er hatte selbst verschlafen und in fünf Minuten fing bereits das Frühstück an.

Keine Antwort. Als Kieran die Tür öffnete, fand er das Zimmer leer vor. In dem Bett war geschlafen worden, aber anscheinend hatte Joe das zeitige Aufstehen besser hinbekommen als er. Andererseits war Joe auch nicht ewig aufgeblieben, um sich mit seiner Freundin Textnachrichten zu schreiben.

Der Frühstücksraum war von Sonnenlicht durchflutet. Auf einem langen Tisch stand ein gesundes Frühstücksangebot zur Auswahl – keine Eier mit Speck. Kieran winkte Joe zu, der sich bereits über eine Grapefruit hermachte. Er schnappte sich eine kleine Schachtel Müsli und eine Banane und suchte nach seinem Sitzplatz. Auf den Esstischen standen Schildchen mit den Namen der Schüler, ein kleines Gefäß mit Pillen daneben. Er bemerkte, dass in seinem zwei Tabletten mehr drin waren als bei allen anderen.

Heath kam herein, mit hochgekrempelten Hemdsärmeln, die Daumen in die Gürtelschlaufen seiner Hose eingehängt. »Hallo, Leute. Alle gut geschlafen?«

»Und wie!«, rief ein Junge aus der 9. Klasse. »Das sind echt Zauberpillen.«

»Bitte nehmt eure Vitamine zusammen mit dem Essen ein – auf nüchternen Magen kann's manchmal Beschwerden geben.« Heath drehte sich zur Frühstücksauswahl um.

Kieran ließ seine Pillen unauffällig in der leeren Bananenschale verschwinden. Er sah, dass Joe seine tatsächlich einnahm.

»Hey, Joe, ich weiß, das sind vermutlich wirklich nur Vitamine, aber sicher ist sicher«, sagte er leise.

Joe spülte mit einem Schluck Wasser nach. »Hä, was meinst du damit, Key?« Er streckte eine Hand aus, um sich nachzuschenken, aber seine Bewegungen waren ungelenk.

»Bist du noch immer müde?« Kieran beschlich eine böse Ahnung. Joe benahm sich ganz anders als sonst. Rasch schaute er sich einmal im Raum um – alle Schüler wirkten leicht aufgedreht, sie redeten und lachten zu laut, ihre Bewegungen wirkten ein bisschen unkoordiniert.

»Hab mich nie besser gefühlt. Ich bin dermaßen ausgeruht aufgewacht, Mann, kaum zu glauben. Ist wirklich ein cooler Laden hier, oder? Und sie haben ein tolles Programm.« Er schwenkte den Hefter durch die Luft, dass einzelne Seiten heraus und zwischen den Stühlen auf den Boden fielen. »Hoppla.« Lachend blickte er hinunter auf seine Füße, so als müsste er überlegen, was er mit den Sachen tun sollte, die er hatte fallen lassen. »Bei mir steht heute Morgen Fitnesstraining auf dem Plan – Gewichte, Swimmingpool, Laufband. Ich werde so was von durchtrainiert sein, wenn wir hier fertig sind.« Er bückte sich, um seinen Stundenplan aufzuheben, verschätzte sich aber mit der Entfernung zwischen seinen Fingern und dem Fußboden. »Jetzt sieh sich das mal einer an. Hast du mich gestern noch abgefüllt?«

Beunruhigt hob Kieran schnell die Blätter vom Boden auf. »Du hast gestern Abend die Pillen nicht genommen, oder?«

»Nein. Also, ich glaube nicht.« Joe runzelte die Stirn. »Aber irgendwie ist meine Erinnerung total verschwommen.«

Doch er hatte das Wasser getrunken. Die Pillen waren harmlos gewesen, aber Kieran erinnerte sich, dass Joe den dazu ausgegebenen Becher Wasser – eine wohldosierte Menge, genau wie heute Morgen – in einem Zug geleert hatte.

»Trink das nicht.« Er nahm Joe den Becher mit dem verbliebenen Rest weg. Wie lange würde es dauern, bis der Körper seines Freundes die Droge abgebaut hatte?

»Alles, was du sagst, mein Freund.« Joe lächelte ihn halb weggetreten an. »Weißt du, Key, ich liebe dich, Alter. Du bist mein bester Kumpel.«

»Ja, bester Kumpel.« Kieran wollte sich keine im Rauschzustand gestammelten Bekenntnisse anhören.

»Tut mir echt wahnsinnig leid, dass du mit Raven Schluss machen musstest. Das war echt hart. Ich fühle mit dir, weißt du?« Joe blutete emotional aus – die Augen voller Tränen, sprudelten unreflektiert Wörter aus seinem Mund. Es war nicht ungewöhnlich für ihn, sein Innerstes nach außen zu kehren, aber normalerweise tat er das auf wohlbedachte Weise.

»Ja, ich weiß, aber vielleicht sollten wir jetzt besser nicht darüber sprechen? Du musst erst mal wieder nüchtern werden.«

»Meinst du etwa, ich bin betrunken?« Joe linste in seinen Orangensaft. »Hast du mein Getränk gepimpt?«

»Nein, ich nicht. Das waren die Leute hier.« Kieran blickte hinunter auf seine Schale. Konnte man hier irgendwas ohne Bedenken essen? Vielleicht die Banane. Wenn er Joe dazu bekam, etwas zu sich zu nehmen, würde vielleicht weniger von der Droge metabolisiert werden. Grapefruit fiel allerdings erst mal flach, denn die Frucht hatte die gegenteilige Wirkung und beschleunigte die chemische Absorption. Er schob die Grapefruit außer Joes Reichweite.

»Aber die Leute hier sind echt nett. Findest du nicht, dass sie nett sind? Ich habe mich gerade eben mit Namrata unterhalten und sie ist wirklich okay, weißt du? Und man kann hier dermaßen viel machen – das ist wie ein gaaaanz langer Urlaub.«

Die Anzeichen waren unverkennbar: Der ohnehin schon gesprächige Joe war noch redseliger als sonst; er schien vergessen zu haben, dass sie nicht zum Mitmachen hier waren. Thiopental vielleicht? Diese Droge wurde als Wahrheitsserum eingesetzt;

sie wirkte schwächend auf die Selbstschutzmechanismen eines Menschen, machte ihn gefügig und leicht beeinflussbar. »Iss und trink nichts, was sie dir geben, Joe. Iss nur das, was ich dir gebe. Du hast bereits etwas in deinem Organismus.« Kieran würde einen Alarmruf an Issac absetzen müssen und Joe hier rausholen lassen. Wenn er eine Probe des Wassers nehmen könnte, umso besser, aber vielleicht könnte ja ein Bluttest bei Joe den nötigen Beweis erbringen, dass Drogen eingesetzt wurden? Er hätte niemals sagen dürfen, dass für sie so gut wie keine Gefahr bestand: Da hatte er sich von dem Wunsch, in Ravens Nähe bleiben zu wollen, leiten lassen und keine unvoreingenommene Einschätzung der Situation vorgenommen. Wäre die Mission in seinem Fokus gewesen, hätte er empfohlen, diesen Einsatz hier einem anderen Team mit mehr Erfahrung zu überlassen.

Joe lehnte sich nach vorne, mit geweiteten Pupillen. »Key, Alter, du musst dich ein bisschen locker machen. Das Essen hier ist superklasse.«

Kieran war verlockt, ihm einen Satz Ohrfeigen zu verpassen, ihn ordentlich zu schütteln, aber das würde nichts nützen, nicht solange die Droge noch Wirkung tat.

»Hör mir genau zu, Joe: Du bringst uns in Gefahr. Du musst dich wieder daran erinnern, wo wir hier sind.«

Joe lachte los. »O ja, jetzt erinnere ich mich! Wir sind Detektive und undercover – hey, Leute, wir sind hier, um euch auszuspionieren!« Ein paar Köpfe drehten sich zu ihnen herum.

Der Junge aus der Neunten fiel in Joes Gelächter ein. »Cool!«

Kieran musste schnell handeln. »Das Spiel spielen wir hier aber nicht, Joe, weißt du noch? Das haben wir letztes Jahr gemacht bei diesem ›Wer-war-der-Mörder‹-Wochenende. Hier läuft doch gerade das ›Wie-werde-ich-erfolgreich‹-Seminar.«

»Ah, jetzt kapier ich's. Ssscht!« Joe wollte sich seitlich an die Nase tippen, verfehlte sie aber und kratzte sich stattdessen an der Wange. »Ich habe ein Geheimnis.«

Kieran ging mit seinem Ohr ganz dicht an Joes Mund heran. »Welches denn?«

»Ich habe das Gefühl, ich bin betrunken.«

»Du stehst unter Drogen, betrunken bist du nicht. Du musst davon wieder runterkommen, Joe.« Diese Unterhaltung führte zu nichts, sie drehten sich die ganze Zeit im Kreis.

Joe runzelte die Stirn, dann stand er schwankend auf. »Hört mal alle her, Kieran glaubt, sie hätten uns unter Drogen gesetzt.« Er sah auf seinen leeren Becher. »Und wisst ihr was? Ich glaube, vielleicht hat er recht. Er ist nämlich ein echt cleveres Kerlchen.«

Jetzt war es geschehen. Während die anderen Schüler Joes Gerede als Teil des höchst unterhaltsamen Frühstücks betrachteten, nahmen Heath und Namrata Kieran sofort ins Visier. Sie holte ihr Handy heraus und machte einen Anruf, während Heath zu Kieran hinüberging und ihn am Ellbogen fasste.

»Kieran, ich bin wahnsinnig enttäuscht, dass du uns so viel Ärger machst. Das ist nicht die richtige Einstellung.«

Joe strahlte Heath an. »So ein netter Kerl«, sagte er zu niemand im Besonderen. »Hast du den Orangensaft probiert? Der ist frisch gepresst.«

Zwei kräftige Männer in dunklen Anzügen kamen ins Zimmer und gingen zu Namrata, die ihnen Anweisungen gab. Sie zeigte auf Kieran.

Heath lächelte Joe nachsichtig an. »Ja, habe ich. Lecker, oder? Ich fürchte allerdings, dass wir mit deinem Freund die Sache anders angehen müssen – er braucht ein bisschen Anpassungshilfe an sein Programm.«

Die Anzugträger kamen herüber und postierten sich rechts und links von ihm.

»Kommen Sie bitte mit uns, Sir«, sagte der eine.

»Ich bleibe lieber hier, danke.« Kieran wägte seine Fluchtchancen ab. Auf Joe war derzeit kein Verlass, genauso wenig wie auf die anderen Schüler. Keine guten Aussichten.

»Sie können sich das aber nicht aussuchen, Sir.« Der Koloss packte ihn am Handgelenk und zog ihn von seinem Stuhl hoch.

Kieran holte Schwung und riss sich los, Raven-Style. Er ging rückwärts auf die Tür zu. »Ich melde mich von dem Kurs ab.«

»Hey, Leute, das ist doch nicht nötig! Das ist Key, er ist ein Supertyp«, sagte Joe. Er machte Anstalten aufzustehen, aber Heath drückte ihn in seinen Stuhl zurück.

»Eine Abmeldung kommt leider nicht infrage«, sagte Namrata und ging über Joes Proteste hinweg. »Dein Vormund hat dich mit seiner Unterschrift unserer Obhut übergeben. Schafft ihn bitte hier raus.«

Die beiden Männer stürzten auf Kieran zu und stießen ihn mit Wucht gegen die Wand. Dass sie dermaßen schnell gewalttätig würden, damit hatte er nicht gerechnet. Einer der Kerle nahm ihn in den Schwitzkasten und der andere fesselte ihm die Hände auf den Rücken, noch bevor er sich irgendwie zur Wehr setzen konnte.

»Lasst mich los! Joe!«

Joe fuhr sich verwirrt mit den Händen übers Gesicht. »Was ist hier los? Das sieht aber nicht fair aus. Das ist doch mein Kumpel, Kieran.« Er stand auf, um dazwischenzugehen.

»Mach dir keine Sorgen, Joe, Kieran muss sich nur mal ein bisschen hinlegen und ausruhen.« Heath bugsierte Joe zurück auf seinen Platz. »Du fühlst dich wohl auch nicht so ganz auf der Höhe, was? Ist dir ein bisschen schwummrig?«

Joe nickte. »Alles ist so laut. Ich verstehe das nicht.«

Heath holte eine Spritze heraus und verabreichte sie Joe in den Arm. »Euch beiden wird's bald wieder besser gehen. Ihr braucht nur ein bisschen Ruhe.«

»Joe, hör nicht auf ihn. Hau ab von hier!« Kieran wurde rückwärts aus dem Raum geschleift. Das Letzte, was er von Joe sah, war, wie sein Freund, den Kopf in den Händen vergraben, zusammengesackt dasaß. Ihm blieb nur noch die Hoffnung, dass sich Joe wieder daran erinnern würde, einen Alarmruf abzusetzen, sobald sich der drogeninduzierte Nebel um ihn gelichtet hätte. Wenn nicht, sah die Sache für sie beide ziemlich übel aus.

Kapitel 16

Raven war ein bisschen beunruhigt, als ihre Nachrichten an Kieran in den folgenden zwei Tage alle ohne Antwort blieben. Von den Bildern ihres Traumes verfolgt, textete sie stattdessen Joe.
Keine Sorge, Raven. Alles supi-dupi, hatte Joe ihr daraufhin zurückgeschrieben.
Das klang nicht nach Joe.
Kannst du ihn bitten, sich bei mir zu melden?
Klaro. Wenn ich ihn das nächste Mal sehe.
Ich dachte, ihr macht dieses Seminar zusammen?
Es herrschte eine lange Pause, bevor sie eine Antwort bekam.
Wir haben unterschiedliche Stundenpläne. Heath sagt, dass es Kieran gut geht. Er ist nur sehr beschäftigt.
Wer ist Heath?
Toller Typ. Unser Tutor. Er sagt, dass ich Key später sehen werde.
In den ersten Tagen nach Joes und Kierans Abreise war es sehr ruhig in Westron gewesen, die Rasenflächen und Gärten wie leer gefegt, trotz der warmen Junisonne, die hinaus ins Freie lockte. In der Mittelstufe und einigen Oberstufenkursen wurden noch Klausuren geschrieben, die jüngeren Schüler waren be-

schäftigt mit Hausarbeiten, nur ihre Jahrgangsstufe hatte nichts mehr zu tun. Viele ihrer Mitschüler nutzten die freie Zeit für Extrakurse oder Praktika. Raven war wieder einmal die Außenseiterin, weil ihr Job in einem hiesigen Tanzstudio laut Mrs Bain aus unerfindlichen Gründen nicht zustande gekommen war. Verschaukeln konnte Raven sich allein. Ihre Bestrafung für die Verfehlungen, die ihr angedichtet wurden, nahm einfach kein Ende. An ihrer letzten Schule hatte sie mit dem unverdient schlechten Ruf zu kämpfen gehabt, eine stadtbekannte Schlampe zu sein, hier wurde sie als diebisches Miststück gesehen. Konnte für sie nicht wenigstens ein Mal was glattlaufen? Raven wusste, dass sie nichts dagegen tun konnte, wie andere Leute über sie dachten. Aber sie bestimmte, wie sie sich selbst sah. Sie hatte nichts von alldem verdient und sollte es so weit wie möglich ignorieren. Mit diesem Entschluss im Hinterkopf hielt sie sich die Woche über gut beschäftigt, änderte ein Secondhand-Kleid für den Abschussball um und machte sich Sorgen um Kieran.

Er schrieb ihr keine SMS. Und Joe auch nicht. Wenn das so weiterginge, würde sie zum Gästehaus hinübermarschieren und verlangen, die beiden zu sehen.

Am Freitagnachmittag kam ihr Großvater dazu, als sie sich, das Kleid vor sich hinhaltend, im Spiegel betrachtete.

»Schau mal einer an!«, rief er aus. »Wo hast du denn das her?«

Sie wedelte kurz mit dem Rockteil des roten, eng anliegenden, einseitig schulterfreien Taffeta-Kleids. »Das hab ich online auf der Seite einer Wohltätigkeitsorganisation gebraucht gekauft. Findest du, das kann ich anziehen?«

»Es ist wunderschön, Schätzchen.« Er hängte seinen Mantel an einen Haken auf der Innenseite der Tür. »Soll ich mich an den Kosten beteiligen?«

»Es hat nur fünfundzwanzig Pfund gekostet dank des kleinen Flecks am Saum, den ich beim Kürzen des Kleides einfach wegschneiden konnte. Das Geld hatte ich mir zusammengespart, also alles gut, danke. Möchtest du eine Tasse Tee?« Sie legte das Kleid über die Rückenlehne eines Stuhls und ging zum Wasserkocher hinüber.

»Ja bitte. Und was ist mit Schuhen und was es da sonst noch so gibt?« Ihr Großvater war so süß, wenn er versuchte, über Mädchenoutfits zu sprechen.

»Ich hab noch welche, die dazu passen müssten. Es ist nur ein Schulball.« Obwohl sie sich schon wie verrückt darauf freute, mit Kieran dort hinzugehen. Immer wieder malte sie sich aus, wie sie an seinem Arm in den Saal rauschte und ihre Feinde gelassen anlächelte. »Und wie war dein Tag?«

Er setzte sich ächzend hin. »Nicht so gut, um ehrlich zu sein. Ich hatte heute mal wieder ein langes Gespräch mit Mrs Bain.«

»Und?« Ihre Hand zitterte, als sie die Milch in zwei Becher goss.

»Sie lehnt entschieden ab, dass du nach dem Ende des Schuljahres hier bei mir wohnen bleibst.«

»Oh, okay. Ich ... Okay, dann müssen wir uns halt was einfallen lassen.« Raven stützte sich auf dem Küchentresen ab. Was sollten sie tun? Ein Zimmer in der Nähe des Oberstufenzentrums mieten? Konnten sie sich das leisten? Sie würde sich einen Teilzeitjob suchen müssen.

»Selbstverständlich habe ich ihr erklärt, dass ich meine Kündigung einreichen werde.«

»Du hast was?« Der Wasserkocher schaltete sich mit einem Klicken aus, aber Raven machte keine Anstalten, das Wasser in den Teepott zu gießen.

»Ach mein Schatz, da brauchst du gar nicht so schockiert zu sein. Du hast für mich oberste Priorität. Wo du wohnst, wohne auch ich. Ich bin sicher, ich finde irgendeine Tätigkeit, um die Zeit bis zur Rente zu überbrücken. Ist doch nur noch ein Jahr. Mrs Bain hat gesagt, sie würde mal gucken, ob sich eine vorzeitige Pensionierung für mich einfädeln lässt. Sie unterstützt mich wirklich, wo sie kann.«

»Bis auf die Tatsache, dass sie mich blödsinnigerweise hier nicht wohnen lassen will!«

»Wir können nicht in die Hand beißen, die uns füttert, Schatz.«

»Du kannst das nicht, aber ehrlich gesagt hätte ich nicht übel Lust, sie ihr mit einem Biss abzureißen!« Sie warf den Teebeutel in den Pott und ertränkte ihn in kochend heißem Wasser. »Wem schade ich denn, wenn ich in dem Extrazimmer schlafe?«

»Ich glaube, sie hat einfach das Gefühl, dass sie damit etwas einreißen lassen würde. Wenn sie erlaubt, dass du bei mir wohnst, würden andere Beschäftigte der Schule dieses Privileg auch für sich in Anspruch nehmen wollen, womit Westron nicht mehr volle Diskretion garantieren könnte. Sickert auch nur eine Geschichte über eines der Kinder hier an die Presse durch, ist die Reputation der Schule zerstört.«

Raven konnte den Nachhall von Mrs Bains Stimme in den Worten ihres Großvaters hören. »Das ist doch totaler Schwachsinn. Glaubst du ihr etwa?«

Er zog eine Grimasse. »Offen gesagt ergibt das Ganze aus meiner Sicht nicht sonderlich viel Sinn. Sie reagiert über. Unter der Leitung des alten Rektors Mr Grimshore war das jedenfalls anders und auch damals hatten wir schon etliche VIP-Kinder hier. Dieses neue Unternehmen, das die Schule übernommen und in ihr Netzwerk integriert hat, verfolgt ein paar merkwürdige Ansätze. Wird mir jedenfalls nicht schwerfallen, meinen Hut zu nehmen.«

»Aber dieses Cottage ist seit zig Jahren dein Zuhause.«

»Nein, Liebes: Du bist mein Zuhause. Das Haus hier ist nur Ziegelstein und Mörtel.«

Raven kämpfte gegen den Kloß in ihrem Hals an. Sie schenkte Tee ein und stellte die Tasse vor ihren Großvater hin. »Danke.«

Er tätschelte ihre Hand, die auf seiner Schulter lag. »Du brauchst mir nicht zu danken. Du schenkst diesem alten Mann so viel Freude. Ich vermisse deine Mutter – und deine Großmutter. Wenn du bei mir bist, habe ich dich und die Erinnerung an die beiden. Sie wären sehr stolz auf dich gewesen. Deine Mutter war dir sehr ähnlich, weißt du?«

Er sprach nicht oft über Ravens Mutter; es war schmerzlich schön, seinen Erinnerungen zu lauschen. »Worin? Im Eine-Nervensäge-Sein?«

Er lachte. »Nein. Sie hatte immer sehr klare Ansichten. Dein Vater auch. Ich wette, dass die Funken geflogen sind, wenn sie aneinandergerieten.«

Ja, das stimmte, aber ihre Eltern waren sich viel häufiger einig gewesen, als dass sie sich gestritten hatten. Ungefähr so wie bei Kieran und ihr. »Ich suche mir einen Job, um etwas Geld beizusteuern.«

»Such dir einen Job, wenn du magst, aber nur, damit du dir etwas fürs College beiseitelegen kannst. Du, mein Schatz, wirst es weit bringen und ich werde dabei immer an deiner Seite sein.«

Sie schlang ihre Arme um seinen Hals und drückte ihn an sich. »Danke, Opa.«

»Bitte, Raven. Sehr, sehr gern.«

Kieran konnte sich nicht daran erinnern, wann er das letzte Mal geschlafen hatte. Jedes Mal, wenn ihm die Augen zufielen, wurde er wach gerüttelt oder sein Gesicht mit Wasser vollgespritzt – entweder von Namrata, Heath oder irgendeiner namenlosen dritten Person, je nachdem, wer gerade sein Bewacher war.

»Das imponiert hier niemandem. Du glaubst, du seist schlauer als wir, aber da irrst du dich.«

Er schüttelte den Kopf, in dem Versuch, einen klaren Gedanken zu fassen. Die Aufnahme spielte ununterbrochen, seitdem er aus dem Frühstücksraum geschleift worden war; er wusste nicht, wie lange das her war. Der Anzahl der Toilettengänge und Mahlzeiten nach zu urteilen, schätzte er, dass mindestens 48 Stunden vergangen waren. Den Anschein, dass alles ganz zivilisiert ablief, wahrten sie weiterhin, indem man ihn nicht in eine nackte Zelle oder an einen anderen offenkundig unwürdigen Ort, sondern in einen kleinen Seminarraum geschafft hatte. Man hatte ihn mit Handschellen, die Hände auf dem Rücken, an einen Stuhl gefesselt und vor einen Monitor gesetzt, der in Dauerschleife sein auf ihn persönlich zugeschnittenes Reformierungsprogramm zeigte. Es war ein fünfzehnminütiger Zusammenschnitt von Aufnahmen seiner Mitschüler, die seine Unzulänglichkeiten aufzählten. Er kannte jede Einstellung, jede Sequenz und hatte es satt, sich selbst durch die Augen anderer zu sehen. Als ob es ihn kratzen würde, was andere von ihm dachten; das war ihm noch nie wichtig gewesen. Er musste nicht groß davon überzeugt werden, dass er keinen Beliebtheitswettbewerb gewinnen würde. Das war doch ein alter Hut.

»Kieran ist wirklich eine sehr attraktive Erscheinung, bis er den Mund aufmacht«, erklärte Toni dem Fragestellenden.

»Er muss dringend an seinen sozialen Fähigkeiten arbeiten. Er schnallt es einfach nicht, oder?«, sagte Hedda. »Unternimmt keine Anstrengungen, sich anzupassen.«

In den ersten vierundzwanzig Stunden der Dauerbeschallung hatte sich Kieran damit abgelenkt, dass er jedes der gesprochenen Worte in alle ihm bekannten Fremdsprachen übersetzt hatte. Als Nächstes hatte er sich verschiedene Codierungsmöglichkeiten überlegt. Und schließlich war er zu müde zum Nachdenken geworden und ließ jetzt das Ganze einfach über sich ergehen.

Seine Stirn schlug wieder auf dem Tisch auf und die Tür ging auf. Heath trat ein und schaltete den Clip aus. Er entblößte Kierans Arm und verabreichte ihm eine weitere Spritze mit der Droge, um sicherzustellen, dass Kieran kooperierte. Mit widerwärtiger Gründlichkeit tupfte er den Blutstropfen ab und klebte ein Stück Watte auf die Einstichstelle. Kieran wehrte sich nicht mehr dagegen; von seinen vorherigen vergeblichen Versuchen, sich zu widersetzen, hatte er bereits einige blaue Flecken davongetragen, als zwei bullige Handlanger ihn mit Gewalt am Boden festgehalten hatten.

»Bist du jetzt bereit zu reden, Kieran?«

»Ich bin bereit, um zu schlafen.« Die Spritze machte sein Hirn ganz schummrig, aber er weigerte sich, einzuknicken. *Dafür bin ich verdammt noch mal zu stur.*

»Ich lasse dich bald schlafen. Aber erst müssen wir noch ein paar Fortschritte machen.«

»Wie geht es Joe?«

»Möchtest du deinen Freund sehen?«

Langsam nickte Kieran mit seinem Kopf, der sich zu schwer für seinen Hals anfühlte.

»Er möchte dich auch sehen. Wenn du mitmachst, kann ich ein Treffen arrangieren. Aber du musst es dir verdienen.«

Das kannst du knicken. Kieran kniff die Lippen zusammen. Er wusste, was Heath wollte. Er hatte immer und immer wieder das Gleiche verlangt: Er wollte, dass Kieran seine Fehler eingestand und erklärte, dass er jemand anders sein wolle. *Der erste Schritt zur Läuterung ist, sich selbst einzugestehen, dass man ein Problem hat und wir die Lösung wissen.*

»Ich versuche dir zu helfen, Kieran. Du hast einen falschen Weg eingeschlagen und ein paar ungemein schädliche Persönlichkeitsmerkmale entwickelt.«

»Schädliche Persönlichkeitsmerkmale? Sehen Sie sich uns beide doch mal an. Ich bin nicht derjenige, der Teenagern eine Gehirnwäsche verpasst.«

Heath setzte sich Kieran gegenüber an den Tisch. »Du meinst, das ist Gehirnwäsche?«

»Sie nennen es Umprogrammierung, aber das ist nur eine andere Bezeichnung dafür.« Kieran ging auf, dass er vermutlich nicht so geradeheraus sein sollte, aber die Droge löste ihm die Zunge, nicht in dem gleichen Ausmaß wie bei Joe, aber doch so weit, dass er mehr sagte, als er wollte. »Thiopental, hab ich recht?«

Heath lächelte. »Sehr gut, Kieran. Du bist der Erste, der unseren kleinen Helfer identifiziert.«

»Es verstößt gegen das Gesetz, einem unwilligen Subjekt Drogen zu verabreichen.« Er leckte sich über die Lippen; er lechzte nach einem Schluck zu trinken, aber auch den würde es nicht umsonst geben.

»Du vergisst, dass Colonel Hampton uns mit seiner Unterschrift bevollmächtigt hat, alle sinnvollen und notwendigen Maßnahmen zu ergreifen, die für eine erfolgreiche Persönlichkeitsumbildung erforderlich sind.«

»Mein Patenonkel würde dem hier nie im Leben zustimmen, wenn er davon wüsste.«

»Aber genau das hat er getan – er hat alle Papiere unterzeichnet. Er ist der Meinung, dass du eine Persönlichkeitskorrektur benötigst, und nichts anderes passiert hier, auch wenn dir die Vorgehensweise im Moment vielleicht ein bisschen drastisch erscheint.«

»Zeigen Sie mir die Papiere.«

»Na, na, Kieran, wer hat denn hier das Sagen? Ich denke, das bin wohl ich. Du musst mir erst ein bisschen Entgegenkommen zeigen, bevor ich irgendwelche Zugeständnisse mache.«

»Mir das Papier mit der schriftlichen Erlaubnis zu zeigen ist kein Zugeständnis – das ist die Nachweiserbringung Ihrer Legitimation.«

»So eloquent und so dumm. Ich bin sicher, wir können aus dir eine Menge machen, wenn du dich nur ein bisschen beugen würdest.«

Kieran sagte Heath in scharfen Worten, was er seiner Meinung nach mit sich selbst tun könne.

»Oje. Wie's aussieht, musst du noch eine ganze Weile hierbleiben. So ein Jammer; die anderen genießen unser tolles Freizeitangebot – den Tennisplatz, Swimmingpool, Fitnessraum, das Spielezimmer. Würdest du nicht auch gern ein bisschen Spaß haben? Zusammen mit deinen Freunden?«

»Ich will einfach nur schlafen.« Und hier rauskommen. Isaac machte sich doch bestimmt schon Sorgen?

»Und das kannst du auch – wenn du erklärst, dass du unsere Hilfe brauchst.«

»Ich erkläre, dass Sie ein Soziopath sind.«
»Ich?« Heath machte ein überraschtes Gesicht.
»Einer, der hochgradig antisoziale Verhaltensweisen zeigt, wie etwa ... hm, lassen Sie mich mal nachdenken ... einen Schüler mit Handschellen an einen Stuhl zu fesseln, vielleicht? Und hinzu kommt noch mangelndes Schuldbewusstsein.«
»Aber ich versuche dir zu helfen. Du bist ein intelligenter junger Mann nach allem, was man hört – das verstehst du doch bestimmt? Wir vertreten die Ansicht, dass man jemanden erst brechen muss, um ihn neu zusammenzusetzen. Das verspricht viel langfristigere Erfolge.«
»Glauben Sie eigentlich das, was Sie da erzählen?«
»Du wirst es schon sehen, Kieran, wenn du dich erst mal auf diesen Prozess eingelassen hast. Denk doch mal dran, wie sehr es Colonel Hampton gefallen wird, wenn er sieht, wie du die Klippen des sozialen Lebens umschiffst wie ein erfahrener Kapitän. Nimm deinen Platz innerhalb des VIS-Netzwerks ein und du wirst es nicht bereuen, das verspreche ich dir.«
Kieran hatte die Nase voll. »Sehen Sie mich an!«
Heath lächelte mild. »Das tue ich, Kieran. Du hast meine volle Aufmerksamkeit.«
»Ich bin seit Tagen an diesen verdammten Stuhl gefesselt. Inwiefern ist das sinnvoll oder notwendig?«
»Vertrau mir: Es bringt Erfolge. Ich werde später noch mal vorbeischauen. Noch ein paar Stunden mehr und du bist vielleicht so weit, im Gegenzug zu ein bisschen Schlaf ein Zugeständnis zu machen. Hm?«
Heath schaltete den Clip mit dem Zusammenschnitt wieder ein. Kieran schaute mit ausdrucksloser Miene auf den Bildschirm. Wenn er die Augen zumachte, würden sie bloß wieder Gewalt

anwenden, darum war es besser, wenn er seine Gedanken hinter einer neutralen Maske versteckte.

»Bis später, Kieran.«

Er grunzte leise und schaute zum Bildschirm hinauf. Sie hatten einen Fehler gemacht, diese manipulativen Penner. Sie hatten ihr eigenes Material nicht sorgfältig genug editiert. Ja – da war es. Das war die eine Sekunde der Show, die den Rest erträglich machte – ein kurzer Blick auf Raven, die im Hintergrund durchs Bild huschte. Wie oft jetzt genau? Einhundertzweiundachtzigmal.

Er senkte den Blick. Er würde wieder fünfzehn Minuten warten müssen, um sie noch mal zu sehen.

»Oh, du bist das.« Raven war auf dem von Eiben gesäumten Gartenweg auf Gina getroffen. Ausnahmsweise war Gina allein unterwegs und nicht wie sonst von ihrer schnatternden Freundinnenhorde umgeben. »Wo ist der Hexenzirkel?«

Gina biss sich auf die Lippe, der große weiße Blumenkarton unter ihrem Arm hinderte sie am Wegrennen. »Wenn du damit meine Freunde meinst, sie sind mit Vorbereitungen für den Abschlussball beschäftigt. Ich bin gerade auf dem Weg zu ihnen.«

Raven sah auf ihrem neuen Handy nach der Zeit. Es war erst vier Uhr nachmittags. »Wow, da müsst ihr ja einiges vorhaben, wenn ihr drei Stunden dafür braucht.«

»Hedda und Toni haben eine Masseurin kommen lassen, einen Make-up-Artist und eine Friseurin. Drei Stunden werden kaum reichen. Wenn du mich jetzt also entschuldigen würdest.«

Raven trat einen Schritt zur Seite und berührte mit der Schulter ein Spinnennetz, das zwischen den Zweigen der Eibe hing. »Gina, warum hast du das getan?«

Gina zögerte. »Was getan?«
»Lügen über mich erzählt. Mir das Leben zur Qual gemacht. Ich war mal deine Freundin.«
»Ich habe nicht gelogen.« Gina fuhr herum und starrte sie wütend an. »Hör auf, so was zu sagen!«
»Ach, komm: Wir wissen doch beide, dass du vor den Ferien schon fast zwanghaft Sachen geklaut hattest. Was ist denn zum Beispiel mit meinem Fußkettchen? Das hast du immer noch.«
Gina musste kurz schlucken, in ihren Augen spiegelte sich Verwirrung. »Du ... du ... du ... hast es mir geschenkt.«
»Nein, habe ich nicht. Denk nach! Du hast es einfach genommen und ich hab dich gelassen, weil ich ... ich gedacht hatte, du wolltest als meine Freundin Sachen mit mir teilen.« Es tat weh, daran zu denken, wie viel Spaß sie früher gehabt hatten, wie viele Nächte sie durchgequatscht und sich über irgendwelchen Blödsinn kaputtgelacht hatten. Es fehlte ihr sehr, eine Freundin zu haben.

Ginas Augen huschten den Weg entlang zum Schloss hinauf. »Dann gebe ich es dir halt zurück.«
»Das Fußkettchen interessiert mich einen feuchten Dreck – mich interessiert, warum du meinen Ruf zerstört hast, um deinen eigenen zu schützen. Was zum Teufel ist mit dir im Gästehaus passiert?« Und was passierte gerade mit Kieran und Joe? Seit Tagen hatte sie weder von dem einen noch von dem anderen etwas gehört. Allmählich wurde sie panisch vor Sorge. Wenn sie zum Abschlussball wieder auftauchten und erzählten, sie hätten eine grandiose Woche gehabt, müsste sie schwer an sich halten, um nicht beiden rechts und links eine zu kleben.

Bei der Erwähnung des Gästehauses schien sich Gina wieder zu fangen. »Du versuchst absichtlich, mich zu verwirren. Ich kenne die Wahrheit. Du stiehlst, weil du neidisch auf uns bist. Wir sind nicht mehr befreundet, also sollten wir uns auch nicht länger unterhalten. Ich muss gehen.«

Raven seufzte. Ihre aufkeimende Hoffnung, zu Gina durchdringen zu können, war schlagartig zunichte. »Okay. Na schön, dann leg dir ruhig alles so zurecht, wie's dir passt, wenn's unbedingt sein muss. Ich habe nicht mehr die Kraft, mich darüber aufzuregen. Du warst mir keine gute Freundin.«

Ginas Rücken wurde steif, aber sie stiefelte einfach weiter.

Ravens Schönmachritual dauerte gerade mal eine Stunde, dann war sie fertig. Sie warf einen prüfenden Blick in den Spiegel und stellte fest, dass ihr die Farbe des Kleides ausgezeichnet stand. Sie sah sehr gut aus. Der Schnitt des einseitig schulterfreien Kleides eignete sich nicht zum Tragen einer Halskette, also wählte sie große goldene Creolen und ein extravagantes Armband als Accessoires aus – beides billiger Modeschmuck. Das Einzige, was jetzt noch fehlte, war ihre Begleitung. Wo war Kieran?

Ihr Großvater war den ganzen Tag damit beschäftigt gewesen, den von außerhalb kommenden Cateringservice zu organisieren und dafür zu sorgen, dass das Equipment der Band auch am richtigen Platz aufgebaut wurde. Er kam eine halbe Stunde vor dem Beginn der Veranstaltung kurz nach Hause geeilt, um ihr ein Geschenk zu überreichen. Wenigstens *er* hatte daran gedacht.

»Also eigentlich ist das ja die Aufgabe deines jungen Verehrers, aber da er die ganze Woche lang weg war und die Farbe deines Kleides nicht kennt, dachte ich mir, dass ich es dir schenke.« Er gab ihr ein Handgelenksträußchen aus roten Rosen, die mit schwarzem Glitzerband an einem goldenen Armreif befestigt waren.

»O mein Gott, das ist echt das i-Tüpfelchen!« Sie streifte es sofort über ihr Handgelenk.

»Und noch etwas für dein Haar.« Er schob ein paar Rosenblüten in ihre elegante Hochsteckfrisur. »Was für eine hübsche junge Dame – die Schönste auf dem Ball – und da bin ich kein bisschen parteiisch.«

Sie gab ihm einen Kuss auf die Wange. »Natürlich nicht, Opa.«

»Ich wünsche dir ganz viel Spaß. Ich werde nach dir Ausschau halten.« Er warf einen Blick auf seine Uhr. »Sollte dein junger Verehrer nicht längst schon hier sein? Der Minivan aus dem Gästehaus ist vor einer Stunde angekommen.«

Tatsächlich? »Vielleicht zieht er sich gerade um.«

»Ja, muss wohl so sein. Ich sehe dich dann im Schloss. Die Eingangshalle sieht wirklich wunderschön aus, da muss ich mich sogar mal selbst loben.«

Raven wusste nicht, was sie mit sich machen sollte, während sie wartete – Geduld war noch nie ihre Stärke gewesen. Sie war zur Toilette gegangen, hatte alle ihre Sachen für den Abend in ihrer kleinen Clutch verstaut und ihre Schuhe angezogen. Sie saß am Fenster und behielt den Weg im Auge. Niemand näherte sich dem Cottage.

Sie sah auf ihrem Handy nach neu eingegangenen Nachrichten. Nichts. Sie versuchte Kieran anzurufen und wurde auf die Mailbox umgeleitet. Sie blickte auf die Uhr. Das Abendessen würde jetzt jeden Moment beginnen.

»Das ist doch total absurd!«, brauste sie auf. Sie konnte nicht länger hier herumsitzen – sie musste los und Kieran unter der Dusche hervorzerren oder ihn loseisen von dem, was ihn womöglich gerade aufhielt. Vielleicht hatte er es ja einfach vergessen – war abgelenkt worden von irgendeinem Superextrem-

Sudoku-Rätsel und hatte die Zeit aus dem Blick verloren. Vermutlich saß er noch immer in Jeans und T-Shirt herum. Falls Joe eines der anderen Mädchen auf den Ball begleitete, war er jetzt wahrscheinlich schon nicht mehr da, um Kieran Dampf unterm Hintern zu machen.

Raven raffte den Rock und marschierte aus dem Haus in Richtung Schloss. Westron sah aus wie einem Märchen entsprungen, Lichterketten hingen in Bäumen und über dem Tor. Überall, wo sie hinsah, schlenderten Pärchen über die Wege und Wiesen, genossen den lauen Abend. Sie erspähte Joe sofort. Er stand da mit Hedda an dem einen Arm und Toni an dem anderen. Hervorragend: Ihre zwei Lieblingsfeinde belagerten den Jungen mit den Antworten. Bestimmt würden sie mit schadenfroher Genugtuung hören, dass sie von ihrem Date vergessen worden war. Sie schluckte ihren Stolz hinunter und trat auf das Trio zu, gerade als der Gong zum Abendessen ertönte.

»Hallo, Joe, hast du Kieran gesehen?«

Joe brauchte einen Moment, um sich umzudrehen, dann lächelte er sie mit trübem Blick an. »Raven, oder?«

»Natürlich bin ich Raven. Ich suche Kieran.«

Hedda zupfte Joe am Arm. »Komm, Joe, wir müssen reingehen.«

»Joe!« Ravens Stimme überschlug sich vor Verzweiflung. »Bitte!«

»Raven, die Elster. Nur einen Moment, Hedda.« Joe schwankte. »Nein, nein. Freundin. Nicht Elster. Das sagen ja die anderen.«

In Raven regte sich ein Verdacht. »Bist du betrunken?«

Joe schüttelte den Kopf. »Nein, ich bin nur ein bisschen müde. Wie im Schwebezustand. Alles fährt in meinem Kopf Karussell, weißt du? Kieran hast du gesagt?«

»Ja, Kieran. Dein bester Freund.«

»Kieran ist mein Date heute Abend«, warf Toni ein. »Ich treffe ihn gleich drinnen. Er ist schon mal rein, um mir einen Drink zu besorgen.«

»Stimmt das?« Raven konnte das eigentlich nicht glauben, aber wieso sollte Toni im Beisein von Joe eine Lüge erzählen, die sofort auffliegen würde?

Joe legte die Stirn in Falten. »Hat's da vielleicht eine Verwechslung gegeben? Ich dachte, Kieran würde mit Raven zum Ball gehen.«

»O nein, er hat seine Meinung geändert.« Toni streckte ihre Hand aus und präsentierte ein Handgelenksträußchen mit weißen Rosen, das zu ihrem kurzen weißen Kleid passte. »Hier, das hat er mir geschenkt.«

»Ich glaube dir nicht.« Raven drängte sich an Toni vorbei, wild entschlossen, Kieran zu finden. Das Handgelenksträußchen war zu dick aufgetragen. Bis zu diesem Punkt hätte sie vielleicht noch glauben können, dass Kieran irgendwie dazu gebracht worden war, ein anderes Mädchen zum Ball zu begleiten und sie sitzen zu lassen, doch sie hatte gesehen, dass Hedda ein ganz ähnliches Sträußchen trug, und sie bezweifelte stark, dass Kieran das mit bedacht hätte. Sie ging jede Wette ein, dass der Handschmuck auch vom Abschlussball-Schönmacher-Team stammte; vermutlich hatte er in der Schachtel gesteckt, die Gina unterm Arm getragen hatte. Toni versuchte bloß, ihre Gefühle zu verletzen – eine recht leicht zu lösende Aufgabe, wie sie zugeben musste.

»Raven?«, rief Joe ihr hinterher.

Sie wirbelte herum.

Anscheinend hatte er einen klaren Moment. »Ich glaube nicht, dass er hier ist.«

»Wie?«

Joe ließ Heddas Arm los und sank auf die Steinstufen hinunter.

»Mir ist irgendwie nicht gut. Ich bin ganz durcheinander. Er hat etwas zu mir gesagt, das letzte Mal, als wir uns gesehen haben ...«

Hedda hievte Joe wieder hoch. »Komm, Joe. Du musst jetzt mit mir da rein. Du hättest noch nicht zurückkommen sollen, das war zu früh. Du hattest doch gerade erst mit der Behandlung begonnen – du brauchst noch weitere Hilfe. Als ich auf dem Seminar war, habe ich mich in der ersten Woche glücklich und entspannt gefühlt und nicht so wie du jetzt.«

»Joe, wo ist Kieran?«

»Ignoriere sie einfach – sie ist so was wie ein Hintergrundgeräusch, weißt du noch? Blende sie einfach aus.« Hedda schaffte es, Joe torkelnderweise ein Stück wegzulotsen.

»Moment. Irgendwas ist falsch. Ja.« Ein Ausdruck des Erinnerns huschte über sein Gesicht. »Nein, warte, was ... ihm geht's nicht gut, Raven.«

»Das reicht, Joe. Du hast zu viel getrunken.«

Schwer möglich, da Alkohol streng verboten war. »Lass ihn ausreden, Hedda.«

»Er hat schon genug geredet. Joe, geh jetzt rein.«

»Lass ihn los.« Raven zerrte an Heddas Arm und zerquetschte dabei das Handgelenksträußchen.

Hedda schlug mit ihrer Tasche nach Raven. »Lass ihn in Ruhe. Warum musst du immer Ärger machen?«

»Es gibt gleich welchen, wenn du ihn nicht mit mir reden lässt!«

»Gibt es ein Problem, meine Damen?« Mrs Bain tauchte gerade rechtzeitig auf, um zu sehen, wie Raven Hedda die Handtasche wegriss und sie in hohem Bogen ins Gebüsch warf.

»Sie müssen etwas gegen Sie unternehmen, Mrs Bain. Sie ist total außer Kontrolle!« Hedda zeigte mit anklagendem Finger auf sie. »Sie hat gerade meine Handtasche geklaut!«

»Ich will nur mit Joe sprechen!«, rief Raven.

»Joe fühlt sich nicht wohl. Er weiß gar nicht, was er da redet.« Hedda umfasste Joes Handgelenk. »Komm, Joe, stütz dich auf mich. Wir verstehen, dass du dich nicht wie du selbst fühlst.«

»Nicht wie ich selbst«, wiederholte Joe.

»Bring Mr Masters bitte hinein, Hedda.«

Toni duckte sich unter Joes anderem Arm hindurch und half Hedda, ihn hineinzubugsieren. Raven wollte ihnen folgen.

»Oh nein, du nicht.« Mrs Bain versperrte ihr den Weg.

»Aber ich habe eine Eintrittskarte.«

»Und ich habe diese Eintrittskarte soeben ungültig gemacht. Du wirst keinen Fuß da reinsetzen.«

Hätte Raven auch nur eine Minute geglaubt, sie könnte die Rektorin zu Boden ringen und damit ungeschoren davonkommen, dann hätte sie es liebend gern ausprobiert. »Ich habe ein Date.«

»Mit wem? Ich werde ihm ausrichten, dass es dir nicht möglich ist zu kommen.«

»Kieran Storm.«

»Ach so. Mr Storm ist unpässlich. Er ist nicht hier.«

»Toni hat aber gesagt, er wäre hier.« Raven wollte laut schreien. Sie versuchte, an Mrs Bain vorbeizulinsen, aber sie konnte Kieran nirgends entdecken inmitten der Traube von Schülern, die alle neugierig ihre Auseinandersetzung verfolgten.

»Da hat sie sich geirrt.«

»Joe ist offenbar auch ›unpässlich‹. Finden Sie das nicht irgendwie seltsam?«

»Vermutlich macht im Gästehaus gerade irgendein Virus die Runde.«

Raven überlegte, ob sie an der Rektorin vorbeisprinten und Joe noch ein paar Fragen stellen könnte. Sie spannte die Muskeln, bereit loszuflitzen.

Mrs Bain baute sich vor ihr auf. »Denk nicht mal dran. Geh zurück ins Cottage und pack deine Sachen. Ich will dich nie wieder auf meinem Schulgelände sehen, Miss Stone. Dein Verhalten ist eine Schande – eine Prügelei mit anderen Mädchen anzetteln, stehlen, anderer Leute Taschen durch die Gegend werfen. Du warst schon ein hoffnungsloser Fall, als ich dich großzügigerweise hier aufgenommen habe, nachdem deine alte Schule dich rausgeworfen hatte.« So hatte es sich nicht abgespielt, aber Mrs Bain hatte offensichtlich kein Problem damit, die Geschichte neu zu erfinden. »Du kannst von Glück reden, dass ich nicht die Polizei rufe.«

Raven verschränkte die Arme vor der Brust. »Sie würden mir aber einen Gefallen tun.«

»Womit?«

»Wenn Sie die Polizei rufen. Ich glaube, dass hier irgendwas Übles läuft, und Sie wissen Bescheid.«

»Du hast bist morgen früh Zeit, um das Gelände von Westron zu verlassen. Ich werde deinem Großvater mitteilen, dass er umgehend eine neue Unterkunft für dich finden muss.«

»Sie sind zu gütig, Mrs Bain. Ich bin mir sicher, dass sich die Lokalzeitung sehr für die Sache interessieren würde. Ich glaube, ich schicke der Redaktion ein Foto – das Kleid«, sie raffte den Rock, »das würde ein tolles Bild abgeben. Alte Hexe von Rektorin setzt armes Waisenmädchen auf die Straße, weil sie auf den Ball gehen will. Ich sehe die Schlagzeile schon direkt vor mir.«

Mrs Bain trat einen Schritt auf sie zu und packte sie am Oberarm. »Wenn du auch nur irgendeinem ein Sterbenswörtchen erzählst, werde ich es mir zur Aufgabe machen, dich und deinen Großvater zu zerstören. Er kann sich dann seine Rente abschminken und du deinen Platz am College. Ich muss nur deine Schulakte herumreichen und du bist geliefert – Drogen, sexuelles Fehlverhalten, Diebstahl – hm, ja, ich denke, das fasst es ganz gut zusammen.«

Raven ballte die Hände zu Fäusten, dass sich ihre Nägel ins Fleisch gruben. »Das können Sie nicht machen. Nichts davon ist wahr.«

»Du wirst schon sehen. Und jetzt verschwinde von hier, bevor ich den Sicherheitsdienst rufe.« Mrs Bain schob Raven Richtung Cottage. »Ich will weder dich noch diesen billigen roten Fummel je wiedersehen.«

Kapitel 17

Raven legte das Handgelenksträußchen in den Kühlschrank, damit sich die Rosen noch ein Weilchen hielten, streifte das rote Kleid ab und hängte es an einen Bügel. Es sah nicht billig aus; es war fabelhaft. Aber was sollte sie damit, wenn Kieran sie nicht darin bewundern konnte. Sie hatte jetzt unbedingt bequeme Klamotten nötig und zog ein Paar schwarze Leggings und einen langen Pullover an. Vielleicht tat Mrs Bain ihr ja sogar einen Gefallen, wenn sie sie daran hinderte, zum Abschlussball zu gehen. Ohne ihre Begleitung hätte sie den ganzen Abend wie ein Mauerblümchen am Rand gestanden. Wobei solche Überlegungen überflüssig waren, solange sich Joe dermaßen merkwürdig verhielt und Kieran wie vom Erdboden verschluckt war.

Okay, Raven, was jetzt? Sie ging in der Küche auf und ab, unentschlossen, was sie nun am besten tun sollte. Mrs Bain hatte ihr zwar ganz klar zu verstehen gegeben, was sie von ihr erwartete, doch das war ihr egal. Die Rektorin konnte sie gern morgen früh rausschmeißen und allerhand Lügen über sie verbreiten, aber heute Abend würde Raven herausfinden, was mit Kieran passiert war. Ihre Zukunft war bedeutungslos, wenn seine auf dem

Spiel stand. Joe war völlig durch den Wind und wurde gegen sie abgeschottet; Kieran reagierte nicht auf ihre Textnachrichten oder Anrufe. Blieb noch der mysteriöse Isaac übrig. Kieran hatte ihr eingeschärft, ihn nur im Notfall telefonisch zu kontaktieren. Damit hatte er zwar gemeint, falls sie in Schwierigkeiten steckte, aber Raven beschloss, die Anweisung ein bisschen großzügiger zu interpretieren.

Sie zückte ihr Handy und rief die Kontaktliste auf. Ihr Daumen schwebte über der Anrufen-Taste. Es war ein merkwürdiges Gefühl, einen vollkommen Fremden anzurufen, trotzdem ... Sie drückte auf die grüne Taste.

»Hampton?«

»Spreche ich da mit Isaac?« Nervös fuhr Raven mit dem Finger in den Krümeln herum, die neben dem Toaster verstreut lagen.

»Isaac Hampton, ja. Und wer spricht da und woher haben Sie meine Nummer?«

»Mr Hampton, mein Name ist Raven Stone.«

»Lassen Sie mich raten: Kieran hat Ihnen meine Handynummer gegeben.«

»Ja.«

Sie meinte ihn seufzen zu hören. »Was kann ich für Sie tun, Miss Stone?«

»Sie sind Kierans Vormund, stimmt's? Sein Patenonkel.«

»Das ist korrekt, doch ich fürchte, ich kann Ihnen keine persönlichen Details über ihn weitergeben, falls das der Grund Ihres Anrufs sein sollte.«

»Nein, nein, es ist nur so, dass ich mir große Sorgen um ihn mache – und um Joe.«

»Und weshalb? Joe hat sich diese Woche in regelmäßigen Abständen bei mir gemeldet. Er und Kieran nehmen an einem Seminar teil. Ich dachte, davon hätten Sie gehört, auch wenn Kieran seit Ihrer Trennung den Kontakt mit Ihnen abgebrochen hat.«

»Na ja... wir waren ja nicht lange getrennt. Das ist ein bisschen verworren, aber Anfang der Woche haben wir noch in Verbindung zueinander gestanden... ziemlich eng sogar. Sie wissen schon, SMS und so.«

»Er hat die Beziehung zu Ihnen nicht beendet?« Isaacs Stimme klang eisig.

»Wir haben uns wieder vertragen. Er hatte mir mehrere Textnachrichten geschrieben und dann plötzlich Funkstille. Und mit Joe stimmt auch etwas nicht. Das würden Sie auch sagen, wenn Sie ihn heute Abend erlebt hätten, Sir. Joe benimmt sich ganz merkwürdig. So als wäre er betrunken oder krank.«

»Ist er in Westron?«

»Ja, er ist für den Abschlussball hergekommen. Und Kieran sollte eigentlich ebenfalls hier sein, aber er ist nicht aufgetaucht. Er hat sich nicht gemeldet, dabei sollte er mein Date sein.«

»Verstehe.« Sie konnte im Hintergrund das nervöse Klopfen eines Stiftes hören. Es war nicht schwer zu erraten, dass Issac nicht allzu viel von ihr hielt.

»Ist Joe gerade bei Ihnen in der Nähe, Miss Stone, sodass ich mal kurz mit ihm sprechen könnte?« Offensichtlich vertraute er ihr nicht.

»Ich fürchte, nein. Ich bin des Schulgeländes verwiesen worden. Mrs Bain hält mich von den anderen Schülern fern. Hören Sie, Sir, ich weiß ja nicht, was Joe Ihnen erzählt hat, aber ich glaube, er hat Kieran seit Tagen nicht mehr gesehen. Als ich Genaueres von ihm wissen wollte, schien er irgendwie aus der Fassung gebracht, und dann sagte er, dass es Kieran ›nicht gut‹ gehen würde.

»Vielen Dank, Miss Stone. Sie waren eine große Hilfe.«
Raven ballte die Hand auf dem Küchentresen zur Faust. »Ist das alles? Wollen Sie denn gar nichts unternehmen? Ich glaube, dass die Situation total außer Kontrolle geraten ist.«
»Ich höre, was Sie sagen.«
»Aber Sie hören mir nicht zu. Verstehen Sie denn nicht? Ich versuche Ihnen zu sagen, dass ich glaube, Kieran befindet sich möglicherweise in Gefahr. Ich weiß, dass es zwischen Ihnen und ihm eine Art Deal gibt – dass er für Sie irgendeinen Job erledigt. Und dabei ist etwas schiefgelaufen und ich mache mir Sorgen.«
»Entgegen Ihrer Behauptung verstehe ich sehr wohl, was Sie sagen wollen.« Seine Stimme war schneidend wie der Hieb einer Peitsche – sie hatte sich eindeutig zu weit aus dem Fenster gelehnt. »Aber Ihre Mitwirkung an der Sache ist hiermit beendet. Ich übernehme.«
»Bei allem Respekt, Sir, scheiß drauf! Ich werde jetzt zum Gästehaus rübergehen und verlangen, Kieran zu sehen. Ich kann mich nicht schlafen legen und einfach darauf vertrauen, dass Sie sich darum kümmern. Ich kenne Sie ja nicht mal und immerhin waren Sie es, der ihn zu diesem Seminar geschickt hat.«
Sie war sich sicher, ihn diesmal seufzen zu hören. »Sie haben sich diese Vorgehensweise wohl absolut in den Kopf gesetzt, was?«
»Ja. Ich bin schon so gut wie weg. Ich habe Sie nur aus reiner Höflichkeit angerufen.«
»Und wie wollen Sie dort hingelangen?«
»Mit dem Fahrrad.« Sie kam sich bei der Ankündigung, ihre Rettungsaktion mit Pedalkraft anzugehen, reichlich albern vor. Wie läppisch, aber sie war nun mal nicht James Bond.
»Dann bitte ich Sie nur darum, am Eingang des Gästehauses

auf mich zu warten. Ich kann in etwa fünfundvierzig Minuten da sein. Ist das für Sie ein akzeptabler Vorschlag?«

»Befinden Sie sich hier in der Nähe?«

»Mir steht ein Helikopter zur Verfügung.«

Sie stieß ein heiseres Lachen aus. »Was auch sonst.«

»Wir sehen uns in fünfundvierzig Minuten. Gehen Sie nicht allein ins Gebäude. Ich rufe Sie an, sobald ich gelandet bin. Ich werde ganz in der Nähe aufsetzen und dann den Weg zu Ihnen finden. Versprechen Sie mir, dass Sie meine Anweisungen befolgen werden?«

Raven runzelte die Stirn. »Und wenn nicht?«

»Dann schalte ich Ihre Rektorin ein. Ich lasse Sie lieber hochgehen, als zuzulassen, dass Sie sich blindlings in Gefahr begeben; meinetwegen darf es dann selbst Mrs Bain sein, die Sie mit Gewalt festhält.«

»Mr Hampton, Sie sind eine astreine Nervensäge.«

»Falls wir zusammenarbeiten sollten, nennen Sie mich doch einfach Isaac. Oder Colonel Hampton, wenn Ihnen das lieber ist.«

Ob Sie ihm freundlich gesinnt war, konnte sie erst entscheiden, wenn sie ihn kennengelernt hatte. »Ich gebe Ihnen mein Wort, Colonel Hampton.«

»Danke. Ziehen Sie schwarze Kleidung an.« Er beendete das Telefongespräch.

Was für ein Mann besaß einen Helikopter? So wie's aussah, ein ziemlich nützlicher. Raven fischte von ganz hinten aus ihrem Schrank eine schwarze Jeansjacke heraus. Sie schnappte sich ihre aufsteckbaren Fahrradleuchten und radelte los. Nach Luftlinie war das Gästehaus gar nicht weit entfernt, aber sie musste dem Straßenverlauf folgen. Auf dem schweißtreibend steilen

Weg den Windmill Hill hinauf hatte sie ausreichend Zeit, um sich zu fragen, ob sie wirklich das Richtige tat. Als sie von der Hügelkuppe das Fahrrad dann bergab einfach rollen lassen konnte, war sie schon wieder zuversichtlicher gestimmt. Kieran schien Isaac vorbehaltlos zu vertrauen. Sie konnte bloß hoffen, dass das nicht wieder eine Falle war und Isaac in dem Wahnsinn, der in Westron vor sich ging, nicht irgendwie mit drinhing.

Während sie die letzte Meile zum Gästehaus strampelte, dachte Raven, wie anders sie sich den Verlauf des Abends doch vorgestellt hatte. Sie hatte sich elegant mit Kieran über die Tanzfläche schweben sehen, während alle, die sie verachteten, dumm aus der Wäsche glotzten. Das konnte sie sich jetzt abschminken.

Vor den Toren zum Gästehaus versteckte Raven ihr Fahrrad unter einem Busch am Fahrbahnrand. Sie setzte sich hin, um zu warten, und beobachtete die Straße. Es herrschte nur wenig Verkehr. Niemand kam zum Gästehaus, niemand verließ es; die Autos rasten vorbei, ohne von ihr Notiz zu nehmen. Sie sah nach der Uhr. Seit dem Telefonat waren fünfunddreißig Minuten vergangen. Vor ein paar Minuten hatte sie geglaubt, das Dröhnen eines Hubschraubers zu vernehmen, hatte aber nichts am Himmel sehen können. Die impulsive Seite ihres Ichs rief ihr zu, nicht länger zu warten, sondern den Hintern hochzukriegen und Kieran zu suchen. Nur die Tatsache, dass sie ihr Wort gegeben hatte, hielt sie an Ort und Stelle fest.

Die Berührung an ihrer Schulter ließ sie vor Schreck zusammenfahren.

»Miss Stone?« Isaac stand ein paar Meter von ihr entfernt. Er war lautlos aus der Dunkelheit herausgetreten. »Tut mir leid, dass ich Sie erschreckt habe.«

Raven stand auf und klopfte sich die Rückseite ihrer Leggings sauber. »Nein, tut's Ihnen nicht.« Sie streckte ihm eine Hand entgegen. »Ich denke eher, das ist so eine Masche von Ihnen.«

»Eine von der toughen Sorte, hm?« Er schüttelte ihr mit festem Griff die Hand.

»Ich gebe mir Mühe.«

»Vater beim Militär?«

Woher wusste er das? »Und eine eiserne Lady als Mutter.«

Er lächelte. »Okay, dann wollen wir mal loslegen.« Er zog sich schwarze Handschuhe über.

»Womit?«

»Ich dachte, Sie hätten bereits beschlossen einzubrechen.«

»Aber Sie sind doch Kierans Patenonkel; können wir nicht einfach da rein und an die Tür klopfen?«

»Ich teile Ihre Vermutung, dass hinter diesen Mauern nicht alles mit rechten Dingen zugeht. Und wenn wir offen unsere Absichten erklären, fürchte ich, werden wir Kieran nicht zu Gesicht bekommen. Ich habe also nicht vor zu fragen.«

»Da bin ich ganz bei Ihnen.«

»Das Gästehaus ist mit reichlich Überwachungstechnik ausgestattet, aber es gibt Schlupflöcher, die wir nutzen können. In ungefähr hundert Metern in diese Richtung klettern wir über den Zaun und dann bleiben Sie bitte dicht hinter mir und tun genau das, was ich tue.«

Er stiefelte los.

»Woher wissen Sie das alles?«

»Wir haben das Gelände gründlich studiert.«

»Wir?«

»Mein Team. Kieran und Joe sind im Gästehaus, weil wir glauben, dass dort kriminelle Handlungen stattfinden. Sie sollen Beweise für mich sammeln.«

»Dann hatte ich also recht. Sie schicken Ihre beiden Jungs los, damit sie die Drecksarbeit für Sie machen.« Sie kam augenblicklich zu dem Schluss, dass sie diesen Mann nicht ausstehen konnte. »Warum machen Sie's nicht selbst?«

»Das ist ihr Job. Sie arbeiten für mich. Wir sind nicht davon ausgegangen, dass diese Aufgabe gefährlich werden könnte.«

»Das war dann wohl ein Irrtum.«

»Da stimme ich Ihnen voll zu, Miss Stone. Ich werde mich bei meinen Jungen entschuldigen, sobald ich sie sicher da herausgeholt habe – und nachdem Kieran mir erklärt hat, warum er meine Anweisungen Sie betreffend missachtet hat.«

»Welche Anweisungen?«

»Sie dürften in diese Sache gar nicht involviert sein. Er wird gewaltigen Ärger deswegen bekommen. Hoffentlich ist er wohlauf, wenn wir ihn finden, damit ich ihn vors Disziplinargremium schleifen und ihm ein paar Takte erzählen kann.«

»Viel Glück dabei, Kieran irgendwas erzählen zu wollen, was er nicht hören will. Er ist ein ziemlich sturer Hund.«

»Ist Ihnen aufgefallen, ja? Wir sind da.« Isaac blieb neben der mit Stacheldraht versehenen Mauer stehen. »Ich gehe als Erster und ziehe Sie dann hoch.«

Sie sah zu, wie er die Mauer hinaufkletterte und mit einem Cutter den Stacheldraht zerlegte. Er war erschreckend gut vorbereitet. Welche Art von Organisation vertrat er eigentlich? Regierung? Militär? Er war aber einer von den Guten, oder?

»Fertig?« Isaac streckte seine Hand nach ihr aus.

Sie nahm Anlauf und sprang, bekam ihn am Handgelenk zu fassen. Er nutzte den Schwung, um sie nach oben auf die Mauer zu ziehen. Sie sprangen gleichzeitig auf der anderen Seite herunter und landeten katzengleich auf dem erdigen Untergrund.

»Sehr gut«, murmelte er. »Und jetzt ducken und mir folgen. Hier gibt's keine Geräuschsensoren, erst nahe dem Haus; es wird kein Wort gesprochen. Wenn Sie anhalten müssen, zupfen Sie hinten an meiner Jacke. Fertig?«

Mit Verwunderung bemerkte Raven, wie widerspruchslos sie sich ihm fügte. Er hatte eine ungemein Vertrauen einflößende Art, wie ein guter Zugführer. Man brauchte ihn nicht zu mögen; man folgte ihm einfach.

»Gehen Sie vor.«

Kieran fuhr in einem stockdunklen Raum aus dem Schlaf hoch. Wo war er? Dann kam die Erinnerung zurück – man hatte ihm endlich gestattet, in sein Zimmer im Gästehaus zurückzukehren, obwohl er keiner einzigen ihrer Forderungen nachgegeben hatte. Vor den Fenstern hingen Verdunkelungsvorhänge und sie waren geschlossen, seit man ihn in sein Bett gebracht hatte. Ohne Sonnenlicht hatte er keinen Anhaltspunkt, wie viel Zeit vergangen war. Taumelnd stand er auf und ertastete seinen Weg ins Bad. Seine persönlichen Sachen hatte man ihm weggenommen, sodass er sich nicht mal die Zähne putzen konnte. Stattdessen spritzte er sich Wasser ins Gesicht.

Die Tür ging auf und Namrata kam mit zwei Mann Verstärkung herein. Offenbar war irgendwo im Zimmer eine Infrarotkamera oder ein Bewegungsmelder installiert. Er hatte nie mehr als zwei Sekunden für sich allein.

»Fühlst du dich besser, Kieran?«

Er rieb sich wortlos mit einem Handtuch übers Gesicht.

»Wenn du wieder ein bisschen wacher bist, möchtest du uns vielleicht ja das hier erklären.« Sie hielt das Drogentest-Set hoch, das in seinem Kulturbeutel gesteckt hatte.

Er ignorierte sie und zog ein sauberes T-Shirt an; dasselbe, das er Raven geliehen hatte und das seitdem sein Lieblingsstück war. Er mochte die Vorstellung, dass dem Stoff noch immer ein Hauch ihres Geruchs anhaftete, eine Art Kraftfeld gegen die Bösen. Er ahnte bereits, wohin die Fragen führen würden – zur nächsten Persönlichkeitsumbildungssession.

»Weißt du, angesichts dieses Funds hier müssen wir uns fragen, ob du in redlicher Absicht zu uns gekommen bist. Offen gestanden sind wir von dir bislang ziemlich enttäuscht worden. Du hast weder Fortschritte gemacht noch den Willen gezeigt, dich mit unserem Angebot auseinanderzusetzen. Stattdessen warst du von Anfang an misstrauisch. Warum hast du gemeint, es sei nötig, die Vitaminpillen zu testen?«

Gute Frage. Womit sollte er anfangen? Weil sie ein Haufen Sadisten waren? Ja, damit würde er anfangen, wenn er ihr eine Antwort geben würde, was er allerdings nicht tun würde.

»Alles, was wir dir hier geben, soll dir helfen. Mit deiner Sturheit erweist du dich als illoyal deinen Freunden gegenüber, deiner Schule und auch den Wünschen deines Vormunds.«

Doch Isaac wäre stolz auf ihn. Ermutigt von diesem Gedanken, ging Kieran zum Fenster hinüber. Das Zimmer lag im dritten Stock, aber vielleicht könnte er wenigstens den Vorhang herunterreißen, um zu sehen, welche Tageszeit es war.

»Bitte bleib vom Fenster fern, Kieran. Du hast dir noch nicht das Recht verdient hinauszuschauen.«

Er drehte sich zu ihr um. »Und seit wann ist Aus-dem-Fenster-Schauen ein Privileg?«

»Seit ich es sage.«

Heath trat ins Zimmer ein. »Wie macht er sich?«

»Widerspenstig«, sagte sie lapidar.

»Hat er das Drogentest-Set erklärt?«

»Noch nicht.«

»Ich mag Chemie. Ohne das Ding gehe ich nirgendwohin.« Kieran blickte sich suchend nach einer Waffe um. Sein Kopf klärte sich langsam. Sie hatten ihm seit einiger Zeit keine Spritze mehr gegeben. Eine bessere Chance würde er womöglich nicht mehr bekommen.

»Wie lautet deine Empfehlung, Namrata?«, fragte Heath.

»Ich glaube, wir kommen mit dem kein Stück weiter. Ich fürchte, wir verschwenden unsere Zeit.«

Der Sockel der Nachttischlampe sah ziemlich massiv aus. Damit könnte er einen der bulligen Bewachertypen k. o. schlagen, wenn sein Wurfarm stark genug war. Dem anderen könnte er vielleicht das Trockenblumen-Potpourri in die Augen werfen – es sah körnig und staubig aus.

»Sollen wir ihn zu den beiden anderen schaffen?«

Kierans nach der Lampe greifende Hand hielt in der Bewegung inne. Möglicherweise war das die Chance, die vermissten Schüler zu finden. Er hatte allmählich schon befürchtet, die beiden seien längst außer Landes gebracht worden oder noch Schlimmeres, aber so wie es klang, befanden sie sich noch irgendwo hier in der Nähe.

»Ja, gute Idee. Mal sehen, ob sie gemeinsam die richtige Entscheidung treffen können.«

»Sie könnten sich auch einfach nicht länger das Leben unnötig schwer mit uns machen. Lassen Sie uns gehen.« Kieran straffte die Schultern. »Die Eltern der anderen und mein Patenonkel fragen sich bestimmt schon, wo wir sind. Sie können uns doch nicht auf Dauer versteckt halten.«

»Das ist auch nicht unsere Absicht.« Heath machte eine Geste in Richtung des Bewacherduos. »Bringt den Jungen zu unseren Gästen im Keller.«

»Warum nennen Sie es nicht einfach Zelle?«

Heath ging über Kierans Bemerkung hinweg. »Tut mir leid, dass wir dir nicht helfen konnten, Kieran. Unsere Methoden versagen nur äußerst selten und ich möchte mich bei dir entschuldigen, dass wir dich dermaßen enttäuschen müssen.«

Kieran hätte Heaths Wahrnehmung der ganzen Angelegenheit unheimlich faszinierend gefunden, wenn ihm der Luxus zuteil gewesen wäre, an einem sicheren Ort darüber nachzudenken. Die Augen nach möglichen Fluchtrouten offen haltend, ließ er sich von den beiden Männern ins Untergeschoss bringen.

Isaac führte Raven ohne Zögern durch das Waldgebiet, quer über den 9-Loch-Golfplatz. Sie passte sich seinem Schritt an, duckte sich, wenn er sich duckte, wich Gefahrenstellen aus oder schlüpfte unter Zäunen hindurch. Schließlich näherten sie sich dem Gästehaus, indem sie bäuchlings durchs Unterholz robbten. Diese Art von Manöver hatte sie das letzte Mal bei Rekruten gesehen, die unter einem Frachtnetz hindurchkriechen mussten, darum vermutete sie mittlerweile stark, dass Isaacs Organisation Teil des Militärs war. Man konnte mit siebzehn bei der Armee anheuern, das würde also passen. Der Haken an der Sache war nur, sie konnte sich nicht vorstellen, dass sich Kieran zu einem Leben in Uniform hingezogen fühlte. Am Rand des Blumenbeetes bedeutete ihr Isaac, neben ihm hochzukommen. Die Vorhänge waren offen und sie konnten sehen, dass eine Putzkraft in der Bibliothek Staub saugte, während eine andere Frau Blumensträußchen auf den kleinen Tischen zwischen den Sofas und Stühlen verteilte. Keine Anzeichen von Hektik. Kein Hinweis darauf, dass da drinnen irgendetwas Ungewöhnliches vor sich ging.

Raven tippte Isaac auf die Schulter, ungeduldig, weiterzukommen. Er hob eine Hand, das Signal für ›Warte!‹. Seine Geduld wurde belohnt, als zwei Männer in dunklen Anzügen das Zimmer betraten und auf den Stühlen rechts und links vom Kamin Platz nahmen. Ein Kellner kam herein, stellte zwei Biere auf die Beistelltische und ging, wobei er der Putzkraft mit Gesten zu verstehen gab, ihm zu folgen. Die Männer machten es sich bequem und tranken das Bier direkt aus der Flasche. Wer waren sie? Sie sahen aus wie Türsteher und nicht wie Seminarteilnehmer. Dann zog einer von ihnen das Sakko aus und gab damit den Blick frei auf einen Schulterholster samt Waffe. Das war die Antwort auf die Frage. Vor ihnen saß der Sicherheitsdienst. Aber brauchte man in England nicht alle möglichen Genehmigungen für so was? Seit Ravens Umzug aus Amerika war ihr kaum noch ein Waffenträger untergekommen, warum also hier, mitten auf dem Land, wo ein ausgebüxter Bulle oder ein übereifriger Hofhund schon die größte Gefahr darstellten?

Aus diesem Blickwinkel hatte Isaac genug gesehen; er winkte Raven zu, dass sie ihm folgen sollte. Isaac zog sich wieder tiefer in die Büsche zurück und hielt auf den Kücheneingang am anderen Ende des Gebäudes zu. Dort angekommen, stand er auf und rannte los. Raven musste sich mächtig ins Zeug legen, ihre kürzeren Beine machten es ihr schwer mitzuhalten, aber sie hatte das Gefühl, Isaac würde sie zurücklassen, wenn er glaubte, sie wäre das schwache Glied. Ihr nächster Haltepunkt war zwischen zwei großen Abfalltonnen. Der widerliche Geruch von fauligen Lebensmitteln schlug ihnen entgegen. Raven legte sich die Hand über die Nase und atmete durch den Mund.

Isaac beugte sich zu ihrem Ohr herunter. »Okay, hier ist der Plan. Ich werde durch die Tür da hineinschlüpfen und Ihnen ein Zeichen geben, wenn die Luft rein ist. So lange warten Sie hier.«

»Wie sieht das Zeichen aus?«

»Ich werde zum Eingang kommen. Sobald Sie mich sehen, rennen Sie so schnell Sie können über diesen Innenhof. Der Abschnitt hier wird von den Überwachungskameras erfasst; es ist also extrem wichtig, dass Sie schnell machen. Sie werden nur eine Sekunde lang im Blickfeld der Kameras sein; wenn alles gut geht, wird Sie also keiner bemerken. Nicht erschrecken, wenn die Lichter angehen – sie sind an einen Bewegungsmelder gekoppelt, aber ich vermute mal, dass die Mülltonnen hier ein Lieblingstummelplatz für die hiesigen Füchse sind, darum wird das niemanden stutzig machen. Sie wissen, was Sie zu tun haben?«

»Hier warten und mich dann als Fuchs ausgeben.«

Isaac lächelte. »Korrekt.«

»Und wenn Sie nicht zurückkommen?«

»Dann machen Sie, dass Sie wegkommen – und rufen diese Nummer hier an. Ich speichere Sie in Ihr Handy ein.« Er nahm ihr Handy und gab schnell alle Daten ein. »Sie ist unter Yoda zu finden.«

»Okay, abhauen und anrufen. Ist gebongt.«

Er sah ihr dabei zu, wie sie das Telefon wegsteckte. »Prima. Sie machen sich gut. Nur eine Frage.«

»Hmm?«

»Wussten Sie, dass Sie Rosen im Haar haben?« Er zwinkerte ihr zu und schlüpfte aus dem Versteck.

Raven betastete mit der Hand ihren Kopf; sie hatte nicht bemerkt, dass sie vergessen hatte, den Abschlussball-Haarschmuck sowie ihr Make-up abzulegen. Bestimmt hatte er sie für einen Einbruch befremdlich aufgedonnert gefunden.

Obwohl Raven ihn nicht aus den Augen ließ, fiel es ihr schwer, seine Bewegungen zu verfolgen. Isaac schien mit der Umgebung zu verschmelzen, nutzte jeden Schatten zu seinem Vorteil. Er war im Haus und die Tür zu, noch bevor sie sechs Atemzüge gemacht hatte.

Okay, Raven: Genauso machst du es, wenn du an der Reihe bist.

Hätte er doch bloß einen Ort zum Warten ausgesucht, an dem sich ihr nicht der Magen umdrehte. Sie hatte einen Geistesblitz. Sie pflückte eine der duftenden Rosen aus ihrem Haar und hielt sie sich unter die Nase: ein unerwarteter Nutzen für ein ansonsten vergeudetes Abschlussball-Outfit.

Kieran wurde an einem Weinregal vorbeigeschleust und dann in einen Kellerraum geschubst, der nur von einer matten Glühbirne erhellt war. Der schwache Phenolgeruch in der Luft ließ ihn vermuten, dass hier früher mal eine Wäscherei untergebracht gewesen war, die man jetzt zum Schlafsaal für die weniger zugänglichen Gäste des Hauses umgebaut hatte. Die zwei Leute, die sich bereits dort befanden, standen auf, als er hereinkam, und wichen zusammen an die Wand zurück. Sie entspannten sich erst, als die Tür wieder zuging und Kieran allein zurückblieb.

Der Junge schaute zur Leuchte hoch, seine Kopfhaut schimmerte durch sein kurz geschorenes schwarzes Haar hindurch. Als die Glühbirne weiterbrannte, lächelte er seiner Gefährtin kurz zu.

»Gut. Ich war mir echt sicher, dass sie das Licht abdrehen würden, nur um uns ans Bein zu pinkeln.« Er winkte Kieran mit einem ironischen Grinsen zu. »Hallo, ich bin Johnny Minter. Ich kann mir schon denken, warum du hier bist. Dein kleiner Kurzurlaub hat sich wohl zum Schlechten gewendet.«

»Das kannst du laut sagen. Kieran Storm. Und du musst Siobhan sein?«

Das Mädchen, eine nervös aussehende Brünette, nickte und rückte dichter an Johnny heran. »Siehst du«, flüsterte sie. »Unser Fehlen ist bemerkt worden. Ich hab dir doch gesagt, dass es nur eine Frage der Zeit ist.«

Johnny wedelte mit der Hand in Richtung der Stockbetten, die im Raum standen. »Such dir eins aus. Das da ist meins und da drüben schläft Siobhan. Tu's am besten gleich, bevor die Lichter ausgehen. Unser luxuriöses En-suite-Bad findest du hinter dieser Tür da.«

Kieran wählte das Bett aus, das der Tür am nächsten stand – der beste Platz, um die beiden anderen zu beschützen, und der vorteilhafteste, um mögliche Fluchtchancen zu nutzen. Er setzte sich auf die Matratze und besah sich eingehend die Wände, ob irgendwo Hinweise auf Überwachungskameras oder Wanzen zu finden waren.

»Ja, der Raum ist verwanzt«, sagte Johnny. Er rutschte auf den Boden hinunter und legte Siobhan den Arm um die Schulter, als sie sich neben ihm niederließ.

»Wie lange seid ihr schon hier?«

»Seit ein paar Wochen. Erst war ich allein hier, dann brachten sie Siobhan. Und jetzt dich.«

»Kommt ihr manchmal auch hier raus?«

»Oh ja. Wir werden für Sportübungen und Umerziehungssessions rausgeholt, aber wir dürfen niemanden sonst sehen. Keine Ahnung, warum sie uns zusammenlassen.«

»Sie wollen, dass einer von uns beiden einknickt und der andere dann nachzieht«, sagte Siobhan leise.

»Tja, aber ich bin ein Fan von West Ham United – und es gibt verdammt noch mal kaum jemand Bockbeinigeres als den, der sich jede Scheißsaison aufs Neue die Qualen von Auf- und Abstieg antut. Und Siobhan hier ist Irin – muss ich noch mehr sagen?« Er grinste sie anerkennend an. »Rebellenblut, stimmt's? Und was ist mit dir?«

Kieran zuckte die Achseln. »Irgendwie bin ich wohl bei Namrata angeeckt. Sie haben's nach einer Woche mit mir aufgegeben.«

Johnny stieß einen Pfiff aus. »Cool. Dann hältst du den Rekord. Bei mir hat's mindestens einen Monat gedauert, bis sie zu dem Schluss kamen, dass ich nicht klein beigeben würde. Sie ist eine dumme Kuh, oder? Aber Heath finde ich noch schlimmer, weil er weiterhin so tut, als ob er unser Freund wäre.«

Das Licht ging aus.

»Danke, Heath. Wir lieben dich auch!«, rief Johnny.

»Ich glaube, wir hängen ihnen mittlerweile gründlich zum Hals raus – vielleicht sollten wir einfach einknicken, damit sie endlich ihr Ding machen können.« Siobhan klang entmutigt.

»Sag doch so was nicht ... als ob wir denen was schuldig wären. Wir untergraben ihr System – je mehr wir ihnen auf die Nerven gehen, desto besser. Irgendwann wird's ihnen reichen und sie lassen uns gehen.«

Diese beiden Totalverweigerer zu erleben und sie mit den Schülern, die nach Westron zurückgekehrt waren, zu vergleichen, ließ Kieran ein Licht aufgehen. »Sie ziehen sich Jünger heran, oder?« Hier ging es nicht nur darum, den Schülern schlechtes Benehmen auszutreiben; man schuf sich zukünftige Netzwerkmitglieder, die man im Sinne der Kuratoren und der anderen im Netzwerk bedarfsgerecht ummodelte. Die Eltern waren auf ihre eigene Weise nützlich, aber es wurde ein neuer Kader von Unterstützern herangezogen, alle gut ausgebildet und allein anderen VIS-Absolventen gegenüber loyal, um sie ins internationale Geschäftswesen und bei Regierungsstellen einzuschleusen. Darum wirkte auch keiner in seinem Verhalten wie unter Zwang: Sie waren alle froh darüber, Teil der Gemeinschaft zu sein und dazuzugehören.

»Dann sind wir also Abtrünnige ihres Kultes der wohlgeratenen Menschen«, sagte Johnny zufrieden.

Jetzt, da sich Kierans Augen an die Dunkelheit gewöhnt hatten, bemerkte er einen schwachen Lichtschimmer im Badezimmer. »Was ist das?«

»Der alte Wäscheschacht. Er führt zur Wäschekammer über uns, ist am Ende allerdings vergittert. Das Gästehaus ist in puncto Sicherheitsschutz eine einzige Katastrophe.«

Siobhan schnaubte verächtlich. »Als ob sie daran einen Gedanken verschwenden würden. Hallo, Herr Inspektor, wir machen uns Sorgen hinsichtlich der Notausgänge in unserer Folterkammer.«

»Wie vertreibt ihr euch hier die Zeit?« Kieran nahm das Bettgestell genauer in Augenschein. Es war am Boden festgeschraubt.

»Meist mit Reden. Ich habe Siobhan schon mit allen Einzelheiten meiner deprimierenden Kindheit gelangweilt.«

»Du bist nicht langweilig, Johnny.«

»Sie kennt echt viele Songs, das ist richtig unterhaltsam.«

»Verabreichen sie euch Drogen?«, fragte Kieran. Es war ein merkwürdiges Gefühl, nach einer Woche im Nebel auf einmal wieder einen klaren Kopf zu haben.

»Nee, das haben sie nach den ersten zwei Wochen aufgegeben.

Ich glaube, sie wissen nicht so recht, was sie mit uns anfangen sollen. Die anderen haben sich echt schnell verändert – so als hätten sie nur darauf gewartet, ihre Fehler einzusehen, um so schnell wie möglich in den Kreis der artigen Jungs und Mädchen aufgenommen zu werden. Du hättest sie mal in den Beichtsessions erleben sollen; alle haben rumgeheult, dass sie bitte, bitte der Clique der perfekten Menschen angehören wollen. Ich nicht. Die erste Woche habe ich vor Wut nur getobt – durch die Drogen bin ich ziemlich ausfallend geworden. Ich habe meinen Vater nach allen Regeln der Kunst beschimpft, weil er meint, ich sei nicht gut genug.«

Kieran horchte interessiert auf. Er hatte mal gelesen, dass die Menschen, die sich als resistent gegen Gehirnwäschen erwiesen, oft eine Leidenschaft in sich trugen, die wie ein Gegengewicht auf den Anpassungsdruck wirkte. »Was ist es denn, was dein Vater an dir nicht mag?«

Johnny lachte. »Die Frage muss wohl eher heißen: ›Was mag er an mir?‹ Die wäre schneller beantwortet. Woran er am meisten auszusetzen hat, ist meine politische Einstellung. Er hat rausgefunden, dass ich Mitglied in einer Umweltaktionsgruppe bin, und er ist ein Öl-Mann. Wäre doch extrem peinlich für ihn, wenn ich mich wie geplant an eine seiner Bohrinseln in der Arktis ketten würde. Aber genau dorthin geht's für mich, sobald ich hier raus bin – nachdem ich die ganze Bande vor Gericht geschleift habe, versteht sich. Freiheitsberaubung und Folter – und das ist erst der Anfang. Und mit meiner Entschädigungssumme werde ich ein Öko-Camp direkt vor dem Büro meines Vaters errichten.«

»Johnny verbringt viel Zeit damit, in Gedanken den Schriftsatz an seinen Anwalt zu formulieren«, sagte Siobhan mit leicht neckendem Unterton.

»Und was ist mit dir, Siobhan? Wie hast du standgehalten?«, fragte Kieran.

»Vermutlich weil sie an einen Teil von mir nicht herankommen können, egal, was sie tun.«

»Sie ist eine Heilige, im Ernst, Mann. Ich habe vorher noch nie einen wahren Christen getroffen und ich muss sagen, ich bin schwer beeindruckt. Sie betet sogar für mich, was echt nett ist, weil ich auf Väter im Allgemeinen nicht gut zu sprechen bin, einschließlich dem auf der Wolke.«

»Er sitzt nicht auf einer Wolke, Johnny. Wenn du nur mal aufhören würdest mit diesen überholten Klischees.«

»So was sagt sie ständig, dabei weiß sie, dass ich sie nur ein bisschen hochnehmen will.« Johnny lachte leise in sich hinein.

»Warum hat man dich zu diesem Seminar geschickt?«, fragte Kieran. Er konnte sich nicht vorstellen, warum sich Eltern über eine wohlerzogene, fromme Tochter beschweren sollten.

»Ich möchte Hebamme werden und als medizinische Missionarin arbeiten.«

»Und was soll falsch daran sein?«

»Meine Eltern sind glühende Atheisten und der Ansicht, ich solle entweder reich heiraten oder ins Familienunternehmen einsteigen. Ihrer Meinung nach ist mein Glaube Humbug.«

»Was ist das für ein Familienunternehmen?«

»Militärbedarf.«

»Ihr Dad ist Irlands bekanntester Waffenhändler. Ganz gleich, welcher Konflikt – Mr Green ist mit seinem Sortiment bereits vor Ort, um die Sache noch schlimmer zu machen. Und was ist mit dir, Kieran? Wie hast du es geschafft, dermaßen schnell hier unten zu landen?«

Sie wurden überwacht, also konnte Kieran nicht den wahren

Grund für seinen Aufenthalt im Gästehaus offenbaren. Er hätte ihnen gern Hoffnung gegeben, dass sie bald befreit würden, sobald die YDA auftauchte und die ganze Netzwerk-Operation hochnahm. »Ich glaube, ich bin wiederholt unangenehm aufgefallen. Ich mag Chemie und habe mir mal die Pillen, die sie uns gegeben haben, genauer angesehen – das sind übrigens wirklich Vitamine; die Drogen wurden am ersten Abend in Wasser aufgelöst verabreicht, später dann in Spritzenform. Thiopental. Das Zeug soll uns kooperativ machen. Aber ich konnte ihnen einfach nicht zustimmen in puncto dessen, was angeblich nicht mit mir stimmen soll. Dann habe ich ein paarmal zu oft die falschen Dinge gesagt. Hab ihnen erklärt, dass sie Gehirnwäsche mit uns betreiben würden, was eine Verletzung unserer Menschenrechte darstellt.«

»Gut gemacht! Willkommen in der Zone der Ausgestoßenen.«

»Danke. Ich bin sehr stolz, hier sein zu dürfen. Eine größere Auszeichnung hätten sie mir nicht zuteilwerden lassen können.«

Kapitel 18

Die Zeit kroch langsam dahin. Vom langen Stillhalten kribbelten Raven die Beine. Sie befürchtete allmählich schon, dass etwas schiefgegangen war. Als eine Katze über den Hof lief und die bewegungsgesteuerte Beleuchtung ansprang, entfuhr ihr vor Schreck beinah ein Schrei. Doch von den Sicherheitsleuten war weit und breit nichts zu sehen – Isaac hatte recht gehabt; niemand dachte mehr beim Anspringen der Lichter an einen Eindringling.

Ein Schatten tauchte in der Eingangstür auf und winkte. Endlich: Isaac kam sie holen. Sie huschte, in dem Versuch, sich so zu bewegen wie er, über das Pflaster, als prompt die Beleuchtung ansprang. Die Lichter gingen fast augenblicklich wieder aus. Raven hielt es für das Beste, keinen Mucks von sich zu geben. Die Türen wurden bestimmt überwacht, also mussten sie schleunigst aus der Gefahrenzone heraus. Isaac schlich den Flur hinunter in Richtung Küche und duckte sich dort hinter einen Tresen. Der Raum war leer, die Arbeitsplatten sauber gewischt; die bläuliche Neonlampe über der Speisekammer tauchte die Edelstahloberflächen in künstliches Mondlicht. Aus einem Wasserhahn tropfte es mit dumpfem Platschen in die tiefe Spüle neben dem großen Geschirrspüler.

»Hier können wir reden«, sagte Isaac, holte sein Handy heraus und setzte per SMS eine Meldung ab. »Ich habe die unteren Stockwerke überprüft, und abgesehen von den beiden Kerlen, die wir gesehen haben, scheint niemand weiter hier zu sein. Ich vermute, dass die anderen Sicherheitsleute mit den Seminarteilnehmern beim Abschlussball sind. Wann ist der zu Ende?«

Raven saß mit an die Brust gezogenen Knien da und hielt ihre Knöchel umfasst. »Um elf.«

»Also sollte Joe so um halb zwölf zurück sein. Ich möchte beide zusammen in einer sauberen Aktion hier rausholen, ohne dass irgendjemand etwas mitkriegt. Okay?«

»Und ich hatte gehofft, Sie würden ein paar Leuten gehörig in die Ärsche treten und ihnen dann die Hölle heißmachen.«

Er lächelte und steckte das Handy wieder ein. »Das kommt später, wenn meine Jungs in Sicherheit sind.«

»Was, glauben Sie, wird hier gespielt?«

Isaac musterte ihr Gesicht. Raven hatte den Eindruck, dass er jede ihrer Reaktionen abwägte. »Raven, Kierans Sorge war von Anfang an, dass Sie gefährdet sein könnten, wenn Sie zu viel wissen.«

Schön zu wissen, dass er für seine Geheimniskrämerei einen guten Grund gehabt hatte, aber das musste jetzt aufhören. »Colonel Hampton ...«

»Isaac. Leute, mit denen ich gemeinsam einen Bruch begehe, nennen mich immer beim Vornamen.«

Jetzt musste sie lächeln. »Okay, dann meinetwegen Isaac. Ich bin gerade in ein Privathaus eingebrochen und werde es dabei nicht belassen. Glauben Sie wirklich, dass mich ein paar Informationen jetzt noch mehr in Gefahr bringen werden?«

»Guter Einwand. Na schön, wir glauben, dass hier Folgendes läuft: Die Schule ist Teil eines Netzwerks, in dem Gefälligkeiten ausgetauscht werden – was man gemeinhin als Korruption bezeichnet. Die Eltern werden zunächst für die Schule geködert, sodass man an deren Kinder herankommt, um ihnen eine Falle zu stellen. Dann überzeugt man die Eltern, dass es besser ist zu kooperieren, indem sie die eine oder andere Gefälligkeit leisten, statt die Zukunft ihrer Kinder zu versauen. Im Gegenzug bringen die Leute hier die Kinder wieder ›ins rechte Gleis‹, genau gemäß den Vorstellungen der Eltern, wofür diese trotz der verkappten Erpressung sehr dankbar sind. Kieran vermutet, dass die Kinder unter massiven Druck gesetzt und einer Gehirnwäsche unterzogen werden, wobei Widerspruchsgeist und normales Teenagerverhalten in eine gesellschaftlich erwünschte Form gebracht werden.«

»Aha, das erklärt dann auch Ginas Verhalten. Und was ist mit Joe?«

»So wie es aussieht, bringen sie in der Anfangsphase der Umerziehung enthemmend wirkende Drogen zum Einsatz, um die Opfer zu brechen. Aber diese Maßnahmen können bei Joe noch nicht sehr weit gereicht sein, da er erst seit fünf Tagen hier ist. Ich hoffe, dass seine Umnebelung, so wie du sie erlebt hast, nur oberflächlich ist und dass der ihm eingegebene manipulierte Gedankeninput noch keine Wurzeln geschlagen hat. Beide Jungs hatten strikte Anweisungen, keinerlei Wirkstoffe zu sich zu nehmen, aber anscheinend hat man sie irgendwie überlistet.«

Sie glaubte ihm, auch wenn es ihr vollkommen irre schien – gesunden jungen Leuten hochwirksame Drogen zu verabreichen. Nein, nicht irre – kriminell. »Ich glaube, Sie haben recht, dass es bei Joe noch nicht so angeschlagen hat.«

»Wie kommen Sie darauf?«

»Er war noch immer nett zu mir. Alle anderen, die bei diesem Seminar gewesen waren, haben mich nach ihrer Rückkehr behandelt, als sei ich die Ausgeburt des Bösen.«

Bei ihrem sarkastischen Unterton musste er grinsen. »Ach ja, Gehirnwäscher brauchen einen Feind, um in ihren Zielobjekten Angst zu schüren und die Fokussierung auf die Gruppe zu schärfen – so entsteht die sogenannte Bunkermentalität.«

»Aber ich? Welche Bedrohung stelle ich denn bitte schön dar?«

»Im Moment sind Sie es, aber davor wird es schon andere gegeben haben.«

Er hatte recht. Zwei andere Stipendiumsschüler im Jahrgang über ihr waren vorzeitig von der Schule abgegangen und hatten keinen Hehl daraus gemacht, wie sehr sie den Snobismus an der Schule verbscheut hatten.

»Es geht mehr darum, was Sie repräsentieren, nicht darum, wer Sie in Wahrheit sind. Selbstbewusst, geradlinig, aus eigener Kraft emporgekommen ...«

»Vergessen Sie nicht arm und proletarisch ...«

»Das auch. Man hat Sie und auch die anderen dazu benutzt, um diesen neurotischen reichen Teenies Angst zu machen, sie könnten eines Tages entlarvt werden, als das, was sie eigentlich sind – Versager, die ihre Position nur aufgrund von ererbten Privilegien und Geld innehaben.«

»Das ist doch Quatsch.«

»Ich weiß, aber mithilfe von Gehirnwäsche hat man Menschen schon viel absurdere Dinge glauben lassen; bestes Beispiel dafür ist die Sekte Heaven's Gate, deren Anhänger glaubten, sie würden ein Raumschiff besteigen, das sich im Schlepp des Kometen Hale-Bopp befand.«

»Was ist passiert?«

»Das war 1997; achtunddreißig Anhänger und ihr Guru töteten sich selbst, um an Bord gehen zu können.«

Raven konnte kaum glauben, dass irgendjemand dermaßen irregeleitet sein konnte. »Waren sie verrückt?«

»Vollkommen – aber nur, weil sie den Gehirnwäschepraktiken eines Wahnsinnigen zum Opfer gefallen waren. Das wahre Leben ist manchmal merkwürdiger, als es sich irgendein Autor ausdenken könnte. Gehirne verformen sich, wenn man die falsche Art von Druck darauf ausübt. Mit ausreichend viel Zeit kann man die meisten Leute glauben machen, dass schwarz weiß ist.«

Sie rieb sich die Schienbeine. »Meinen Sie, Kieran ist in Ordnung? Er wird sich doch nicht verändert haben?«

»Wissenschaftlichen Erkenntnissen zufolge können sich Menschen mit tief verwurzelten Überzeugungen am besten Manipulationsversuchen widersetzen. Und Kieran glaubt fest an die Gesetze der Vernunft und Logik. Ich würde gern denjenigen sehen, der ihn dazu bewegt, wider diesen Grundsatz zu handeln.«

Und doch hatte er für sie Tanzen gelernt, nicht? Das war nicht rational gewesen.

Das Knirschen von Kies durchbrach die Stille draußen. »Das ist der Minivan, der ein Stück weiter hinten parkt. Vermutlich haben sie die Schüler bereits am vorderen Eingang abgesetzt. Wir warten ein paar Minuten, bis alle aus dem Foyer raus sind, dann machen wir uns auf die Suche nach den Jungs. Joe hat mir die Namen ihrer Räume genannt – Kavalier- und Pagodenzimmer, im ersten beziehungsweise zweiten Stock. Wir werden als Erstes Joe holen, dann gehen wir eine Etage höher und schnappen uns Kieran.«

»Wenn die Jungs nun nicht das nötige Beweismaterial sammeln konnten, um den Laden hier dichtzumachen?«

»Raven, ich werde sie nicht hierlassen. Ihre Sicherheit kommt an erster Stelle.«

Raven fiel ein Stein vom Herzen, als sie hörte, dass Kieran und Joe nicht für die Mission geopfert würden. »Wie wollen wir sie hier rausholen?«

»Eins unserer Teams geht gerade im näheren Umkreis in Position. Sobald wir mit den Jungen bei ihnen eintreffen, werden meine Männer übernehmen. Im Notfall kann ich das Team auch hierher beordern, aber ich möchte es zunächst mal so versuchen. Wir müssen auch an die Sicherheit der anderen jungen Leute denken. Wenn bewaffnete Männer das Gebäude stürmen, könnte es Verletzte geben. Ich möchte keine Unschuldigen in Gefahr bringen.«

Eine Frage brannte ihr auf der Zunge. »Wer sind Sie, Isaac?«

Er grinste. »Ich stehe auf der Seite der Guten, Raven.«

Das hoffte sie inständig, ansonsten wäre sie geliefert.

Das Licht sprang an und wurde ganz langsam heller. Irgendwie war es fast schon zum Lachen, dass Heath und Konsorten für eine Energiesparlampe in ihrer Zelle gesorgt hatten: Teenager foltern und gleichzeitig die Umwelt schonen. Kieran machte sich bereit, als er mitbekam, dass die beiden anderen das auch taten, indem sie aus den Betten schlüpften und sich mit dem Rücken an die Wand stellten.

Die Tür ging auf und Heath kam hereinmarschiert, begleitet von Mrs Bain und dem russischen Kurator Kolnikov. Das verhieß nichts Gutes. Er hatte damit gerechnet, dass die Kuratoren sich von der Drecksarbeit im Gästehaus möglichst fernhielten.

Mrs Bain zeigte auf Kieran. »Der da.«

Kolnikov wippte auf den Ballen auf und ab, in Kneipenschlägerpose. »In welcher Beziehung stehst du zu Colonel Hampton?«

»Er ist mein Patenonkel.« Kieran leckte sich über die Lippen; ihm ging auf, dass er schon seit einer ganzen Weile nichts mehr getrunken hatte. Er versuchte, die in ihm aufkeimende Angst, dass Hilfe womöglich nicht mehr rechtzeitig eintreffen würde, zu unterdrücken.

»Wie hast du ihn kennengelernt?«

»Bei einem Mathe-Wettbewerb.« Das war die Wahrheit.

»Was machst du für ihn?«

»Ich mache gar nichts. Er sponsert meine Ausbildung.«

Kolnikov kam dicht an ihn heran, packte Kieran mit einer muskulösen Hand am Hals und drückte ihn gegen die Wand. Sie standen sich Auge in Auge gegenüber; der Russe musterte sein Gesicht. »Er lügt. Er weiß mehr, als er sagt.« Er ließ Kieran los und ging einen Schritt zurück.

Mrs Bain verschränkte die Arme vor der Brust, ihre Finger spielten eine nervöse Melodie auf ihrem Arm. »Das tut mir so leid, Sir. Der Junge ist wie alle anderen überprüft worden. Sein Sponsor, Hampton, ist danach sauber.«

»Natürlich ist er das. Das wäre ich auch, wenn Sie mich überprüfen würden. Nur weil mir jemand einen Gefallen getan hat, weiß ich, dass hier nicht alles so ist, wie es scheint.«

»Wie haben Sie das herausgefunden?«

Kieran gefiel überhaupt nicht, dass sie sich ganz freimütig in seinem Beisein darüber unterhielten. Das konnte nur bedeuten, dass sie es nicht mehr für wichtig hielten, was er, Johnny und Siobhan noch alles mit anhörten.

Kolnikov holte aus einer seiner Taschen eine Zigarre hervor und zündete sie an. »Unser neuer Rekrut, der amerikanische Verteidigungsattaché Carr, hatte heute als Unterhändler für meine Firma einen Termin im Verteidigungsministerum.« Er blies Kieran eine Rauchwolke ins Gesicht. »Dabei sollte er herausfinden, inwieweit uns Hampton für den Vertragsabschluss von Nutzen sein könnte, doch stattdessen hatte er bei einem vertraulichen Gespräch in Erfahrung gebracht, dass Hampton gar nicht im Staatsdienst arbeitet.«

»Was macht er dann?«

»Das wusste der Kontaktmann nicht. Er sagte nur, dass er dem Vernehmen nach auf Spezialeinheit tippen würde, aber Genaueres hatte man nicht durchblicken lassen.«

»Glauben Sie, der Junge gehört auch dazu, oder ist das alles nur ein Zufall?«

Kolnikov wandte sich von Kieran ab. »Ich bin im Laufe meiner Karriere gut damit gefahren, stets davon auszugehen, dass es so etwas wie Zufälle nicht gibt.«

»Sollen wir zu Plan Beta greifen?«

Kolnikov drückte seine Zigarre an Kierans Bettpfosten aus. »Genau deshalb haben wir Ihnen die Leitungsposition übertragen, Meryl. Sie blicken immer einen Schritt voraus. Ja. Wir machen diesen Zweig der Operation dicht, bis wir die Sache mit Hampton geklärt haben.«

»Aber Sir, wir haben Gäste, die das Prozedere gerade durchlaufen. Wir haben erst zwei Wochen hinter uns!«, protestierte Heath.

Kolnikov hob eine Augenbraue und Heath hielt den Mund. »Man wird sich später weiter um sie kümmern müssen. Und Heath, Sie werden wieder nach Los Angeles versetzt. Das Programm dort läuft sehr gut. Treffen Sie alle nötigen Vorbereitungen, Meryl.«

»Natürlich, Sir. Und wie verfahren wir mit den dreien hier und dem anderen Jungen?«

Kolnikov rollte die Schultern. »Wer waren noch mal die Eltern? Hampton brauchen wir nicht zu berücksichtigen.«

»Green und Minter.«

»Wegen denen brauchen wir uns keine allzu großen Sorgen zu machen. Überlegen Sie sich etwas Glaubwürdiges.«

Mrs Bain griff sich nervös an den Hals. »Meinen Sie damit, Sie autorisieren mich ... die Beweise aus dem Weg zu räumen?«

»Genau das tue ich, ja.«

Als Raven und Isaac die Küche verließen, spürte sie, dass jetzt mehr Leute als zuvor im Haus waren. Zwar konnte sie sie nicht sehen, aber das Gebäude klang irgendwie voller – Türen klapperten, Stimmen klangen in der Ferne. Zum Glück begegnete ihnen niemand und sie erreichten ohne Probleme Joes Zimmer. Isaac probierte die Klinke. Die Tür war nicht abgeschlossen. Sie schlüpften hinein und zogen sacht die Tür hinter sich zu. Joe lag mit dem Gesicht nach unten auf dem Bett. Er hatte es nicht geschafft, sich umzuziehen, hatte nur seine Schuhe, sein Sakko und die Krawatte abgelegt. Er schlief.

Isaac schüttelte ihn an der Schulter. »Hey, Joe, Abflug.«

»Wa...?« Joe bewegte sich.

»Gucken Sie mal, wo seine Schuhe sind, Raven.«

Während Isaac Joe hochzog, kroch sie unters Bett, um Joes Sneakers zu bergen. Sie hatte nicht gewusst, wie schwierig es war, einer halb schlafenden Person Schuhe anzuziehen, bis sie versuchte, seine schlaffen Füße hineinzubugsieren.

»Wir holen dich und Kieran jetzt hier raus.« Isaac warf sich Joes Arm über die Schultern und hievte ihn hoch.

»Key ist ... Schwierigkeiten«, lallte Joe.

»Ja, ja, alles klar. Komm schon, Joe, Zeit aufzuwachen.«

»Wie wollen wir denn beide hier rausbringen, wenn Kieran im gleichen Zustand ist?«, fragte Raven und stützte Joe auf der anderen Seite ab.

»Das ist eine Frage, auf die Sie keine Antwort mehr benötigen werden.« Mrs Bain stand in der Tür, flankiert von zwei Sicherheitsmännern. »So, so, das ist ja eine Überraschung. Colonel Hampton, nehme ich an?«

Ein Mann mit eckigem Kinn und weißen Haaren tauchte hinter ihr auf. »Ist er das?« Er sprach mit einem russischen Akzent und rollte das R.

Isaac setzte Joe auf dem Bett ab und machte sich zum Kampf bereit.

»So wie's aussieht, ja, Sir.« Mrs Bain befahl den Sicherheitsleuten mit einer Geste, sich im Raum zu verteilen. Sie richteten ihre Waffen auf Isaac.

»Das Mädchen?«

»Eine meiner Schülerinnen. Niemand von Bedeutung.«

»Gut. Nehmen Sie ihn in Gewahrsam.«

Isaacs Blick huschte von einem Mann zum anderen, während er mit der Hand in die Innentasche seiner Jacke fasste.

Laut auf Russisch fluchend, stürmte der stämmige Mann an den Sicherheitsleuten vorbei, packte Raven brutal am Arm und bedrohte sie mit einer Pistole. Sie versuchte sich loszureißen, doch zu spät – er drückte ihr die Mündung in die Schläfe. »Wehe, du rührst dich, oder ich schieße.«

Sie erstarrte.

»Kämpfen ist nutzlos, Hampton. Sie kommen hier nicht raus. Wie Sie sehen, sind Sie in der Unterzahl.«

Isaac blickte kurz zu Raven hinüber. Sie stand ganz still da, ihr Herz wummerte in ihrer Brust. Die Mündung der Waffe bohrte sich in ihre Haut wie ein eiskalter Finger.

Isaac hob langsam die Hände.

»Durchsucht sie!« Der Russe stieß Raven zu einem der Sicherheitsmänner hinüber. Er tastete sie ab und förderte ihr Handy zutage. Sie trug nichts anderes bei sich. Isaacs Taschen warfen deutlich mehr Ausbeute ab: Handy, Brieftasche, Pistole und ein Lockpicking-Set zum Öffnen von Schlössern. Der Russe besah sich die Sachen, nahm das Bargeld aus der Brieftasche und kramte in den Fächern nach einem Ausweis. Raven gab sich alle Mühe, die in ihr aufwallende Panik herunterzuschlucken.

Sie schaute zu Isaac hinüber, ob er irgendeine Idee hatte, was sie jetzt tun sollten. Er hatte nur darauf gewartet, ihren Blick aufzufangen. Er sah zur Tür hinüber und nickte beinah unmerklich. Sie ahmte die Geste nach. Er nickte noch einmal. Er wollte, dass sie losrannte, sobald sie die Chance dazu hatte. Niemand hielt sie für eine Bedrohung; alle konzentrierten sich nur auf Isaac. Wenn sie entwischte, könnte sie Alarm schlagen.

»Wer sind Sie, Hampton?«, fragte der Mann.

»Ich dachte, im KGB wissen sie alles, Kolnikov. Gibt's über mich etwa noch keine Akte?«

Der Russe blickt von Isaacs Handy auf. »Für diese Organisation arbeite ich schon seit einer ganzen Weile nicht mehr.«

»Nein, Sie bevorzugen es, Ihren eigenen Interessen zu dienen, als denen Ihres Landes. Ich frage mich, was Ihr Präsident dazu sagen würde, wenn er davon wüsste.«

»Ich zähle ihn zu meinen Freunden.« Er ließ das Handy in seiner Hosentasche verschwinden.

»Ich könnte mir vorstellen, dass sich das ändern könnte, wenn er von dem Gas-Pipeline-Deal erfahren würde, den Sie manipuliert haben.«

Kolnikovs Miene wurde finster. Mit langen Schritten ging er auf Isaac zu, blieb vor ihm stehen und rammte ihm eine Faust in den Magen. Isaac krümmte sich zusammen, taumelte nach vorne und stieß dabei den Russen gegen den Sicherheitsmann hinter ihm. Joe, der auf dem Bett lag, fuhr zur Überraschung aller wankend hoch, um dann wie ein nasser Sack gegen die Beine der zwei Sicherheitsmänner, die ihm am nächsten standen, zu fallen. Isaac und Joe hatten für ein Ablenkungsmanöver gesorgt. Sie musste schnell handeln. Raven riss sich von ihrem Bewacher los und ließ sich über den Boden rollen. Mrs Bain stand zwischen ihr und der Tür. Raven sprang auf die Füße und verpasste der Rektorin einen Scherenkick. Mrs Bain prallte gegen die Wand – der Weg durch die Tür war frei. Raven nutzte ihre Chance; Kugeln schlugen in den Türrahmen ein, als sie hinaus auf den Korridor sprintete.

Sie schossen auf sie! Bis zu diesem Punkt hatte sie noch nicht wirklich begriffen, wie todernst die Sache war.

Sie musste unbedingt außer Sichtweite. Raven rannte den Flur hinunter und stieß die Schwingtür zum Treppenhaus auf. Von unten drangen Stimmen zu ihr herauf, alarmiert durch die Schüsse. Dann halt nach oben. Sie stürmte die Stufen hoch. Im zweiten Stock lag doch Kierans Zimmer. Vielleicht war er noch da. Sie flitzte den Korridor hinunter, bis sie ein Schild mit der Aufschrift ›Pagodenzimmer‹ las. Sie schlüpfte hinein, schloss die Tür hinter sich und betete, dass niemand sie gesehen hatte. Eine

Alarmglocke schrillte los, Füße donnerten durch die Flure. Raven stand keuchend mit dem Rücken an die Tür gelehnt. Der Raum war eindeutig unbewohnt, das Bett war abgezogen. Aber Kieran war hier gewesen: Sie konnte den Duft seines Aftershaves in der Luft wahrnehmen. Er war so nahe – wie gern hätte sie ihn jetzt umarmt. Mit ihm musste einfach alles in Ordnung sein. Basta.

Sie hatte jetzt keine Zeit, darüber nachzudenken. Was tun? Erste Priorität: nicht erwischen lassen. Zweite: Hilfe holen. Sie hatten ihr Handy einkassiert und sie wusste nicht, wie sie Isaacs Team kontaktieren sollte. Er hatte ihr nicht gesagt, wo es genau Stellung bezogen hatte, nur dass es irgendwo da draußen in der Nähe war. Die Vorstellung, auf der Suche nach Isaacs Leuten durch die Dunkelheit zu stolpern, gefiel ihr überhaupt nicht. Das könnte Stunden dauern und sie hatte den dringenden Verdacht, dass die üblen Typen hier mit Isaac und Joe eher kurzen Prozess machen wollten.

Die Polizei rufen? Aber die Gesetzeshüter vor Ort wären mit einer Situation wie dieser hier gnadenlos überfordert. Die Guten, die den Anschein erweckten, böse zu sein, aufgrund der Tatsache, dass sie einen Einbruch begangen hatten, und die Bösen, die den Anschein erweckten, gut zu sein, aufgrund ihres Renommees.

Denk nach, Raven.

Sie erstarrte, als sie draußen auf dem Flur Leute näher kommen hörte. Sie durchsuchten der Reihe nach die Räume. Sie musste sich verstecken. Im Kleiderschrank oder unter dem Bett war zu offensichtlich, genau wie hinter den Vorhängen.

Im Badezimmer.

Ausnahmsweise war es mal von Vorteil, dass sie so klein war.

Sie riss das Regalbord aus dem Waschtisch unter dem Waschbecken, schob es ganz nach hinten, zwängte sich hinein, kauerte sich eng zusammen und zog die Tür gerade noch rechtzeitig zu. Ein Suchtrupp war ins Pagodenzimmer eingedrungen. Sie kippten das Bett um, öffneten den Schrank und dann kam einer von ihnen ins Bad. Raven hielt den Atem an.

»Sauber!«, rief er, nachdem er den Raum flüchtig inspiziert hatte, ohne dem kleinen Waschtisch überhaupt Beachtung zu schenken.

»Okay, lasst uns nachsehen, ob sie nach unten ist, um die anderen zu befreien.«

»Ich wette, die ist abgehauen.«

»Dann kommt sie nicht weit; die Hunde schnappen sie in null Komma nichts. Los, kommt.«

Die Schritte entfernten sich. Raven wartete noch ein paar Minuten, um auf Nummer sicher zu gehen, dann zwängte sie sich aus ihrem Versteck heraus. Wenigstens wusste sie jetzt, wo die anderen steckten, und dass ihr der Versuch, Hilfe zu holen, eine Begegnung mit der Hundepatrouille beschert hätte. Na schön, sie würde den Leuten vom Suchtrupp jetzt ein bisschen Zeit geben, sich unten gut umzusehen, und dann würde sie ihrem hilfreichen Hinweis folgen; auch wenn sie keine Ahnung hatte, wie sie Hilfe rufen sollte, so kannte sie jemanden, der ganz bestimmt weiterwusste. Sie würde Kieran finden.

Kapitel 19

Kieran wusste, dass ihnen nicht viel Zeit blieb, sich einen Plan zu überlegen, bevor die Männer zurückkehren und sie aus dem Weg räumen würden. Er vermutete, dass sie den vorgetäuschten Unfall nicht auf dem Gelände stattfinden lassen wollten, da drei tote Teenager kein gutes Aushängeschild für die Schule und das Gästehaus wären.

»Hab ich das jetzt richtig verstanden...? Wollen die uns...?« Siobhan klammerte sich an Johnnys Hand fest.

»Sie wollen uns loswerden«, bestätigte Johnny.

»Sie überlegen sich gerade die beste Methode, unseren Tod wie einen Unfall aussehen zu lassen.« Kieran hatte keine Zeit, die Fakten in Watte zu packen.

Siobhan sog scharf Luft ein und fing an zu zittern. »Nein, nein.«

»Aber das lassen wir nicht zu«, fügte er schnell hinzu.

Johnny fasste sie an den Schultern. »Hör auf diesen Kerl, Siobhan. Er hat recht. Wir müssen es ihnen so schwer wie möglich machen. Nur so haben wir eine Chance, aus dieser Sache heil rauszukommen.«

»Herr Jesus, hilf uns. Johnny...«

Johnny gab ihr einen leidenschaftlichen Kuss. »Schlappmachen ist nicht erlaubt.«

Sie ballte die Hände zu Fäusten. »Ich weiß. Tut mir leid. Was sollen wir tun?«

Er schloss sie aufmunternd in die Arme. »So ist's recht. Komm, wir sorgen dafür, dass sie sich wünschen, sie hätten das alles nie angefangen.«

»Da bin ich so was von dabei.«

Entfernt war ein Geräusch zu hören – popp, popp, popp – und dann schrillte im Gebäude der Alarm los.

»Was war das?«, fragte Johnny.

»Schüsse.« Kieran fuhr sich mit der Hand übers Gesicht; hoffentlich hatte Joe nichts getan, um sie zu provozieren. »Wir sollten das als gutes Zeichen werten. Vielleicht sind wir ja nicht mehr allein hier.«

»Aber es weiß doch niemand, wo wir sind«, sagte Siobhan und ihre kämpferische Miene fiel in sich zusammen; mutlos blickte sie Kieran an.

»Das stimmt nicht, Siobhan. Ich habe Freunde, die ein wachsames Auge haben. Ich hätte zwar nicht gedacht, dass sie so schnell mitkriegen würden, dass es Probleme gibt, aber vielleicht wurden sie von jemandem alarmiert. Weiß einer von euch, welchen Tag wir heute haben?«

»Ich glaube, Freitag. Warum?«

Kieran rüttelte an dem Bett. Es rührte sich nicht von der Stelle. »Sehr gut – ich habe den Abschlussball verpasst.«

»Und inwieweit ist das jetzt eine gute Nachricht?«, fragte Siobhan, verwirrt über den abrupten Themawechsel.

»Ich habe meine Freundin versetzt. Damit wird ihr klar sein, dass irgendwas nicht stimmt.«

»Aber wird sie nicht einfach nur stocksauer auf dich sein?«

»Nicht Raven.« Und das würde sie wirklich nicht sein, so viel stand fest. Dank ihres Scharfsinns und Instinkts würde sie wissen, dass die Situation aus dem Ruder gelaufen war. Mit etwas Glück hatte sie vielleicht sogar Isaac angerufen.

»Du datest Raven Stone?«

»Würde ich ja gern – wenn wir diese kleine Widrigkeit ausräumen könnten, dass es Leute gibt, die uns kaltmachen wollen.« Kieran lächelte Siobhan aufmunternd an. »Sieh mal, jetzt, da die Chance besteht, dass Hilfe bereits irgendwo hier in der Nähe ist, müssen wir dafür sorgen, dass die Leute mitkriegen, dass irgendwas nicht stimmt, und entsprechend reagieren können. Wir verschaffen uns Aufschub, machen Theater, tun alles, um Aufmerksamkeit zu erregen.« Er besah sich die Zelle; ihm kam eine Idee. »Ich werde versuchen ...«

Er kam nicht mehr dazu, seinen Satz zu beenden; die Tür öffnete sich und drei Männer traten ein. Zwei hielten ihre Gewehre auf die Zellenbewohner gerichtet, während sich ein dritter Johnny mit Handschellen näherte. Er war ein Schrank von einem Kerl, mit kurzem rotem Haar und einem boshaften Zug um den verkniffenen Mund.

»Mach es uns nicht unnötig schwer oder wir erschießen das Mädchen«, sagte er.

Mit vor Zorn funkelnden Augen streckte Johnny ihm seine Hände entgegen. Die Handschellen schnappten zu. Kieran beobachtete genau, wie der Mann noch mal das Schloss der Fessel überprüfte und den Schlüssel in seine Gesäßtasche schob.

Er wandte sich an Siobhan. »Du bist die Nächste, Mäuschen.«

Siobhan erklärte ihm in ziemlich unfrommen Worten, wohin er sich das Kosewort stecken konnte. Der Mann war von ihrem

Ausbruch eher amüsiert als verärgert. »Tut mir leid, Mäuschen. Aber ich hab meine Befehle. Hände her.«

Johnny stieß sie leicht in die Seite und Siobhan nahm ihre Hände hoch, die daraufhin mit einem zweiten Paar Handschellen gefesselt wurden. Ein drittes Paar baumelte noch am Gürtel des Mannes. Kieran ging in Gedanken schnell die Manöver durch, die er machen müsste, und rückte ein Stück näher ans Kopfteil des Bettes heran.

»Halt!«, blaffte der Kerl mit dem Gewehr.

Kieran erstarrte mitten in der Bewegung, einen Fuß in der Luft, so als würde er bei einer grausigen Version von Stopptanz mitmachen.

»Hör auf damit«, knurrte der Bewacher.

»Sie haben mir doch gesagt, ich soll haltmachen. Wie Sie sehen, bin ich ein braver kleiner Soldat.«

Der Mann mit den Handschellen kam auf ihn zu. »Ich kümmere mich um ihn.« Als der Hüne in Reichweite kam, fing Kieran an, auf einem Bein stehend zu schwanken, so als würde er die Balance verlieren. Er kippte und fiel gegen den Mann, ließ eine Hand in dessen Gesäßtasche gleiten, während er mit der anderen die Handschellen vom Gürtel zog. Noch bevor der Bewacher begriff, was Kieran da tat, hatte er sich mit einer Handschelle selbst gefesselt und das andere Ende am Bettpfosten festgemacht. So leicht würden sie ihn jetzt nicht mehr wegkriegen, dank der Bolzen, mit denen das Bett am Boden verankert war.

»Du hältst dich wohl für besonders schlau, was?« Der Mann griff mit einer Hand in seine hintere Hosentasche. »Wo zur Hölle ist der Schlüssel?«

»Er hat ihn«, sagte der Gewehrträger. »Hat ihn dir aus der Tasche gezogen.«

Kieran schluckte demonstrativ. »Na, eigentlich habe ich ihn gerade runtergeschluckt.«

Das Gesicht des Mannes lief dunkelrot an vor Zorn. Er holte mit der Faust aus und rammte sie Kieran in den Bauch. Ein scharfer Schmerz schoss durch seinen Körper. Ans Bett gefesselt, knallte Kieran gegen das Kopfteil und glitt zu Boden. Er rollte sich zusammen, schob sich den Schlüssel in den Mund und nahm zwei Tritte gegen seinen Körper in Kauf.

»Durchsuch ihn«, befahl der Gewehrträger. »Vielleicht lügt er auch.«

Der Rothaarige tastete Kieran ab, zu dumm oder zu sehr in Eile, um daran zu denken, in seinem Mund nachzusehen.

»Nichts. Er muss ihn verschluckt haben, so wie er gesagt hat.«

»Lass ihn; uns rennt die Zeit davon. Wo ist der Ersatzschlüssel?«

»Im Büro.«

»Dann schaffen wir erst mal die beiden da in die Garage und kommen dann noch mal zurück, um den Clown hier zu holen. Ich würde ja gern ein bisschen Zeit mit ihm verbringen. Da, wo er landen wird, fallen ein paar blaue Flecken mehr gar nicht weiter auf.«

Mit einem Tritt zum Abschied schleiften die beiden Wachen Siobhan und Johnny aus dem Raum und knallten die Tür hinter sich zu.

Idioten. Kieran spuckte den Schlüssel aus und schloss die Handschellen auf. Er steckte sie in seinen Hosenbund. Man konnte nie wissen, ob er sie nicht eventuell noch brauchen würde. Nur für den Fall, dass die beiden Typen blöd genug gewesen waren, die Tür offen zu lassen, probierte Kieran die Klinke. Von außen abgeschlossen, genau wie er es sich gedacht hatte. Jedes Mal, wenn die Tür geöffnet worden war, hatte er kurz vorher gehört, wie jemand die Tasten eines Codeschlosses gedrückt hatte – auf diesem Weg würde er hier also nicht herauskommen. Ihm blieb nur noch eine Alternative. Er ging ins Bad und klappte den Klodeckel herunter. Als er sich daraufstellte, reichte er mit dem Kopf knapp bis an die Öffnung des alten Wäscheschachts heran. Er lugte hinein und konnte sehen, dass der Schacht nach geschätzten drei Metern am oberen Ende vergittert war; im Prinzip war er wie ein größeres Kaminrohr, nur wesentlich sauberer. Wenn er nun hineinkletterte und sich an der Wand abstützte, wie lange würde er sich dort halten können?

So lange wie nötig, dachte er grimmig. Er pfriemelte die Peitsche los, die er wie einen Gürtel durch die Laschen seiner Hose gezogen hatte, und steckte sie sich vorne ins T-Shirt. Dann kletterte er auf den Spülkasten. Er schwang sich hoch und wand sich mühevoll durch die Öffnung. Oben am Gitter angekommen, war es ein bisschen leichter, weil er sich an den Stäben festhalten und so seinen schmerzenden Muskeln eine kleine Pause gönnen konnte. Die Peitschenschnur befestigte er als große Schlaufe am Gitter, sodass eine Art Schaukel entstand, in die er sich setzen konnte. Jetzt musste er nur noch warten.

Hinter einen mit Mänteln vollbehangenen Garderobenständer geduckt, beobachtete Raven, wie zwei Männer Johnny und Siobhan durchs Foyer zur Eingangstür brachten. Die beiden sahen zu Tode erschrocken aus – kein Wunder, angesichts der Fesseln an ihren Händen und den gezückten Waffen ihrer Begleiter. Siobhan versuchte, möglichst langsam zu machen, doch einer der Bewacher packte sie und warf sie sich kurzerhand über die Schulter. Keine Spur von Kieran. War er bereits fortgebracht worden oder steckte er noch irgendwo im Haus? Jetzt, da zwei der Bewacher das Gebäude verlassen hatten, war eine gute Gelegenheit, um ihn zu suchen. Johnny und Siobhan waren aus dem Küchentrakt gekommen, also ging Raven in diese Richtung, Ausschau haltend nach Orten, die sich dazu eignen könnten, jemanden festzusetzen. Sie wusste bereits, dass die Küche sauber war, darum ließ sie die links liegen. Hatte Isaac nicht gesagt, dass er das Erdgeschoss bereits gecheckt hatte? Jede Wette, dass er ein extrem gründlicher Mensch war, also lag der Raum, den sie suchte, ein Stück abseits, in einem vergessenen Winkel des Hauses auf einer anderen Etage, die nicht auf ihrem Weg gelegen hatte – vielleicht eine Abstellkammer oder ein Keller.

Sie öffnete ein paar Schränke, aber alle waren leer. Hinter einer Tür am Ende des Korridors lag die Wäschekammer – sie war größer als die, die sie sonst kannte. Sie huschte hinein und sah sich dort nach weiteren Türen um. Aber an keiner Wand war irgendeine Art von Öffnung erkennbar.

Sich um die eigene Achse drehend, trat sie auf etwas Weiches. Sie hörte keinen Laut, spürte aber, dass es ein Tier war, und zwar eines, das Schmerzen hatte. Sie zwang sich, nach unten zu schauen, voller Angst, eine zerquetschte Maus zu sehen; stattdessen sah sie Finger, die das Gitter unter ihren Füßen umklammert hielten, und das leichte Schimmern von nach oben gerichteten Augen.

»Kieran! O mein Gott, tut mir leid!« Sie machte einen Satz rückwärts und kauerte sich über dem Gitter zusammen, rieb seine wunden Finger.

»Pssst!«, warnte er.

Sie hielt inne, um zu lauschen, und konnte Geräusche aus dem Zimmer unter der Wäschekammer hören. Eine Tür knallte gegen eine Wand. Ein Mann brüllte aufgeregt.

»Er ist nicht hier!«

»Unmöglich!«

Kieran klammerte sich fest, dass seine Knöchel weiß hervortraten. Sie sah ihm deutlich an, wie anstrengend es war, sich am Gitter oben zu halten. Sie tat das Einzige, was ihr einfiel, um ihm zu helfen: Sie legte sich, auf seine Finger achtgebend, auf das Gitter und sperrte den letzten Rest Licht aus, der ihn verraten könnte.

»Das Mädchen muss hier unten gewesen sein, während wir draußen waren. Sie muss uns beim Eingeben des Codes beobachtet haben.«

»Durchsuch noch mal die unteren Stockwerke – aber diesmal gründlich.« Das war der Russe, der Kerl, der ihr die Waffe an den Kopf gehalten hatte.

Dann verhallten die Schritte im Raum unter der Wäschekammer und polterten im Lauftempo die Treppe hinauf. Kamen immer näher.

»Versteck dich!«, flüsterte Kieran.

»Da wäre ich selbst nie drauf gekommen, Sherlock«, flüsterte sie und sprang auf die Füße.

»Ich glaube, sie haben die Tür aufgelassen. Ich komme zu dir.«

Sie hörte, wie er leise auf dem Boden landete. Wo konnte sie sich verstecken? Neben der Tür stand ein Haufen mit Wäschesäcken voll sauberer Laken. Sie nahm einen Stapel gestärkter, gebügelter Bettwäsche heraus und legte ihn ordentlich auf ein Regalbord; nichts sollte irgendwie stutzig machen. Nachdem sie genug Platz geschaffen hatte, stieg sie in den Wäschesack. Da sie ein Sack, in dem sich ihre Konturen abzeichneten, sofort verraten würde, stopfte sie die Seiten rechts und links mit ein paar

Laken aus und legte sich noch drei auf den Kopf. Sie versuchte, den Sack von innen wieder zuzufummeln, aber das war ein Ding der Unmöglichkeit. Vielleicht würden sie einfach vermuten, dass einer ihrer Leute die Kammer vorhin schon durchfilzt hatte?

Ich muss wirklich damit aufhören, mir kleine beengte Umgebungen als Versteck zu suchen, dachte sie grimmig.

Der Suchtrupp ließ nicht lange auf sich warten. Wieder hörte sie es rumsen und krachen, als sich die Männer der Reihe nach Raum für Raum vornahmen. Und dann polterten sie in die Wäschekammer und inspizierten, genau wie sie davor, eingehend alle Regale.

»Nichts. Sie müssen irgendwo draußen sein. Jones, du kommst mit mir. Wir durchsuchen die Umgebung rund um den Müllplatz.« Zwei Paar Stiefel stampften davon.

Raven hielt den Atem an. Ein dritter Mann des Suchtrupps war noch da und er rührte sich nicht von der Stelle. »Sir, ich will nur schnell noch was nachschauen.«

»Komm aber schnell hinterher!« Die Stimme des Befehlsgebers klang bereits ein Stück weiter entfernt.

»Du bist irgendwo hier drinnen, stimmt's?«, murmelte der Mann.

Ravens Herz klopfte dermaßen laut, dass sie fürchtete, er könnte es hören.

Der Mann zog die Laken aus den Regalen, kippte die Waschmitteltonne um, dann wandte er sich den Wäschesäcken zu. Er gab dem Sack neben Raven einen Fußtritt, woraufhin dieser dumpf zu Boden fiel. Ihr Sack neigte sich ein Stück zur Seite und man sah, dass er oben nicht zugebunden war.

»Hab dich!« Eine Hand fuhr in den Sack, bekam ein Büschel Haare zu fassen und zerrte sie heraus.

Raven kam schwankend auf die Beine. Er packte sie am Handgelenk.

»Sir! Ich habe hier ...« Eine Karateschlag gegen die Kehle und ein Fausthieb an den Kopf ließen sein Rufen abrupt verstummen. Zusammengekrümmt ging der Wachmann zu Boden und zog Raven mit sich, dann sackte er in sich zusammen.

»Geht's dir gut?«, wisperte Kieran, als er den Mann von ihr herunterrollte.

Raven rieb sich den Schädel. »Ja. Und du?«

»Alles gut. Sag mal schnell, was Sache ist.« Kieran zerriss ein Laken und stopfte dem Mann ein Stück Stoff in den Mund, rasch, ehe er wieder zu sich kam. In knappen Worten brachte Raven Kieran auf den neuesten Stand, während er dem Mann Hände und Füße fesselte und ihn hinter ein Regal schleifte, wo man ihn nicht sofort bemerken würde.

»Dann ist also ein Team da draußen?«

»Ja. Aber ich weiß nicht, wo.« Es tat so gut, ihn wiederzusehen – er sah aus wie der alte Kieran, ein bisschen zerrupft zwar, doch es gab keine Anzeichen, dass die Gehirnwäscher ihn gekriegt hatten. Wieder mit ihm zusammen zu sein wärmte ihr die von Angst klamme Brust. Gerade ging alles den Bach runter, aber wenigstens waren sie zusammen.

»Und sie haben Isaac und Joe geschnappt?« Kieran räumte auf und ließ alle Spuren des stattgefundenen Kampfes verschwinden. Er schnappte sich eine Sprühdose mit Wäschestärke und drückte sie ihr ohne eine Erklärung in die Hand.

»Ja. Joe steht unter Drogen, scheint aber langsam wieder klar zu werden – zumindest so weit, dass er mir geholfen hat abzuhauen. Willst du, dass ich das hier in der Hand halte?« Sie wackelte mit der Sprühdose kurz hin und her.

»Ja. Vorsichtshalber. Für die Hunde. Sie haben Siobhan und Johnny in die Garage gebracht, es besteht also eine gute Chance, dass Joe und Isaac auch dort sind.« Er trat an die Tür und spähte hinaus in den Korridor.

»Die anderen Männer sind raus zum Hof hinter der Küche.«

»Dann klettern wir durchs Bibliotheksfenster nach draußen. Mir nach.«

Raven wollte ihm hinterher, prallte aber gegen seinen Rücken, als er abrupt auf der Schwelle stehen blieb.

»Was? Ist da etwa jemand?«, fragte sie beunruhigt.

»Nein. Ich muss das hier jetzt einfach noch machen.«

Sie fand sich in seinen Armen wieder, ohne Boden unter den Füßen, und genoss einen langen forschenden Kuss, der alle Gedanken an die Gefahr der Entdeckung für einen Moment verscheuchte. Er manövrierte sie zwei Schritte zurück in die Wäschekammer und hob sie auf ein Regalbord, sodass sie sitzend mit ihm auf Augenhöhe war.

»Danke ...«, sagte er, dann löste er sich von ihr, »... dass du mich gerettet hast.«

Sie hielt noch eine Sekunde länger fest, dann zwang sie sich dazu, ihn loszulassen.

»War mir ein großes Vergnügen. Und danke auch an dich für meine Rettung. Und jetzt: weiter im Programm, Kieran.«

»Ja, Ma'am.« Mit einem Lächeln, bei dem sie schwache Knie bekam, drehte er sich zur Tür um. »Die Luft ist rein.«

Leise ächzend rutschte sie vom Regalbrett herunter, steckte die Sprühdose in ihre Tasche und ging hinter Kieran wieder in Stellung. Möglicherweise fühlte er sich ja jetzt, beflügelt durch den Kuss, gewappnet, den Drachen dort draußen gegenüberzutreten, sie hingegen zauderte noch immer.

Er nahm ihre Hand; sein Daumen streichelte über ihre Knöchel. »Fertig?«

Sie drückte seine Hand. »Bereit wie nur irgendwas.«

Raven gefiel dieses Versteckspiel kein bisschen, nicht wenn die Suchenden bewaffnet und zum Töten bereit waren. Sie vertraute darauf, dass Kieran wusste, was er tat. Es war jedenfalls offensichtlich, dass Kieran weit mehr war als nur ein beeindruckend kluger Kopf und ein fantastischer Küsser: Er bewegte sich wie Isaac, fand überall Deckung und spürte, wann es sicher war, die ungeschützten Stellen zu passieren. Sie sahen einige Sicherheitsmänner, die noch immer dabei waren zu suchen, aber indem sie ihre Manöver genau timten, gelang es ihnen, immer einen Schritt voraus zu sein. Raven hatte wenigstens sechs Männer gezählt, die für Mrs Bain und den Russen arbeiteten, und fürchtete, dass es noch mehr waren. Einen hatten sie in der Wäschekammer zwar außer Gefecht gesetzt, dennoch standen ihre Chancen immer noch schlecht.

Sie waren wieder am Garderobenständer angekommen. Kieran zeigte auf eine Tür am anderen Ende der Halle.

Bibliothek, formte er lautlos mit den Lippen. *Raus in den Garten.*

Sie nickte. Das war der gefährlichste Teil ihrer Flucht, da sie den zentralen Knotenpunkt des Hauses passieren mussten. Sie lauschten angestrengt.

Kieran klopfte sich an die Brust.

Sie hob eine Augenbraue. *Du als Erster?*

Er nickte und legte ihr einen Finger an die Nase, seine Art, um ihr zu verstehen zu geben, dass sie warten solle.

Er spielte also mal wieder den Helden.

Sie schüttelte den Kopf.

Er runzelte die Stirn.

Sie lehnte sich nach vorne, küsste ihn und legte ihre Hand wieder in seine.

Mit den Augen rollend hielt er drei Finger hoch. Eins. Zwei. Drei. So leise wie möglich durchquerten sie das Foyer und schlüpften in die Bibliothek. Sie hatten Glück. Das Zimmer war leer. Zwei halb volle Bierflaschen standen auf den Tischen am Kamin, die Scheite waren zu Asche verbrannt. Die Sicherheitsmänner, die Raven vorhin gesehen hatte, waren schon lange weg; sie hatten ihre Getränke stehen lassen, um Johnny und Siobhan zu traktieren. Kieran ging geradewegs zum Verandafenster.

»Es gibt eine Alarmanlage, aber dem Kommen und Gehen am Eingang nach zu urteilen, ist sie nicht eingeschaltet«, sagte er. Er stieß die Doppeltüren auf und wartete, so als würde er halb damit rechnen, dass eine Sirene losging; er atmete erleichtert auf, als alles ruhig blieb.

»Gut, ich hatte recht.«

So, wie Kieran sich verhielt, dämmerte es Raven allmählich, dass seine Entscheidungen auf Vermutungen basierten – gut durchdachte zwar, denn es handelte sich immerhin um Kieran, trotzdem war er sich hinsichtlich ihrer Vorgehensweise genauso unsicher wie Raven. Er improvisierte und gab sich selbstsicher, nur um ihr die Angst zu nehmen.

»Du machst das super!«, flüsterte sie.

»Danke. Ich versuche nur zu verhindern, dass man uns umbringt.«

Sie kauerten sich in die Büsche, wo vor knapp einer Stunde noch Isaac und sie gehockt hatten.

»Was sind unsere Möglichkeiten?«

»Die Hunde riskieren und versuchen, Isaacs Team zu finden.« Beide schauten hinaus auf das im Dunkel daliegende Gelände;

keinem von ihnen gefiel die Idee, hier herumzustolpern, mit scharfen Hunden auf den Fersen und nur einer Dose Wäschespray als Abwehrmittel. »Oder wir gucken, was in der Garage los ist. Die wollen alle Zeugen loswerden und vielleicht verpassen wir unsere einzige Chance, die anderen zu retten, wenn wir jetzt Hilfe holen gehen.«

»Oder wir vermasseln die einzige Chance, sie zu retten, indem wir's aufs eigene Faust probieren.«

»Richtig. Ich komme einfach zu keinem Ergebnis, welche Entscheidung mehr Aussicht auf Erfolg hat.«

Raven fand beide Möglichkeiten furchterregend schrecklich. »Okay.« Sie rieb sich die Hände. »Mit Vernunft kommen wir hier nicht weiter, also befragen wir unser Bauchgefühl. Meins sagt: ›Geh in die Garage.‹ Und deins?«

»Bauchgefühl?« Kieran verursachte diese Vorgehensweise heftiges Unbehagen.

»Du musst dich aus dem Bauch heraus für eine Möglichkeit entscheiden – welche?«

Er verzog das Gesicht, als würde er eine bittere Medizin schlucken. »Garage.«

»Gut. Zweimal Bauchgefühl ist so gut wie eine Vernunftsentscheidung, wenn du mich fragst. Weißt du, wo die Garage ist?«

»Ja, hinterm Haus.«

Kieran stiefelte im Eiltempo los. Er konnte einfach das Gefühl nicht abschütteln, dass ihm die Zeit davonlief, so als würde ihm Sand auf den Kopf rieseln, während er in einem Stundenglas festsaß. Er war froh, dass Raven da war: Mit ihr an seiner Seite fühlte er sich gefestigt, sie half ihm dabei, Entscheidungen zu treffen. Von YDA-Eulen wie ihm wurde nicht erwartet, dass sie handlungsorientiert agierten, und so hatte er die dafür benötigten Fähigkeiten im Rahmen seiner Ausbildung nicht trainiert. Er wusste, dass er nur deshalb gerade über sich hinauswachsen konnte, weil ihm Raven zur Seite stand, so auch, als er diesen Wachmann ausgeschaltet hatte. Mit anzusehen, wie dieser Kerl Hand an Raven gelegt hatte, war genug gewesen, um ihn rasend zu machen.

Das erste Auto, das er sah, als sie sich der Garage näherten, war der Minivan der Schule, der als Shuttlebus zwischen dem Gästehaus und Westron diente. Dahinter stand ein schwarzer Geländewagen ohne Nummernschild. Die Türen standen offen; Johnny und Siobhan lagen zusammen auf der Rückbank, ein Wachmann hielt seine Waffe auf sie gerichtet. Zwei weitere Männer waren gerade dabei, Joe ebenfalls in den Wagen zu verfrachten. Der Typ, den Kieran in Gedanken nur den Handschellen-Kerl nannte, sprach gerade am Telefon.

»Ja, sie sind jetzt alle im Auto. Nein, die anderen sind noch immer auf freiem Fuß, aber meine Leute hängen ihnen an den Fersen. Wenn wir sie kriegen, sorgen wir für ein tödliches Finale – aber das wird dann weiter weg stattfinden, irgendwo, wo sie keiner kennt. Zu viele Leichen an einem Ort sind nicht empfehlenswert. Sie wollen uns am Windmill Hill auf dem kleinen Parkplatz treffen? Okay, geht klar.« Er steckte das Handy ein. »Okay, Bewegung, Leute.«

Ein Wachmann setzte sich ans Steuer und der Handschellen-Kerl nahm auf dem Beifahrersitz Platz. Der Typ mit der Pistole kletterte auf die Rückbank, ohne Rücksicht auf die drei Gefangenen zu nehmen.

»Windmill Hill?«, flüsterte Kieran.

»Das liegt auf der Strecke von hier zur Schule – ein ziemlich steil abfallendes bewaldetes Stück entlang einer Abbruchkante.«

Kieran erinnerte sich jetzt wieder an die Satellitenaufnahmen. »Wen treffen sie dort?«

Raven schüttelte den Kopf. »Keine Ahnung.«

»Vielleicht Mrs Bain? Sie soll dafür sorgen, dass es nach einem Unglücksfall aussieht. Was ist da naheliegender als ein Unfall mit dem Auto?«

»Wir müssen dahin und sie aufhalten.« Der Geländewagen war bereits beim Wenden; die restlichen Männer gingen zurück Richtung Haus.

Wo war Isaac? Kieran warf einen verstohlenen Blick zum Gästehaus hinüber. Kolnikov machte auf ihn nicht den Eindruck, als würde er einen so dicken Fisch wie Isaac einfach entwischen lassen, nicht bevor er nicht so viel wie möglich aus ihm herausgequetscht hatte.

»Key, wir müssen hinterher!«

Raven hatte recht. Isaac war für den Moment auf sich allein gestellt; wäre er jetzt hier, würde er ihnen sagen, dass es ihre Aufgabe war, die anderen drei zu retten.

»Richtig. Los geht's.« Er rannte über den Kiesbelag auf die Garage zu.

»Aber wie?«

»Na, so.« Er stieg in den Minivan und klappte die Sonnenblende herunter. Auf der Fahrt zum Gästehaus war ihm zum Glück aufgefallen, dass die Fahrer die schlechte Angewohnheit hatten, die Schlüssel dort zu deponieren. Er warf Raven das Bund zu. »Du fährst.«

Sie riss vor Entsetzen den Mund auf. »Im Ernst?«

»Du hast eine Fahrerlaubnis fürs begleitete Fahren – die hab ich in deinem Zimmer rumliegen sehen.«

»Ja, Opa hat mir ein paar Stunden gegeben.«

»Und damit bist du hier die Expertin.«

»Aber ...«

»Raven, denk doch mal dran, wie lange ich gebraucht habe, um das Tanzen draufzukriegen. Mit dem Fahren wird's genau das Gleiche sein. Wir haben keinen Monat Zeit, damit ich das Bedienhandbuch lesen und mir die Funktionsweise der Karre ausklamüsern kann. Das ist etwas, das ich noch nicht beherrsche.«

Sie rutschte bereits auf den Fahrersitz. »Okay, okay, ich mach ja schon.«

»Danke.« Er setzte sich neben sie. »Und so schnell du kannst, bitte.«

»Halt die Klappe. Ich mache das nicht, wenn du mir ständig reinquatschst.«

Kieran biss sich auf die Zunge. Sie fand ohne Probleme die Zündung und rüttelte kurz am Schaltknüppel, um zu prüfen, ob das Getriebe im Leerlauf war.

»Wir müssen uns beeilen, sobald du den Motor gestartet hast; die Leute im Haus hören uns möglicherweise.«

»Kieran Storm, du hast jetzt Sendepause.«

»Tut mir leid.«

Sie drehte den Zündschlüssel im Schloss und der Motor erwachte brummend zum Leben. Der Kupplung knirschte, weil sie das Pedal nicht weit genug heruntergedrückt hatte, aber dann trat sie es bis ganz nach unten durch und legte den ersten Gang ein. »Bete für uns. Ich bin so weit.«

Der Minivan ruckelte im ersten Gang los, bis sie es schaffte, den zweiten einzulegen. Sie fuhren einmal im Kreis und rollten vom Parkplatz herunter in Richtung Hauptstraße.

»Ich halte die Augen offen, ob ich hier draußen irgendwelche Anzeichen von unserem Team sehe«, sagte Kieran und verkniff sich großzügigerweise eine spitze Bemerkung, als der Motor überdrehte und mit einem Zittern in den dritten schaltete.

Raven gab keine Antwort, hochkonzentriert biss sie sich auf die Unterlippe.

»Du machst das sehr gut.«

»Nein, ich bin ein Stümper. Aber was soll man auch anderes erwarten?«

»Du machst das viel besser, als ich es könnte«, verdeutlichte Kieran.

Sie stieß ein ersticktes Lachen aus und trat das Gaspedal durch. »Wenn wir sie einholen wollen, dürfen wir keine halben Sachen machen.« Der Minivan schoss die Ausfahrt entlang, donnerte in vollem Karacho über die Rüttelschwellen hinweg.

Kieran klammerte sich an seinen Sicherheitsgurt. »Du bist fabelhaft, Raven. Du wirst uns mit heiler Haut dahin bringen. Ich habe absolutes Vertrauen in dich.«

»Ich wünschte, das hätte ich auch.«

Kapitel 20

Raven hielt den Minivan am Seitenstreifen an, gerade außer Sichtweite des Parkplatzes. »Und was jetzt?«

Kieran stieg aus und warf einen Blick über die seitliche Leitplanke. »Wird das dahinten etwa noch steiler?«

»Ja.« Sie ging um das Auto herum und stellte sich neben ihn. »Vermutlich ist ihr Plan, das Auto über den Rand der Abbruchkante rollen zu lassen.«

»Und wie verhindern wir das? Sie überholen und die Straße mit dem Van blockieren?« Sie ging wieder zum Auto zurück.

»Dann kommt es zu einem Frontalzusammenstoß. Komm mit, ich habe eine andere Idee.« Kieran rannte los, dem Verlauf der Straße folgend. Raven lief hinter ihm her; sie musste sich mächtig anstrengen, um mit ihm mitzuhalten. Sie kamen in Sichtweite des kleinen Parkplatzes und sahen dort zwei Autos stehen – der Geländewagen und ...

»Joes Auto«, murmelte Kieran. »So viel dazu, dass niemand die Karre bemerkt hat ...« Sie sprangen über die Leitplanke und krochen den restlichen Weg bis zu der Haltebucht durch trockenes Bodengestrüpp.

Joes Auto stand unmittelbar vor ihnen, als sich die Fahrertür öffnete und Mrs Bain ausstieg. Raven musste zugeben, dass es eine ziemlich raffinierte Idee war, den Unfall mit dem Auto eines der jungen Opfer zu inszenieren.

»Sie müssen die drei jetzt von dem einen Auto ins andere rüberschaffen«, flüsterte Kieran. »Das gibt uns ein bisschen Zeit. Meinst du, du schaffst es in Joes Auto rein?« Er wandte nicht für eine Sekunde seinen Blick von den Männern, die Siobhan hinten aus dem Geländewagen heraushievten.

»Ja.« Die hintere Tür von Joes Wagen stand offen und der Fußraum bot genug Platz für sie, um sich dort zu verstecken. Raven fasste Kieran am Ärmel. »Aber ich bin mir nicht sicher, was ich genau machen soll – dein Hirn arbeitet deutlich schneller als meins.«

»Du sollst das Fahrzeug lenken. Ich vermute, sie wollen das Auto hügelabwärts ziehen, das Schleppseil kappen und die Steuerung fixieren, sodass es über die Kante schießt. Sie können es nicht einfach schieben, so kriegt es nie das nötige Tempo drauf, um die Unfallsachverständigen zu überzeugen.«

»Du willst, dass ich in ein Auto steige, das in einen Abgrund rast?«

Er streichelte ihr die Wange. »Ich will, dass du das verhinderst. Kriegst du das hin? Ich würde es ja selbst versuchen, aber mit deiner Größe kannst du dich einfach besser verstecken.«

»Und was wirst du machen?«

»Ich? Ich werde die bösen Jungs einfangen.«

»Wie?«

»Später.« Er küsste sie. »Mach jetzt.«

Die Männer, die Siobhan trugen, öffneten die hintere Tür auf der anderen Seite und schnallten sie auf dem Rücksitz fest. Sie war geknebelt und ihren weit aufgerissenen Augen nach hellwach und in Todesangst. Die Handschellen hatte man durch Stoffstreifen ersetzt, mit denen sie an Händen und Füßen gefesselt war. Der Mann tätschelte ihr den Kopf und knallte die Autotür zu. Raven kochte vor Wut – schlimm genug, wie ein Schaf zur Schlachtbank geführt zu werden, aber noch schlimmer, wenn man dabei so herablassend behandelt wurde.

»Setzt die Jungen vorne rein«, rief Mrs Bain. »Den größeren auf den Fahrersitz.«

Raven hatte nur wenige Sekunden Zeit, um unbemerkt ans Ziel zu gelangen. Flink huschte sie hinten ins Auto. Siobhan fuhr erschrocken zusammen, begriff aber schnell, dass das ihre letzte Chance auf Rettung war. Sie hob ihre Beine ein kleines Stück hoch, sodass Raven sich darunter ins Dunkel kauern konnte. Zum Glück war der Mann, der Johnny zur Beifahrerseite herüberschleppte, in Eile; er knallte die noch offene hintere Tür zu, ohne in den Wagen zu schauen. Raven begann sofort, Siobhans Füße loszubinden. Dem Rumsen und Fluchen nach zu urteilen, machten es die beiden Jungs den Männern schwer, sie vorne auf die Sitze zu bugsieren. Johnny grunzte und schrie unter seinem Knebel. Raven zuckte zusammen, als sie das dumpfe Geräusch eines Schlags hörte.

»Fessel den Fahrer an den Sitz. Ich will nicht, dass er an irgendwelche Steuerungselemente herankommt«, befahl Mrs Bain.

Raven musste sich so klein wie möglich zusammenkauern, als eine dünne Nylonschnur auf Brusthöhe um den Sitz geschlungen wurde. Eine weitere Schnur machte Joes Füße am Hebel der Sitzverstellung fest. Dann wurden sie alle mit einer Flüssigkeit nass gespritzt. Ein Tropfen rann in Ravens Mund. Ein starker Schnaps. Wodka vielleicht.

»Sollen wir die Fesseln danach wieder entfernen?«, fragte einer der Männer.

Danach – wenn sie alle über die Kante gerast waren.

»Ich denke, das wird das Feuer erledigen, aber wir werden noch dableiben und die Sache genau beobachten. Hast du den Schweißbrenner parat? Sollte der Benzintank nicht von selbst explodieren, müsstest du ein bisschen nachhelfen.« Mrs Bain klang ungeduldig. »Kommt, lasst uns mal langsam fertig werden. Es wird bald dämmern. In etwa einer Stunde tauchen die ersten Farmer auf, die immer diese Straße hier nutzen.«

»Schleppseil ist fest«, rief ein anderer irgendwo vorne am Auto.

Die Türen knallten zu und sie saßen in der Falle, umgeben von penetrantem Wodkagestank. Johnny heulte laut auf vor Frust. Joe war eigenartig still. Raven fragte sich, ob er vielleicht das Bewusstsein verloren hatte.

Das Auto ruckte, als sich mit Anfahren des Geländewagens das Schleppseil straff zog. Raven wollte sich gerade bewegen, doch noch rechtzeitig bemerkte sie den Mann, der, den Kopf durchs offene Fahrerfenster gebeugt, den Wagen auf die Straße lenkte. Er richtete das Fahrzeug so aus, dass es genau bergab zeigte.

»Es wird nicht lange dauern. Du wirst gar nichts spüren«, sagte der Mann und sah dabei Siobhan an.

Das irische Mädchen schrie ihn durch ihren Knebel hindurch an. Er rannte los, um den Geländewagen einzuholen – der Augenblick des Mitgefühls war schon vorbei.

Kaum war er weg, krabbelte Raven unter Siobhans Beinen hervor und zwängte sich durch die Lücke zwischen den beiden Vordersitzen. Der Wagen wurde immer schneller, folgte dicht den Hecklichtern des Geländewagens.

»Scheiße, Scheiße, Scheiße!«, fluchte sie. Das Auto machte

einen Hüpfer und sie knallte mit dem Kopf ans Dach. Johnny hatte aufgehört zu ächzen und starrte sie in verzweifelter Hoffnung an. »Ich werde die Lenkung übernehmen. Ihr müsst mir helfen, Leute.«

Siobhan und Johnny grunzten als Zeichen, dass sie verstanden hatten. Joe nickte. Gut, nicht ohnmächtig – bloß verstummt angesichts des Horrors, der sich gerade abspielte.

Raven blieb nichts anderes übrig, als auf Joes Schoß zu sitzen; mit hektischen Fingern tastete sie unter dem Fahrersitz herum, um ihn ein Stück nach hinten zu schieben. Joe half ihr, so gut er konnte; er stemmte die Hacken in den Boden, um den Sitz zu verrücken, und machte ihr Platz, indem er die Knie spreizte. Mehr konnte er, so fest verzurrt, wie er war, nicht tun. Er war mit mehr Schnüren fixiert als die anderen – ein Zeichen, dass er es seinen Peinigern schwer gemacht hatte, ihn zu bändigen.

Raven umfasste das Lenkrad – wenn sie doch nur nicht dermaßen rasen würden! Sie kannte die Straße, da sie erst vor wenigen Stunden hier langgeradelt war. Da vorne kam die Kurve. Sie fand das Bremspedal mit dem Fuß. Zu gern hätte sie probehalber draufgetreten, aber das ging nicht, solange sie noch im Schlepp des Geländewagens waren, sonst würden die Leute vor ihnen sofort merken, dass irgendwas nicht stimmte. Aber am allerschlimmsten war es zu wissen, dass alle um sie herum darauf zählten, dass sie ihnen den Hals rettete.

»Sprecht eure Gebete, Leute; das könnte ein bisschen eng werden.«

Genau in dem Moment schoss der Minivan auf der falschen Straßenseite an ihnen vorbei; Raven erhaschte einen Blick auf Kieran am Steuer. Was machte er denn da? Er konnte doch nicht fahren! Sie hatte keine Zeit, darüber nachzudenken, denn das

Verbindungsseil zum Fahrzeug vor ihnen wurde gekappt und Joes Auto raste im Alleingang auf die Kurve zu, mit ausreichend Sachen drauf, um durch die Leitplanke zu brechen. Mit ganzer Kraft trat sie aufs Bremspedal und riss das Lenkrad herum, damit sie noch die Kurve kriegte. Johnny neben ihr hatte es geschafft, seine gefesselten Hände an die Handbremse zu bekommen, und zog mit einem Ruck daran. Das war zu viel des Guten – der Wagen geriet ins Schleudern. Siobhan stieß einen erstickten Schrei aus, Raven einen gellenden. Die Welt rotierte, während das Auto schlingernd in die aufragende Böschung gegenüber der Abbruchkante krachte. Raven wurde auf den Steuerknüppel geschleudert, ihr Kopf landete unsanft in Joes Bauch. Als sie sich hochstemmte, sah sie, dass sie die irre Auto-Karussellfahrt mit der Schnauze bergauf weisend beendet hatten.

Aber sie hatten überlebt.

Was musste sie als Nächstes tun? Die Fesseln.

Raven band Joes Hände los und löste die Fesseln um seine Brust, dann wandte sie sich Johnny zu. Joe befreite sich selbst von den restlichen Fesseln und öffnete die Tür. Dann hastete er Siobhan zu Hilfe, um sie von den noch verbliebenen Handfesseln zu befreien.

»Wo ist Kieran?«, fragte Joe Raven.

»Er hat in dem Minivan gesessen.« Raven überkam ein furchtbar mulmiges Gefühl. »Er hat gesagt, dass er die bösen Jungs fangen will.«

Joe fluchte. »Alle wieder einsteigen.«

Raven kletterte auf die Rückbank und setzte sich neben Siobhan, während Joe den Motor startete. Er brachte den Wagen mit einer scharfen Dreipunkt-Wendung in die richtige Fahrtrichtung und brauste los, dem Minivan hinterher.

Kieran hielt das Lenkrad fest umklammert; er hatte das entsetzliche Gefühl, dass er sich mit dieser Sache ordentlich übernommen hatte. Er hatte Raven genau zugesehen, besaß Anfängerkenntnisse in Sachen Schalten und Gasgeben, aber er wollte ja mehr tun, als den Van nur zu fahren – er hatte vor, ihn gezielt als Waffe einzusetzen. Sein Hirn spulte das Szenario ab, das er geplant hatte. Schwarzes Auto mit 50 Meilen in der Stunde. Weißer Minivan knappe 60. Eine abschüssige Kurve auf 50 Grad rechts mit einem Gefälle von 20 Prozent. Er würde genau im richtigen Moment zuschlagen müssen, um sie von der Straße abzudrängen und für alle Zeit aus dem Rennen zu nehmen.

Es bestand die Wahrscheinlichkeit, dass er bei der Sache draufging.

Er wog schnell die Chancen ab. Akzeptabel. Nicht akzeptabel war, dass Raven, Joe und die beiden anderen dem vorgetäuschten Unfalltod entkamen, nur damit die Insassen des Geländewagens zurückkehrten und sie über den Haufen schossen. Er trat aufs Gaspedal und machte sich auf die Kollision gefasst.

Joe brauchte nicht lange zu fahren. An der nächsten Kurve sahen sie die durchbrochene Leitplanke.

»O Gott!« Raven gefror das Blut in den Adern.

Joe hielt an. Sie sprangen aus dem Wagen und rannten hinüber zur Abbruchkante. Ein gutes Stück weiter die Böschung hinunter entdeckten sie den Geländewagen; er hatte eine Schneise der Verwüstung durch Büsche und Unterholz geschlagen, bis er an einen großen Baum gekracht war. Er lag auf dem Dach, mit noch einem funktionierenden Scheinwerfer, der geisterhaft zu ihnen hochleuchtete. Doch noch viel schlimmer war für Raven der Anblick, der sich ihnen direkt unterhalb der Stelle, an der sie standen, bot. Dort war der Minivan und seine Schnauze hatte sich zwischen Gestrüpp in die Erde gebohrt.

»Er hat sie von der Straße gerammt.« Joes Stimme klang wie aus weiter Ferne.

Du kannst jetzt nicht ohnmächtig werden. Kommt nicht infrage.

Sie rutschte die Böschung hinunter und riss die Fahrertür des Vans auf. Der Airbag war aufgegangen. »Kieran, Kieran?« Sie war panisch – er war nicht da. Sie schaute sich nach allen Seiten um. Vielleicht war er irgendwie aus dem Wagen geschleudert worden. »Kieran?«, rief sie.

»Joe, ich kann ihn nicht finden. O Gott, o Gott.« Tränen strömten ihr übers Gesicht, sie fing an, am Airbag zu zerren, für den Fall, dass er darunter eingeklemmt war.

»Raven, hör auf!« Joe zog sie aus dem Auto heraus und drehte sie an den Schultern zum Geländewagen hin. »Schau!«

Kurz konnte sie das Gefühl der Panik verdrängen und da sah sie jemanden hangaufwärts auf sie zukommen – eine groß gewachsene, vertraute Gestalt hob sich gegen das Scheinwerferlicht ab. »Kieran! Mein Gott, Kieran. Du lebst!«

Er winkte ihr zu. »Raven, alles okay. Mir geht's gut.«

Sie rannte den Hang hinunter und prallte mit ihm zusammen. »Mach so was nie wieder mit mir!« Mit wütender Erleichterung schlug sie nach ihm.

Er nahm sie in die Arme, drückte sie fest an sich, einerseits, um sie daran zu hindern, seine Brust weiter mit Schlägen zu traktieren, andererseits, damit sie beide begriffen, dass sie tatsächlich am Leben waren. »Ich bin nicht verletzt. Ich habe nur nach den Leuten im Auto gesehen.«

Sie vergrub ihr Gesicht in seinem T-Shirt. »Tot?«

»Nein, aber ziemlich lädiert. Sie hängen kopfüber in ihren

Gurten, aber ich wollte sie nicht anrühren, um nicht zu riskieren, ihre Verletzungen dadurch vielleicht noch schlimmer zu machen. Ich habe mir ein Handy von Mrs Bain besorgt – auch mit Gehirnerschütterung ist sie übrigens nicht viel netter – und einen Krankenwagen gerufen. Joe, ich habe ihre Pistolen für sie außer Reichweite geworfen. Kannst du sie bitte holen? Sie liegen irgendwo neben der Motorhaube am Boden.«

»Klar doch. Super gefahren, Kumpel.« Joe klopfte Kieran im Vorbeigehen auf den Rücken.

Kieran wischte Raven die Tränen von den Wangen. »Ich habe mich ein kleines bisschen verkalkuliert. Am Ende habe ich mich dann selbst versenkt, so wie wenn beim Snooker die weiße Kugel der schwarzen ins Loch folgt. Zum Glück ist der Großteil meines Schwungs beim Zusammenprall verloren gegangen, sodass ich nur noch über die Kante geschlittert bin. Hab wohl ein kleines Schleudertrauma davongetragen.« Er massierte sich den Nacken.

Am liebsten wollte Raven ihn erneut schlagen – dieser Idiot hatte gedacht, er spielt einfach mal über die Bande wie beim Snooker, und sich dabei fast umgebracht. »Du darfst dich nie wieder hinters Lenkrad setzen, nur damit du's weißt, Kieran Storm.«

Er vergrub sein Gesicht in ihrem Haar. »Und was ist mit dir? Muss ein ziemlich eindrucksvolles Manöver gewesen sein, wie du das Auto zum Stehen gebracht hast.«

»Sie war unglaublich«, sagte Siobhan. Sie stand da, in Johnnys Arme geschmiegt. Sie alle fröstelten in der kühlen Luft, aber vor allem suchten sie Trost.

»Ja, das war sie wirklich. Ich hab allerdings mit dem Bremsen ein bisschen übertrieben. Sorry, Raven«, sagte Johnny.

Raven winkte ab. »Hat doch funktioniert, oder nicht? Mach dich deswegen nicht verrückt.«

Joe kam mit den Pistolen zurück und warf sie in den Minivan. »Und was jetzt?«

Raven forderte ihn mit ausgestreckter Hand auf, sich ebenfalls umarmen zu lassen. »Komm her zu uns, Joe.«

Mit einem Grinsen im Gesicht schlang er seine Arme um Raven und Kieran. »Mann, ich kann dir gar nicht sagen, wie froh ich bin, dich gesund und munter zu sehen. Kaum war ich aus dem Drogennebel raus, steckte ich mittendrin in diesem Albtraum.«

»Was ist mit Isaac passiert?«, fragte Raven.

»Kolnikov hat ihn sich geschnappt. Das Letzte, was ich gehört habe, war, dass er ihn zu den anderen Kuratoren bringen wollte, um gemeinsam mit ihnen zu entscheiden, was mit ihm geschehen soll.«

»Dann haben sie das Gästehaus also verlassen?«

»Ich glaube, ja. Sie wollten ihren Männern das Feld überlassen; sie sollten uns aus dem Weg räumen und dann nach euch suchen.«

Kieran fluchte. »Ich habe das Team alarmiert, nachdem ich den Krankenwagen gerufen habe. Sie durchsuchen jetzt gerade das Gebäude, aber so wie sich das anhört, suchen sie am falschen Ort.«

»Wohin würde Kolnikov sich zurückziehen?«, überlegte Joe laut. »Hat er irgendwo in der Nähe ein Flugzeug oder einen Hubschrauber stehen?«

»Kolnikov besitzt diverse Immobilien in London«, rief Kieran sich ins Gedächtnis, »aber ich bezweifle, dass er Isaac in eines seiner Privathäuser verschleppt – wenn ihm dort etwas zustößt, würde man Kolnikov doch sofort damit in Verbindung bringen.«

»Und die anderen Kuratoren?«
»Da greift das gleiche Argument.«
Eine Sirene heulte in der Ferne.
»Ich will mich jetzt nicht länger in Spekulationen verlieren«, knurrte Joe. »Nicht solange Isaac noch in Gefahr ist.«
Johnny legte Siobhan seinen Pullover um die Schultern. »Hört mal, so wie's aussieht, müsst ihr für diesen Isaac, von dem ihr da redet, noch dringend was tun. Schnappt euch das Auto. Siobhan und ich werden mit der Polizei sprechen.«
Sie kletterten alle den Hang hinauf bis oben zur Straße. Kieran zog Raven das letzte steile Stück hoch und Johnny half Siobhan.
»In Ordnung. Und danke. Ihr seid echt die Besten.« Joe stieg in seinen Wagen ein, Raven und Kieran kletterten auf die Rückbank. »Passt auf euch auf. Und wenn die Polizei da ist, sagt ihnen, sie sollen Scotland Yard einschalten, und erwähnt den Namen Isaac Hampton. Wir reden mit ihnen, sobald wir können.«
Johnny warf einen Blick die Straße hinunter. Am Fuß der Steigung waren blaue Lichter zu erkennen, die näher kamen. »Okay. Ihr müsst jetzt los.«
»Danke Leute – bis in alle Ewigkeit«, sagte Siobhan und hakte sich bei Johnny unter.
»Kein Ding.« Joe fuhr los.
»Wohin geht's jetzt?«, fragte Kieran, als sie ihre neu gewonnenen Freunde am Straßenrand zurückließen.
»Als Erstes will ich mal der Polizei entkommen.« Joe fuhr vorsichtig die Steigung hinunter. Zwei Polizeiautos rasten mit heulenden Sirenen an ihnen vorbei, dicht gefolgt von einem Krankenwagen. »Aber ich denke, wir sollten es zunächst mal in

Westron versuchen. Wenn sie ihn an einem Ort befragen wollen, wo sie das Sagen haben, ist die Schule am nächsten gelegen.«

»Und Mrs Bain ist eindeutig aus Westron gekommen, da sie uns ja netterweise dein Auto von dort mitgebracht hat. Woher wussten die eigentlich, dass das dein Wagen war?«, fragte Kieran.

»Schlüssel. Sie haben mir alles abgenommen, als sie mich gefesselt haben, einschließlich Handy und Schlüssel.«

»Hätte ich drauf kommen können. Dein Schlüssel hängt noch immer am Originalanhänger und damit wussten sie schon mal die Automarke. Danach brauchten sie sich nur noch ein bisschen auf dem Parkplatz umzuschauen.«

»Ja, sobald wir die Sache hinter uns gebracht haben, besorge ich mir einen neuen Anhänger. Ruf mal das Team an, Key.«

Kieran holte Mrs Bains Handy hervor und wartete darauf, dass jemand am anderen Ende der Leitung abnahm.

»Hier spricht Rivers. Wer ist da?«

Kieran war mit dem Mentor der Wölfe nie einer Meinung, aber in der jetzigen Situation war er genau der richtige Mann.

»Sir, hier ist noch mal Kieran. Ich bin jetzt bei Joe. Gibt es irgendwelche Hinweise auf den Commander?«

»Noch nicht. Wir sind mit ein paar der Typen in ein Feuergefecht geraten und hatten obendrein mit einem Haufen kopfloser Teenies zu tun. Die Durchsuchung des Gebäudes dauert also immer noch, aber ich glaube nicht, dass er hier ist.«

»Joe meint, dass Isaac womöglich zurück zur Schule gebracht worden ist. Wir sind jetzt auf dem Weg dahin.«

»Storm, du bist nicht dafür ausgebildet, dich mit dieser Sorte von Leuten anzulegen. Du wirst nur aufklären, ob Isaac vor Ort ist, und weiter nichts, verstanden? Wir kommen, so schnell es geht, dorthin.«

»Ja, Sir.« Kieran beendete das Gespräch. »Mein Befehl lautet ›aufklären‹, ob Isaac in Westron ist.« Als ob ihn das aufhalten könnte.

»Und meiner?«, fragte Joe, als er auf die Einfahrt zur Schule einbog.

»Das hängt von dir ab.«

Kapitel 21

Sie ließen Joes Auto vor Ravens Cottage stehen und liefen zum Schulgebäude hinüber. Es war vier Uhr morgens. Licht erhellte bereits den östlichen Horizont, aber es war noch zu früh, als dass schon irgendjemand auf den Beinen war, erst recht nicht nach gestriger Abschlussballnacht.

»Glaubt ihr, sie sind hier?«, fragte Joe.

Raven zeigte auf den Haupteingang. Ein Bentley parkte davor, ein Chauffeur rauchte an die Motorhaube gelehnt in aller Ruhe eine Zigarette. »Wir haben Gäste.«

»Das Fahrzeug gehört Tony Burnham. Er ist der Einzige, der nahe genug wohnt und herkommen kann, um Kolnikov bei dem Problem zu helfen.« Kieran legte die Stirn in Falten. »Und wo ist der große Mann höchstselbst? In Mrs Bains Büro?«

»Ich weiß aus eigener Erfahrung, dass man üblicherweise im Büro der Rektorin bestraft wird«, erklärte Joe grinsend, »aber ich glaube, sie würden so was nicht in einem Gebäude abziehen, in dem ringsum dreihundert Zeugen schlummern.«

»Wir haben aber nicht genug Zeit, um das ganze Gelände abzugrasen«, sagte Kieran.

»Das brauchen wir auch nicht.« Raven hatte die Lichter entdeckt. »Guckt mal, die Orangerie.«

»Also, wenn da nicht jemand ein kleines Bad am Morgen nimmt, würde ich behaupten, wir haben unsere bösen Jungs gefunden. Gut gemacht, Raven.« Joe nahm Kieran das Telefon aus der Hand und gab per SMS ihre Position durch. »Kommt schon – wir können von der anderen Seite des Eibenweges besser sehen, was da los ist.«

Sie rannten durch den Garten, eine Spur von Abdrücken im taufeuchten Gras hinterlassend, um aus einem anderen Blickwinkel in die alte Orangerie mit dem Swimmingpool zu spähen. Mit der angeschalteten Innenbeleuchtung war es, als würde man in ein Aquarium schauen. Doch statt hübscher herumschwimmender Fische sahen sie Isaac, der von zwei Männern festgehalten wurde, einen weiteren Mann, der vor ihm stand und seine Hand zur Faust ballte und wieder öffnete, und zwei Kuratoren, Kolnikov und Burnham, die an der Wand lehnten, die Köpfe zusammengesteckt, da sie am Telefon sprachen. Isaac stand mit zusammengesackten Schultern da; er schien in keiner guten Verfassung zu sein.

»Von hier aus können wir nichts hören«, flüsterte Joe. »Gehen wir näher ran.«

Sie krochen zur Eingangstür am tiefen Ende des Beckens. Raven hob leise den Riegel an und öffnete die Tür einen Spaltbreit, den unteren Rand festhaltend, damit sie nicht quietschte oder irgendwo gegenschlug.

»Ja, ja, ich bin Ihrer Meinung«, brummte Kolnikov, »wir müssen England verlassen. Hier zeigt man zu großes Interesse an unseren Aktivitäten.«

Burnham machte ein finsteres Gesicht. »Wir sollten nichts

übers Knie brechen. Dieser Kerl hat doch fast nichts gegen uns in der Hand. Mit dem Tod – oder baldigen Tod – seiner Informanten, was hat er denn da schon groß vorzuweisen?«

Isaac ließ den Kopf hängen. Raven konnte die Wogen der Trauer erspüren, die von ihm ausgingen – er glaubte, dass seine Jungs tot waren.

»Guter Einwand. Er ist der einzige noch verbliebene Zeuge, und nach dem, was wir aus ihm herausbekommen haben, sind seine Anschuldigungen nichts als haltlose Spekulation. Wenn wir ihn erst mal aus dem Weg geräumt haben, wer soll uns dann noch belangen können?«

»Ich könnte für eine Weile den Standort wechseln – ich habe noch ein paar Geschäfte auf den Seychellen am Laufen, um die ich mich kümmern muss«, überlegte Burnham.

»Und ich muss morgen auf jeden Fall wieder zurück nach Moskau. Also ist die Sache abgemacht?« Kolnikov wartete, dass die Person am anderen Ende der Leitung ihre Zustimmung gab.

»Da sind wir uns einig. Ihn am Leben zu lassen stand nie zur Debatte.«

»Und daran tun Sie auch verdammt gut, weil ich Sie mit meinen bloßen Händen in Stücke reißen würde, wenn ich die Chance dazu hätte.« Isaacs Stimme war leise, schmerzerfüllt, jedes Wort kostete ihn Kraft. »Sie haben zwei meiner Jungs getötet. Meine Leute werden nicht ruhen, bis Sie dafür bezahlt haben. Tot oder lebendig, ich werde Sie holen kommen und in die Hölle schicken.«

»Viel Glück damit. Diesen Job wird dann wohl Ihr Geist erledigen müssen, fürchte ich.« Burnham gab den Männern, die Isaac festhielten, ein Zeichen. »Tod durch Ertrinken, würde ich vorschlagen. Der Colonel hat beim Besuch seiner Schützlinge in der

Kneipe im Ort zu tief ins Glas geschaut, wurde dann in eine Schlägerei verwickelt und fiel danach tragischerweise in den Pool der Schule. Haltet ihn unter Wasser!«

Sie hatten keine Zeit mehr zu verlieren. Beobachten war keine Option mehr. Kieran rührte sich als Erster. Er zog die Peitsche aus den Gürtelschlaufen seiner Hose, sprang auf und trat die Tür ein – zur Überraschung aller im Raum. Raven vermutete, dass er keinem Plan folgte – er machte es auf ihre Weise: nach Bauchgefühl. Er schlug mit der Peitsche nach dem Mann, der auf ihn zugestürzt kam, und erwischte ihn quer im Gesicht. Laut heulend fasste er sich an die Augen. Einer erledigt. »Ich schlage vor, dass Sie Ihre Pläne ändern, Burnham.«

Kolnikov zückte eine Pistole und nahm Kieran ins Visier. Kieran ließ seinen Arm zurückschnellen und schob Raven hinter sich. Joe stand entschlossen an seiner Seite, während Raven lautstark protestierte.

»Ich hoffe, du hast noch immer die Dose«, sagte Kieran mit leiser Stimme. »Ich sehe hier drei zum Angriff bereite Hunde vor mir.« Ihre Hand tastete in ihrer Jacke herum – noch da, Gott sei Dank. »Es wäre nicht sehr schlau von Ihnen, wenn Sie schießen würden«, sagte Kieran an Kolnikov gerichtet.

»Ich kann mir nichts Besseres vorstellen«, konterte Kolnikov.

»Wollten Sie sich nicht klammheimlich aus Großbritannien absetzen?«, spottete Kieran. Raven sah, dass Joe mit dem Handy zugange war. Was hatten die Jungs vor? »Tja, einen Teenager abzuknallen ist da natürlich eine grandiose Idee. Tun Sie das ruhig und alle Flughäfen und Grenzen sind für Sie tabu und Ihr Gesicht ist überall in den Nachrichten.« Joe hielt das Handy hoch und machte ein Foto von Burnham, das er dem Team schickte, das bereits auf dem Weg war.

»Gott sei Dank«, murmelte Isaac, ein Lächeln auf dem zerschundenen Gesicht. »Ich dachte, ihr drei wärt tot.«

»Dafür sind wir zu stur, Sir, wie ich mit Vergnügen vermelde«, sagte Joe. »Und jetzt weiß jeder, wer hier ist.«

Burnham drückte Kolnikovs Pistole nach unten. »Nicht schießen.« Er richtete sich mit auffordernder Geste an die Männer. »Worauf wartet ihr? Schnappt sie euch! Wir nehmen sie mit und schaffen sie uns später vom Hals. Keine Leichen, keine Geschichte.«

Zwei der drei Sicherheitsmänner stürzten auf sie zu – noch immer hatten sie die Lektion nicht kapiert, dass kleine Päckchen große Überraschungen bereithalten konnten.

»Hunde!«, warnte Kieran.

Raven sprang hinter seinem Rücken hervor und sprühte ihnen den Inhalt der Dose direkt in die Augen. Geblendet von Wäschestärke, traf sie Joes und Kierans Angriff vollkommen unvorbereitet – ein perfekt getimter Tritt in den Magen, ein Hieb mit der Peitsche, der den Kerlen die Beine wegriss. Beide Männer landeten mit einem großen Platsch im Becken. Raven griff sich den Kescher, der zur Reinigung des Pools da war, und stieß sie damit jedes Mal zurück, wenn sie versuchten, am Rand herauszuklettern. Einer versuchte, den Stiel zu fassen zu kriegen, und zog sie dabei um ein Haar ins Becken. Joe nahm ihr den Kescher aus der Hand und tauchte den Kerl mit einem kräftigen Stoß unter Wasser. Der Mann gab auf und schwamm ans gegenüberliegende Ende.

»Ich glaube, wir haben hier eine Situation, die man als Patt bezeichnet«, sagte Burnham zu Kieran, der vor Raven stehend die Peitschenschnur durch seine Finger gleiten ließ.

Burnham sprach in sein Telefon. »Kommt zum Swimmingpool. Bringt alle mit.«

»Wir erschießen sie?«, knurrte Kolnikov.

Raven erschauderte, als in den Händen der Kerle, die ein unfreiwilliges Bad genommen hatten, Pistolen auftauchten, entschlossen, auf Befehl zu schießen.

Burnham machte ein finsteres Gesicht. »So wie's aussieht, ja. Wird zwar eine mächtige Sauerei, aber sie lassen uns keine andere Wahl. Sie müssen für mein Alibi herhalten, Kolnikov, dank der Nummer, die der Junge mit dem Foto abgezogen hat.«

»Wir verschwinden von hier, noch ehe überhaupt jemand mitgekriegt hat, dass wir da waren.«

Kolnikov trat an Isaac heran und richtete seine Waffe gegen Isaacs Stirn. »Da nicht Sie auf den Abzug drücken, können Sie einfach alles leugnen.«

Der kurze Moment des Überlegens war schnell vorbei und den beiden Kuratoren wurde der nächste notwendige Schritt klar. »Ganz genau. Und es gibt keine Zeugen, wenn wir sie beseitigen.«

Das brachte Raven auf eine Idee – eine verrückte zwar, aber es war ein letzter Versuch, da Isaacs Team noch immer nicht aufgetaucht war. Sie bewegte sich auf die Wand mit dem kleinen verglasten roten Kasten zu, der den Hinweis trug, im Notfall die Scheibe einzuschlagen.

»Hey, bevor ihr Trottel das tut, sollte ich euch auf etwas ziemlich Offensichtliches hinweisen.«

»Vorsicht, Raven«, murmelte Kieran, als er sah, dass die Pistolen jetzt auf sie gerichtet waren.

»Sei still, Kieran. Ich weiß, was ich tue. Also, Mister, Sie wollen uns umbringen ohne Zeugen? Tja, bedauerlicherweise für Sie ist das eine Schule.« Sie hob den Kescher vom Boden hoch und schlug mit dem Stiel die rechteckige Scheibe ein. In der kleinen Schwimmhalle schrillte die Feuerglocke los und würde dank des vernetzten Alarmsystems auch überall in den Fluren des Schlosses ertönen.

»Törichtes Mädchen, die Feuerwehr kann dir nicht helfen!«, höhnte Burnham.

»Die Feuerwehr nicht ...«

»Schießen wir jetzt?« Er blickte zu Kolnikov, der den Finger am Abzug hatte.

»Das würde ich mir gründlich überlegen, weil sich in ungefähr einer Minute die ersten der dreihundert Schüler genau hier draußen versammeln werden.« Sie deutete auf die Rasenfläche vor der Orangerie. »Und wenn ich an unsere letzte Feuerübung denke, dann wird der Rest fünf Minuten später eintreffen. Selbst wenn Sie uns dann schon getötet hätten, wären wir dummerweise noch hier – unser Blut an Ihren Händen. Selbst Sie könnten die Sauerei nicht so schnell beseitigen, und so ohne Weiteres mal eben dreihundert Zeugen aus dem Weg zu räumen dürfte auch ein Problem sein.«

»Wissen Sie was«, sagte Isaac, der nun ein bisschen aufrechter dastand, »Ihre Pläne, die Sache ohne Zeugen über die Bühne zu bringen, haben sich soeben in Luft aufgelöst.«

Ein Gewirr von Stimmen drang jetzt von draußen herein.

Kolnikov fluchte lautstark in seiner Muttersprache.

Burnhams Selbsterhaltungsinstinkt setzte ein. »Vergessen Sie das hier – vergessen Sie die hier.« Er sprach erneut in sein Handy. »Wir gehen.« Seine Männer hielten bereits auf den Ausgang zu. Kolnikov machte ein Gesicht, als würde er Raven gern auf der Stelle erschießen, dann eilte er aber, einen Schwall russischer Schimpfworte ausstoßend, seinem Komplizen hinterher.

Isaac taumelte und sackte in die Knie, nur schiere Zähigkeit hatte ihn bis jetzt noch auf den Beinen gehalten.

Kieran sprang ihm zur Seite. »Keine Sorge, Sir: Ich habe Ihrem Team Bescheid gegeben, dass sie sie abfangen sollen. Sie werden nicht weit kommen.«

Isaac keuchte. »Ich würde glatt mein erstes Kind dafür kriegen, diese Handschellen loszuwerden.«

»Wenn das so ist, dann können sie es Kieran nennen – oder Raven, wenn es ein Mädchen ist.« Kieran förderte den Schlüssel zutage, den er im Keller des Gästehauses eingesteckt hatte. »Ich glaube, der passt zu allen Handschellen, die sie benutzen.« Er befreite Isaacs Handgelenke.

Isaac schwankte. »Vielleicht mache ich das sogar. Ihr wart alle fabelhaft. Geht's allen gut?«

»Ja, die anderen beiden Schüler sind in Sicherheit. Wir haben sie in der Obhut der Polizei gelassen.«

»Großartig. Ich werde jetzt gleich ohnmächtig, ihr müsst also den Rest machen.«

»Wir haben Sie, Sir«, sagte Joe, als er Isaac Hampton auffing, bevor er zu Boden rutschte.

Kapitel 22

Raven stand neben dem Schwimmbecken und fühlte sich irgendwie überflüssig, als Kieran zu Isaac in den Krankenwagen kletterte und alle anderen um sie herum beschäftigt durch die Gegend wimmelten.

»Wir sehen uns später, okay?«, sagte Kieran, bevor sich die Türen schlossen. Er schenkte ihr ein kleines Lächeln, aber sie merkte ihm an, dass er tief besorgt war wegen seines Mentors. Der Krankenwagen fuhr los und ließ auf dem Rasen vor der Orangerie tiefe Reifenspuren zurück.

Joe hielt mit einem hünenhaften Mann in Kampfanzug und dem diensthabenden Polizisten eine Einsatznachbesprechung ab. So wie Joe es vorausgesagt hatte, war es Burnham und Kolnikov nicht gelungen, das Schulgelände zu verlassen. Sie standen jetzt unter bewaffneter Bewachung und waren auf dem Weg zum nächsten Polizeirevier. Das derzeit dringendste Problem für die Polizei bestand darin, dass sie alle Lehrer der Schule verhaftet hatten und nun dreihundert Jugendliche unterschiedlichen Alters ohne Aufsicht waren, ganz zu schweigen davon, dass einige der jungen Leute im Gästehaus Opfer von

Misshandlungen geworden waren und sie aufgrund möglicher Schäden an Geist und Seele so schnell wie möglich entsprechend versorgt werden mussten. Momentan versuchten die Beamten, alle Schüler wieder zurück in ihre Schlafräume zu lotsen, mit dem Versprechen, dass man ihnen morgen früh alles erklären würde.

Viel Glück damit, dachte Raven.

Siobhan und Johnny trafen in Begleitung einer Polizistin in der Orangerie ein.

»Raven, sind alle in Sicherheit?«, fragte Siobhan besorgt. »Wo ist Kieran?«

»Er ist mit seinem Patenonkel ins Krankenhaus gefahren.« Sie hob eine Hand, um Siobhans nächster Frage zuvorzukommen: »Keine Sorge, er ist nicht verletzt – Isaac ist derjenige, der übel zugerichtet wurde. Sie haben ihn unter Gewaltanwendung befragt, um herauszukriegen, was er wusste.«

»Aber er wird durchkommen?«

»Ich glaube schon.«

Johnny gähnte. »Tut mir leid, ich kann einfach nicht anders. Es wird Stunden dauern, um dieses Durcheinander zu überblicken. Meinst du, es ist okay, wenn wir auf unsere Zimmer gehen, bis sie uns brauchen?«

Raven fühlte sich geschmeichelt, dass er offensichtlich meinte, sie wäre jemand, der wüsste, wo's langginge, obwohl sie selbst dermaßen verwirrt und orientierungslos war. »Ich denke schon. Dann habt ihr schon eine Aussage gemacht?«

»Ja. Gleich am Unfallort.«

»Ich muss noch warten, um meine zu machen.« Sie merkte plötzlich, wie müde sie war, und schloss kurz die Augen. Wenn sie doch nur ihr Handy noch hätte, aber das war irgendwo im

Gästehaus zurückgeblieben und sie bezweifelte, dass sie es so bald wieder in den Händen halten würde.

»Gut, wir sehen uns dann morgen früh.« Johnny warf einen Blick nach draußen, wo der Tag bereits angebrochen war. »Ich meine, heute Nachmittag.«

»Ja, bis später.«

Siobhan schloss Raven in die Arme. »Ich weiß, bevor das alles passiert ist, haben wir uns kaum gekannt, aber ich möchte dir einfach noch mal ein großes Dankeschön sagen. Das von mir zu hören wird dir noch zu den Ohren rauskommen. Du warst ganz große Klasse – und Joe und Kieran auch. Freunde?«

»Ja, natürlich sind wir Freunde.« Raven grinste und freute sich, nun wenigstens zwei Verbündete in Westron zu haben.

Siobhan und Johnny gingen Hand in Hand davon.

Joe kam zusammen mit dem Mann in Kampfanzug zu ihr herüber. »Raven, das ist Sergeant Rivers. Er hat Isaacs Team geleitet.«

Rivers schüttelte ihr die Hand. »Freut mich, Sie kennenzulernen, Miss Stone. Wie ich höre, ist ein Großteil des Erfolges der heutigen Operation Ihnen zu verdanken.«

»Ich würde sagen, das war eher eine gemeinsame Kraftanstrengung.«

»Ja – Storm und Stone, die Rettung naht. Die beiden waren echt ein Hammerteam, Sir«, sagte Joe und wuschelte ihr durchs Haar.

Rivers verschränkte die Arme vor seiner breiten Brust, unter seinem eng anliegenden T-Shirt zeichnete sich sichtlich die Wölbung des Bizeps ab. »Ich kann noch immer nicht glauben, dass Kieran diesen Minivan als Ramme benutzt hat. Mal fragen, ob er möglicherweise einen Wechsel zu den Wölfen in Betracht zieht.

Wir mögen Rekruten, die zur richtigen Zeit genau das Richtige tun.«

Joe lachte. »Ich glaube, Kieran ist durch und durch eine Eule. Der euligste von dem ganzen Haufen, um genau zu sein.«

Raven runzelte verwirrt die Stirn. »Worum geht's hier?«

»Um unsere Organisation, Miss Stone«, sagte Rivers. »Wir haben Spitznamen für die einzelnen Gruppen der jungen Leute, die wir ausbilden.«

»Ich bin Leiter der Wölfe, das sind die Jäger unserer Organisation.« Der Sergeant räusperte sich, als ihm klar wurde, dass er einer Außenstehenden gegenüber zu viel durchblicken ließ. »Aber ich will Sie nicht mit den Einzelheiten langweilen. Sie sollten sich jetzt ein bisschen ausruhen.«

»Ich finde das kein bisschen langweilig«, beteuerte Raven, die froh war, endlich etwas Konkretes über Kieran und Joe zu erfahren.

»Frag am besten Kieran danach, wenn ihr euch das nächste Mal seht«, sagte Joe. »Raven, ich wollte mich eigentlich nur von dir verabschieden kommen. Ich fahre jetzt zurück ins Hauptquartier. Es gibt noch jede Menge zu erledigen, was diese Operation angeht – zwei Kuratoren sind noch auf freiem Fuß und das ganze globale Netzwerk der Internationalen Schulen muss genau unter die Lupe genommen werden. Kieran und ich werden alle Hände voll zu tun haben. Aber ich wollte dir unbedingt noch sagen, dass es mir eine große Ehre war, mit dir zusammenzuarbeiten.« Er umarmte sie. »Du warst von Anfang an einfach nur grandios.«

»Oh, ähm, danke.« Das war's dann also? Nein, das konnte nicht sein! »Aber wir werden uns doch bald sehen, oder?«

Joe warf einen Seitenblick auf das strenge, abweisende Gesicht des Sergeants. »Schauen wir mal. Ich bin sicher, dass Kieran sich bei dir melden wird, um dir noch mal persönlich zu danken.«

Sie wollte keinen Dank. Er konnte sich seinen Dank in die Haare schmieren! »Ach, wird er das? Sicher?«

Sein Blick fixierte etwas oberhalb ihres Kopfes. »Lass dich einfach nicht unterkriegen, okay? Oh, hab ich ganz vergessen: Sie haben deinen Großvater zusammen mit den anderen Mitarbeitern der Schule verhaftet ...«

»Was! Und das sagst du erst jetzt!«

»Keine Sorge – ich hab schon Bescheid gegeben, dass sie ihn umgehend freilassen sollen. Er müsste bereits wieder auf dem Weg hierher sein.«

Eine Polizistin kam herüber und berührte sie an der Schulter. »Sind Sie so weit, jetzt Ihre Aussage zu machen, Miss?«

»Wie? Ja. Ja, ich bin so weit.«

Joe klopfte ihr kurz auf den Rücken. »Dann werde ich jetzt mal gehen. Tschüs, Raven.«

»Tschüs, Joe.« Sie fasste ihn am Ärmel, als er sich zum Gehen wandte.

»Bevor du gehst, verrate mir aber noch eines: Waren deine Eltern jemals im Gefängnis oder auf Entzug?«

Er lächelte verschmitzt. »Nie. Dads größtes Verbrechen ist, dass sein Golfhandicap niedriger ist als meins, und Mom ist ein Goldstück; wenn sie könnte, würde sie die ganze Welt bemuttern.«

»Ist von dem, was du mir erzählt hast, irgendwas wahr gewesen?«

»Sie leben in New York. Alles andere war nur zur Tarnung.« Er deutete um sich herum auf Rivers und die Polizeibeamten. »Wegen dem Ganzen hier.«

Sie ließ ihn los; es bedrückte Raven, dass sie so wenig über ihn und Kieran gewusst hatte. Es schürte wieder ihre alten Ängste, dass die Beziehung zu Kieran auch nur ein Schwindel gewesen war. »Schön, dass du solche Eltern hinter dir stehen hast. Mach's gut, Joe.«

»Du auch.«

»Also, Miss, wo wollen Sie sich denn gern mit uns unterhalten? Gibt es einen sorgeberechtigten Erwachsenen, der Sie begleiten kann?«, fragte die Polizistin.

Den habt ihr gerade festgenommen.

»Mein Großvater. Joe sagt, dass er auf dem Weg zum Cottage ist.«

»Wollen wir Ihre Aussage dann dort aufnehmen?«

Raven beschloss, dass sie die Nase voll hatte von der Schwimmhalle. Sie pflückte sich die allerletzte Rosenblüte aus den Haaren und ließ sie auf die Fliesen fallen; ihre Blätter verteilten sich auf dem Boden wie Blutstropfen. »Ja, bringen wir's hinter uns.«

Als die Polizistin gegangen war, blieben Raven und ihr Großvater noch zusammen am Tisch sitzen.

»Tja«, sagte er.

Raven spielte an dem Becher herum, aus dem sie während ihrer Aussage Tee getrunken hatte. »Das war echt eine verrückte Nacht.«

Er nahm ihre Hand. »Leider muss ich dir was gestehen, mein Schatz. Mein Job ist zum Teufel. Der Schulbetrieb wurde für die Zeit der laufenden Ermittlungen eingestellt. Die Polizistin, die mich hierhergebracht hat, sagte, dass man die Eltern aufgefordert hat, ihre Kinder noch heute abzuholen.«

»Pah! Dabei gehört die Hälfte von ihnen auf die Anklagebank für das, was ihre Kinder im Gästehaus durchmachen mussten.«

»Die Schüler aus dem Gästehaus werden gesondert behandelt. Sie schicken Sozialpädagogen her, die sich ihrer annehmen werden. Aber die Mehrheit der Schüler hat nie ein Seminar im Gästehaus besucht und sie werden nach Hause geschickt.«

»Verstehe.« Raven nahm den letzten Schluck kalten Tee. Sie war müde und fühlte sich völlig ausgelaugt, bezweifelte aber, dass sie Schlaf finden würde mit dermaßen vielen Fragen, die ihr durch den Kopf schwirrten – die dringlichste davon: Würde sich Kieran jemals wieder bei ihr melden?

»Willst du noch mehr schlechte Neuigkeiten hören?«, fragte ihr Großvater.

»Nicht wirklich, aber vermutlich ist alles in einem Aufwasch besser.« Ihr Leben war momentan ein einziger großer Seufzer.

»Ich habe eine Betriebsrente. Wenn der Verband der Internationalen Schulen zugrunde geht, sehe ich unter Umständen keinen einzigen Penny. Anscheinend hatten sie im Rahmen ihrer Finanzregelung nicht auf den vom Gesetzgeber geforderten ausreichenden Schutz der Versorgungsleistungen für ihre Angestellten geachtet.«

»Wir haben kein Einkommen?«

»Und kein Zuhause. Wir müssen aus dem Cottage ausziehen.« Seine Augen schimmerten feucht. »Aber mach dir keine Sorgen: Ich finde etwas Neues. Und ich habe noch ein bisschen Geld auf der hohen Kante und werde gleich morgen zum Jobcenter gehen ... und wir werden uns beim Amt nach einer vorübergehenden Bleibe erkundigen.«

Raven ließ diesen neuen Schlag erst mal auf sich wirken. Sie waren nur einen winzigen Schritt von Armut und Obdachlosigkeit entfernt.

»Es tut mir wirklich sehr leid, mein Schatz. Das ist alles meine

Schuld. Ich habe für die falschen Leute gearbeitet. Ich hätte es merken müssen. Ich hätte mehr Fragen stellen sollen.«

»Du darfst dir keine Vorwürfe machen, Opa. Wie hättest du das alles wissen sollen?« Sie ging um den Tisch herum und nahm ihn fest in die Arme. »Mach dir keine Sorgen, ich werde mir ebenfalls einen Job suchen. Ich bin siebzehn. Bestimmt kann ich irgendeine Arbeit finden ...«

»Aber das College ...«

»Das College kann ein Jahr warten, bis wir wieder auf den Beinen sind.«

Er wurde von lautlosem Schluchzen geschüttelt. Raven vergrub ihr Gesicht in seinem Nacken; sie weigerte sich zu weinen. Sie musste jetzt stark für ihn sein.

»Wir werden das durchstehen, vertrau mir.«

»Ich habe dich nicht verdient, Raven.«

»Du hast noch viel mehr verdient, Opa.«

Nach einer dringend benötigten Dusche und einer Runde Schlaf beschloss Raven, der Schule die Stirn zu bieten, um zu sehen, wie es den anderen Schülern so ging. Sie machte sich zur Abendbrotzeit zum Schloss auf und fand die im Speisesaal Versammelten in ziemlich gedrückter Stimmung vor. Viele Schüler waren bereits von ihren Eltern abgeholt worden; Promis und andere wichtige Leute hatten so schnell wie möglich Abstand zwischen sich und den sich anbahnenden öffentlichen Skandal bringen wollen. Die Presse belagerte bereits die Auffahrt, auf dem Gelände wimmelte es von Polizei und Sozialarbeitern – in Westron war nichts mehr so wie früher. Die Kantinenmitarbeiter waren noch da, sie zeigten den gleichen schuldbewussten Gesichtsausdruck wie ihr Großvater, aber offenbar waren sie auf Bitten der

Behörden hiergeblieben, um die restlichen Schüler mit Essen zu versorgen. Raven schnappte sich ein Tablett und nahm sich ein abgepacktes Sandwich und eine kleine Tüte Chips. Sie konnte die Augen ihrer Mitschüler auf sich spüren und fragte sich, was sie wohl jetzt über sie dachten. Es musste seltsam für sie sein, dass die Hassfigur der Schule am Ende alles um sie herum zum Einsturz gebracht hatte, so wie Samson in der Bibel, der an die Säule gekettet worden war. Doch anders als der antike Held hatte sie nicht vor, von den Trümmern begraben zu werden. Sie straffte die Schultern und drehte sich zu den Tischen um.

»Raven, hier drüben!«, rief Siobhan. Sie saß zusammen mit Johnny am begehrtesten Tisch genau in der Mitte des Raums.

Raven stellte ihr Tablett ab. »Habt ihr gut geschlafen?«

»Ja. Als ich aufgewacht bin, habe ich zig Nachrichten von meinen Eltern auf dem Handy gehabt, aber ich will nicht mit ihnen reden. Ich überlege, meine Tante in London zu fragen, ob ich fürs Erste zu ihr ziehen kann.«

»Was den Vorteil hätte, dass sie ganz in der Nähe meiner älteren Schwester wohnt. Zu der ziehe ich nämlich«, sagte Johnny. »Wir werden uns beide von unseren Eltern scheiden lassen.«

»Kann man das mit Eltern machen?«, fragte Siobhan.

»Wir sagen uns von ihnen los. Dafür sollte es eigentlich ein Ritual geben. Meine Schwester ist ausgeflippt, als sie gehört hat, was passiert ist.«

»Und das ist auch die einzig richtige Reaktion«, stimmte Raven zu. Sie verspürte plötzlich eine große Dankbarkeit, dass ihre eigenen Eltern sie immer genau so akzeptiert hatten, wie sie war. Sie vermisste sie so sehr. Sie hätte ihre Hilfe jetzt bitter nötig.

»Und was ist mit dir?« Raven antwortete nicht gleich, da plötzlich Adewale neben ihnen am Tisch stand.

Was jetzt?, fragte sich Raven.

»Raven, kann ich mal kurz mit dir sprechen?«

»Klar.« Sie schob ihr Tablett von sich weg.

»Gina hat gerade ein Gespräch mit einem Therapeuten.«

»Das ist gut.«

»Sie hatte einen kleinen Zusammenbruch, als die Polizei auftauchte. Die ersten Risse hatten sich allerdings schon vorher gezeigt, um ehrlich zu sein.« Adewale kostete es große Überwindung, ihr in die Augen zu sehen, aber schließlich gab er sich einen Ruck. »Egal, sie hat zugegeben, dass sie keine Beweise dafür hat, dass du meine Uhr zwischen ihre Sachen gelegt hast – dass sie es möglicherweise sogar selbst getan hat –, wobei sie auch daran keine Erinnerung hat.«

»Ich habe deine Uhr nicht genommen, Adewale.«

»Ja, das weiß ich jetzt auch. Ich schulde dir also eine Riesenentschuldigung – und zwar nicht nur für die Unterstellungen, sondern auch für das, was ich danach getan habe.«

Der Pavillon.

»Du warst echt grausam. Ich habe keine Ahnung, wie du jemandem so etwas antun konntest.«

»Ich weiß.« Er schluckte. »Ich überlege schon die ganze Zeit, wie ich es wiedergutmachen könnte. Das ist zwar nicht genug, aber ich werde jetzt gleich einen Anfang machen.« Zu ihrem Entsetzen stieg er auf den Stuhl neben ihr, kletterte auf den Tisch und klatschte in die Hände. Der Speisesaal verstummte; den Polizeibeamten im Saal sah man das Unbehagen deutlich an und sie machten sich bereit einzuschreiten, falls Adewale irgendeine Bedrohung darstellen sollte.

»Leute, kann ich mal kurz eure Aufmerksamkeit haben?«

Raven zupfte ihn am Hosenbein. »Lass gut sein.«

»Nein, das muss sein. Hört mal her, ihr kennt ja alle die Anschuldigungen gegen Raven. Ich habe zu denjenigen gehört, die sie mit verbreitet haben. Und ich möchte hier und jetzt, bevor wir alle getrennte Wege gehen, klipp und klar sagen, dass sie unschuldig ist – sie wurde von diesen Wahnsinnigen, die unsere Mitschüler einer Gehirnwäsche unterzogen haben, zum Sündenbock gemacht. Und nach dem, was mir so zu Ohren gekommen ist, hatte sie großen Anteil daran, dass ihre kranken Machenschaften aufgeflogen sind. Ohne sie wäre es dem Rest von uns vielleicht so ergangen wie den anderen.« Er machte eine Pause.

Raven wand sich vor Verlegenheit.

»Das war's auch schon. Das ist alles, was ich sagen wollte.« Als er vom Tisch heruntersprang, erhob sich von der anderen Seite des Speisesaals Beifall – Mairi und Liza aus ihrer Tanzklasse. Der Applaus breitete sich schnell aus und bald klatschten alle wie wild in die Hände oder klopften auf die Tischplatten. Johnny und Siobhan strahlten beide über das ganze Gesicht.

»Siehst du, sie lieben dich jetzt!« Siobhan drückte Ravens Hand.

Es war erst wenige Stunden her, dass sie womöglich tätlich angegriffen worden wäre, hätte sie hier in diesem Raum gesessen. So schnell fasste Raven kein Vertrauen.

Sie stand auf und hob eine Hand. »Danke, Adewale. Danke, ihr alle. Ich bin kein nachtragender Mensch und mir ist auch klar, wie die ganze Sache für euch ausgesehen haben muss, also viel Glück bei ... na ja, bei allem, was ihr als Nächstes vorhabt.«

Adewale wartete, bis sie sich wieder hingesetzt hatte. »Das war nicht genug«, sagte er traurig. »Ich weiß nicht, was über mich gekommen ist. Das war einfach ein Irrsinn, wie wir dich behandelt haben.«

Sie zuckte die Achseln. Diese Geste brachte es für sie am besten auf den Punkt. »Das hat schon alles echt übel gewirkt... Das mit der Uhr und so.«

»Es gibt dafür aber keine Entschuldigung.« Er blickte nach unten auf seine Hände. »Und was meinst du, kommt für dich jetzt alles wieder ins Lot?«

Würde es das? Sie hatte keine Ahnung. »Hoffentlich. Und für dich?«

»Mum versucht, mich in Eton oder Rugby unterzubringen. Sie hat Kontakte. Ich denke, dass ich nächstes Jahr an einer der beiden Schulen anfangen kann.«

Natürlich würde er letzten Endes mit weniger Schrammen davonkommen als sie, Geld sorgte immer für eine weiche Landung.

»Ich hoffe, dass es dir dort gefällt.«

»Ja, ich auch.«

»Aber denk dran – nicht auf den Stipendiumsschülern rumhacken.«

Er verzog das Gesicht. »Ich glaube, ich habe meine Lektion gelernt. Und Raven, bitte vergiss nicht, solltest du jemals irgendwas brauchen, egal was, womit ich dir helfen kann, ruf mich an. Ich schulde dir einen Riesengefallen.«

»Danke.« Doch sie wusste genau, dass sie es nicht fertigbringen würde, irgendeine Schuld einzufordern. Von solch einem Tun hatte sie ein für alle Mal die Nase voll.

»Wie geht's deiner Freundin Gina?«, fragte Siobhan, als Adewale fort war.

»Keine Ahnung, wir sind keine Freundinnen mehr.« Raven biss von ihrem Sandwich ab, aber es schmeckte wie Sägemehl.

»Ihr beide wart doch immer, na ja, du weißt schon... unzertrennlich.«

»Ja, stimmt schon. Aber das hat man ihr bei der Umerziehung abgewöhnt.«

Siobhan zog eine Grimasse. »Sie war ja eine Weile im selben Kurs wie ich; sie hatten wirklich massiv Druck auf sie ausgeübt. Sie ist regelrecht zerbrochen, bis nur noch ein Häuflein Scherben übrig war, das sie dann wieder zusammengeklebt haben.«

Johnny mopste sich aus Ravens Tüte einen Kartoffelchip. »Nach dem, was Adewale erzählt hat, ist sie aber vielleicht wiederhergestellt. Du solltest mal zu ihr gehen.«

»Meinst du? Ich weiß nicht, ob das was nützen würde.« Raven war bei dem Gedanken ganz mulmig zumute.

»Na ja, schaden würde es vermutlich aber auch nicht.«

Nach dem Essen befolgte Raven Johnnys Rat und machte sich auf die Suche nach Gina. Die am schlimmsten betroffenen Schüler waren im Sanitätstrakt untergebracht, wo sie unter psychiatrischer Beobachtung standen. Bei ihnen waren noch immer Drogen im Körper nachweisbar, aufgrund der täglichen Maximaldosen, die sie jeden Morgen in der Gruppensitzung erhalten hatten. Je länger Raven darüber nachdachte, desto klarer wurde ihr, dass sie die Anzeichen übersehen hatte: die Kleidung, die Treffen in aller Herrgottsfrühe, die merkwürdige Ausdrucksweise, die seltsame Mimik und die unberechenbaren Stimmungsschwankungen – Gina hatte deutliche Symptome eines Menschen gezeigt, der einer Sekte verfallen war. Dass es sich dabei eher um eine soziale als um eine religiöse Sekte gehandelt hatte, machte sie nicht weniger einflussreich.

Gina saß aufrecht da, im selben Bett, das vor noch gar nicht langer Zeit Kieran besetzt gehalten hatte, die Knie ans Kinn gezogen.

»Hallo«, sagte Raven und blieb am Fußende stehen.

Gina richtete ihre müden Augen auf sie. »Dich habe ich nicht erwartet hier zu sehen.«

Nicht gerade ein begeisterter Empfang. »Ich habe auch nicht gedacht, dass ich herkommen würde, aber ein Freund von mir hat mir dazu geraten. Wie geht es dir?«

»Ich bin total durcheinander. Adewale hat mir gesagt, ich schulde dir eine Entschuldigung.«

»Du bist manipuliert worden. Sie haben dir schlimme Dinge angetan – und dich zu jemandem gemacht, der du gar nicht bist.«

»Aber mein Vater hat mich so gemocht.« Gina schniefte.

»Na ja, unter uns gesagt: Er ist ein Schwachkopf.«

Ginas Lippen verzogen sich andeutungsweise zu einem Lächeln. »Genau das hat Mom ihm auch gesagt. Sie ist ausgezogen.«

»Kann man ihr nicht verübeln.«

»Sie kommt mich morgen holen und bringt mich zurück in die Staaten.«

»Darüber bin ich froh. Du musst so weit wie möglich weg von hier.«

Gina tippte mit der Stirn gegen ihre Knie. »Raven, es tut mir leid, wie ich dich behandelt habe.«

»Ich weiß.«

»Ich hätte ihnen niemals glauben dürfen – aber sie haben's irgendwie geschafft, in meinen Kopf einzudringen.« Gina nestelte am Bettlaken.

»Ich weiß. Sie haben dich ja auch mit Drogen vollgepumpt, vergiss das nicht.«

»Ist das wirklich eine Entschuldigung für mein Verhalten? Was mir echt zu schaffen macht, ist der Gedanke, dass ich irgendwo tief in mir drin deine soziale Herkunft verachtet haben muss, ansonsten hätte das alles doch gar nicht so gefruchtet.«

So viel Ehrlichkeit war schwer verdaulich. »Wir hegen doch alle irgendwelche Aversionen – ich hatte auch nie wirklich viel übrig für euch Reiche-Leute-Kinder.«

»Aber du hast mich deshalb nie gemobbt.«

»Aber wenn ich an diesem Programm teilgenommen und man meine unbewussten Vorurteile geschürt hätte, vielleicht würde ich dann jetzt hier sitzen und mich bei dir entschuldigen. Menschen haben nun mal Vorurteile. Ich stecke auch Leute in eine Schublade, obwohl ich weiß, dass es eigentlich Quatsch ist. Aber diese Gehirnwäscher waren schlau. Was sie mit euch gemacht haben, war in gewisser Hinsicht Kindesmissbrauch, weißt du – zwar in einer anderen Form als das, was man im Allgemeinen darunter versteht, aber trotzdem echt perfide. Dass man dem Opfer das Gefühl gibt, es sei selbst schuld.«

Ginas Miene hellte sich auf. »Kindesmissbrauch? Ja, stimmt, so was in der Richtung war's, oder? Wenn man's so betrachtet, komme ich gleich besser damit klar, was ich gemacht habe.«

»Gut.« Raven war erleichtert, dass sie Gina mit ihren Worten hatte helfen können, auch wenn es furchtbar deprimierend war, an ihrem Krankenbett zu stehen; es kam ihr vor, als würde sie Totenwache für ihre Freundschaft halten. »Mach das Beste aus deinem Leben, ja?«

»Ja, ich werd's versuchen. Und du auch. Lass mal hören, wie's bei dir läuft.«

»Okay. Und wenn du zeigen willst, dass dir leidtut, was geschehen ist, dann tu mir den Gefallen und höre nicht darauf, was dir dein Vater, dieser Blödmann, erzählt.«

Gina lachte leicht verzweifelt und schüttelte den Kopf. »Mach ich nicht.« Aber Raven hatte Angst, dass sie es doch tun würde. Familie war oft eine komplizierte Sache.

Raven ging aus dem Krankenzimmer, nickte im Vorbeigehen Hedda zu und erntete einen versteinerten Blick. Okay, man konnte eben nicht jeden für sich gewinnen. Andererseits hatten Hedda und sie sich noch nie leiden können, auch nicht vor Heddas Aufenthalt im Gästehaus. Die Gehirnwäscherei war nicht an jeder Misere in der Schule schuld.

Kapitel 23

Isaacs Verletzungen waren sehr viel schwerer als anfangs vermutet. Er hatte bloß mit reiner Willenskraft so lange durchgehalten und erst losgelassen, als er wusste, dass seine Jungs in Sicherheit waren. Kieran saß an seinem Bett auf der Intensivstation des St. Thomas Hospital und beobachtete mit Adleraugen die Monitore. Innere Blutungen. Hirnschwellungen. Gebrochene Rippen. Fingerfrakturen. Das einzig Gute an dieser Liste war, dass sie damit genug in der Hand hatten, um Kolnikov und Burnham vor Gericht zu stellen, ohne dafür den auf wackligeren Füßen stehenden Fall von Korruption beweisen zu müssen. Das war ihre Al-Capone-Anklage. Auch eine Freilassung auf Kaution war ausgeschlossen, da ihnen schwere Körperverletzung zur Last gelegt wurde und bei beiden akute Fluchtgefahr festgestellt worden war.

Isaacs Finger bewegten sich. Kieran richtete sich in seinem Stuhl auf und streckte den Rücken durch. Die Augenlider flatterten.

»Sir?«

Blaue Augen wanderten zu Kieran hinüber.

»Du bist noch da?«

»Ja, Sir.«

»Wie lange?«

»Sie sind jetzt seit vierundzwanzig Stunden hier. Haben Sie Durst?« Die Krankenschwester hatte ihm strenge Anweisungen gegeben, dass der Patient für den Fall, dass er wach wurde, unbedingt Flüssigkeit zu sich nehmen solle.

»Wie die Sahara.«

Kieran führte ihm den Strohhalm an die Lippen. »Vermutlich ist das jetzt nicht der richtige Zeitpunkt, um zu erwähnen, dass sich im Boden der Sahara das größte Grundwasserreservoir der Erde befindet.«

Isaac lächelte. »Nein, ist es nicht.«

»Gut zu wissen.« Er stellte den Becher wieder hin.

Isaac hielt einen Moment seinen Blick fest, zufrieden damit, einfach nur schweigend dazuliegen. »Ich bin stolz auf dich, Kieran«, sagte er schließlich.

Verschiedene Gefühle, zumeist positive, vermengt mit einem guten Schuss Verlegenheit, rumorten in Kierans Innerem. »Danke.«

»Du bist während dieser Mission noch mal ein ganzes Stück erwachsener geworden.«

»Ja, das bin ich.«

»Weißt du, dich sehe ich in einem anderen Licht als die anderen.«

Das hatte Kieran spüren können. Isaac hatte ihm immer gesagt, wenn er stolz auf ihn war. »Ich weiß, dass Sie mich für sehr intelligent halten.«

Isaac schloss kurz die Augen, als ein stechender Schmerz durch seinen Körper fuhr. »Es geht aber nicht nur darum, dass du gut im Job bist ...« Er hustete. »Ich betrachte dich quasi als meinen Sohn und genauso empfinde ich auch für dich.«

»Wie viel Schmerzmittel haben die Ihnen eigentlich verabreicht, Sir?«

»Nicht genug.« Isaac lächelte. »Im Ernst. Damals, als ich dich rekrutiert habe, hatte ich mir gedacht, was das doch für ein feiner Kerl ist, um den sich kein Mensch kümmert. Und da habe ich beschlossen, diese Aufgabe zu übernehmen.«

»Ich ... ich ...« Wie sollte man auf solch ein Geständnis reagieren? »Danke. Sie haben's wirklich gut hingekriegt. Sie waren immer da für mich.«

Isaac legte die Stirn in Falten. »Das heißt aber nicht, dass ich dir einen Freibrief ausstelle ... keine Bevorteilung. Du hältst dich an dieselben Regeln wie alle anderen auch.«

»Etwas anderes würde mir im Traum nicht einfallen, Sir.«

»Du hast sie aber gebrochen, als du deine Beziehung zu Raven wieder aufgenommen hast.«

»Ah. Genau. Also ...«

»Sie hat mir alles erzählt.«

»Verstehe. Ich kann nicht sagen, dass es mir leidtut.«

»Wir haben nicht umsonst Vorschriften. Die YDA erfordert Opfer. Das wurde dir vor deinem Beitritt gesagt.«

»Ja, ja, das stimmt.« Jetzt war nicht der richtige Zeitpunkt für lange Erklärungen oder Bitten. Jetzt war Kieran einfach nur froh, dass Isaac wieder bei Bewusstsein war. »Brauchen Sie irgendwas, Sir. Soll ich eine Schwester rufen? Ich kann schauen, ob ich eine hübsche finde, die Sie bis oben hin zudeckt.«

»Zieh Leine, Kieran. Ruh dich ein bisschen aus.« Als Isaac einschlief, lag noch immer ein Lächeln auf seinen Lippen, genau, wie es Kierans Absicht gewesen war.

Kieran stand auf und reckte sich; ihm war bewusst, dass er seit Tagen dieselben Klamotten trug und weder etwas Richtiges gegessen noch getrunken hatte. Er trat ans Fenster und nahm die Aussicht auf das House of Parliament auf der anderen Uferseite in sich auf. Joe hatte Mrs Bains Handy bei sich behalten und so hatte er auch keine Möglichkeit, irgendjemanden anzurufen, und musste einfach darauf hoffen, dass ihm der nächste Besucher aus der YDA ein bisschen Geld und Wechselklamotten mitbringen würde. Er fragte sich, was Raven wohl gerade machte. Vermutlich holte sie ein bisschen Schlaf nach und versuchte sich darüber im Klaren zu werden, was da genau an ihrer Schule passiert war. Wenn er ihr doch nur irgendwie eine Nachricht zukommen lassen könnte. Er wusste immer noch nicht, was er wegen ihr unternehmen sollte. So wie es aussah, lief es auf eine klare Entscheidung hinaus: die YDA oder sie.

»Wie geht's ihm?« Nat stand in der Tür mit einer Reisetasche und einem Styroporbecher in den Händen.

»Schon viel besser als noch vor 12 Stunden. Es gab eine ziemliche Zitterpartie, als man dachte, er würde ins Koma fallen, aber jetzt ist er wieder bei Bewusstsein. Momentan schläft er.«

»Ich übernehme jetzt. Dein Befehl lautet, ins Hauptquartier zurückzukehren und dich auszuruhen.«

»Ist Joe zurück?«

»Ja, ist gestern angekommen. Hab ihn allerdings kaum zu Gesicht gekriegt, weil er in einer Tour Besprechungen mit den Mentoren hat. Ich glaube, sie durchforsten gerade das internationale Netzwerk, das von diesen Leuten aufgebaut worden ist. Er sagt, dass ihnen vermutlich ein paar der Verantwortlichen durch die Lappen gehen werden, aber es wird eine Reihe von Verhaftungen geben.«

Kieran nippte an dem Tee, den Nat ihm mitgebracht hatte.
»Hat er auch gesagt, wie's den Schülern an der Schule geht?«
»Er hat gesagt, dass der Sozialdienst vor Ort ist und sich um sie kümmert.«
»Hat er auch ein Mädchen erwähnt – eine Freundin von uns; sie heißt Raven?«
Nat schüttelte den Kopf. »Nein. Er war sowieso nicht sehr gesprächig, was genau mit ihm passiert ist – so ganz anders, als man ihn sonst kennt. Ich glaube, er hat an den Drogenerfahrungen und daran, dass er um ein Haar hopsgegangen wäre, mehr zu knabbern, als er nach außen hin zeigt. Und wer ist jetzt Raven?«
»Sie ist diejenige, die bei der Rettung von Isaac geholfen hat.«
Nat machte es sich auf dem Stuhl bequem, um die Nachtwache zu übernehmen. »Dann gibt's anscheinend noch ein paar Lücken in seinen Erzählungen. Am besten redest du mal mit ihm.«
Kieran machte Joe im Besprechungszimmer ausfindig, wo er mit den leitenden Mentoren der vier verschiedenen Einheiten der YDA zusammensaß. Rivers war auch mit dabei und moderierte die Runde in gewohnt zackiger Manier, wie man es vom Leiter der Wölfe erwartete; Jan, die Mentorin der Katzen, machte sich Notizen und hielt sich ansonsten bemerkenswert unauffällig im Hintergrund. Taylor Flint, der Leiter der Kobras, wie immer todschick gekleidet, blätterte auf seinem Tablet durch eine Datei mit Fotos und schaute, ob er auf den internationalen Fahndungslisten gesuchter Verbrecher Übereinstimmungen mit den Handlangern der Kuratoren fand. Dr. Waterburn tippte wie immer etwas in ihren Laptop und erledigte mit ihrer Analyse zum Beziehungsgeflecht der in den Fall involvierten Hauptakteure vermutlich den Großteil der eigentlichen Arbeit.
»Key, ich bin froh, dass du da bist«, sagte Joe. »Ich kann mich

nämlich teils nur verschwommen an die Einzelheiten aus dem Gästehaus erinnern. Ich glaube, mir sind ein paar der Kerle vom Sicherheitsdienst entfallen.«

Kieran setzte sich. »Schauen wir mal, inwieweit ich ergänzen kann.«

Jan Hardy blickte auf ihre Armbanduhr. »Offen gesagt, Kieran, du siehst aus wie der Tod auf Latschen. Vielleicht kann das ja auch bis morgen warten?«

»Ja, machen wir Schluss für heute, meine Damen und Herren.« Rivers erhob sich und klappte seine Akte zu. »Gute Arbeit, alle Mann. Ich vermute mal, da du jetzt hier bist, geht es Isaac schon besser?«

»Ja, ja, er ist schon wieder so gut drauf, dass er mir gesagt hat, ich soll Leine ziehen.«

Die Mentoren lachten.

»Schön, das zu hören.« Rivers machte einen Schritt auf die Tür zu.

»Sir, noch einen Moment, bitte, wenn ich darf.«

»Worum geht es?«

»Um das Mädchen, das uns geholfen hat – Raven Stone. Ich hatte Isaac vor ein paar Wochen gefragt, ob wir sie nicht ins Boot holen können.«

Joe fing an, übers ganze Gesicht zu strahlen. »Super Idee! Das hättest du mir sagen sollen!«

Das hatte er deshalb nicht getan, weil Isaacs Antwort nicht besonders ermutigend ausgefallen war.

»Und was hat er gesagt?«, fragte Rivers.

»Er wollte noch darüber nachdenken, aber ...«

»Dann warten wir einfach seine Entscheidung ab. Das Mädchen hat auf jeden Fall gezeigt, dass es Potenzial hat.«

»Darf ich sie also kontaktieren und ihr erzählen, was Sache ist?«

Rivers schüttelte den Kopf. »Kommt nicht infrage. Wenn Isaac sich nun dagegen ausspricht?«

»Aber ich kann sie doch nicht einfach so im Ungewissen lassen, was mit mir passiert ist – mit uns, meine ich.«

Mrs Hardy seufzte. »Ach so, darum geht es hier also. Schick ihr einen Strauß Blumen, mit dem sie sich trösten kann, bis du mit Isaac gesprochen hast. Wir bezahlen auch.«

Kieran war sichtlich enttäuscht. »Ich zahle selbst für meine Blumen, danke.«

»Befolge einfach die Befehle, Kieran Storm«, sagte Rivers förmlich. »Du willst ihre Rekrutierung doch nicht gefährden, indem du über den Kopf deines Vorgesetzten hinweg handelst, und falls sie außen vor bleiben muss, willst du doch sicher nicht gegen die Vorschriften verstoßen, indem du wieder Kontakt zu ihr aufnimmst.«

Kieran fluchte insgeheim. »Nein, Sir.«

Der zauberhafte Strauß Feuerlilien stand noch immer in voller Blüte, als Raven und ihr Großvater aus dem Cottage auszogen. Es war beängstigend, sich auf den Weg zu machen, ohne zu wissen, wo man hinsollte. Ihr Großvater hatte fürs Erste ein Zimmer in einem Bed & Breakfast gebucht, aber auf lange Sicht konnten sie sich das nicht leisten.

»Was willst du mit denen hier machen?«, fragte er sie beim letzten Blick durch die Küche und schüttete das Wasser aus der Vase in den Abguss.

Raven dachte bekümmert an das voll beladene Auto. Als sie die Blumen bekommen hatte, war sie völlig aus dem Häuschen gewesen, aber dann hatte Kieran kein Wort mehr von sich hören lassen. Es war, als wäre er wie vom Erdboden verschluckt. Vielleicht waren die Lilien ein Abschiedsgruß gewesen, die »In Liebe«-Botschaft auf dem weißen Kärtchen eine Art Abschiedskuss. Mittlerweile hätte sie es doch eigentlich schon gewohnt sein müssen, dass Menschen fortgingen und nie wieder zurückkamen, aber mit jedem Mal tat es nur umso mehr weh.

»Wirf sie in den Müll. Wir können sie nicht mitnehmen.«

»Na, ich könnte sie schon noch irgendwo unterbringen.«

»Nein, nein. Ich muss einfach der Tatsache ins Auge blicken, dass es Dinge gibt, die ich zurücklassen muss.« So wie ihre Hoffnungen, was Kieran betraf. Sie knipste eine Blüte ab, um sie als Andenken zu pressen, der Rest wanderte auf den Komposthaufen hinter dem Haus.

Ihr Großvater schloss zum letzten Mal das Garagentor. »Wann fängst du morgen mit der Arbeit an?«

Sie hatte beim Friseursalon im Ort einen Job als Aushilfskraft fürs Haarewaschen und Auffegen gefunden. Der Laden zielte vor allem auf älteres Publikum ab, alles liebenswerte alte Damen, und doch wurde Raven das beklemmende Gefühl nicht los, dass sich bereits vor Beginn ihres ersten Arbeitstages die Türen des Niedriglohngefängnisses ein für alle Mal hinter ihr schlossen.

»Um neun.«

»Das ist gut.« Es gab vieles, was sie unausgesprochen ließen: die Tatsache, dass Robert nach mehreren schriftlichen Bewerbungen auf freie Stellen zu keinem einzigen Vorstellungsgespräch eingeladen worden war, und dass Raven in absehbarer Zukunft nicht wieder zur Schule gehen und ihren Abschluss machen könnte, wenn sie jetzt zur Brotverdienerin wurde.

»Das wird schon alles gut werden, Opa«, sagte sie. Sie würde sich ihrer beider Zukunft mit allen Mitteln erkämpfen.

Sie machten sich auf den Weg zur Einfahrt, ohne Bedauern, diesen traurigen Ort hinter sich zu lassen.

»Und, Mrs Pritchard, fahren Sie dieses Jahr irgendwohin in Urlaub?«, fragte Raven ihre vierte Kundin des Tages. Im vorderen Bereich des Ladens gab es irgendeine Aufregung, allerdings konnte sie hier drüben bei den Waschbecken nicht sehen, was vor sich ging. Im ›A Cut Above‹ war die Hölle los, denn montags galten Sonderpreise für Rentner; der Eingangsbereich war vollgestellt mit Einkaufstrolleys und draußen auf dem Gehweg blockierten zwei Rollatoren den Durchgang.

»Ich war schon weg, Liebes. Hatte ein paar wundervolle Tage in Bournemouth, zusammen mit meiner Schwester.«

»Das klingt nett.«

»In dem Hotel dort richten sie immer wundervolle Tanztees aus.«

»O wie schön. Ich tanze für mein Leben gern.«

»Ich auch! In meiner Glanzzeit war ich Meisterin im Jitterbug.«

»Tatsächlich?« Mit lächelnder Bewunderung blickte sie auf die alte Dame herunter. »Ich wette, Sie waren große Klasse.«

»Ich bin abgegangen wie eine Rakete.«

Raven gluckste. Okay, das gab Hoffnung. Wenn sie in diesem Job viele solcher Überraschungen erleben würde wie diese alte Dame hier, dann würde er am Ende doch nicht so stumpf sein, wie sie befürchtet hatte.

»Ich bin auch gut im Tanzen. Ich würde später gern mal Tanz studieren.«

»Dafür wünsche ich dir viel Glück. Ist aber ganz schön hart umkämpft, oder? So viele junge Mädchen, die einen Platz wollen, aber nur so wenige, die einen kriegen.«

Kleiner Dämpfer gefällig? »Ja, das stimmt natürlich. Aber irgendeine schafft's doch immer. Und diejenige kann ich nur dann sein, wenn ich's versuche.«

»Das ist die richtige Einstellung.«

Ein neuer Kunde nahm am Waschbecken hinter ihr Platz.

»Raven, wenn du mit Mrs Pritchard fertig bist, kannst du gleich mit dem nächsten Kunden anfangen.«

»Mach ich, Mrs Ward.« Raven wickelte der Jitterbug-Meisterin ein Handtuch um den Kopf. »So, bitte, Mrs Pritchard – jetzt geht's weiter zu Julie.«

»Danke, Liebes.« Mrs Pritchard bewegte sich mit federnden Schritten auf den Schneidetisch zu.

Raven wandte sich zum nächsten Kunden um. Vor ihr saß Kieran.

»Herrje, was machst du denn hier?« Aus Versehen spritzte sie sich und ihn mit Wasser voll.

»So wie's aussieht, dusche ich gerade. Hallo, Raven.«

»Aber du kannst doch nicht ... ich meine, ich bin hier bei der Arbeit!«

»Das sehe ich. Und ich bin dein nächster Kunde. Ich habe mir einen Termin für ... wie heißt das gleich noch mal: waschen, schneiden, föhnen geben lassen. Sollst du mir jetzt nicht eigentlich die Haare waschen?«

Raven spürte die Augen von Mrs Ward auf sich. Und das ausgerechnet an ihrem ersten Tag. »Na schön, lehn dich zurück.« Sie ließ Wasser über seinen Kopf laufen. Warum war er gekommen? Totale Funkstille und jetzt saß er plötzlich hier – wenn sie sich nicht so freuen würde, ihn zu sehen, wäre sie stinksauer.

»Ich spiele schon länger mit dem Gedanken, mir die Haare schneiden zu lassen. Na ja, ich weiß nicht so genau, wie ich das sagen soll, aber es gibt da dieses Mädchen, auf das ich gern einen guten Eindruck machen möchte. Sie ist erst vor Kurzem in mein Leben getreten.«

Sie massierte einen Tick zu rabiat blumig duftendes Shampoo in seine Haare ein. »Ach ja?« Sie hasste sie von ganzem Herzen, egal, wer sie war. Dann war er also gekommen, um ihr mitzuteilen, dass er einen Neuanfang gemacht hatte? Er würde diesen Salon mit einem Bürstenhaarschnitt verlassen. Oder einer fusseligen Dauerwelle. Oder einer Tonsur.

Er schaute zu ihr hoch und lächelte. »Sie ist wirklich großartig. Hat neulich jede Menge Leben gerettet.«

Ihre Berührungen wurden sanfter. »Hat sie das? Kaum zu glauben. Normalerweise ist sie doch eine wandelnde Katastrophe. Wie geht's Isaac denn?«

»Für eine Weile stand's ganz schön auf der Kippe, aber er hat's geschafft.«

»Da bin ich aber froh.«

»Er hat mir die Erlaubnis gegeben, herzukommen und mit dir zu sprechen.«

»Du brauchtest dafür eine Erlaubnis?«

»Ja.«

Raven prüfte die Wassertemperatur am Handgelenk, dann fing sie an, ihm die Haare auszuspülen. Ihre Blicke trafen sich. Sie lächelte und Hoffnung kam in ihr hoch, dass am Ende doch noch alles gut würde. »Du brauchst keinen neuen Haarschnitt, um mich zu beeindrucken. Das war ich schon, als du uns alle vor diesen Verbrechern gerettet hast.« Sie griff zum Haarconditioner.

Sein Mund verzog sich zu einem zufriedenen Lächeln und er schloss die Augen. »Ich könnte den ganzen Tag hier so liegen, während du das machst.«

Sie ließ ihre Finger über seinen Kopf wandern. »Hm, dann würde ich aber achtkantig hier rausfliegen.«

»Gut, weil ich dir ein Angebot machen will – dir und deinem Großvater.«

»Was für ein Angebot?«

»Wenn du mir noch die Seife aus den Haaren spülst, kann ich's dir erklären.«

Aber Raven fühlte sich ihrem neuen Arbeitgeber gegenüber verpflichtet und wollte auch nicht, dass alle um sie herum mithörten, darum musste das Ganze bis zum Ende ihrer Schicht warten, derweil Kieran sich die Haare schneiden ließ. Wie sich herausstellte, verstand sich Mrs Ward nicht nur darauf, weißhaarigen alten Damen die Haare zu stylen, sondern auch gut aussehenden jungen Männern, und machte ein Riesentamtam um ihn. Die älteren Damen freuten sich wie Schneekönige, zusammen mit Ravens Verehrer, wie sie ihn nannten, vorm selben Spiegel zu sitzen, und er wickelte sie alle mit seinem Wissen über Big-Band-Musik der Vierziger- und Fünfzigerjahre um den Finger. Raven hatte keine Ahnung gehabt, dass er sich auf diesem Gebiet auskannte.

Andererseits sollte sie nichts mehr überraschen; das hier war Kieran.

Mrs Pritchard seufzte laut beim Bezahlen. »Dein junger Verehrer da erinnert mich an meinen Jim.« Sie lehnte sich zu Raven hinüber. »Den hältst du gut fest, Liebes.«

»Ich hoffe, das gelingt mir«, sagte Raven und half Mrs Pritchard in den Mantel.

Die alte Dame band sich zum Schutz ihrer frisch gelegten Frisur ein Kopftuch um. »Er verschlingt dich geradezu mit Blicken, das sollte also kein Problem für dich sein.«

Als Kierans Haarschnitt fertig war, wartete er draußen auf Raven, um sie zum Bed & Breakfast zurückzubegleiten. Mrs Ward scheuchte sie fünf Minuten eher aus dem Salon und wünschte ihr mit einem Funkeln in den Augen einen schönen Nachmittag.

»Jetzt bist du ganz und gar mein, oder?«, sagte Kieran und gab ihr den Kuss, der schon die ganze Zeit auf sie gewartet hatte.

»Ja.« Und das war sie. Das Gesicht in seiner wundervoll nach Kieran duftenden Jacke vergraben, ging Raven auf, dass sie, egal, was bei ihrem heutigen Gespräch auch herauskommen würde, tatsächlich für immer und ewig sein wäre.

Händchen haltend schlenderten sie die Hauptstraße hinunter.

»Ein schönes Gefühl, dass niemand auf uns schießt«, sagte sie und erhaschte im Vorbeigehen in der Schaufensterscheibe einer Drogerie einen Blick auf ihr Spiegelbild.

»Es sind eben doch die einfachen Dinge des Lebens, was?«, sagte er feierlich und brachte sie damit zum Lachen.

»Also, was ist das jetzt für ein Angebot?«

»Du weißt, dass ich für Isaac arbeite?«

»Ja, da bin ich schon ganz von allein drauf gekommen.«

Kieran strich mit dem Daumen über ihre Fingerknöchel. »Er leitet in London ein Trainingscollege für junge Leute, die eine besondere Begabung für Verbrechensaufklärung und -bekämpfung haben. Später dann finanziert uns die Organisation unser Universitätsstudium und nach dem Abschluss arbeiten wir entweder für die YDA oder irgendwo an anderer Stelle im Bereich

Strafverfolgung. Die Agency ist Isaacs Idee gewesen, weil ihm irgendwann mal aufgefallen war, dass es für Verbrechensermittler keine formale Ausbildung gibt wie etwa beim Militär oder der Landespolizei.«

»Und das hat dich und Joe nach Westron geführt?«

»Ja. Wir hatten einen Job zu erledigen.«

»Das hat Isaac bereits durchblicken lassen.«

»Unsere Agency hält sich sehr bedeckt. Wir arbeiten nicht im Geheimen, machen aber auch nicht groß Reklame. Wir sind sehr viel effektiver in unserer Arbeit, wenn die Leute nichts von uns wissen.«

»Und wie wird man Mitglied?«

»Nur auf Einladung. Und das ist eine.«

»Eine was?«

»Einladung. Obwohl es eigentlich zwei sind, denn Isaac hat gesagt, dass wir einen Hausmeister gut gebrauchen könnten. Bei uns gab's ein paar Vorfälle, bei denen unerlaubterweise Manipulationen an den Duschräumen vorgenommen wurden, und er meint, ein fest angestellter Hausmeister könnte solche Dinge besser im Blick haben als irgendwelche Aushilfskräfte, die nur stundenweise da sind.«

»Kieran, siehst du das Fragezeichen auf meinem Gesicht?«

»Bin ich mal wieder zu vage?«

»Jepp.«

»Okay, dann versuche ich es noch mal.« Er beugte sich zu ihr hinunter und küsste sie. »So, jetzt fühle ich mich gleich schon viel besser. Obwohl ich noch immer unsicher bist, was du sagen wirst, wenn du mein Angebot hörst.«

»Kieran, ich komm gleich um vor Spannung!«

Die wohlbekannte kleine Falte bildete sich auf seiner Stirn –

sein Gehirn stellte irgendetwas Unlogisches fest. »Du weißt schon, dass Spannung niemanden tatsächlich töten kann, es sei denn, du meinst die Spannung, die sich in Volt misst.«

»Kieran Storm, Schluss mit deinen Schlaubergerkommentaren, es reicht!«

»Tut mir leid.«

»Willst du mir etwas wirklich Wichtiges sagen?«

»Ja.«

»Dann schieß los.«

Er grinste. »Du hast den Eignungstest bestanden.«

»Mir war gar nicht klar, dass ich an einem Test teilgenommen habe.«

»Isaac hat bei eurem gemeinsamen Einsatz im Gästehaus dein Potenzial eingeschätzt. Zu dem Zeitpunkt hatte ich ihn bereits gefragt, ob er es in Betracht ziehen würde, dich zu rekrutieren. Er hat gesagt, dass du sehr gut abgeschnitten hast.«

»Echt?« Raven verspürte leise Freude.

»Nein, das hat er nicht gesagt.« Kierans auf Wortwörtlichkeit justiertes Gehirn griff sofort korrigierend ein.

»Oh.«

»Seine genauen Worte waren: ›Das Mädchen weiß, wie man Leuten in den Arsch tritt und ihnen dann die Hölle heißmacht.‹ Und damit bist ein geborener Wolf.«

»Das Team von Sergeant Rivers?«

»Das ist richtig.«

»Und wie sind Wölfe so?«

»Diese Frage habe ich dir bereits beantwortet: Sie sind wie du.«

»Arschtreter-und-Höllenheißmacher?«

Er grinste. »Ja. Um ein Haar hätte ich die Sache versaut, weil ich ohne Isaacs Erlaubnis unsere Beziehung weitergeführt habe, aber statt mich vorschriftsmäßig aus der YDA rauszuwerfen und dich als Rekrutin abzulehnen, hat er beschlossen, ein Auge zuzudrücken.«

»Weil er dein grandioses Gehirn braucht?«

Kieran beugte sich dicht an sie heran. »Nein, weil du so außergewöhnlich gut warst, hat er gesagt.« Er drückte ihr einen sanften Kuss auf die Nase.

»Oh.«

»Aber das ist noch nicht alles. Dein Großvater bekommt ebenfalls eine Einladung.«

»Er will meinem Großvater einen Job geben?«

»Die YDA braucht einen erfahrenen Hausmeister, um uns Studenten ein bisschen an der Kandare zu halten. Diese Aufgabe geht einher mit freier Logis und einem guten Gehalt. Er muss nächstes Jahr auch nicht in Rente gehen, sondern kann so lange arbeiten, wie er sich fit fühlt.«

Sie blieben vorm Eingang des Bed & Breakfasts stehen. »Kieran, ist das alles wirklich wahr?«

»Ja.«

»Und du glaubst, dass ich das packe?«

»Absolut.« Er beugte sich zu ihr hinunter und flüsterte: »Und ich glaube, die Arschtreterei wird dir gefallen, meinst du nicht?« Er tätschelte ihr den Hintern.

»Darauf kannst du Gift nehmen.« Als Retourkutsche tätschelte sie seinen Hintern.

»Dann nimmst du das Angebot also an?«

»Ich bin mir nicht sicher, was das Angebot bedeutet.«

»Es bedeutet eine Ausbildung in ausgewählten Bereichen, in deinem Fall sind das Strafrecht, Beweismittelsicherung, Anklagekonstruktion und Fitness. Und neben deiner Tätigkeit bei der YDA kannst du in London auch noch deinen Schulabschluss machen.«

»Sogar im Fach Tanzen.«

»Warum nicht? Spricht nichts dagegen, denn wie mir zu Ohren gekommen ist, hast du einen höllisch guten Tanzpartner.«

»Echt?«, quiekte sie. »Du würdest das mit mir zusammen machen?«

»Ja klar.« Kieran fing sie auf, als sie sich in seine Arme warf. Er hob sie hoch und sie bedeckte seinen Kopf mit Küssen.

»Weißt du was, Partner: Ich liebe dich!« Sie lachte, den Kopf in den Nacken gelegt, das Gesicht der warmen Sonne entgegengestreckt.

»Dann werte ich das mal als ein Ja?«

»Ja zum Wolfsein, Ja zum Schulabschluss in London – ein riesengroßes Ja zum Mit-dir-Zusammensein.«

Er setzte sie wieder auf dem Boden ab und umarmte sie. »Das alles klingt wunderbar – und ich liebe dich, Raven.« Seine Liebeserklärung erfüllte sie mit übersprudelnder Freude.

»Ich habe schon immer gewusst, dass du einen vorzüglichen Geschmack hast.«

Er ließ sich von ihr bis an die Haustür ziehen. »Ich bin froh, dass du zugestimmt hast, denn Isaac glaubt, dass wir beide ein gutes Gespann abgeben.«

»Ach ja? So wie du und Joe?«

»Ja, obwohl Joe sich für die nächsten Monate eine Auszeit nimmt. Die Erlebnisse im Gästehaus haben heftige Spuren bei ihm hinterlassen und er gönnt sich einen ausgedehnten Urlaub bei seinen Eltern zu Hause. Isaac möchte, dass ich jetzt mit dir zusammenarbeite.«

»Agenten Storm und Stone: Gefällt mir, wie das klingt.«

Er schob sie rückwärts ans Geländer der Veranda, eine Hand an ihrer Taille, die andere in ihren Nacken gelegt. O ja, dieses Manöver kannte sie. In ihrem Inneren vibrierte es vor freudiger Erwartung. »Meine logische Denkweise und dein Bauchgefühl: das ist eine starke Kombination.«

»Du sagst es.«

»Also – nimmst du die Herausforderung an.«

»Unbedingt.« Raven stellte sich auf Zehenspitzen, als er sich hinunterbeugte, um sie zu küssen. *Ja, Mission vollendet.*